柳原纪光（江户时期）手抄《枕草子》

奈良绘本《枕草子》

铃木春信（1725——1770）所绘《下象棋》

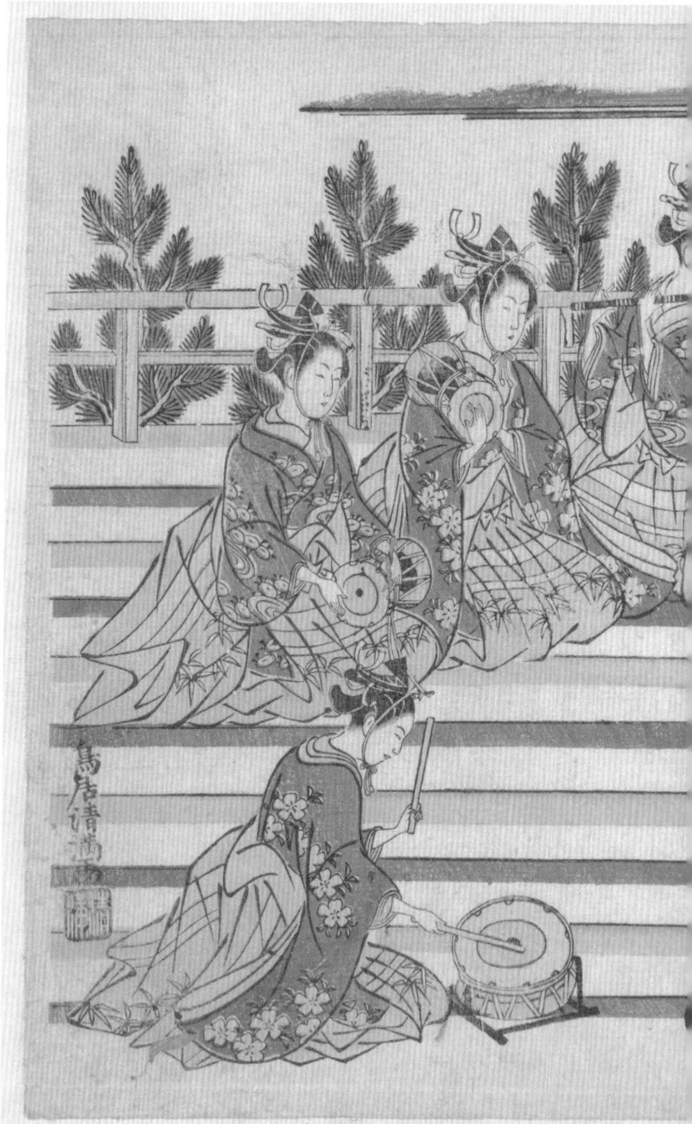

鸟居清满（1735—1785）所绘《在道成寺的宵禁》

窪俊満（1757—1820）所绘《打手鼓的女人》

鸟居清长（1752—1815）所绘《三个女人在阳台上》

胜川春章（约1726—约1792）所绘《初代中村富十郎》

枕草子

〔日〕 清少纳言 著

周作人 译

上海三联书店

目 录

卷 一

卷　四

卷 五

卷　九

卷　十

卷 十一

卷　十二

卷一

正月七日，去摘了在雪下青青初长的嫩菜，这些都是在官里不常见的东西，拿了传观，很是热闹，是极有意思的事情。

第一段　四时的情趣

春天是破晓的时候〔最好〕。渐渐发白的山顶，有点亮了起来，紫色的云彩细微的横在那里〔，这是很有意思的〕。

夏天是夜里〔最好〕。有月亮的时候，这是不必说了，就是暗夜，有萤火到处飞着〔，也是很有趣味的〕。那时候，连下雨也有意思。

秋天是傍晚〔最好〕。夕阳很辉煌的照着，到了很接近了山边的时候，乌鸦都要归巢去了，便三只一起，四只或两只一起的飞着，这也是很有意思的。而且更有大雁排成行列的飞去，随后变得看去很小了，也是有趣。到了日没以后，风的声响以及虫类的鸣声，也都是有意思的。

冬天是早晨〔最好〕。在下了雪的时候可以不必说了，有时只是雪白的下了霜，或者就是没有霜雪也觉得很冷的天气，赶快的生起火来，拿了炭到处分送，很有点冬天的模样。但是到了中午暖了起来，寒气减退了，所有地炉以及火盆里的火，〔都因为没有人管了，〕以致容易变成了白色的灰，这是不大对的。

第二段　时节

时节是正月，三月，四五月，七月，八九月，十一月，十二月，总之各自应时应节，一年中都有意思。

第三段　正月元旦

正月元旦特别是天气晴朗，而且很少有的出现霞彩，世间所有的人都整饬衣裳容貌，格外用心，对于主上和自身致祝贺之意，[1] 是特有意思的事情。

正月七日，去摘了在雪下青青初长的嫩菜 [2]，这些都是在宫里不常见的东西，拿了传观，很是热闹，是极有意思的事情。这一天又是参观"白马" [3] 的仪式，在私邸的官员家属都把车子收拾整齐，前去观看。在车子拉进了待贤门的门槛的时候，车中人的头常一起碰撞，前头所插的梳子也掉了，若不小心也有折断了的，大家哄笑，也是很好玩的。〔到了建春门里，〕在左卫门的卫所那边，有许多殿上人站着，借了舍人[4]们的弓，吓唬那些马以为玩笑，才从门外张望进去，只见有屏风立着，主殿司[5]和女官们走来走去，很有意思。这是多么幸福的人，在九重禁地得以这样熟悉的来去呢，想起来是很可羡慕的。现在所看到的，其实在大内中是极狭小的一部分，所以近看那舍人们的脸面，也露出本色，白粉没有搽到的地方，觉得有如院子里的黑土上，雪是斑驳的融化了的样子，很是难看。而且因为马的奔跳骚扰，有点觉得可怕，便自然躲进车里面去，便什么都看不到了。

正月八日〔是女官叙位和女王给禄的日子，凡是与选〕的人都去谢恩，奔走欢喜，车子的声响也特别热闹，觉得很有意思。

正月十五日有"望日粥"[6]的节供〔，进献于天皇〕。在那一天里，各家的老妇和宫里的女官都拿粥棒[7]隐藏着，等着机会，别的妇女们也用心提防着后边，不要着打，这种神气看来很有意思。虽是如此，不知怎的仍旧打着了，很是高兴，大家都笑了，觉得甚是热闹。被打的人却很是遗憾，那原是难怪的。有的从去年新来的赘婿[8]，一同到大内来朝贺，女官等着他们的到来，自负在那些家里出得风头，在那内院徘徊伺着机会，前边的人看出她的用意，嘻嘻的笑了，便用手势阻止她说："禁声禁声。"可是那新娘若无其事的样子，大大方方的走了来。这边借口说："且把这里的东西取了来吧。"走近前去，打了一下，随即逃走，在那里的人都笑了起来。新郎也并不显出生气的模样，只是好意的微笑，〔新娘〕也不出惊，不过脸色微微的发红了，这是很有意思的事情。又或是女官们互相打，有时连男人也打了。〔原来只是游戏，〕不知是什么意思，被打的人哭了发怒，咒骂打他的人，〔有时候〕也觉得是很好玩。宫中本来是应当不能放肆的地方，在今天都不讲这些了，什么谨慎一点都没有了。

其二 除目^[9]的时候

有除目式的时候，宫中很有意思。雪正下着，也正是冰冻的时候，四位五位的人拿着申文^[10]，年纪很轻，精神也很好，似乎前途很有希望。有的老人，头发白了的人，夤缘要津有所请求，或进到女官的司房，陈说自身的长处，任意喋喋的讲，给年轻的女官们所见笑，〔偷偷的〕学他的样子，他自己还全不知道。对他们说："请给好言一声，奏知天皇，请给启上中宫吧！"这样托付了，幸而得到官倒也罢了，结果什么也得不到，那就很是可怜了。

其三　三月三日

三月三日，这一天最好是天色晴朗，又很觉得长闲。桃花这时初开，还有杨柳，都很有意思，自不待言说。又柳芽初生，像是作茧似的，很有趣味。但是后来叶长大了，就觉得讨厌。〔不但是柳叶，〕凡是花在散了之后，也都是不好看的。把开得很好的樱花，很长的折下一枝来，插在大的花瓶里，那是很有意思的。穿了樱花季节的直衣和出褂[11]的人，或是来客，或是中宫的弟兄们，坐在花瓶的近旁，说着话，实在是有兴趣的事。在那周围，有什么小鸟和蝴蝶之类，样子很好看的，在那里飞翔，也很觉得有意思。

其四　贺茂祭的时候

贺茂祭的时候很有意思。其时树木的叶子还不十分繁茂，只是嫩叶青葱，没有烟霞遮断澄澈的天空，已经觉得有意思，到了少为阴沉的薄暮的时候，或是夜里，听那子规那希微的鸣声，远远的听着有时似乎听错似的，几乎像没有，这时候觉得怎样的有意思呢？到得祭日逼近了，〔做节日衣服用的〕青柠叶色和二蓝[12]的布匹成卷，放在木箱的盖里，上面包着一些纸只是装个样子，拿着来往的〔送礼〕，也是很有意思的。末浓，村浓以及卷染 [13] 等种种染色，在这时候比平常也更有兴趣。〔在祭礼行列中的〕女童在平日打扮，洗了头发加以整理，衣服多是穿旧了的，也有绽了线，都已破旧了的，还有屦子和鞋也坏了，说"给穿上屦子的纽袢吧！""鞋子给钉上一层底吧！"拿着奔走吵闹，希望早日祭礼到来，看来也是有意思。这样乱蹦乱跳的顽童，穿上盛装，却忽然变得像定者 [14] 一样的法师，慢慢的排着行走，觉得是很好玩的。又应了身份，有女童的母亲，或是叔母阿姊，在旁边走着照料，也是有意思的事情。

第四段　言语不同 [15]

言语不同者，为法师的言语，男人的与女人的言语，又身份卑贱的人的言语，一定多废话的。

第五段　爱子出家

使可爱的儿子去做法师，实在是很可怜的。这虽然很是胜业，但世人却把出家的看作木块一样的东西，这是很不对的事情。吃的是粗恶的素食，睡眠也是如此，其实年轻的人对于世上万事，都不免动心吧，女人什么所在的地方，有什么嫌忌似的不让窥见，若是做了便要了不得的加以责备。至于修验者[16]的方面，那更是辛苦了。御岳和熊野[17]以及其他，没有足迹不到的地方，要遇到种种可怕的灾难，〔及至难行苦行的结果，〕渐渐闻名，说有灵验了，便这里那里的被叫了去，很是时行，愈是没有安定的生活。遇有重病的人，去给降伏所凭的妖鬼，也很吃力，到得倦极了瞌睡的时候，旁人就批评说："怎么老是睡觉。"也是苛刻，在他本人不知道怎样〔，但是也觉得是很可怜的〕。不过这已经是很从前的事情了。现在〔法师的规矩也废弛了，所以〕已是很舒适的了。

第六段　大进生昌[18]的家

当中宫临幸大进生昌的家的时候，将东方的门改造成四足之门[19]，就从这里可以让乘舆进去。女官们的车子，从北边的门进去，那里卫所里是谁也不在，以为可以就那么进到里面去了，所以头发平常散乱的人，也并不注意修饰，估量车子一定可以靠近中门下车，却不料坐的槟榔毛车[20]因为门太小了，夹住了不能进去，只好照例铺了筵道[21]下去，这是很可愤恨的，可是没有法子。而且有许多的殿上人和地下人[22]等，站在卫所前面看着，这也是很讨厌的事。

后来走到中宫的面前，把以上的情形说了，中宫笑说道：

"就是这里难道就没有人看见么？怎么就会得这样的疏忽的呢？"

"可是谁都看惯了我们的这一副状态的人，所以如果特别打扮了，反会著目叫人惊异的。但是这么样的人家，怎么会得有车子都进不去的门的呢？见着了〔主人翁〕，回头且讥笑他看。"

说着的时候，生昌来了，说道：

"请把这个送上去吧。"将文房四宝从御帘底下送了进来。便对他说道：

"呀，你可是不行哪！为什么你的住宅，把门做的那么的小呢？"生昌笑着说道：

"什么，这也只是适应了一家和一身的程度而构造的罢了。"又问道：

"但是，也听说有人单把门造的很高的哩。"生昌出惊道：

"啊呀，可怕呀！那是于定国[23]的故事吧。要不是老进士[24]的话，恐怕就不会懂得这个意思。因为偶然于此道稍有涉猎，所以还能约略懂得呢。"我便说道：

"可是你这个道[25]可就很不高明了。铺着筵道，〔底下的泥泞看不出来，〕大家都陷下去了，闹得一团糟呢。"生昌答说：

"天下雨了，所以是那样的吧。呀，好吧，若在这里，又有什么难题说出来也不可知。我就此告辞了吧。"就退出去了。之后中宫说道：

"怎么样了？生昌似乎是很惶恐的样子？"我回答说：

"没有什么。不过说那车子不能进来的事情罢了。"说完了即便退了下来。

那天夜里，同了年轻的女官们睡了，因为很是渴睡，所以什么事也不知道的睡觉了。这屋乃是东偏殿的一间，西边隔着厢房，北面的纸障[26]里没有闩，可是〔因为太是渴睡了，〕也没有查问。但是生昌是这里的主人，所以很知道这里的情形，就把这门打开了，用了怪气的有点沙哑的声音说道：

"这里边进去可以么？"这样的声音说了好几遍，惊醒来看时，放在几帐[27]后面的灯台的光照着，看得很清楚，只见纸障打开了约有五寸光景，生昌在那里说话。这是十分可笑的事。〔像这样钻到女人住屋来似的，〕好色的事情是决不会干的人，大概因为中宫到家里来了，便有点得意忘形，想来觉得很是有趣。我把睡在旁边的女官叫醒了，说道：

"请看那个吧。有那样的没有看惯的人在那里呢！"女官举起头来看了，笑说道：

"那是谁呀，那么全身显现的？"生昌说道：

"不是别人，乃是本家的主人，来跟本房主人谈非商谈不可的事情，所以来的。"我就说道：

"我刚才是说门的事嘛。并没有叫你打开这里的纸障的呀。"生昌答说：

"不，也就是说关于那门的事。我进来成么，成么？"还是说个不了，女官说道：

"嗳，好不难看！无论怎么总非进来不可么？"笑了起来，生昌〔这才明白，〕说道：

"原来这里还有年轻的人们在呢。"说着，关了纸障去了以后，大家都笑了。〔凡是男子将女人的房门〕开了之后，便进去好了，若是打了招呼，有谁说"你进来好吧"的呢。想起来实在好笑得很。次日早晨走到中宫面前，把这事告诉了，中宫说道：

"生昌平日并没有听说这种事，那是因为昨夜关于门的这番话感服了，所以进来的吧，那么的给他一个下不去，也实在可怜的。"说着就笑了。

在公主[28]身边供奉的女童，要给她们做衣服的时候，中宫命令下去，生昌问道：

"那女童衵衣[29]的罩衫是用什么颜色好呢？"这又被女官们所笑，〔因为那不是有汗衫的正当的名称么？〕又说道：

"公主的食案[30]，如用普通的东西，便太大了，怕不合适。用小形食盘和小形食器好吧。"我们就说道：

"有这样奇怪的食器，配着穿衵衣的罩衫的童女，出现在公主前面，这才正好哩。"中宫听了说道：

"你们别把他当作平常的人看待，这样的加以嘲笑。他倒是非常老实的人哩。这么笑他实在太可怜了。"把我们的嘲笑制止了，很是有意思的事。

正在中宫面前有事的时候，女官传达说：

"大进有话要同你说呢。"中宫听见了，说道：

"又要说出什么话来，给大家笑话吧。"说得很有意思。接着又说道：

"你就去听听看吧。"我便出来到帘子旁边，生昌对我说道：

"前夜关于门的那番话，我同家兄中纳言说了，他非常的佩服，说怎么样找到适当的机会，想见面一回，领教一切。"就是这个，此外别无事情。我心想把生昌在夜里偷偷进来的时候的事拿来，戏弄他一番，心里正踌躇着，他却说道：

"一会儿在女官房里会见，慢慢的谈吧。"就辞去了。我回来的时候，中宫问道：

"那么，有什么事呢？"我便把生昌的话，一五一十的照说了，且笑说道：

"本来没有值得特别通报，来叫了出去说的什么事情，那样子只要等候在女官房里的时候，慢慢的来谈，岂不就好了么！"中宫听了却说道：

"生昌的心里觉得顶了不得的哥哥称赞了你，你也一定很高兴吧，所以特别叫你出去，通知你一声的吧。"这样的说了，也是很有意思的事情。

第七段　御猫与翁丸

清凉殿里饲养的御猫，叙爵五位，称为命妇[31]，非常可爱，很为主上所宠爱。有一天，猫出来廊下蹲着，专管的乳母马命妇[32]看见，就叫它道：

"那是不行的，请进来吧！"但是猫并不听她的话，还是在有太阳晒着的地方睡觉。为的要吓唬它，便说道：

"翁丸在哪里呢，来咬命妇吧！"那狗听了以为是真叫它咬，这傻东西跑了过去，猫出了惊，逃进帘子里去了。正是早餐的时候，主上在那里，看了这情形，非常的出惊。他把那猫抱在怀中，一面召集殿上的男人们，等藏人[33]忠隆来了，天皇说道：

"把那翁丸痛打一顿，流放到犬岛去，立刻就办！"大家聚集了，喧嚷着捕那条狗。对于马命妇也给予处罚，说道：

"乳母也调换吧。那是很不能放心的。"因此马命妇便表示惶恐，不敢再到御前出仕。那狗被捕了，由侍卫们流放去了。

女官们却对于那狗很觉得怜惜，说道：

"可怜啊，不久以前还是很有威势的摇摆走着的哩！这个三月三日的节日，头弁[34]把它头上戴上柳圈，簪着桃花，腰间又插了樱花，在院子里叫走着，现在遇着这样的事，又哪里想得到呢。"又说道：

"平常中宫吃饭的时候，总在近地相对等着，现在却觉得怪寂寞的。"这样说了，过了三四天的一个中午，突然有狗大声嗥叫。这是什么狗呢，那么长时间的叫着？正听着的时候，别的那些狗也都乱跑，仿佛有什么事的叫了起来。管厕所的女人走来说道："呀，不得了。两个藏人打一只狗，恐怕就要打死了吧！说是给流放了，却又跑了回来，所以给它处罚呢！"啊，可怜的，这一定是翁丸了。据她说是忠隆和实房这两个人正打那狗，叫人去阻止，这才叫声止住了。去劝阻的人回来说道：

"因为已经死了，所以抛弃在官门外面了。"大家正有觉得这是很可怜的，那天晚上，只见有遍身都肿了，非常难看的一只狗，抖着身子在院子里走着。女官们看见了说道：

"啊呀，这可不是翁丸么？这样的狗近时是没有看见嘛。"便叫它道：

"翁丸！"却似乎没有反应。有人说是翁丸，有人说不是，各人意见不一，乃对中宫说了。中宫道：

"右近[35]应该知道，叫右近来吧。"右近这时退下在私室里，说是有急事召见，所以来了。中宫说道：

"这是翁丸么？"把狗给她看了，右近说道：

"像是有点相像，可是这模样又是多么难看呀。而且平常叫它翁丸，就高兴的跑了来，这回叫了却并不走近前来。这好像是别的狗吧。人家说翁丸已经打死，抛弃掉了，那么样的两个壮汉所打的嘛，怎么还能活着呢。"中宫听了，显得怜惜的样子。

天色暗了下来，给它东西吃也不吃，因此决定这不是翁丸，就搁下了。到了第二天早晨，中宫梳头，漱口，我在旁边侍候，拿了镜子给看，那个狗在柱子底下趴着。我就说道：

"啊，是昨天翁丸给痛打的吧。说是死了，真是可悲啊！这回要变成什么东西，转生了来呢？想那〔被打杀的〕时候，是多么难过呵！"说着这话的时候，那里睡着的狗战抖着身子，眼泪滚滚的落了下来，很出了一惊。那么，这原来是翁丸。昨夜〔因为畏罪的关系，〕一时隐忍了不露出来，它的用心更是可怜，也觉得很有意思。我把拿着的镜子放下，说道：

"那么，你是翁丸么？"狗伏在地面上，大声的叫了。中宫看着也笑了起来。女官们多数聚集了拢来，并且召了右近内侍来，中宫把这事情说了，大家都高兴的笑了。主上也听到了这事，来到中宫那里，笑说道：

"真好奇怪，狗也有这样的〔惶恐畏罪的〕心呢。"天皇身边的女官们也听说跑来，聚集了叫它的名字。似乎这才安心了样子，立起身来，头脸什么却还是很肿的，我说道：

"做点什么吃食给它吧。"中宫笑着说道：

"那么终于显露了说了出来了。"忠隆听说，从台盘所 [36] 里出来，说道：

"真的是翁丸回来了么？让我来调查一下吧！"我答道：

"啊，不行啊，这里没有这样的东西。"忠隆却说道：

"你虽是这么说，可是总有一朝要发见的吧。不是这样隐瞒得了的。"但是这以后，公然得到赦免，仍旧照以前的那样生活着。但是在那时候，得到人家的怜惜，战抖着叫了起来，那时的事情很有意思，不易忘记。人被人家怜惜，哭了的事原是有的〔，但是狗会流泪，那是想不到的〕。

第八段　五节日

正月元月，三月三日，都是天色非常晴朗的好。五月五日整天的阴晦。七月七日天阴，到了傍晚在晴空上，月色皎然，牵牛织女的星也可以看见。九月九日从破晓稍为下点雨，菊花上的露水也很湿的，盖着的丝棉[37]也都湿透了，染着菊花的香气特别的令人爱赏。早上的雨虽然停住了，可是也总是阴沉，看去似乎动不动就要落下来的样子，是很有意思的。

第九段　叙官的拜贺

〔叙位任官之后的〕拜贺的礼仪，看去很好玩的。衣裳后面的衣裾拖在地上，执着朝笏，在御前直立着的样子，随后是拜了舞踏那种动作[38]呵！

第一〇段　定澄僧都

〔旧大内被烧了之后，〕在现今一条院的东边，平常称作北阵的。在那里有一颗楷树，很高的立着，就是远方也看得见，平常人总问道：

"这树有几仞[39]的高呵？"权中将成信曾说道：

"把这从根边砍了，拿来给定澄僧都当枝扇[40]用倒好。"过了几时这定澄被派为山阶寺别当[41]，要入内谢恩，权中将是近卫府官员也出场了，〔定澄个子很高，〕又著了那高屐子，更显非常的高大。在仪式完了退出之后，我对权中将说道：

"你为什么不把那枝扇给他拿着的呢？"权中将笑着答说：

"你倒是没有忘记。"

第一一段　山[42]

山是小仓山，三笠山，叶暗山，不忘山，入立山，鹿背山，比波山。方去[43]山，仿佛是说对谁谦让，避在一边的样子，很有意思。五幡山，后濑山，笠取山，比良山，鸟笼山，"不要告诉我的名字，"古代天皇曾经歌咏，很有意思。伊吹山，朝仓山，从前见过的人呵，现在隔着山漠不相关了，有这样的歌，也是很有意思的。岩田山，大比礼山也有意思，这令人联想起石清水的临时祭礼，奉大比礼乐，派遣敕使的事情。手向山，三轮山，很有意思。音羽山，待兼山，玉坂山，耳无山，末松山，葛城山，美浓御山，柞山，位山，吉备中山，岚山，更级山，姨舍山，小盐山，浅间山，片敷山，鹿蒜山，妹背山〔，也都是有意思的〕。

第一二段　峰

峰是叶让峰，阿弥陀峰，弥高峰。

第一三段　原

原是竹原，瓮原，朝原，园原，萩原，栗津原，梨原，稚子原，安倍原，篠原。

第一四段　市

市是辰市，椿市是在大和的许多市集中间，凡到长谷寺礼拜的人，必在那里停留，所以似乎与观音有缘，有一种特别的感觉。小房市，饰磨市，飞鸟市。

第一五段　渊

渊是贤渊，这是有多么深的本性，给人家看见了，所以起了这个名字，想起来很有意思；勿入渊，是什么人教谁不要这样的呢？青色的渊又最有意思，藏人们服装的染料似乎是从这里出来的样子。稻渊，隐渊，窥渊，玉渊。

第一六段　海

海是近江的水海，与谢海，河口海，伊势海。

第一七段　渡

渡是志贺须香渡，水桥渡，古利须磨渡。

第一八段　陵

陵是莺陵，柏原陵，天陵。

第一九段　家

家是近卫御门，二条院，一条院也很好。染殿之宫，清和院，菅原院，冷泉院，朱雀院，洞院，小野宫，红梅殿，县之井户，东三条院，小六条院，小一条院。

第二〇段　清凉殿的春天

在清凉殿的东北角，立在北方的障子上，画着荒海的模样，并有样子很可怕的生物，什么长臂国和长脚国的人。弘徽殿的房间的门一开，便看见这个，女官们常是且憎且笑。在那栏杆旁边，摆着一个极大的青瓷花瓶，上面插着许多非常开得好的樱花，有五尺多长，花朵一直开到栏杆外面来。在中午时候，大纳言[44]穿了有点柔软的樱的直衣，下面是浓紫的缚脚裤，白的下著，上面是浓红绫织的很是华美的出袿，到来了。天皇适值在那房间里，大纳言便在门前的狭长的铺着板的地方坐下来说话。

御帘的里面，女官们穿着樱的唐衣，宽舒的向后边披着，露出藤花色或是棣堂色的上衣，各种可喜的颜色，许多人在半窗上的御帘下边，拥挤出去。其时在御座前面，藏人们搬运御膳的脚步声，以及"嘘，嘘"的警跸的声音，可以听得见。这样的可以想见春日悠闲的样子，很有意思。过了一会儿，最后搬运台盘的藏人出来，报告御膳已经预备，主上于是从中门走进御座坐下了。大纳言一同进去，随后又回到原来樱花的那地方坐了。中宫将前面的几帐推开，出来坐在殿柱旁边，〔与大纳言对面，〕这样子十分优美，在近侍的人觉得别无理由的非常可以喜庆。这时大纳言缓缓的念出一首古歌来：

"日月虽有变迁，

三室山的离宫

却是永远不变。"

这事很有意思。的确同歌的意思一样，希望这情形能够保持一千年呀！

御膳完了，侍奉的人叫藏人们来撤膳，不久主上就又来到这边了。中宫说道：

"磨起墨来吧。"我因为一心看着天皇，所以几乎把墨从墨挟子[45]里滑脱了。随后中宫再拿出白色的斗方来叠起来道：

"在这上边，把现在记得的古歌，各写出一首来吧。"这样的对女官们说了，我便对大纳言说道：

"怎么办好呢？"大纳言道：

"快点写吧。〔这是对你们说的，〕男子来参加意见是不相宜的吧。"便把砚台推还了，又催促道：

"快点快点！不要老是想了，难波津也好，什么也好，只要临时记起来的写了就好。"我不知道自己为什么会这样的畏缩，简直连脸也红了，头里凌乱不堪。这时高位的女官写了二三首春天的歌和咏花的歌，说道：

"在这里写下去吧。"我就把〔藤原良房的《古今集》里的〕一首古歌写了，歌云：

"年岁过去，身体虽然衰老，

但看着花开，

便没有什么忧思了。"只将"看着花开"一句，变换作"看着主君"，写了送上去，中宫看了很是喜欢，说道：

"就是想看这种机智嘛〔，所以试试看的〕。"这样说了，顺便就给这个故事：

"在从前圆融天皇的时候，有一天对殿上人说道：
'在这本册子上写一首歌吧。'有人说不善写字，竭力辞退，
天皇说道：

'字的巧拙，歌的与目前情形适合与否，都不成问
题。'大家很是为难，但都写了。其中只有现今的关白[46]，
那时还是三位中将，却写了一首恋歌：

'潮满的经常时海湾，

我是经常的，经常的

深深的怀念着吾君[47]。'

只将末句改写为'信赖着'，这样便大被称赞。"这么说了，
我惶恐得几乎流下冷汗来了。〔像我那首歌，因为自己年
纪老大了，所以想到来写了，〕若是年轻的人，这未必能
够写也未可知吧。有些平时很能写字的人，这一天因为过
于拘谨了，所以有写坏了的。

其二　宣耀殿的女御

中宫拿出《古今集》来放在前面，打开来念一首歌的
上句，问道：

"这歌的下句是什么呢？"这些都是昼夜总搁在心
头，记住了的东西，却不能立刻觉得，说了出来，这是
怎的呢？宰相君[48]算是能答出十首来，但是那个样子，

能够算是记得了么，至于记得五六首的，那还不如说一首也不记得更好了。但是女官们说：

"假如一口说不记得，那么辜负中宫所说的意思么。"这件事也很有意思的。等得中宫把没有人知道的歌，读出下半首来，大家便说：

"啊，原来这都是知道的。为什么记心这样的笨呢！"便觉得很悔恨，其中也有些人，屡次抄过《古今集》，本来就应当记得了。

〔中宫随后给我们讲这故事：〕

"从前在村上天皇的时代，有一位叫宣徽殿女御的，是小一条的左大臣[49]的女儿，这是没有不知道的吧。在她还是做闺女的时候，从他的父亲所得到的教训是，第一要习字，其次要学七弦琴，注意要比别人弹的更好，随后还有《古今集》的歌二十卷，都要能暗诵，这样的去做学问。天皇平常就听见过这样的话。有一天是官中照例有所避忌[50]的日子，天皇隐藏了一本《古今集》，走到女御的房子里去，又特别用几帐隔了起来，女御觉得很是奇怪，天皇翻开书本，问道：

'某年，某月，什么时候，什么人所作的歌是怎么说呢？'女御心里想道，是了，这是《古今集》的考试了，觉得也很有意思，但是一面也恐怕有什么记错，或是忘记的地方，那也不是好玩的，觉得有点忧虑。天皇在女官里边找了两三个对于和歌很有了解的人，用了棋子来记女御记错的分数，要求女御的答案。这是非常有趣的场面，其时在御前侍候的人都深感觉到欣羡的。天皇种种的追问，女御虽然并不怎么敏捷的立即回答全句，但总之一点都没有什么错误。天皇原来想要找到一点错处，就停止考验了的，现在〔却找不到，〕不免有点懊恼了。《古今集》终于翻到第十卷了，天皇说道：

‘这试验是不必要了。’于是将书签夹在书里，退回到寝殿去了。这事情是非常有意思的。过了好久醒过来时，想道：

‘这事情就此中止，不大很好吧。下面的十卷，到了明天或者再参考别本。’说道：

‘且在今夜把这完毕了吧。’便叫把灯台移近了，读到夜里深更。可是女御也终于没有输了。在天皇走到女御屋里去以后，人家给她父亲左大臣送信，左大臣一时很为忧虑狼狈，到各寺院里念经祈祷，〔保有女御不要失败，〕自己也对着女御的方向，一夜祈念着，这种热心，是在是可佩服。”这样的说了，天皇也听了觉得很感心，说道：

“村上天皇怎么会这样的读得多呀！我是连三四卷也读不了。”大家就说道：

“从前就是身份不高的人，也都是懂得风流的。在这个时候，很不容易听到那样的故事了。"其时侍候中官的女官们和天皇方面的女官许可到这里来的，都这样的说。其时的情形真是无忧无虑的。[51]

其三　女人的前途

前途没有什么希望，只是老老实实的守候仅少的幸福，这样的女人是我所看不起的。有些身份相应的人，还应当到宫廷里出仕，与同僚交往，并且学习观看世间的样子，我想至少或暂任内侍的职务。有些男人说，出仕宫廷的女人是轻薄不行的，那样的人最是可厌。但是，想起来这话也不是没有道理。到宫廷出仕，天皇皇后不提也罢，此外公卿，殿上人，四位，五位，六位，还有同僚的女官们更不必说，要见面的人着实不少。此外女官们的从者，又从私宅来访问的人，侍女长，典厨，石头瓦块等人，又怎能都躲避不见呢。倒是男子或者可以和这等卑贱的人不相见，但是既然出仕，这也大概是一样的吧。〔宫廷里出仕过的女人，〕娶作夫人，〔因为认得的人太多，〕觉得不够高雅，这虽然似乎有理，但若是这是典侍，时时进宫里去，或者在贺茂祭的时候充当皇后的使者前去，岂不也是名誉么？而且此后就此躲在家里，做着主妇，也是很好的。地方官的国司在一年五节的时候，将女儿来当舞姬，如果其妻有过出仕宫廷的经验，那就不会像乡下佬的样子，把有些不懂的事情去问别人的必要了。这也就是很是高雅的事情了。

注　释

[1] 对主上致祝贺之意即指朝拜，对自己的祝贺则指新年的有些仪式，如新正三日例有"固齿"之习惯。牙齿的意思通于"年龄"，所以有祈祷延龄之意。古时吃鹿肉或野猪肉，其后佛教兴盛，戒食兽肉，改食盐鱼及年糕，此风至今犹存。

[2] 原文"若菜"，指春天的七草，即是荠菜，蘩蒌，芹，芜菁，萝蔔，鼠麴草，鸡肠草。七种之中有些是菜，有的只是可吃的野草，正月七日采取其叶食作羹吃，云可除百病，辟邪气。

[3] 中国旧说，马为阳兽，青为阳春之色，故正月七日看青马，可以禳除一年中的灾害。日本遂有天皇于是日看马的仪式，自十世纪初改用白马，故文字上亦改写"白马节会"，唯仍旧时读法曰青马云。

[4] 殿上人指公卿中许可升殿者，其品级须在五位以上。舍人系禁中侍卫，由有爵位者的子弟中选拔，任左右近卫府舍人各三百人，各带弓箭兵仗，司警卫之役。

[5] 主殿司为后宫十二司之一，专司宫中薪炭灯油的事，皆由女官任之。

[6] 正月望日也是节日，煮粥加小豆，称"望日粥"，此种风俗至今

也还留存。

[7]煮粥用过的木材，称为粥棒，或曰粥杖，用以打女人的后背，云可宜男。

[8]日本古时结婚，皆由男子往女家去，称为"往来"，写作"通"字。在《源氏物语》及中国唐代传说中，多说及此事，与平常的入赘情形有别。

[9]原文"除目"系用中国古语，"除"谓除旧官，后转称拜官曰除，除书曰除目，犹后世所谓推升朝报。唐人诗云："一日看除目，三年损道心。"日本古时除官，有内外之分，正月九日至十一日，为地方官任免日期，文中即指此事。国司例用五位以下的官，但亦有兼用四五位的。

[10]申文系本人自叙履历愿望，遇官职有阙，申请补用，亦有请文章博士代撰者，《枕草子》第一七三段列举"文"之美者，于《白氏文集》及《文选》之外，有"博士的申文"，即指此，例用汉文，参照唐时公文程式而成。

[11]这里是指夹衣，三月里穿的。直衣是指贵人的常服，与礼服相对。"直"犹言平常，但非许可升殿的人不能着用。"袿"意云里衣，谓穿在直衣底下的衣服，常时衣裾纳入裳内，其露出裤腰外者称为出袿。

[12]青枫叶系贺茂祭时所穿的服色，乃是经线用青，纬线用黄所织成的丝织物，夹衣的里子系用青色。二蓝为蓝与红花所染成的间色，即今的淡紫色，若织物则经线为红，纬线为蓝。

[13] 末浓谓染色上淡下浓，多系紫或绀色。村浓用一种染色，处处淡浓不一样，村或作斑，二字读音相同。卷染为绞染之一种，用绢线随处结缚，及染后则缚处色白，中国古称绞缬。

[14] 定者即香童，大法会在行道的时候，由沙弥执香炉前导，祭礼中以女童充任。

[15] 此节谓言语内容虽同而格调各别，贫贱的人因文化缺少，故言词拖沓。

[16] 修验道系日本佛教真言宗（密宗）的一支，专修祈祷符咒，跋涉山谷，为种种难行苦行，以求得法力。修验者称为"山伏"，在中古时代甚有势力。

[17] 御岳即大和之金峰山，熊野在纪伊，其山皆甚险峻，为修验道之灵地。

[18] 大进是官职的名称，这是中宫附属的官，品级不过是从六位，但是属于亲近的侍从。生昌为平珍材的儿子，由"文章生"任为中宫大进，后仕至郡守，兄平惟伸任中纳言，执行太政官的职务。中宫为藤原定子，系关白（古代官名，辅佐天皇，位在太政大臣之上）藤原道隆的女儿，正历元年（九九〇）为一条天皇的中宫，著者即在她的近旁，任职女官。

[19] 四足门即谓有四只脚的门，实际上于门枋之外，左右各添两柱，故实有六足，日本旧时唯高贵人家始得有此，盖以备停车之用。

[20] 槟榔毛车文字虽说是槟榔，其实却是用蒲葵叶盖顶的车子，蒲

葵乃炎热地方的植物，似棕榈而大。槟榔毛车是四位以上的官吏所坐的车，女官们亦得乘用。

[21] 筵道犹言席道，系在院外或室内铺席作道路，席边用绢作缘，或于其上加铺毯子绸缎。

[22] 地下人与殿上人相对，指五六位以下的人，于例不许升殿。

[23] 此指前汉于定国的父亲于公的故事。据《蒙求》说，于公为县之狱吏，决狱平允。其闾门坏，父老方共治之。于公谓曰："可稍高大闾门，令容驷马高车。我治狱多阴德，未尝有所冤，子孙必有兴者。"至定国为丞相，封西平侯，孙永为御史大夫，封侯世袭。

[24] 日本古时，仿中国唐代制度，以文章取士，先由各地方的国学，选拔学生，进于大学，再经考试，及第者称"拟文章生"，随后更经宣旨，由式部大辅即文部大臣考过，成为正式的"文章生"，亦称进士云。

[25] 生昌说"于此道稍有涉猎"，是指学问之道，现在便借用了，来说"道路"，所以说这不很高明。

[26] 用木做格子，上糊薄纸，今译为"纸门"，其用厚纸者今译为"纸障"，原来同样的称为"障子"。

[27] 几帐为屏风之属，设木架，上挂帏帐凡四五幅，高五尺余，冬夏用材料不同。

[28] 公主指一条天皇第一皇女修子内亲王，其时年方四岁。

[29]"袙衣"本系中国古字，训作"里衣"，罩在袙衣外面的衣服，日本却称为"汗衫"。生昌不用这正式名称，却说是"袙衣的罩衫"，所以为女官们所笑了。

[30]日本食案即中国古代所谓"案"，其大小高低皆有一定的尺度，今如改作小形的，便显得奇怪。

[31]日本古时女官的名称，官位在四五位以上，中国旧时用于官吏之妻，日本袭用之，至近时才废止。这里系用以称呼御猫，《花柳余情》引《小石记》云："长保元年（九九九）九月十九日，大内御猫生子，皇太后及左右大臣有隔日赐宴等事，又任命猫乳母马命妇，时人笑之，真怪事也。"

[32]猫的乳母系看管猫的人。马命妇为乳母的名字，通例大率以其父兄或丈夫的官职连带为名，这里称马命妇，大概因为她有直系亲属在马寮（御马监）任职的缘故吧。

[33]藏人为藏人所的官员，专司宫中杂役事务。忠隆即源忠隆，长保二年任藏人之职。

[34]太政官的弁官，兼任藏人头之职者，其时的头弁为藤原行成。

[35]即下文的右近内侍，内侍为女官名称，右近为右近卫府的略称，盖因其家族有任近卫府官员的缘故。

[36]在清凉殿内，早餐间的南面，凡三间，系安放食器的地方。

[37]俗信菊花能延年，故于重阳前夜，用丝棉盖在菊花上面，次晨

收取朝露，以拭身体，谓能却老。

[38]古时谢恩例用拜舞，盖是手舞足蹈的拜，以表示喜悦之意。

[39]六尺为一仞。

[40]枝扇系一种扇子，以木有三叉者做之，以一叉作柄，两叉糊纸，因定澄身材甚高，故有此戏言。

[41]僧都为僧官的名称，在僧正之次，与四位的殿上人相准。别当亦官名，寺的别当即一寺最高的官长。

[42]书中凡类聚名物事项的各段，据说是受《义山杂纂》的影响，如此处各节都是说有意思的山川，有些皆不可考，今为免避烦琐起见，不加注释。

[43]"方去"是古语，意谓避路。

[44]大纳言即谓藤原伊周，是关白道隆的儿子，中宫定子的兄长。

[45]古人磨墨用墨挟子，因为墨短了不好磨，故以夹子挟之，便于把握。

[46]关白即谓藤原道隆。这典故出在中国，《汉书·霍光传》云："诸事皆先关白光，然后奏御天子。"日本制度，由大臣任关白，辅佐天皇，凡事率先关白，然后奏闻。

[47]原歌里的"吾君"，君字系指恋歌的对方，有时可指女性。

[48]宰相君乃藤原重辅的女儿，为中宫的上级女官。

[49]左大臣乃藤原师尹，小一条系所住的地方。

[50]中古阴阳家的一种迷信，凡鬼星游行的方面，犯之者有灾祸。每遇是日照例不外出，不见客，亦不接受书简。宫廷中一律停止政务，亦不召见臣工。

[51]别本第二十段里此处为止，下节别为一段，即第二一段，此本系从《春曙抄》十二卷本，故今亦不分段。

卷二

有月亮的时候睡醒了，眺望外边，很有意思。就是暗夜，也觉得有意思。下弦的在早晨看见的月光，更是不必说了。

第二一段　扫兴的事

扫兴的事是白天里叫的狗，春天的鱼箔[1]，三四月时候的红梅[2]的衣服，婴儿已经死去的产室[3]，不生火的火炉和火盆，虐待牛的[4]饲牛人，博士家接连的生下女子来，[5]为避忌方角[6]而去的人家，不肯作东道，特别是在立春的前日，尤其是扫兴。

从地方寄来的信里，一点都没有附寄的东西，[7]本来从京城里去的信，也是一样，但是里边有地方的人想要听的事情写在里头，或是世间的什么新闻，所以倒是还好。特别写得很好的书信，寄给人家，想早点看到回信，现在就要来了吧，焦急的等着，可是送信的人拿着原信，不论是结封，或是立封，[8]弄得乱七八糟很是龌龊的，连封口地方的墨痕也都磨灭了，说是"受信人不在家"，或是"因是适值避忌，所以不收"，拿了回来，这是最为不愉快，也是扫兴的事。

又一定会得来的人，用车子去迎接，却自等着的时候，听见车子进门了，心想必是来了，大家走出去看，只见车子进了屋，车辕砰的放了下来，问使者说怎么样呢，答道："今天不在家，所以不能来了。"说着只牵了牛[9]走了。

又家中因为有女婿来了，大为惊喜，后来却不见来了，[10]很是扫兴的事。这大概是给在什么人身边出仕的女人所截走了吧，到什么时候还会来吧，这样的等候着，煞是无聊。幼儿的乳母说要暂时告假出外，小儿急着找人，一时哄过去了，便差人去叫，说"早点回来吧"，带来的回信却说"今晚不能回来"，这不但是扫兴，简直还是可恨了。〔乳母尚且如此，〕况且去迎接〔所爱的女〕人前来的男子，将更是怎么样呢？男人等待着，到得夜深的时候，听见轻轻敲门的声音，稍为觉得心乱，叫用人出去问了，却是别的毫不相干的人，报告姓名进来了，这是扫兴之中最为扫兴的事了。

修验者[11]说要降伏精怪，很是得意的样子，拿出金刚杵和念珠来，叫那神所凭依的童子[12]拿着，用了绞出来的苦恼似的声音，诵读着经咒，可是无论怎么祈祷，妖精没有退去的模样，护法也一点都不显神通。聚集拢来一起祈念着病家的男女，看着都觉得奇怪，过了一忽儿念经念得困倦了，对那童子说道：

"神一直不凭附，到那边去吧。"取还了所拿的数珠，自己说道：

"没有灵验呀！"从前额往上掠着头发，打了一个呵欠，好像被什么妖精附着似的，自己先自睡着了。

在除目时得不着官的人家〔，是很扫兴的〕。听说今年必定可以任官了，以前在这家里做事的人们，以及散出在别处的，还有住在偏僻乡下的人们，都聚集到那旧主人的家里来，出入的车辕一点没有间隙的排列着，〔为主人祈祷得官〕陪着到寺院里去的人，大家争先欲去，预先祝贺，饮酒吃食非常热闹，可是到了仪式终了三日的早晨，一直没有通知任官的人的敲门的声音。这是奇怪了，立起耳朵来听，只听见前驱警跸的声音，列席的公卿都已退出了。出去打听消息的人，从傍晚直到天亮，因寒冷而战抖着的下男，很吃力似的走了回来。当场的人看了这情形，连情形怎样也不再问了。可是从外面聚集拢来的家人还是问道：

"本家老爷任了哪一国的国司了？"下男的答词是：

"什么国的前司[13]。"诚心信赖这主人而来的人，知道了这事就非常的失望。到了第二天早晨，本来挤得动也不能动的人，就一个两个的减少，走了回去。本来在那里执役的人，自然不能那么的离去，只好等待来年，屈指计算哪一国的国司要交代，在那里走来走去的，那实在是很可怜，也是很扫兴的事。

自己以为作得还好的一首歌，寄到人家那里，不给什么回信〔，觉得是扫兴的事〕。若是情书，〔并不要立即答复，〕这也是没有法子，但是假如应了时节歌咏景物的歌，若是不给回信，这是很讨厌的。在很得时的人那里，出入的人很多的时候，有时势落后的老年人，因为没有事做写了旧式的，别无可取的歌送去〔，也是扫兴的事〕。又有祭礼或是什么仪式当时要用的桧扇[14]，很是重要，知道某人于此颇有心得，托付他画一画，到了日子，画得了却是意外的没有意思。

生产的庆祝，以及饯别的赠送，对于送礼的使者不给报酬〔，这是很扫兴的〕。就是送一点什么香球或是卯槌[15]来的人，也必定须给与报酬。预想不到的收到这种礼物，非常有意思的事。这样就当然可以得到好些报酬，送礼的人正兴头很好的走来，却是得不到什么，那真是扫兴的。

招了女婿，已经过了四五年，还不曾听说有出产〔，这是扫兴的事〕。有些有许多孩子，已经成为大人，或者说不定有孙子都会爬了，做父母的却一同的睡着午觉。旁边看着的别人不必说，就是儿子也觉得非常扫兴的。午睡起来之后，再去洗澡，这不但是扫兴，简直有点可气了。

十二月三十日从早晨下起的长雨。这可以说："只有一天的精进的懈怠〔，百日千日的精进也归于无效〕。"[16] 八月里还穿着白的衣服。[17] 不出奶的乳母〔，都是扫兴的〕。

第二二段　容易宽懈的事

容易宽懈的是精进日的修行，离开现在日子甚远的准备，长久住在寺院里的祈祷[18]。

第二三段　人家看不起的事

人家看不起的事，是家的北面，[19] 平常被人家称为太老实的人，年老的老翁，又轻浮的女人，土墙的缺处。

第二四段　可憎的事

可憎的事是，有紧要事情的时候，老是讲话不完的客人。假如这是可以随便一点的人，那么说"随后再谈吧"，那么就这样谢绝了，但偏是不得不客气些的人，〔不好这样的说，〕所以很是觉得可憎。

砚台里有头发纠缠了磨着。又墨里面混杂着砂石，磨着轧轧的响。

忽然有人生了病，去迎接修验者来祈祷，可是平常在的地方却找不到，到外边去了，叫人四面寻找，焦急的等待了好久，总算后来等着了，很高兴的请他念咒治疗，可是在这时候大概在别处降伏妖怪，已是精疲力尽的缘故吧，坐下了念经，就是渴睡的声音了，这是很可憎的。

没有什么地方可取的人，独自得意的尽自饶舌的谈话。在火盆围炉的火上，尽把自己的两手烤着手背，并且伸长着皱纹烘火的人。什么时候有年轻的人，做出这种举动的呢？只有年老的才有这种事情，连脚都搁到火炉边上，一面说着话，两脚揉搓着。举动这样没规矩的人，到了人家去，大抵在自己所坐的地方，先把扇子扇一下尘土，也不好好的坐下，就那么草草的，将狩衣的前裾都塞在两膝底下去。像这样没规矩的事的人，以为是多是不足道的卑贱的人吧；却不道是少为有点身份的，例如式部大夫或是骏河前司，也有这样做的。

又，喝了酒要噪闹，擦嘴弄舌，有胡须的用手摸着胡须，一面敬人家的酒，这个样子看了真觉得讨厌。意思是说，"再喝一杯吧"，战抖着身子，摇晃着头，口角往下面挂着，像是小孩子刚要唱"到了国府殿"[20]的时候的样子。

这〔在下贱的人那里也罢了，〕在平常很有身份的人这样的做了，真觉得看了不顺眼。

羡慕别人的幸福，嗟叹自身的不遇，喜欢讲人家的事，对于一点事情喜欢打听，不告诉他便生怨谤，又听到了一丁点儿，便觉得是自己所熟知的样子，很有条理的说与他人去听，这都是很可憎的。

正想要听什么话的时候，忽而啼哭起来的婴儿。又有乌鸦许多聚集在一起，往来乱飞乱叫〔，都是可憎的〕。

偷偷的走到自己这里来的男子，给狗所发见了叫了起来，那狗〔真是可恨，〕想打杀了也罢。又本是男子所不应当来的，给隐藏在很是勉强的一个地方的人，却睡着了发出鼾声来。本来秘密出入的地方戴着长的乌帽子[21]，容易给人看见，便加意留心，却不防因为张皇了，撞在什么东西上边，噗哧的一声响，这是很可憎的。在挂着伊豫地方的粗竹帘的地方，揭起帘子来钻过去，发出沙沙的声音，也是可憎的。有帛缘的帘子因为下边有板，进出的时候声响也就愈大。可是这如是轻轻的拉了起来，则出入时也就不会响了。又如拉门什么用力的开闭，也很是可恨。这只要稍微抬起来的去开，哪里会响呢？若是开的不好，障子等便要歪曲了，发出嘎嘎的声音。

渴睡了想要睡觉，蚊子发出细细的声音，好像是报名似的，在脸边飞舞。身子虽然是小，两翅膀的风却也相当大的哩。这也是很可憎的。

坐了轧轧有声的车子走路的人，我想他是没有耳朵的么？觉得很是可憎。我如是坐了借来的车子，轧轧的响的话，我便觉得那车子的主人也是可憎了。

在谈话中间，插嘴说话，独自逞能的饶舌，这是很可憎的。无论大人或是小孩，凡是插嘴来说，都是可恨。在讲古代的故事什么，将自己所知道的事，忽然从旁边打断，把故事弄糟了，实在是可憎的事。

老鼠到处乱跑，甚是可恨。有些偶然来的子女，或者童稚[22]，觉得可爱，给点什么好玩的东西。给他弄的熟了，后来时常进来，把器具什物都散乱了，这是可憎的。

在家里或是在公家服务的地方，遇见不想会面的人来访，便假装着睡觉，可是自己这边的使用人却走来叫醒，满脸渴睡相，被叫了起来，很是可憎。后来新到的人，越过了先辈，做出知道的模样来指导，或是多事照管，非常可憎。自己所认识的男子，对于从前有过关系的女人加以称赞，这虽然过去很久了的事情，也煞是可憎。况且，若是现在还有关系，那么这可憎更是不难想象了。可是这也要看情形来说，有时候也并不是那么样的。

打了喷嚏，自己咒诵[23]的人〔，也是可憎的〕。本来在一家里除了男主人以外，凡是高声打嚏的人，都是很可憎。跳蚤也很可憎，在衣裳底下跳走，仿佛是把它掀举起来的样子。又狗成群的叫，声音拉得很长，这是不吉之兆，而且可憎。

乳母的男人实在是很可憎的。若是那所养的小孩是女的，他不会得近前来，那还没有什么。假如这是男孩的话，那就好像是他自己的东西，走上前去，拿来照管，有一点事不如少爷的意的，便去向主人对这人进谗，把别人不当人看，很是不成事体，但是因为没有人敢于举发他，所以更是摆出了不得的架子，来指挥一切了。

第二五段　小一条院

小一条院就是现在的大内。主上所住的殿是清凉殿，中宫则住在北边的殿里。东西都有厢房，主上时常到北殿去，中宫也是常到清凉殿里来。殿的前面有个院子，种着各样的花木，结着篱笆，很有风趣。二月二十日 [24] 太阳光很是灿烂而悠闲的照着，在西厢房的廊下，主上吹奏着笛子。太宰大贰高远是笛子的师范，来御前侍候，〔主上自己的笛子和高远所吹的〕别的笛子反复吹奏催马乐里的《高砂》，说吹得非常的出色，也就是世上平常的说法〔，说不尽它的好处〕。高远陈说笛子的心得的事，很可佩服，中宫的女官们也都聚集在御帘前面，看着这种情形，那时自己觉得心里丝毫没有〔不如意事，〕有如俗语所说的“采芹菜”[25]的事了。

辅尹这人任木工允的职务，是藏人之一，[26] 因为举动很粗，殿上人和女官们给他起诨名曰“荒鳄”，且作歌云：

“粗豪无双的先生，
〔那也是难怪的呵，〕
因为是尾张的乡下人的种子。”

这是因辅尹乃是尾张的兼时的女儿所生的缘故。主上将这首歌用笛子吹奏，高远在旁助吹，且说道：

“更高声的吹吧，辅尹不会知道是什么事的。”主上答说道：

“这怎么行呢，虽说他不懂，辅尹也会听见的。”仍旧很是低声的吹着，随后到得中宫的那里，说道：

“这里那人不在了，可以高声的吹了吧。”便那样的吹奏了。这是很有意思的事。

第二六段　可憎的事续 [27]

信札措辞不客气的人，更是可憎。像是看不起世间似的，随意乱写一起那种文字，实在可憎得没法比喻。可是对于没有什么重要的人，过于恭敬的写了去，也是不对的事情。那种不客气的信札，自己收到不必说了，就是在别人那里收到，也极是可憎的。其实〔这不但是信札，〕对谈的时候也是一样，听着那无礼的言辞，心想这是怎么说出来的，实在觉得心里不痛快。况且更是关于高贵的人说这样无礼的话，尤其荒唐，很可憎恶。说男主人的坏话，也是很坏的事情。自己对于所使用的人，说"在"以及"说话"都用敬语，也是可憎的。这样办还不如自己说是"在下"[28]的好吧。即是没有客气，使用文雅的言辞，对话的人和旁边听着的人，也都高兴的笑了。但是觉得是这样，〔便乱用文雅的言语，〕使人家说是这是出于嘲弄的，那也是不好的。殿上人以及宰相[29]等人，对于他们毫不客气的直呼其名，甚为不敬，可是并不这么说，却是反对的对于在女官房做事的人，也称作什么"君"，〔她们因为向来没有听见过这么称呼，〕听了便觉得高兴难得，对着称呼的人非常的称赞了。称呼殿上人和公卿，除了在主上御前，都称他们的官职名。在御前说话，即使互相谈说，而主上可以听见的时候，〔不说名字，〕自称"本人"[30]，这也是很可憎的。这时候不说"本人"这句话，有什么不方便呢？[31]

没有什么特别可取的男子，用了假装的声音，做出怪样子来。滑不受墨的砚台。女官们的好奇，什么事情都想知道。本来就不讨人喜欢的人，做出讨厌的事情，这都是很可憎的。

一个人坐在车上，观看祭礼什么景物的男子，这是什么样子的人呀！〔同伴的人即使〕不是贵人也罢，少年的男子好奇喜欢看的也有，何不带着他乘车一起的看呢？从车帘里望过去，只有一个人的影子独自摆着架子，一心的看着的那副样子〔，真是可憎呵〕！

天刚破晓，〔从女人那边〕回去的男子，将昨夜里所放着的扇子，怀中纸片，摸索寻找，因为天暗便到处摸索，用手按扑，口中说是"怪事"，及至摸到了之后，悉索悉索的放在怀里，又打开扇来，啪啦啪啦的扇，便告假出去，这却是可憎，还是寻常的批评，简直可以说是一点没有礼貌了。同上面所说的事情一样，在深夜里〔从女人那里〕出去的人，乌帽子的带子系得很坚固的〔，是很可讨厌的事〕。这没有那么系得紧固的必要吧，只需宽宽的戴在头上，也未必会有人责备。非常的懒散，毫不整齐的，穿着直衣和狩衣，也都歪斜着，不见得有人看了会讥笑的。凡是破晓时候临别的情形，人们觉得最有情趣。大抵是男的总是迟迟不愿意起来，这是女的勉强催促，说："天已经大亮了，给人看见了怪不好看的。"男的却是叹口气，觉得很是不满足的样子，似乎起来回去也是很勉强的样子。老是坐着连下裳也并不穿，还是靠着女人的方面，将终夜讲了没有说完的话，在女人的耳边低声细说，这样的没有特别的事情，〔其时衣裳都已穿好，〕便系上了带子。以后将和合窗打开，又开了房门，二人一同出去，说尽闲等着一定是很不好过吧，这样说着话便轻轻的走去了，一面送着回去的后姿，这种惜别是很有情趣的。但是惜别也要看男子的行动而定。若是赶快就起来，匆匆忙忙的，将下裳的腰间带子紧紧的结了，直衣和外袍以及狩衣都卷着袖子，把自己的东西一切都塞在怀里，再把上边带子切实的系上，那就是很可憎的了。又凡走出去，不把门关上的人，也很可憎。

第二七段　使人惊喜的事

使人惊喜的事是，小雀儿从小的时候养熟了的，婴儿在玩耍着的时候走过那前面去，烧了好的气味的熏香 [32]，一个人独自睡着，在中国来的铜镜上边，看见有些阴暗了，[33] 身份很是上等的男子，在门前停住了车子，叫人前来问讯。洗了头发妆束起来，穿了熏香的衣服的时候。这时虽然并没有人看着，自己的心里也自觉得愉快。等着人来的晚上。听见雨脚以及风声，〔便都以为那人来了，〕都是吃一惊的。

第二八段　怀恋过去的事

怀恋过去的事是：枯了的葵叶。[34] 雏 [35] 祭的器具。在书本中见到夹着的，二蓝以及葡萄色的剪下的绸绢碎片。在很有意思的季节寄来的人的信札，下雨觉着无聊的时候，找出了来看。去年用过的蝙蝠扇 [36]。月光明亮的晚上。这都是使人记起过去来，很可怀恋的事。

第二九段　愉快的事

看了觉得愉快的事是，画得很好的仕女绘上画，有些说明的话，很多而且很有意思的写着。看祭礼的归途，见有车子上挤着许多男子，熟练的赶牛的人驾着车快走。洁白清楚的檀纸上，用很细的笔致，几乎是细得不能再写了，写着些诗词。河里的下水船的模样。牙齿上的黑浆 [37] 很好的染上了；双陆掷异同 [38] 的时候，多掷得同花。绢的精选的丝线，两股都打得很紧。请很能说话的阴阳师，到河边上，被除咒诅。[39] 夜里睡起所喝的凉水。在闲着无聊的时候，得有虽然不很亲密，却也不大疏远的客人，来讲些闲话，凡是近来事情的有意思的，可讨厌的，岂有此理的，这样那样，不问公私什么，都很清楚的说明白了，听了很是愉快的事。走到寺院去，请求祈愿，在寺里是法师，在社里是神官[40]，在预料以上的滔滔的给陈述出愿心来〔，这是很愉快的事〕。

第三〇段　槟榔毛车 [41]

槟榔毛车以缓缓的行走为宜，走的太急了，看起来有点轻浮了。网代车[42]则宜于急走，走过人家的门口，连看的时间都没有就走过去了，只见随从的人跑着走，心想这车里的主人是谁呢，也是很有意思的。若是慢慢的，很费时光的走着，那就很是不好。牛要额角小，那里的毛是白的，又它的腹下，脚尖，尾巴梢头也都是白的。马是栗色有斑纹的，又芦花毛的也是好的。此外是纯黑的，在四脚那里以及肩头都是白色的马。淡红色的身子，马鬣和尾巴全是白的，这真是所谓木藏鬣[43]的吧。赶牛的人要个子大，头发带红色，脸也是红的，而且样子很是能干似的。杂色人和随身[44]则是瘦小一点的好。就是身份好的男子，在年轻的时候也是瘦的好，很是肥大的人看去像是想要睡觉似的人。小舍人[45]要个子小，头发丰满，披在后头，声音很可爱的，规规矩矩的说话，很是伶俐的样子。猫要背上全是黑的，此外则都是白色。

第三一段　说经师 [46]

说经师须是容貌端丽的才好。人家自然注视他的脸，用心的听，经文的可贵也就记得了。若是看着别处，则所听的事也会忽而忘记，所以容貌丑陋的僧人，觉得使听众得到不虔诚听经的罪。但这话且不说也罢。若是再年轻一点，便会写出那样要得罪的话来吧，但是现在〔年纪大了，〕亵渎佛法的罪很是可怕呀。

又听说那个法师可尊敬，道心很深，便到那说经的地方，尽先的走去听，由我这样有罪业的人说来，似乎不必那样子做也行吧。有些从藏人退官的人，以前是全然隐退，也不参与前驱，也更不到宫禁里来露面，现在似乎不是这样了。所谓藏人的五位 [47] 虽退了职还在禁中急忙奔走，〔但是比起在职繁忙的情形来，〕便觉得闲着没有事干了，心里感觉着有了闲暇，于是便到这种说经场，来听过一两回的说经，就想时常来听了。在夏天盛暑的时候，穿着颜色鲜明的的单衣，着了二蓝或是青灰色裤子，在那里蹲着。在乌帽子上面插着"避忌"的牌子，今日虽然是忌日，但是出来赴功德的盛会，所以这样办显得是没有问题的吧。这样的赶忙来了，和说经的上人说话，后到的女车在院子里排列，[48] 也注意的看，总之凡事都很留心。有好久不见的人到来与会，觉得很是珍重，走近前去，说话点头，讲什么好笑的事，打开扇子，掩着口笑了，玩弄装饰的数珠，当作玩物来戏耍，这边那边的四顾，批评排在院子里的车子好坏，又说什么地方，有某人举办的法华八讲[49]，或者写经供养，比较批评，这时说经已经开始，就一点都没有听进去了。大概是因为平常听得多了，耳朵已经听惯了，所以并不觉得怎么新鲜了吧。

有些人却不是这样做，在讲师已登高座过了一会儿之后，喝道数声，随即停车下来，都穿着比蝉翼还轻的直衣，裤子，生绢的单衣，也有穿着狩衣装束的，年纪很轻，身材潇洒的三四个人，此外侍从的人有同样的人数，着了相当的服装，一同走了进来。以前在那里听着的人便稍为移动一下，让出座位来，在高座近旁柱子旁边，给他们坐了下来，到底是很讲规矩的贵人，便将数珠揉搓了，对于本尊俯伏礼拜，这在讲师大概是很有光荣的吧。想怎样传说出去，在世间有很好的声誉，就努力很好的讲说起来，但是听的方面却没有大的影响，或者归依顶礼，等到差不多的时候，就都站起来走了，一面望着多数的女车，自己讲着话，——这自己所讲是什么事呢，不免令人猜想。那些认得的人，觉得这样子是很有意思，那不知道的人也猜想说这是谁呀，这个那个的来想，也是很有意思的事吧。

"什么地方有说经了？这里是法华八讲。"有人讲起这种事情来时，人家问道：

"某人在那里么？"这边答说：

"他哪里会得不在呢？"好像是一定在那里似的，这未免太过了。这并不是说，说经场里连张望一下也是不行，听说有很卑贱的女人，还热心去听哩。但是当初去听的女人，没有那么徒步走去的。就是偶尔有徒步的，也都是穿那所谓"壶装束"[50]，一身装饰得很优雅的。那也是住寺院神社去礼拜罢了，说经的事也不大听见说起。在那时节曾经去过的人，如果现在还长命活着，看见近时说经的情状，那不知道要怎样的诽谤了吧。

第三二段　菩提寺

在菩提寺里，有结缘[51]的法华八讲，我也参加了。人家带信来说：

"早点回家里来吧，非常的觉得寂寞。"我就在莲花瓣[52]上写了一首歌回答道：

"容易求得的莲华的露，[53]

放下了不想去沾益，

却要回到浊世里去么？"

真是觉得经文十分可尊，心想就是这样长留在寺里也罢。至于家里的人像等湘中老人[54]一样，等着我不回去，觉得焦急，就完全忘记了。

第三三段　小白河的八讲

小白河殿是小一条的大将 [55] 的邸宅。公卿们在那里举行结缘的法华八讲，很是盛大的法会，世间的人都聚集了前去听讲。说道：

"去得晚了，恐怕连车子也没处放。"于是便同了朝露下来的时候前去，果然已是满了，没有空处了。在车辕上边，又驾上车子去，到了第三排还约略听得说经的声音。

是六月十几的天气，酷热为以前所不曾有过，这时只有望着池中的荷花，才觉得有点凉意。除了左右大臣之外，几乎所有的公卿们都聚集在那里了。多穿着二蓝的直衣和裤子，浅蓝的里衣从下边映透出来。稍为年老一点的人穿青灰色的裤子，白的里裤，更显得凉快的样子。佐理宰相 [56] 等人也更显得年轻了，也都到来，这不但是见得法会的尊严，也实在是很有意思的景象。

厢间的帘子高高的卷上，在横柱的上边的地方，公卿们从内至外很长的排坐着，在那横柱以下是那些殿上人和年轻的公卿们，都是狩衣直衣装束，很是潇洒的，也不定坐，这边那边的走着，也是很有意思的。实方 [57] 兵卫佐与长明侍从都是小一条邸的家人，所以比起别人来，出入更是自在。此外还在童年的公卿，很是可爱。

太阳稍为上来的时候，三位中将——就是说现在的关白道隆公，穿了香染[58]纱罗的里衣，二蓝的直衣和浓苏枋色的裤子，里面是笔挺的白色的单衫，颜色鲜明的穿着走了进来，比起别人都是轻凉的服装来，似乎觉得非常的热，却显得更是尊贵的样子。扇骨是漆涂的，与众人的虽有不同，用全红的扇面却和人家一样，由他拿着的模样却像是石竹花满开了，非常的美丽。

其时讲师还没有升座，看端出食案来，在吃什么东西。义怀[59]中纳言的风采，似乎比平日更是佳胜，非常的清高。本来公卿们的名字在这种随笔里不应当来说，但是过了些时日，人家便要忘记了，这到底是谁呢，所以写上了。此外各人的服装颜色光彩都很华丽的当中，只有他里边穿着里衣，外边披了直衣，这样子，似乎很是特别。他一面看着女车的方面，一面说着什么话，看了这情形，不觉得很意思的人，恐怕不会有吧。

后来到达的车子，〔在高座近旁已经没有余地，〕只能在池边停了下来。中纳言看见了，对实方君说道：

"有谁能够传达消息的，叫一个人来吧。"这样说了，不知道是什么人，选出一个人来。叫他去传达什么话好呢，便和在近旁的人商议，叫去说的内容这边没有听见。那使者很摆着架子，走近女车边去，大家都一齐大声的笑了。使者走到车子后边，似乎在传话的光景，但好久立着不动，大家都笑说笑说：

"这是在作和歌吧。兵卫佐，准备好作返歌[60]吧。"连上了年纪的公卿们也想早点听到回信，都向着那边看，其他露立的听众也都一样的望着，觉得很有意思。其时大概是已得了回信了吧，使者向这边走了几步，只见车里边用了扇子招他回去，这是和歌中的文字有的是用错了，所以叫了回去。但是以前等了不少工夫，大概不会得有错吧。就说是有了错，我想也是不应该更正的。大家等使者走近前来，都来不及的问询道：

"怎么啦，怎么啦？"使者也不答话，走到中纳言那里，摆了架子说话。三位中将从旁边说道：

"快点说吧，太用心过了，便反要说错了。"使者说道：

"这正是一样的事，〔反正都是扫兴的是了。〕"藤大纳言[61]特别比别人尽先的问道：

"那是怎么说的？"三位中将答道：

"这好像是将笔直的树木，故意的拗弯了的样子。"藤大纳言听说便笑了起来，大家也一齐笑了，笑声恐怕连女车里也听到了吧。中纳言问道：

"在叫你回去之前，是怎么说的呢？还是这是第二回改正了的话呢？"使者道：

"我站了很久，并没有什么回信，随后我说那么回去吧，刚要走来，就被叫转去了。"中纳言问道：

"这是谁的车呢？你有点知道么？"正说这话的时候，讲师升了高座了，大家静坐下来，都望着高座的这一刻工夫，那女车就忽然消灭似的不见了。车子的下帘很新似乎是今天刚用的样子，衣服是浓紫的单袭[62]，二蓝的绫的单衣，苏枋色的罗的上衣，车后面露出染花模样的下裳，摊开了挂着，这是什么人呢？的确是，与其拙笨的做什么歌，倒不如女车似的不答，为比较的好得多哩。

朝座讲经的讲师清范在高座上似乎发出光辉，讲的很好。但是因为今天的酷热，家里也有事情，非得今天里做了不可，原是打算略为听讲便即回去，却进在几重车子的里边，没有出去的法子。朝座的讲经既了，便想设法出去，和在前面的车子商量，大概是喜欢因此得以接近高座一点的缘故吧，赶快的将车拉开，让出路来，叫我的车子能够出去。大家看着都喧嚷着说闲话，连年纪稍大的公卿也一起在嘲笑，我并不理会，也不回答他们的话，只是在狭路中竭力的挤了出来。只听得中纳言笑着说道：

"唉，退出也是好的。"[63]觉得他说的很妙，但也不理会，只是在盛暑中退了出来，随后差人去对他说道：

"你自己恐怕也是在五千人的里面吧。"这样我就回了来了。

自从八讲的第一天起，直到完了为止，有停着听讲一辆女车，没有看见一个人走近前去过，只是在那里呆着，好像是画中的车的样子，觉得很是难得，也实在优胜。人都问道[64]：

"这是什么人呢？怎么样想要知道。"藤大纳言说道：

"这有怎样难得呢！真好讨厌，这不是很不近人情么？"说的也很有意思。

但是到了二十九日，中纳言却去做了和尚了，想起来真是不胜感慨。樱花的凋谢，还只是世俗常用的譬喻罢了。古人说"迨白露之未晞"[65]，叹息朝颜花的荣华不长，若和他相比，更觉得惋惜无可譬喻了。

第三四段 七月的早晨

七月里的时候，天气非常的热，各处都打开了，终夜也都开着。有月亮的时候睡醒了，眺望外边，很有意思。就是暗夜，也觉得有意思。下弦的在早晨看见的月光，更是不必说了。很有光泽的板廊的边沿近旁，铺着很新的一张席子，三尺的几帐站在里边一面，这是很不合理的。本来这是应当立在外边的，如今立在里边，大概是很关怀这里边的一方面吧。

男人似乎已经出去了。女的穿着淡紫色衣，里边是浓紫的，表面却是有点褪了色，不然便是浓紫色绫织的很有光泽的，还没有那么变得松软的衣服，连头都满盖了的睡着。穿了香染的单衣，浓红生绢的裤腰带很长的，在盖着的衣服底下拖着，大概还是以前解开的吧。旁边还有头发重叠散着，看那蜿蜒的样子，想见也是很长吧。[66]

这又不知道是从哪里来的，在早晨雾气很重的当中，穿着二蓝的裤子，若有若无的颜色的香染的狩衣，白的生绢的单衣，红色非常鲜艳的外衣，很为雾气所湿润了，不整齐的穿着，两鬓也稍微蓬松，押在乌帽子底下，也显得有点凌乱。在朝颜花上的露水还未零落之先，回到家里，赶紧给写后朝惜别[67]的信吧，归去的路上心里很着急，嘴里念着"麻地里的野草"，直往家里走去，看见这里的窗子已经打起，再揭起帘子来看，〔却见女人那么样的睡着，〕想见已有作别归去的男子，也是很有意思的事。〔这男子匆匆的归去，〕大约也觉得朝颜花上的露水有情吧。暂时看着，见枕边有一把朴树的骨，用紫色的纸贴着的扇子，展开着在那里。还有陆奥国纸裁成狭长的纸条，不知道是茜草还是红花染的，已经有点变了色，散乱在几帐旁边。

似乎有人来了的样子，女人从盖着的衣服里看出来，男的已经笑嘻嘻的坐在横柱底下，虽然是用不着避忌的人，但也不是很亲密的关系，心想给他看了自己的睡相[68]去了，觉得懊恨。男人说道：

"这很像是不胜留恋的一场早觉呀！"玩笑着说，把身子一半进到帘子里边来。女人答说：

"便是觉得比露水还早就出去了的人，有点儿可恨呵！"这本来并不是很有意思，特别值得记录的事情，但是这样的互相酬答，也是不坏。男人用了自己拿着的扇，弯了腰去够那在女人枕边的扇子，女人的方面怕他会不会再走近来，心里觉得怦怦的跳，便赶紧将身子缩到盖着的衣服里去。男人拿了扇子看了，说道：

"怎么这样的冷淡呀。"仿佛讽刺似的说着怨语，这时候天已经大亮了，渐有人的声音，太阳也将出来了吧。心想趁了朝雾没有散的时候，赶快的给写那惜别的信，现在这样的就要迟延了。旁人不免代为着急。从女人这边出去的那人，不知在什么时候所写，却已经寄信来了，信外附着带露的胡枝子，〔可是使者因为见有客人在这里，〕不曾送了上来。信上面熏着很浓厚的香，这是很有意思的。天亮了，人家看见了也不好意思，那男人就离开了这里走了，心里想自己刚才出来的女人那里，或者也是这样的情形吧，想起来也是很有趣的。

注　释

[1] 自十月至十二月，以竹箔截流为鱼梁，以捕冰鱼，在宇治川中最为有名，至春天则已过时。

[2] 红梅的衣服于十一二月中着用，表面用红，里面用紫色的夹衣。

[3] 产室本意是生产的房子，但古时习俗，常另有设备，不以寻常住屋充用。

[4]"虐待牛的"，意思不甚可解，别本作"车牛死亡了"，盖古代用牛驾车，没有牛则车便无甚用处了。

[5] 博士系学者的称号，古时大学寮中设有明经、明法、文章诸种博士，任教官之职，照例惟有男子得继承家学，若女子便不得做博士了。

[6] 古时阴阳家有"避忌方角"之说，如需出门往东而方向不利，则改道往南先至一人家，住宿一夜，次日前去便无妨碍，其家应加以款待。立春的前夜今称"节分"，原意则是节候之所由分，即是由立春以至立冬的前一日皆是，如逢此时没有宴飨，自然更觉得寂寞了。

[7] 旧时交通不便，如有问讯须由人专送，因此亦遂多附送礼物。

[8]结封系古时一种封信法，将信笺叠成细长条，做成两结，于结处墨涂作记，立封则上下端各一扭折，不似如今的封缄。

[9]古代除帝王乘辇外，余人并用牛车，这里是说将拉车的牛牵走了。

[10]古时结婚习惯，率由男子往女家就婚，晚去早归，亦有中途乖异，遂尔绝迹的。中国唐时似亦有此俗，见于传奇小说中，如《霍小玉传》。

[11]修验者系佛教真言密宗的一派，专修炼法术，为人治病驱妖，在古时甚见信用，一般有病的人大概多请其治疗。

[12]修验者行施法术，需用一个童子做神所依凭的东西，将妖精移在他身上，从他的口里，听取病情。

[13]国司即是郡守，所谓"前司"，意思即是说"前任的郡守"，表示并没有新的任命，所以仍旧称前次的官衔。

[14]桧扇是仪式上所用的扇子，乃是用桧或杉树的薄片所做，共三十九枚，用各种颜色的绢丝结合，上糊薄纸，加以绘画。

[15]香球系用麝香、沉香等入锦袋中，与艾和菖蒲相结合，下垂五色丝缕有八尺至一丈，以避邪秽，于端午节用以赠送。卯槌则于正月初次的卯日用之，亦有辟邪去恶的效用，系用桃木所做，凡长三寸，广一寸，用五色丝穿挂，长及五尺。

[16]为什么午睡起来洗浴是那么不好，其意义不能明了。又十二月

晦日的长雨，为什么是"精进的懈怠"，也是不明白，别本就没有这一句。"精进"本佛教用语，谓修道精进，后来则专指吃食，即吃菜忌荤腥。

[17] 白衣服系夏季的服装，至八月就不应再着用了。

[18] 当时为得避忌或祈愿，俗人常有在寺院住着数十日之久的。

[19] 人家正门大率南向，所以像个样子，北向则是后门了。

[20] "到了国府殿"是当时童谣的一句，今无可考。国府殿疑即国守。

[21] 乌帽子本是礼冠下的一种头巾，用黑绢缝作袋状，罩于发髻上面，但后来以纱或绢做成，上涂漆，便很有点坚硬了。

[22] 此处语意似重复，但原本却有分别，盖前者系对父母而言，后者则泛一般。

[23] 古时多有忌讳，打嚏的时候在旁的人每为咒诵，以避免灾祸，今俗信尚存留此习。唯自己咒诵，则为可憎的举动。

[24] 据说这是长保二年的事情，即是公历的一千年。

[25] 当时通行的一句俗语，谓心里有不如意的事叫"采芹菜"。其出处虽有种种说法，但皆不可靠。一说是出于"野人献芹"的故事。

[26] 辅尹为尾张守藤原兴方之子，木工允是木工寮的三等官，兼任六位的藏人。

[27]此一节原是第二四段的续文，皆说可憎的事物者，别本多与前文并合，联为一段，此系依《枕草子春曙抄》本，故仍分列。

[28]原本系汉文的"侍"字，乃动词的谦词，用于代名的第一位，今改译作代名词。

[29]宰相系参议官的名称，定员八人，以四位以上的公卿充任。

[30]原文为"麻吕"，古代无论男女自称的名词。

[31]即是可以不自称"本人"，不过用了反语罢了。

[32]旧时用各种香料熏衣，将衣被搭在熏笼上，犹现今用的香水。

[33]日本铜镜最初系从中国输入，认为是上等精品，甚见珍重，故以发现上面有阴影为忧虑。这一段原是说心里感觉怦怦的惊动，并不一定是惊喜，如这一则即是一例。

[34]四月中京都例有贺茂祭，很是热闹，从上贺茂的神山采来葵叶，作种种的装饰，或挂在柱帘上，直等到它凋落为止。

[35]用纸布木头泥土，作为男女人形，称为"雏"，本系人的替身，为修禊时祓除之用，后来转变为女儿的玩物，每年三月中陈列起来，有各种器具什物，是为雏祭。

[36]系是折扇，但只是一面用纸糊着，状如蝙蝠的翅膀。故有是名。

[37]旧时妇人多将牙齿染黑，用五倍子粉及铁浆做成，名为"齿

黑",此风一直维持下来,至明治维新时始见废止。

[38]双陆系古代游戏,从中国输入。用骰子两颗,凡掷得同花者为胜,异花为负。

[39]阴阳师属于阴阳寮的官员,专司卜筮及被除等事,凡人虑有人咒诅,率请其解除,则所有罪秽悉随水流去,以至冥土云。

[40]神官为神社里的职官,司祈祷的事,此系神道教的事情,与阴阳道从朝鲜中国传过去,出于道教者不同。

[41]这一节别本认为亦是说"愉快的事",所以与上文合并为一段。

[42]网代车为古时官吏常用的车,以桧皮编作箔为车身,上加漆绘,亦有用竹编的,因竹箔名为"网代",意云代网以捕鱼,故名。

[43]楮树皮经过处理,唯存纤维甚细,色白,故称木棉,谓马鬣的形状相似。

[44]杂色人系指无官位的人,因其袍色无规定,著杂色的服装,在牛车左右的一种侍从。随身则是贵人身边的护卫,以近卫府的低级职员充任。

[45]小舍人系官厅所使用的童儿,或可译作"小厮",但意思稍有不同,故仍用原名。

[46]这一段别本亦认为是说"愉快的事"的,与上文合并为一段。

[47]六位的藏人于退职时例进一级，故成为五位，旧例五位以上的官员得升殿，称为殿上人。唯藏人的五位因已退职，故不在此例。

[48]女人听说法得不下车，于院子里坐在车中坐听，但观下文似亦有不乘车而步行者，作者颇提出非难。

[49]"法华八讲"为讲《法华经》的法会。《法华经》凡八卷，由八人分讲，一日早晚各讲一卷，四日讲毕，但每卷也不是逐句讲说，只是择要讲解问答而已。八卷之外，又加起结各一讲，计共费五日，第三日讲第五卷时为中日，更举行特别的仪式。

[50]壶装束为中古时妇女外出时的服装，系以练衣被头上，头戴斗笠。"壶"字取义不详。有诸种说法皆不可靠。

[51]佛法很看重因缘，举行法事，与会者即与佛法有缘，法华八讲亦是其一。

[52]莲花瓣系纸做的，法会中有散华，乃以纸片做成莲花瓣，于行道时四面撒放。

[53]"莲花的露"指佛法，切合《妙法莲华经》，又菩提寺的名称也有关系，谓好容易来到菩提胜地，所以不想回到浊世去了。

[54]据《列仙传》里说，老人好黄老之书，在山中耽读，值湘水涨，君山成为湖中一岛，亦并不知道，忘记了回巴陵去了。

[55]小一条大将为藤原济时，乃当时权大纳言右近卫大将，乃左大臣师尹的次子。

[56]藤原佐理其时任参议，号称宰相，以书法有名。

[57]藤原实方为大将济时的儿子，其时任兵卫府的佐官。长明未详，或云即是长命君，见于《荣华物语》。

[58]香染系一种染色，亦称丁子染，乃用丁香煎汁染成，淡红而带黄色。

[59]藤原义怀为藤原伊尹的第五个儿子，其时任权大纳言。其妹怀子是花山天皇的生母，为当时外戚的最有权势者。宽和二年（九八六年）六月二十三日花山天皇因弘徽殿女御的死，不胜哀悼，于夜间潜出至花山元庆寺出家，至第二日义怀得知了这个消息，也相从落发做了和尚了。

[60]作和歌赠人，须得唱和，称为"返歌"，不然便要受人耻笑，说前世乃是不会叫的虫鸟。

[61]藤原为光，其时任大纳言，八讲的这年七月进为右大臣。

[62]两件单衣叠着，在边沿缀作一起，女官们的服装，自五月五日起着用。

[63]《妙法莲花经·方便品》中，释迦如来将为说"开三显一"的佛法时，有五千比丘起"增上慢"，以未得为已得，未证为已证，遽尔退出。释迦并不加以制止，但对弟子舍利弗说道："如是增上慢人，退亦佳矣。"中纳言引了经中典故；对作者的退出，巧妙的加以嘲笑。回答的话亦用同一典故，谓天气这样的热，恐怕你也将

退出，即是在增上慢的比丘五千人里边。

[64]《春曙抄》以为系作者问话，藤大纳言答说，似在赞许中途的退出，亦是一种说法。

[65] 旧本作"迫老年犹未到来"，以为未详所出，后人考订认为系《新敕撰集》中源宗于的歌，是咏朝颜花的，其中讹字亦遂加以订正了。

[66] 这一节是想象的描写一种场面，可以想见当时恋爱的情形。

[67] 古时男女婚姻皆男就女家寄宿，至次晨归去，即写信给女人惜别，称为"后朝"。原语为"衣衣"，谓男女各自着衣回去，"后朝"则是汉语的意译。

[68] 旧时习惯，妇女的睡相不能让别的男人看见，除了自己的丈夫。

泽泻也连名字都好玩，大概是〔头举得很高，〕像是很傲慢的样子吧。

第三五段　树木的花

树木的花是梅花，不论是浓的淡的，红梅最好。樱花是花瓣大，叶色浓，树枝细，开着花〔很有意思〕。藤花是花房长垂，颜色美丽的开着为佳。水晶花的品格比较低，没有什么可取，但开的时节很是好玩，而且听说有子规躲在树荫里，所以很有意思。在贺茂祭的归途，紫野附近一带的民家，杂木茂生的墙边，看见有一片雪白的开着，很是有趣。好像是青色里衣的上面，穿着白的单袭的样子，正像青栲叶[1]的衣裳，非常的有意思。从四月末到五月初旬的时节，桔树的叶子浓青，花色纯白的开着，早晨刚下着雨，这个景致真是世间再也没有了。从花里边，果实像黄金的球似的显露出来，这样子并不下于为朝露所湿的樱花。而且桔花又说是与子规有关，这更不必更加称赞了。

梨花是很扫兴的东西，近在眼前，平常也没有添在信外寄去的，所以人家看见有些没有一点抚媚的颜面，便拿这花相比，的确是从花的颜色来说，是没有趣味的。但是在唐土却将它当作了不得的好，做了好些诗文讲它的，那么这也必有道理吧。勉强的来注意看去，在那花瓣的尖端，有一点好玩的颜色，若有若无的存在。他们将杨贵妃对着玄宗皇帝的使者说她哭过的脸庞是"梨花一枝春带雨"，[2]似乎不是随便说的。那么这也是很好的花，是别的花木所不能比拟的吧。

梧桐的花开着紫色的花，也是很有意思的，但是那叶子很大而宽，样子不很好看，但是这与其他别的树木是不能并论的。在唐土说是有特别有名的鸟，[3]要来停在这树上面，所以这也是与众不同。况且又可以做琴，弹出各种的声音来，这只是像世间那样说有意思，实在是不够，还应该说是极好的。

树木的样子虽然是难看，楝树的花却是很有意思的。像是枯槁了的花似的，开着很别致的花，而且一定开在端午节的前后，[4]这也是很有意思的事。

第三六段　池

池是胜间田的池，磐余的池，赞野的池，在我以前到初濑去朝拜的时候，见那池里满是水鸟，在那里吵闹着，是很有意思的事。

无水的池，这很是奇怪，便问道：

"为什么给取那样的名字的呢？"人们回答说道：

"在五六月里，下着大雨的年头，这池里的水是没有的。但在很是旱干的时候，到了春初，却有很多的水。"我就想这样回答道：

"要是完全没有水，是干的话，那么就这样给取名字吧。现在是也有出水的时候，却是一概的叫它作无水了么？"

猿泽的池，采女在那里投了池，[5]天皇听说了，曾到过那里，这是很了不得的事。人麻吕作歌说："将猿泽的池里的玉藻，当作我的妹子的睡乱的头发，真是可悲呀。"再加称赞，这也是多余的事了。

御前的池，这是什么意思取这样的名字的呢？想起来很是有趣。镜的池〔也有意思〕。狭山的池，这觉得有意思，或者是因为联想起"三棱草"的歌[6]的缘故吧，恋沼的池。还有原之池，这是风俗歌里说的"别刈玉藻吧"，[7]因此觉得有意思的吧。益母的池，〔也是有意思的〕。

第三七段　节日

　　节日是没有能够及五月节的了。这一天里，菖蒲和艾的香气，和在一块儿，是很有意思的。上自宫禁里边，下至微末不足道的民家，都是竞争着把自己的地方插得最多，便到处都葺着，真是很少有的，在别的节日里所没有的。

　　这天的天气总是阴暗着，在中宫的殿里，从缝殿寮[8]进上用种种颜色的丝线编成的所谓香球，在正屋里御帐所在的左右柱子上悬挂着。去年九月九日重阳节的菊花，用了粗糙的生绢裹了进上的，也挂在同一的柱子上，过了几个月，到现在乃由香球替代了，拿去弃舍掉。这香球挂在那里，当然到重阳的菊花的节日吧。但是香球也渐渐的，丝线被抽去，缚了什么东西了，不是原来的样子了。

　　节日的供膳进上之后，年轻的女官们都插了菖蒲的梳子，竖着"避忌"[9]的牌子，种种的装饰，穿了唐衣和罩衣，将菖蒲的很长的根，和好玩的别的花枝，用浓色的丝线编成的辫束在一起，[10]虽然并不怎么新奇，值得特别提出来说，却也总是很有意思的。就说是樱花每年到春天总是开花，但因此觉得樱花也就是平凡的人，也未必会有吧。

　　在街上走着的女孩子们，也都随了她们的身份装饰着，自己感觉得意，常常看着自己的袖子，并且和别人的相比，说不出的觉得偷快，这时却遇见顽皮的小厮们，把那所挂的东西抢走了，便哭了起来，这也是很好玩的。

用紫色纸包了楝花，青色纸包了菖蒲的叶子，卷得很细的捆了，再用白纸当作菖蒲的白根似的，一同捆好了，是很有意思的。将非常长的菖蒲根，卷在书信里的人们，是很优雅的。为的要写回信，时常商量谈天的亲近的人，将回信互相传观，也是很有意思。给人家的闺女，或是贵人要通信的人，在这一日里似乎特别偷快，这是优雅而且有趣的。到了傍晚，子规又自己报名[11]似的叫了起来，这一切都是很有兴味的事情。

第三八段　树木

树木是枫[12]，五叶松，柳，桔。

扇骨木虽似乎没有什么品格，但在开花的那些树木都已凋谢的时候，一面变成纯是绿色了，它也不管季节，却有浓红的叶子，想不到的在青叶之中，长了出来，也是少有的。

檀树，〔这是可以做弓的材料，〕现在更不必多说了。这虽然并不限定说某一种树，但是寄生木的这名字，却是很有风情。荣木[13]，这是在贺茂的临时祭礼，举行御神乐[14]的时候,〔舞人拿着这树枝而舞,〕很是有意思。世上有各种的树木,只有这树被说是"神的御前的东西",这是特别有意义。

樟树在树木丛生的地方,也总不混在别的树木里生长着。因为枝叶太是繁茂,觉得有点可厌的样子,但是分作"千枝",常引例作为恋人[15]来说,可是有谁知道了枝的数目,却这样的说起来的了,想来是很有趣味的。

桧树,这也是生长在人迹罕到的地方的东西,"催马乐"的歌里有"三叶四叶的殿造好了"[16]的话,也觉得有意思。而且五月里,〔露水下来,〕它会学作雨声,[17]这也是很好玩的。

枫树,虽然是树很小,可是长出来的芽带着红色,都向着同一方面伸张开的叶子,花并不像花的样子,却好像什么虫的干枯了似的,觉得很有意思。

"明天是桧"树,[18]这在世上近地看不到,也不曾听说哪里还有。但是,到御岳去朝拜回来的人,有拿了来的。枝叶很是粗糙,似乎不好用手去碰它;但是这凭了什么,却给它取"明天是桧"的名字的呢?实在靠不住的预言呀。这预言是凭了谁呢,倒很想知道,想来很有意思。

鼠黐树,虽然不是特别值得说的树木,它的叶子很是细而且小,也是很有趣的。楝树,山梨树〔也是很有意思〕。椎木,在常绿的树中间虽然都是这样,但是椎木却是特别提出来，当作树叶不落的例子，也是有意思的事。

白橿的树，在深山树木之中更是离得人远了，大约只是染三位或是二位的衣袍的时节，人们才看到它的叶子[19]吧。虽然并不是引起什么了不起或是好玩的事情来说，它的模样像是一面落着雪似的，容易叫人看错，想起素盏鸣尊降到出云国的故事，看着人麻吕所作的歌，[20]非常的觉得可以感动。凡是人的讲话，或是四季的时节里，有什么有情味的，和有意思的事，听了记住在心里，无论是草木虫鸟，也觉得一点都不能看轻的。

交让木[21]的叶子丛生着，很有光泽的，非常青得好看，却想不到的，叶柄长的鲜红，很是庸俗，似乎不大相称，便觉得品格低了，但是也有意思。在平常的日月里，全看不见这东西，到了十二月晦日却行了时，给亡故的人们当盛载食物的器具，很引起人的哀感，但是在新年为的是延龄的关系，固齿的食物也用这作为器具，[22]这是为什么缘由呢？古歌里说："交让木变成了红叶的时光，才会忘记了你。"〔将绿叶不会变红，比喻恋爱的不变，〕这是很有道理的。

柏木，[23]很有意思。这个树里，因为有"守叶的树神"住着，所以也是可以敬畏。兵卫府的佐和尉，[24]也因此叫作"柏木"，这也是有意思的事。

棕榈树，虽然树木缺乏风情，但是有唐土的趣味，不像是卑贱的家里所有的东西。

第三九段　鸟

鸟里边的鹦鹉，虽然是外国的东西，可是很有情味的。〔虽是鸟类，〕却会学话人间的语言。还有子规，秧鸡，田鹬，画眉鸟，金翅雀，以及鹊类〔，也很有意思〕。

山鸡因怀恋同伴而叫了，所以看镜，〔见了自己的影子，以为是同伴了，〕用以自慰，实在很是有情的。至于〔雌雄〕隔着一个山谷，乃是很可怜了的。

鹤虽是个子很大，可是它的鸣声，说是可以到达天上，很是大方。头是红色的雀类，斑鸠的雄鸟，巧妇鸟〔，也都有意思〕。

鸳鸯的样子很不好看，眼神也是讨厌的，总之是不得人的好感，但是诗人说的在"万木的树林里不惯独宿"，所以在那里争夺配偶，想起来也是很有趣的。箱鸟[25]。

水鸟中鸳鸯是很有情趣的。据说雌雄互相交替着，扫除羽毛上的霜，这是很有意思的事情。都鸟[26]。古歌里说，河上的千鸟和同伴分散了，所以叫着〔，觉得是可怜〕。大雁的叫声远远的听着，很可感动的。野鸭也正如歌里所说的，拍着翅膀，把上面的霜扫除了似的，很有意思。

莺是在诗歌中有很好的作品留下来，讲它的叫声，以及姿态，都是美丽上品的，但是有一层，它不来禁中啼叫，实在是不对的。人们虽说"确是这样的"，但是我想这未必如此吧，十年来在禁中伺候，却真的一点声音都不曾听见。在那殿旁本来有竹，也有红梅，这都是莺所喜欢来[27]的地方呀。到得后来退了出来，在微末的民家毫无足观的梅花树上，却听见它热闹的叫着哩。夜里不叫，似乎它很是晚起，〔但这是它的生性如此，〕也没有什么办法。到了夏秋的末尾，用了老苍的声音叫着，被那些卑贱的人改换名字叫作"吃虫的"了，实在非常觉得惋惜而且扫兴。假如这是常在近旁的鸟，像麻雀什么，也就并不觉得什么了。歌人说的"从过了年的明日起头"，在诗歌里那么歌咏着，也就为的是在春天才叫的缘故吧。所以如只在春天叫着，那就多么有意思呵。人也是如此，如果人家不大把他当人，世间渐渐没有声望，也还有谁来注意，加以诽谤的呢？像鹞鹰乌鸦那样平凡的鸟类，世上更没有仔细打听它们的人了。因为〔莺和它们不是一样，〕原是很好的东西，所以稍有缺点，便觉得不满意了。

去看贺茂祭回来的行列，把车子停在云林院或是知足院前面的时候，子规在这时节似乎〔因了节日的愉快的气氛所鼓动，〕忍不住叫了起来，这时莺也从很高的树木中，发出和这声音学得很相像的叫声，[28]合唱了起来。这是说来很有趣味的事情。

子规的叫声，更是说不出的好了。当初〔还是很艰涩的〕，可是不知在什么时候，得意似的歌唱起来了。[29] 歌里说是宿在水晶花里，或是桔树花里，把身子隐藏了，实在是觉得有点可恨的也很有意思的事。在五月梅雨的短夜里，忽然的醒了，心想怎么的要比人家早一点听见子规的初次的啼声，那样的等待着。在深夜叫了起来，很是巧妙，并且抚媚，听着的时更是精神恍惚，不晓得怎么样好。但是一到六月，就一声不响了。在这种种方面，无论从哪一点来说它好，总都是多余的了。

凡是夜里叫的东西，无论什么[30]都是好的。只有婴儿或者不在其内。

第四〇段　高雅的东西

高雅的东西是，淡紫色的袙衣，外面着了白袭的汗衫的人。[31] 小鸭子。[32] 刨冰放进甘葛，盛在新的金椀[33]里。水晶的数珠。藤花。梅花上落雪积满了。非常美丽的小儿在吃着覆盆子〔，这些都是高雅的〕。

第四一段　虫

虫是，铃虫，松虫，[34]络纬，蟋蟀，胡蝶，裂壳虫[35]，蜉蝣，萤虫〔，都是有意思的〕。

蓑衣虫[36]是很可怜的。因为是鬼所生的，[37]怕他和父亲相像，也会有着可怕的想头，所以母亲便给他穿上粗恶的衣服，说道：

"现今秋风吹起来的时候，就回来的，你且等着吧。"说了就逃走了去了。儿子也不知道，等到八月里，听到秋风的声音，这才无依无靠的哭了起来："给奶吃吧，给奶吃吧！"[38]实在是很可怜的。

茅蜩〔也是很好玩的〕。叩头虫也是可怜的东西，这样虫的心里，也会得发起道心，[39]到处叩头行走着。又在意想不到的，暗的地方，听见它走着咯吱咯吱叩头的声音，也是很有意思的事情。

苍蝇那可以算是可憎的东西了。那样没有一点可爱极是可憎的东西，似乎不值得同别的一样来记载它，尤其是在什么东西上面都去爬，并且又用了湿的脚，到人的脸上爬着〔，那更是可恶了〕。有人拿它取名字[40]的，很是讨厌。

夏虫[41]很是好玩，也很可爱。在灯火近旁，看着故事书的时候，在书本上往来跳跃，觉得很有意思。

蚂蚁的样子看了有点可憎，但是身体非常的轻，在水上面能够行走，也是好玩的事。

第四二段　七月的时节

在七月里的时节，刮着很大的风，又是很吵闹的下着大雨的一日里，因为天气大抵是很凉了，连用扇也就忘记了，这时候盖着多少含着汗香的薄的衣服，睡着午觉，也实在觉得是有趣的事。[42]

第四三段　不相配的东西

不相配的东西是：头发不好的人穿着白绫的衣服，卷缩着的头发上戴着葵叶。[43] 很拙的字写在红纸上面。

卑贱的人家下了雪，又遇着月光照进里边去，是不相配，很可惋惜的。月亮很是明亮的晚上，遇着没有盖顶的大车，而这车又是用了黄牛[44]牵着的。年老的女人，肚子很高的，喘息着走路。又这样的女人有那年轻的丈夫，也是很难看的，况且对于他到别的女人那里去，还要感到妒忌。

年老的男人昏昏贪睡的模样，又那么样的满面胡须的人，抓了椎树的子 [45] 尽吃。牙齿也没有的老太婆，吃着梅子，装出很酸的样子〔，都是不相配的〕。

身份很低的女人，穿着鲜红的裤子。[46] 但是在近时，这样的却是非常的多。

卫门府的佐官的夜行，[47] 〔穿了那么样的装束，所以是不相配，但是〕狩衣装束那也是显得没有品格。又穿了人家看了害怕的赤袍，大模大样的〔在女官住房的左近〕徘徊，给人家看见了，便觉得很可轻蔑。而且〔因为职掌的关系〕就是偶然开点玩笑，也总是审问的那样，问道："没有形迹可疑的么？"六位的藏人，〔兼任着"检非违使"的尉官的，〕称为殿上的判官，有举世无比的权势，平民以及卑贱的人几乎认作别世界的人，不敢正眼相看的那么害怕着的人，却混在禁中的后殿一带的女官房间里，在那里睡着，这是很不相配的。挂在熏香的几帐的布裤，[48] 一定是很沉重而且庸俗，虽然是〔灯光照着〕是雪白的，推想起来〔决是不相配〕。袍子是〔武官照例的〕阙掖 [49] 的，像老鼠尾巴似的弯曲的挂着，这真是不相配的夜行人的姿态呵。在这职务的期间，还是谨慎一点子，不要〔去找女人〕才好吧。五位的藏人 [50] 也是一样的。

第四四段　在后殿

在后殿一带女官房里，女官许多人聚集在一起，将过往的人叫住了，随便谈话的时候，见有干干净净的男用人和小厮，搬运着漂亮的包裹或是袋子走过，里边包着衣服，露出裤子的腰带等，那是很有意思的。袋子装着弓箭，盾牌，枪和大刀，问道：

"这是什么人的东西呢？"答道：

"是某某爷的。"说着过去了，这是很好的。有些要装出架子，或是似乎怕羞的样子，说道：

"不知道。"或简直是听不见似的，走了过去，那很是可憎了。

在月夜里，空车[51]兀自走着。美丽的男子有着很是难看的妻子。胡须墨黑，样子很讨厌的年老的男人，在哄着刚会谈话的婴儿〔，那都是不相配的事情〕。

第四五段　主殿司的女官

主殿司的女官，也还是很有意思的一种职位。在身份不高的女人中间，这是最可羡慕的了。其实，就是身份好的人，也还是想让她去干的。年轻的时候，姿容端丽，假如服装平时也能穿的很漂亮，那便更好了。到了年纪老了，知道禁中的许多先例，不至于临事张皇，那是很像个样子的。心想有这么样的一个女儿，在主殿司里做事，容貌很是可爱，衣服也应了时节给做了，穿着现今时式的唐衣，那么的走着。

男人则做随身[52]也是很好的。有很年轻的美丽的公卿们，没有随身跟着，实在是很寒伧的。弁官本来也是很像样的好官职，但是穿的衣服的下裾很短，[53]又是没有随身，那是不大好的。

第四六段　睡起的脸

在中官职[54]机关所在西边的屏风外边，头弁[55]在那里立着，和什么人很长的说着话，我便从旁问道：

"那是同谁说话呀？"头弁答说：

"是弁内侍。"我说道：

"那是什么话，讲的那么久呵？恐怕一会儿大弁[56]来了，内侍就立刻弃舍了你去了吧。"头弁大笑道：

"这是谁呀，把这样的事都对你说了。我现在是就在说，即使大弁来了，也不要把我舍弃了吧。"

头弁这人，平常也不过意标榜，装作漂亮的样子，或是有趣的风流行为，只是老老实实的，显得很平凡似的，一般人都是这样看法，但是我知道他的深心远虑的，我曾经对中宫说道：

"这不是寻常一样的人。"中宫也以为是这样的。头弁时常说道：

"古书里[57]说得好，女为悦己者容，士为知己者死。"又说我们的交谊，是"远江的河边的柳树"[58]似的，〔无论何种妨害，都不会断绝的，〕但是年轻的女官们却很是说他坏话，而且一点都不隐藏的，说难听的话诽谤他道：

"那个人真是讨厌，看也不要看。他不同别人一样的，也不读经，也不唱曲，真是没有趣味。"可是头弁却对于这些女官讲也没有开口说话过，他曾这样的说道：

"凡是女人，无论眼睛是直生的，眉毛盖在额角上，或是鼻子是横生的，只要是口角有点爱娇，颐下和脖颈的一线长得美好，声音也不讨人厌，那就有点好感。可是虽然这样说，有些容貌太可憎的，那就讨厌了。"他是这样的说了，现今更不必说是那些颐下尖细，毫没有什么爱娇的人，胡乱的把他当作敌人，在中宫面前说些坏话的人了。

头弁有什么事要对中宫说的时候，一定最先是找我传达，若是退出在女官房里，便叫到殿里来说，或者自己到女官房里来，又如在家里时，便写信或是亲自走来，说道：

"倘若一时不到宫里去，请派人去说，这是行成这么来请传达的。"那时我就推辞说：

"这些事情，另外自有适当的人吧。"但是这么说了，并不就此罢休了。我有时忠告他道：

"古人万事随所有的使用，并不一定拘泥，还是这样的好吧。"头弁答说：

"这是我的本性如此呵。"又说明道：

"本性是不容易改的。"我就说道：

"那么过则不惮改，是说的是什么呢？"追问下去，头弁讪讪的笑说道：

"你我是有交谊的，所以人家都这么的说。既然这样亲密的交际，还用得着什么客气呢？所以且让我来拜见尊容[59]吧。"我回答道：

"我是很丑陋的，你以前说过，那就不会得看了中意，所以不敢给你看见。"头弁说道：

"实在要看得不中意也说不定，那么还是不看吧。"这样说了，以后偶然看到的时候，也用手遮着脸，真是不曾看见，可见是真心说的，不是什么假话了。

三月的下旬，冬天的直衣已经穿不住了，殿上宿直的人多已改穿罩袍罢了。一天的早晨，太阳方才出来，我同了式部女官睡在西厢房里，忽然里方的门拉开了，主上和中宫二人走了进来，赶快的起来，弄得非常张皇，很是可笑。我们披上唐衣，头发也来不及整理出来，那么被盖在里面[60]了，铺盖的东西还是乱堆着，那两位却进来了，来看待卫们出入的人。殿上人却丝毫不知道，都来到厢房边里说些什么。主上说道：

"不要让他们知道我在这里。"说着就笑了，随后即回到里边去，又说道：

"你们两人都来吧。"答道：

"等洗好了脸就去。"没有立刻上去。那两位进里边去之后，样子还是那么的漂亮，正在同式部闲话着的时候，看见南边拉门的旁边，在几帐的两端突出的地方，帘子有些掀开，有什么黑的东西在那里，心想是藏人说孝[61]坐着吧，也不怎么介意，仍旧说着话。忽然有笑嘻嘻的一个面孔伸了进来，这哪里是说孝，仔细看时，却完全是别个人。大吃一惊，笑着闹着，赶紧把几帐的帘幕整理好，躲了起来，〔却已经来不及，〕因为那是头弁本人呀。本来不想让他看了脸去的，实在是有点悔恨。同我在一起的式部女官，因为朝着这方面，所以看不见她的脸。头弁这时出来说道：

"这一回很明白的看见了。"我说道：

"以为是说孝，所以不曾防备着。以前说是不看，为什么这样仔细的端详的呢？"头弁回答说：

"人家说，女人睡起的脸相是很好看的，因此曾往女官的屋子里去窥探过，又想或者这里也可以看到，因此来了。还是从主上来到这里的时候就来了的，一点都没有知道吧。"自此以后，他就时常到女官房里，揭开帘子就走进来了。

第四七段　殿上的点名

殿上的点名是很有意思的事情。在主上的御前，侍臣们伺候着的时候，就那么的问姓名，是很好玩的。听见杂沓的脚步声，侍臣都出来的时候，在官房的东面提起耳朵来听着，听到认识的人报告，不知不觉的心里会得震动一下。又有些人在那里，却不大听见说起，这时听到了，又觉得是怎么样呢。报名的好与不好，或是难听，女官们一一加以批评，也是有意思的。

点名似乎已经完了吧，正说着的时候，卫士们鸣弦[62]作声，听见鞋子声响，全出去了。随后是藏人的很响的鞋声，走到殿的东北角的栏杆旁边，向着御前长跪[63]了，背对着卫士们，问道：

"某人到了么？"这样子很有意思。随后各自用了高低不一的声音，一一报名，有的人或者不到，由卫士首领说明不曾参加点名。藏人又问道：

"这是什么事由呢？"等说明了事故理由，方才回去

〔，这是惯例如此〕。可是藏人方弘[64] 没有问明不到的理由，公卿们加以注意，却大生其气，呵叱卫士的怠慢，要治他的罪。〔不但是殿上人，〕连卫士们也很笑他。

御厨房里的搁御膳食的架子上，〔这个方弘〕放上了鞋子，大家都在嚷说，〔要找鞋子的主人〕被除污秽，主殿司和别的人们替他过意不去，说道：

"这是谁的鞋子呢？我们不知道。"方弘却自己承认道：

"呀，这是方弘的龌龊的东西。"自己来取了去。这就引起了一场的骚动。

第四八段　使用人的叫法

年纪很轻，很有身份的男子，对身份很低的女人的名字，很是说惯了似的叫着，甚是可憎。虽然是知道，却是怎么样的，似乎只记得一半的样子，那么叫着，觉得有意思。走到宫禁里女官住所，或是夜里，这样的不确实的叫名字虽是不对；但禁中有主殿司，在别处也有武士或藏人驻在所，带了那里的人同去，叫他去叫就好了。自己叫的时候，声音立即被人家知道了。虽然不大好，但是叫下级的使女或是女童，却是不妨事的。

第四九段　年轻人与婴儿

年轻人同婴儿是要肥胖的好。国守什么在高位的人，个子胖大的很好，太是干瘦了，想必是很要着急的性子吧。

一切使用人里边，饲牛小厮[65]的服装很坏，那是顶不行的事情。别的使用人即使服装不好，跟在车子后边〔，还不大碍事〕。但是，在先头走着，人家所最先注目的人，却穿着的不干净，实在是很不适当的。在车子后边，跟着那些并没有什么特殊的仆从，很是难看。本来也有那身材灵巧的仆人或是随身的那里，却是穿了墨黑的裤子，而且衣裾也都乌黑，狩衣什么的都穿的皱着了，在跑着的车子旁边，从容的走着，看去不像是自己使用的仆役。总之如使用仆役，给他们穿得很坏，那是不对的。但是假如穿破了的，那便穿着很伏贴，还显不出大毛病来，可以无妨。在有些使用人的资格人家，叫小厮们穿了不干净的服装，实在是不合适的。凡在人家服役的人，作为那家里的一个人，或是差遣到别人家去，或是有客人来的时候，也是有很漂亮的小厮许多人用着，是很有意思的。

第五〇段　在人家门前

在一户人家的门前走过，看见有侍从模样的人，在地面上铺着草席，同了十岁左右的男儿，头发很好看，有的梳着发，有的披散着，还有五六岁的小孩，头发披到衣领边，两颊鲜红，鼓得饱饱的，都拿着玩具的小弓和马鞭似的东西，在那里玩耍着，非常的可爱。我真想停住了车子，把他抱进车里边来呢。

又往前走过去，〔在一家的门口，〕闻见有熏香的气味很浓厚，实在很有意思。又像样的人家，中门打开了，看见有槟榔毛车的新而且美好的，挂着苏枋带黄栌色的美丽的大帘，架在榻上 [66] 放着，这是很好看的。侍从的五位六位的官员，将下裳的后裾折叠，塞在角带底下，新的手板插在肩头，[67] 往来奔走，又有正装的背着箭袋的随身，走进走出的，这样子很是相配。厨房里的使女穿得干干净净的，走出来问道：

"什么人家的家人来了么？"这样的说，也是很有意思的。

第五一段　瀑布

瀑布是无声的瀑布〔，名字很有意思〕。布留的瀑布，据说法皇[68]曾经御览，所以是了不得的。那智的瀑布，那是〔在观音灵场的〕熊野，令人深深感动。轰鸣的瀑布，那是多么吵闹的，可怕的[69]瀑布呀！

第五二段　河川

河川是飞鸟川，渊与濑[70]没有一定，变动不常，很可感动。大堰川，水无濑川〔，也都有意思〕。耳敏川，又是为了什么，那么敏捷的听到[71]的呢？音无川，〔说川流没有声音，〕这又是意外的名字，觉得很好玩的。细谷川，玉星川，贯川，泽田川，这令人想起催马乐[72]来。不告川〔，也有意思〕。名取山，这也取得了什么名声，心想问了来看。吉野川。天川[73]，原来在天底下也有着哪。这里是"织女所宿的地方吧"，在原业平[74]歌咏过的，更是有趣味的事情了。

第五三段　桥

桥是浅水桥，长柄桥，天彦桥[75]，滨名桥，独木桥，佐野的船桥，歌结桥，轰鸣桥，小川桥，栈桥，势多桥，木曾路桥，堀虹桥，鹊桥[76]，相逢桥，小野的浮桥。山菅桥，听了名字觉得很有意思的，还有假寐桥。

第五四段　里

里是逢坂里，眺望里，寝觉里，人妻里，信赖里，朝风里，夕日里，十市里，伏见里，长居里。妻取里，这是自己的妻给人家所夺取了呢，还是自己强取了人家的妻子呢，无论是哪一种，都是很有意思的。

第五五段　草

草是菖蒲，菰蒲，葵，是很有趣味的。贺茂祭的时节，这是从神代以来，就拿葵叶插在头上的吧，实在是很有意思的。它的样子，也是很有趣味。泽泻[77]也连名字都好玩，大概是〔头举得很高，〕像是很傲慢的样子吧。三稜草，蛇床子，苔，羊齿，雪地中间露出的青草。酢浆草，当作绫织品的花样，也比别的东西更是有意思。

危草[78]，这草生在崖壁的突出的地方，的确是不大靠得住，很是可以同情。常春藤[79]因为生的地方，显得很是不安，也很可怜。这比那崖壁，又更容易要倒坏。但是若在真正的石灰墙上，那又很难生长，也觉得不好。无事草[80]，这是希望没有什么忧虑所以起这名字的吧，想来很有意思。又或者是愿意恶事都消灭呢，无论怎样都是有意思的。

忍草[81]，这是很有风趣的。在人家的檐端，或是什么突生的地方，拥挤的生长着的模样，实在很有意思。艾也是有趣，茅草花也有趣，至于莎草的叶更有趣味。此外圆的小菅，浮萍，浅茅，青鞭草〔，都有意思〕。木贼这种草，被风吹着所发生的声音，是怎的吧，想象了看，也觉得好玩的。荠菜，平芝[82]，也是很有意思的。

荷叶长得很可爱的样子，静静的浮在清澈的水面，有大的，也有小的，展开浮动着，很是有趣。把那叶子取了起来，印在什么上面，实在是非常觉得有意思。八重葎[83]，山菅，山蓝，石松，文殊兰，苇。葛叶被风吹的翻了过来，露出里边雪白的，也有意思。

第五六段　歌集

歌集是《古万叶集》[84]，《古今集》，《后撰集》。

第五七段　歌题 [85]

歌题是，京都，葛，三稜草，驹，霞，小竹，壶堇 [86]，背阴的地方，菰蒲，浅滩船 [87]，鸳鸯，浅茅，草皮 [88]，青鞭草，梨，枣，朝颜花 [89]。

第五八段　草花

草花是，瞿麦，中国的石竹更不必说了，就是日本的瞿麦，也是很好的。女郎花 [90]，桔梗，菊花会得处处变色的。菅茅 [91]。

龙胆花的枝叶虽然长得有点乱杂，但是在别的花多已经霜枯了的时候，独自开着很是艳丽的花朵，这是很有意思的。虽然不值得特别提出来，加以称道，镰柄花 [92] 却也是可爱的。但是那名字说是镰柄，也有点讨厌，汉文写作"雁来红"〔，却是很好的字面〕。岩菲 [93] 的花，色虽没有那样的浓，与藤花很是相像，春秋都开着花，也是很有意思的。

壶堇与堇花，似乎是同样的东西，到了花老了凋谢的时候，就是一样了。还有绣球菊〔，也有意思〕。夕颜[94]与朝颜相似，两者往往接连的说，花开也很有趣味，可是那果实的可憎模样，这是很可惜的事情。怎么会得长的那么大的呢，至少长得同酸浆一样的大小，那就好了。可是那夕颜的名字，却总是很有趣的。

苇花虽是全然没有什么可看的地方，但是古时有人称它作币束，所以也很有意思，不是寻常的东西。苇芽生长出来的时候，与尾花[95]不相上下，〔但是到了秋天一长了穗子，就大不相同了，〕在水边上想必很是有趣吧。人家说，在"草花"[96]里边，没有把尾花放进去，很是可怪。〔的确是的，〕在秋天的原野上看去，最有意思的要算是尾花了吧。穗子顶尖染着浓的苏枋色，为朝雾所濡湿而随风飘着，这样有趣味的事物，哪里还有呢？但是到了秋天的末尾，这就全没有什么可看了。种种颜色乱开着的花，都已凋谢之后，到了冬季，尾花的头已变成雪白了，蓬蓬的散乱着，也并不觉得，独自摇摆着，像是追怀着昔日盛时的样子。仿佛和人间很是相像。想起有些人来，正可比喻，觉得这更是特别的可怜了。

胡枝子[97]的花色很浓，树枝很柔软的开着花，为朝露所湿，摇摇摆摆的向着四边伸张，又向着地面爬着，那是很好玩的。尤其是取出雄鹿来，叫它和这花特别有关系[98]，也是很有意思的。

向日葵虽然是不见得有什么好处，但是随了太阳的移动而倾侧，似乎不是寻常的草木的心所能有，因此觉得是很有意思。花色虽不很浓，但并不劣于开花的棣棠。岩踯躅[99]也没有什么特点，可是歌里说是"折了来看"，也确是有意思的。蔷薇花若是走近看时，枝条〔上有刺〕是有点讨厌，可是花很有趣。在雨刚才晴了的水边，或是带皮的木材所造的阶段边，映着夕阳乱开着的情形，那是很有趣味的。

第五九段　担心的事

担心的事是，母亲遇着她出家的儿子上山修行十二年。[100]暗夜里，走到不知道的地方去，说是"太明亮了，反不大好"。灯火也不点，大家却都整齐的坐在那里。[101]新来的用人，什么性情也不知道，拿着重要的物件，差遣到别人家去，回来却是很晚了。还不会说话的吃奶的婴儿，反拗着身子，也不让人抱，只是哭着。暗黑的地方，吃覆盆子。[102]没有一个相识的人，一起在看热闹。[103]

第六〇段　无可比喻的事

无可比喻的事是，夏天和冬天，夜间和白昼，雨天和晴天，年轻人和老年人，人的喜笑和生气，爱和憎，蓝和黄檗，[104] 雨和雾。同是一个人，没有了感情，便简直觉得像别个人的样子。

常绿树多的地方，乌鸦在那里栖宿，到了夜里，有的睡相很坏，就跌了下来，从这树飞到那树，用了睡迷胡的声音叫喊起来，这与白天里所看见的那种讨厌样子全不相同，觉得很是好笑的。

第六一段　秘密去访问

秘密去访问〔情人〕的时候，夏天是特别有情趣。非常短的夜间，真是一下子天就亮了，连一睡也没有睡。无论什么地方，都从白天里开放着的，〔就是睡着〕也很风凉的看得见四面。也还是话说不了，彼此互相回答着，这时候在坐着的前面，听见有乌鸦高声叫着飞了过去，觉得自己是明白的给看了去了，很是有意思。

在冬天很冷的夜里，同了情人很深的埋在被窝里，卧着听撞钟声，仿佛是在什么东西的响着似的，觉得很有趣。

鸡声叫了起来，也是起初是把嘴藏在羽毛中间那么啼的，所以声音闷着，像是很深远的样子，到了第二次三次，便似乎近起来了，这也是很有意思的。

第六二段　从人

当作情人来访问的，那不必说了。有些是寻常交际走来谈天的，又或者并没有这种关系，只是偶然来访的人，看见帘内有许多女官，正说着话，便走进里边来，一时并没有回去的模样，同来的从者和小厮等得着急，说斧头的柄都要烂了[105]吧，拉长了声音打呵欠，心里独自说道：

"真是受不了。这所谓烦恼苦恼[106]的就是。已经是半夜了吧！"这是很讨厌的。但是说这样无聊的话的人，原来也不足怪，就是坐在那里的客人，虽然平常见闻当他是个高雅的人，这时候觉得这种印象也完全消失了。又或者没有这样的表现出来，不曾说话，只是"唉唉"高声的叹声，这令人想起"地下流水"[107]的歌词，觉得是很可笑的。又或者在屏风和竹篱外边，听见从者们说道：

"快要下雨了吧。"这也实在是可憎的。身份很好的人和公卿家的从人，虽然没有这个样子的，但在平常人的从者里边就多是如此了。在许多使用人中间，主人应当选择心地好的，带到外边来走才好。

注 释

[1] 青朽叶是一种织物的颜色，见卷一注 [12]，这里乃是用作譬喻，便是说在青的篱笆上，盖上一层嫩黄的叶子。

[2] 白居易的《长恨歌》中说杨贵妃见着使者："玉容寂寞泪阑干，梨花一枝春带雨。"

[3] 古时中国传说，世有圣人，凤凰乃出现，并且必定停在梧桐树上面。

[4] 中国旧时有"二十四番花信风"之说，楝花风为其中之一。据《荆楚岁时记》云："蛟龙畏楝，故端午以楝叶包粽，投江中祭屈原。"楝与端午的关系，其传说亦当起源于中国。

[5] 猿泽的池在奈良的兴福寺里。古时传说在建都奈良的时代，有一个宫里的采女，为天皇所宠幸，后来不再见召，乃怨望投池而死。天皇得知之后，特临幸此地，令人作歌哀悼她。相传人麻吕的歌即是其一。但据后人说，柿本人麻吕为公元七世纪时的歌人，上面所说的歌还远在以后的时代所作。

[6]《古今六帖》中有歌云："武藏的狭山之池里的三稜草，拉它起来就断了，我就是根将断了呀。"

[7]风俗歌云："鸳鸯呀，野鸭都来聚集的原的池里，别刈玉藻吧，让它继续生长吧。""玉藻"系藻的美称，不是一种藻。

[8]缝殿寮是职司裁缝御衣的地方，故端午节的香球等物，由其承办进呈。

[9]五月五日中国古时称为"恶日"，日本受中国的影响，故亦在避忌之列。

[10]这里说是将香球和花果的枝，也有用绢制造花的，用紫色的丝辫束在一起，挂在袖子上作为装饰。

[11]日本叫子规鸟为 hototogisu，说它自呼其名；又因啼声近似"hokekio"，说它能诵《法华经》，日本语音读相近。

[12]原文作"桂"，叶似白杨，两两相对。《史记》注云："枫为树厚叶弱茎，大风则鸣，故曰枫。"与下文之枫树有别。

[13]日本用自造的汉字，作木旁神字，系一种山茶科的常绿乔木。古来以其枝叶供神，故字从神木，荣木的名字则是从常绿的意思出来的。

[14]临时的贺茂祭在十一月下旬，禁中内侍所有御神乐，于其时献技，舞人手执荣木树枝。

[15]原歌见《古今六帖》，将樟树的多枝，比喻人的多有怀恋。原本"千枝"只是说树枝众多，现在却作实数说，戏言有谁曾经数过。

[16]催马乐本系民谣之一种，至平安时期列入雅乐中了。原歌意云，有如山百合的草茎分作三端四端，造成三栋四栋的殿，盖是颂祝营造的歌。

[17]据唐朝方干的诗云："长潭五月含冰气，孤桧终宵学雨声。"

[18]此树中国名"罗汉松"，日本名意云"明日成桧了"，故戏言这是谁所给的不很可靠的预言。

[19]这时候的服色，似四位以上皆是黑袍，染色例用皂斗，但其时或用白檀的叶子代替。

[20]白檀的树叶里边是白色，远远看去白色一片，几乎要看错是下雪，人麻吕有一首歌说及此事。但与素盏鸣尊（《古事记》中有须佐男命，读法相同，只是所用汉字不一样罢了）在出云国的事别无关系，或疑素盏鸣尊一句系属衍文。

[21]交让木为大戟科的常绿小乔木，其叶经冬不凋，至新叶发生，乃始落下，故有是名。日本新年取叶为装饰品，此种风俗至今仍存。

[22]日本迎接祖先的精灵，今但在旧历中元，但古时亦于除夕设祭。据《报恩经》云："十二月晦日午时来，正月一日卯时归。"元旦祝贺延龄，进固齿的食物，亦用交让木的叶子为垫，今唯用为装饰罢了。

[23]此并非中国的柏树，乃是槲树。因下文有"柏木"的成语，故此处未加改正。

[24]因为槲树的叶不即落下，留在树上直到春天，所以相信有守叶的树神住在里面。因为近卫府的官员是职司守卫的，后来便叫他为"柏木"云。兵卫府的佐是次官，尉则是三等官。

[25]鹬鸟，一说是翡翠，一说是雄鸡，究竟不知道是什么。

[26]都鸟，即是海鸥，因中国说鸥鸟便联想起海来，而都鸟却是在内河，特别是江户的隅田川。千鸟乃日本的一种候鸟，故有同伴失散之说，形似田鹬，喜在河海边居住。

[27]民间俗说，莺喜在梅花上定住，故诗画上二者每相连在一起。

[28]上文说莺啼只宜在春天，入夏便不佳，所谓已是"老声"。但这里说贺茂祭乃是四月中的事，莺学子规啼叫，却也是很有意思的，即对于前说多少的加以改订了。莺学子规固然不坏，但子规的鸣声自当更佳，所以下节接下去，是那么的说。

[29]子规初啼的时候，声音还是艰涩，但到了五月，仿佛是自己的时候到了，便流畅起来了。

[30]夜里叫的不但是子规，这里并包括水鸡，鹿，及秋虫等。

[31]这里所指当然是说女童。

[32]为什么这里说"小鸭子"是高雅的，殊不可解。或谓当解为"鸭蛋"，亦同样费解。

[33]甘葛即甘葛煎，古时未有蔗糖，故取甘葛煮汁，以助甜味。金

椀者金属碗。

[34] 日本古代用铃虫松虫的名称，与后世正相反，因为这里所谓铃虫现在称为松虫，中国名"金琵琶"，松虫则现名铃虫，即是中国的金铃子。

[35] 裂壳虫系直译原义，乃是小虾似的一种动物，附着在海草上边，谓干则壳裂，古歌用以比喻海女因恋爱烦闷，至将身体为之破灭。

[36] 蓑衣虫系蓑蛾的幼虫，集合枯枝落叶及杂物为囊自裹，正如人的披蓑衣，故有是名。

[37] 日本古时大概有这种民间传说。其所谓"鬼"盖系鬼怪，与中国的鬼不同，这里女人则系人类，故弃置鬼子而逃走。

[38] "给奶吃吧"原本作ちちこ（qiqiyo），系形容虫的叫声，qiqi的意义即是"乳"，盖指婴儿索乳时的啼声。

[39] "道心"即求道的心，谓叩头虫归依佛法，故到处礼拜。

[40] 日本古人中常见的有"虫麻吕"及"蝉丸"等人名，故亦可有人取名"蝇麻吕"者，但此纯是假设，实际上似并没有。

[41] 夏虫，为灯蛾的别名，但这里所写的似不是那种大的扑灯蛾子，却是指细小的青虫，其飞走甚为敏捷。

[42] 一说，这当是下文第一六五段的一节，因为那是说"风"的，也说的有道理，但作为独立的一段，却亦别有风趣。

[43]贺茂祭的时候，用葵叶作种种装饰，见卷二注[34]。卷缩发，一本作"白头发"。

[44]黄牛在古代算是高贵的东西，称为饴色的牛。

[45]椎木的实可食，但大抵皆小儿辈喜食，若须眉如戟的汉子贪吃此等东西，实可谓不相配。

[46]女官例着绯裤，这里作者盖深有慨于当时的风气的颓废。

[47]卫门府的佐官职司守卫官禁，故夜间巡行是其本职，但这里是并指夜游，谓其借此潜入女人的家里住宿。

[48]卫门府的佐官的裤子系用白色的粗布所制，所以说是沉重，而因为是白色，故鲜明易见。

[49]武官例着"阙掖"的袍，这和文官所穿的"缝掖"相对，盖谓腋下不缝，但如何挂了起来会像老鼠尾巴似的，则因衣制不很明了，所以也就不能了然了。

[50]此指不兼职兵卫府的藏人。

[51]"空车"有两种意思，一是空着没有人坐的车子，二是没有车盖的货车，这里盖是第一义。此一节盖是"错简"，系属于第四三段者，此说亦颇有理。

[52]随身见卷二注[44]。

[53]弁官犹后世的次官，专司事务奔走，为办事便利起见，衣裾特别的短。

[54]中宫职是专门管理中宫事务的机关，设在禁中。这一段是追记长德四年（九九八）三月里的事情。

[55]头弁即藤原行成，其时为权左中弁，兼藏人头。见卷一注[34]。

[56]大弁共有二人，其时左大弁是源扶义，右大弁是藤原忠辅，此处不知系指何人。

[57]这两句话出《史记·刺客列传》，是豫让所说的话。

[58]古歌里说，远江的河边的柳树，虽是砍伐了也随即生长，比喻二人的交情不会受外界的障害。

[59]古时女人的脸不轻易给男人看见，如相对说话的时候，也大抵用桧扇遮着脸，或者隔着帘子和几帐。

[60]日本旧时女人礼服是散着头发，披在礼服上面的，今因匆忙，所以将礼服披在头发的上边了。

[61]说孝姓藤原氏，其时任藏人。

[62]禁中卫士持弓作欲射状，弦鸣有声，称为"鸣弦"，云可辟除鬼怪，至今日本宫中犹有鸣弦的仪式，但由文官代办，不复用守卫

的兵士。

[63]原文云"高跪"，谓以膝着地，上半身直立，即中国古时的长跪。

[64]方弘即源方弘，由文章生出身，于长德二年正月补授藏人。

[65]饲牛小厮不论年龄老幼，都用这个名称。

[66]牛车不曾架着牛，却将辕放在一个架子上，这就叫作"榻"。

[67]下裳的衣裾很长，行动很不方便，有事的时候，便塞在带子里，手板即是朝笏，插在肩头，便空出右手来了。

[68]古代日本天皇多有让位出家者，上尊号曰法皇。这里所说，不知是指哪一个，五十九代的宇多法皇，或是六十五代的花山法皇。

[69]此盖专从瀑布的名字说话，如"无声的瀑布"说有意思，亦是如此。

[70]在《古今和歌集》里有歌云："世上什么是有常呢，飞鸟川的昨日的深渊，今日成为浅滩。"

[71]耳敏意云听觉灵敏，是一条小河，在京都中间流过。

[72]贯川与泽田川，均见于催马乐歌词中，所以联想了起来。

[73]天川即是天河，照道理来说应该是在天上，现在有天川这地方，那正在天底下也是有的。织女与牵牛二星，隔着银河相对，本是中国传说，日本沿袭用之。

[74]在原业平为日本九世纪时有名的歌人，有《伊势物语》一卷，相传即是讲他的恋爱故事之作。

[75]"天彦"亦作"山彦"，即是山谷间的人语的回声。

[76]中国传说，七夕乌鹊填桥，使织女牵牛得以会见，未必是实有这桥。下文相逢桥，亦疑系原来是乌鹊往来，相逢成桥，今误分为二，但或者系单独指二星相逢，亦未可知。

[77]"泽泻"日本原名可写作"面高"，谓高举其首，即傲慢的意思，故如此说。

[78]不知是何种植物，因生长于危险的地方，故名。

[79]常春藤俗名爬山虎，生在墙壁间隙中，与危草情形相似，因连类说及。

[80]无事草是什么未详，但其名字似在庆祝或颂祷平安的意思。

[81]忍草，原意如此，殆谓其能耐干旱，人取其根盘作圆圈，为檐下装饰，时沃以水则能出枝叶，繁绿可观。中国称海州骨碎补，只用作药品。

[82]"平芝"系直译原义,"芝"日本训作"草皮",平芝殆言草皮一片。

[83]八重葎者丛生的葎草,字书载葎似葛有刺,又据《本草》云:"葎草茎有细刺,善勒人肤,故名勒草,讹为葎草。"今俗呼为拉拉藤,猪不能吃,故又名猪殃殃。

[84]《万叶集》为日本最古的和歌总集,凡二十卷,成于公元七世纪中,编集人不详,后世考据多说是大伴家持所编,在作者当时因别有《新撰万叶》及《续万叶集》等名称,故称为《古万叶集》以示区别。《古今和歌集》亦二十卷,延喜五年(九〇五)奉敕所撰,系最早的敕选歌集,《后撰和歌集》则天历五年(九五一)告成,亦敕选凡二十卷。

[85]"歌题"原意是和歌的题目,但是咏和歌为什么以这些题目为限,似乎是个疑问。《春曙抄》疑为这不是平常的歌咏,或是一种特别体裁,如所谓"隐题"之类,古时有咏"物名"这一种,即是将物名咏入歌中,当作别的意义用,虽未必的确,也是一种解释。

[86]壶堇为堇花的一种,其叶圆而小,似乎瓶的样子,故名。

[87]底平而缘深的小船,利于行驶在浅滩的地方。

[88]此处原文曰"芝",普通训作"草皮",但亦可训作"柴木"。

[89]日本古时，桔梗，木槿及牵牛花，皆训作"朝颜"，但这里似专指木槿。《诗经》云："颜如舜华。"也是以木槿形容貌美，但并不含有朝开暮落的意思。

[90]女郎花，旧时传说有女子因恨男人的无情，投水而死，其衣朽腐，化为此花，因名为女儿花，中国则名为败酱。

[91]原文为"刈萱"，系茅之一种，叶可以盖屋，根用作刷帚，以洗什物。

[92]镰柄花，今称"叶鸡头"，即中国的"雁来红"。因镰柄的文字不雅观，故本文如是说。

[93]岩菲即剪春罗，虽然花开并不像藤花，或系别的花，待考。

[94]"夕颜"是与"朝颜"相对立的名称，乃是匏子的花。因为它开在傍晚，在苍茫暮色之中，显出白色的花朵，可以与早上开的朝颜相比。但本文中说它结实太大，那么所说的是瓢了，日本少瓠而多瓢，取其实刨皮为长条，晒干为馔，称曰"干瓢"。

[95]尾花也是芦花的一种，谓其形似马尾，与狗尾草别是一物。

[96]即是说在本章"草花"里，如不说及尾花，未免觉得可怪。

[97]胡枝子原文作"萩"，但中国训萩为萧，盖是蒿类，并非一物。《救荒本草》有胡枝子，叶似苜蓿而长，花有紫白二色，可以相当。

萩字盖是日本所自造，从草从秋，谓是秋天开花，有如山茶花日本名为椿花，从木从春会意，并非形声字。

[98] 日本古歌中说及鹿者，必连带的说胡枝子，其用意不详，但其由来已久。

[99] 岩踯躅即踯躅花，亦称杜鹃花，因其在山岩间故加岩字，中国俗称"映山红"，亦是此意。

[100] "山"指京都的比睿山。出家的人上山修行，凡历十二年，不能下山，山上又历代相传是"女人禁制"的，法师的父亲可以入山相访，若是母亲便不可能了。

[101] 这所说的是怎么一回事情，殊未能明了。

[102] 这句的含意，据《春曙抄》本说云，在暗中未能看见覆盆子美丽的颜色。但后世一般的解释，则多解为恐有虫也看不见。

[103]《春曙抄》本解释为如在乐人及行列之中，发现有相识的人则更有意思，唯似少为迂远，改为与不相识的人共观，比较合适。

[104] 旧时染色皆取诸植物，蓝是一种蓼科，黄檗则是乔木，树叶如漆树，夏日开小花，煮其树皮以染黄色。

[105] 这是说中国的"王质烂柯"的故事，王质入山采樵，看见仙人下棋，才下完一局，回过头来看自己的斧头柄已经腐烂，因为已

经经过了百年了。

[106]"烦恼苦恼"是佛经成语,当时盖很是流行,成为惯用语之一了。

[107]古歌有云:"心是地下流水,在那里翻腾,虽是不说出,却比说话更强。"

卷四

假如不能够被人家第一个想念的话，那么那样也没有什么意思，还不如被人憎恨，可恶着的好了。

第六三段　稀有的事

稀有的事是，为丈人所称赞[1]的女婿，又为婆母所怜爱的媳妇。很能拔得毛发的银的镊子，[2]不说主人坏话的使用人。真是没有一点的性癖和缺点，容貌性情也都胜常，在世间交际毫看不出一样毛病来的人，与同一地方做事的人共事，很是谨慎，客气的相处，这样小心用意的人，平常不曾看见过，毕竟是这种人很难得的缘故吧。

抄写物语[3]，歌集的时候，不要让书本上沾着墨。在很好的草子上，无论怎么小心的写着，总是弄得很脏的。

无论男人和女人，或是法师〔师徒的关系〕，就是交契很深的，互相交际着，也绝难得圆满到了末了的。〔很正直的〕容易使唤的使用人。将炼好的绢送给人去捶打，[4]到了捣好送来，叫人看了说道：啊，这真做得出色。〔这

样的事是平常不大会有的。〕

第六四段　后殿女官房

　　禁中的女官房，在后殿一带的最是有意思。将上半的挂窗钩上了，风就尽量的吹进来，夏天很是凉快。冬天雪和霰子，随着风一同的落下，也是很好玩的。房间很是狭窄，女童们走上来很不合适，[5] 放在屏风后边，隐藏起来，便不像在别的女官房里一样，不会大声的笑，就很好了。白天什么固然不能疏忽，要时刻留意，到了夜里更是如此，不好松懈，所以这是很有意思的。

　　〔在前面走过去的殿上人的〕鞋子的声音，整夜的听见，忽然的站住了，用了一个手指头敲门，心想这是那个人哪，也觉得有意思。敲门敲了许多时候，这边不发什么声音，那男的一定会想这是睡觉了吧，里边的人心里觉得不满，便故意动一动身子，或使衣服摩擦作响，〔使他听见，〕知道那么还没睡哩。〔男人在外边〕使用着扇子，这样子也可以听到。冬天在火盆里微微的动那火筷子的声音，虽然是轻轻的，外边听见了，更是敲门敲得响了，而且还出声叫门，这时候就静静的溜到门边去，问他是什么事情。

有时候大家吟诗，或是作歌，此刻即使不来敲门，这边就先把门开了，有许多人站集在一处，有的是平常想他不会到这里来的人。〔因为来的太多，〕没有法子进屋子里去，便都站着直到天明，这也是很有意思的。帘子是很青的也很漂亮，底下立着几帐的帷幕颜色又都鲜明，在那下边露出女官们的衣裳的下裾，多少的重叠着。贵公子们穿着直衣，在腰间总是开了线的，六位的藏人则穿着青色的袍子，在门的前面似乎很懂得规矩似的，并不靠着门，只是在庭前的墙壁前面，将背脊靠着，两袖拉拢了，很规矩的立着，也是很有趣的。

又穿着颜色很浓的缚脚裤，直衣也很鲜明的，披了出褀，现出种种色彩的下裳的贵人，把帘子从外面挤开了，上半身似乎是钻到里边去，这个情形从外边看去，是很有意思的。这人在那里把很华丽的砚台拉到近旁去，写起信来，或者借了镜子，在整理自己的鬓发，也都是有意思的事。

因为有三尺的几帐立在里边，有帛缘的帘子底下仅留有少许的空隙，所以在外边立着的人和里面坐着的女人说着话的时候，两边的脸正当着这个空隙，这是很有意思的。若是个子很高的，或是很矮的人，那就怎样呢〔，恐怕未必能恰好吧〕。也只有世间一般高低的人，才能够那样吧。

其二　临时祭的试乐 [6]

　　贺茂的临时祭的舞乐试习，是很有趣味的。主殿寮的官员高举着很长的火把，把头缩在衣领里走着，火把的尖头几乎碰着什么东西了，这时奏起很好听的音乐，吹着笛子，在后殿走过去，觉得特别的有意思。贵公子们穿着礼服正装，站下来说话，同来的随身们低声的又是很短的喝道，〔仿佛真是了人事似的，〕替他的主人作前驱，这声音与管弦的声相杂，听去与平常不同的很是好玩。

　　乃至夜深了，索性等到天亮，看乐人们的归来，听见贵公子们的歌声道：

　　"荒田里生长的富草 [7] 的花呀！"觉得这回比以前的更有意思，可是这是怎样的老实的人呢，有的急忙的一直退出去，大家都笑着，〔有一个女官〕说道：

　　"且等一会儿吧，为什么这样天还没有亮，就去的呢？"大概是有点不舒服吧，恐怕有人要追来，会得被捉住了的样子，几乎要跌倒了，那样张皇着，急忙的退出去了。

第六五段　左卫门的卫所

　　这是中宫暂住在职院 [8] 官署时候的事情，在那院子里树木古老郁苍，房屋很高，离人家很远，但是不知怎的觉得很有意思。中央的屋说是有鬼，便拿来隔绝了，在南边厢房里，设立几帐，作为御座，又在外边的厢房里住着女官们侍候着。

凡是从近卫御门进到，直到左卫门的卫所[9]的公卿们的呵殿的声音，平常总是很长，但在殿上人〔在官禁内〕则呵殿声很短，所以女官们分别出那是大前驱，或是小前驱来，纷纷的加以议论。因为回数听得多了，从这个声音大抵能够推测出来，说"这是谁，那是谁"了。或者有人说"这不对"，那就差遣人去看来，猜得对的于是非常的得意，说："你瞧，这可不是么！"这是很有意思的。

一天正值下弦，〔后半夜月色微明，〕院子里罩满了雾气，女官们出来闲走，中宫知道了也就起来了。在御前值班的女官们都来到院子里，在月下嬉游着，不觉天渐渐的亮了。我说道：

"我们到左卫门卫所去看吧。"大家都说我也去，我也去，追赶着一同前去。这时候，听见有许多殿上人吟诗的声音，说"什么的一声秋"[10]，似乎往职院来的光景，便都逃了进去，或者和殿上人说话。殿上人中间有的说道：

"你们是看月么？"便着实佩服，作起歌来。这个样子，无论白天夜里，殿上人来往没有断绝的时候，就是公卿们在上朝退朝的时节，如不是特别有紧急事情要办，也总是到职院的官署来走一转的。

第六六段　无聊的事

无聊的事是，好容易决定了到宫里出仕的人，懒于做事，觉得事情很麻烦。给人家也说什么话，自己也有不合适的事，平常总是说着："怎么样，还是退下去吧。"及至出去了，和家里双亲〔意见不合，〕又生怨恨，说不如还是进去吧。

养子的脸长得很讨厌的。〔双亲自身〕也不满意的男子，勉强招了来做女婿，结果不很如意，再来发牢骚的人。〔这些都是很无聊的事。〕

第六七段　可惜的事

可惜的事是替人代作的和歌很得到称赞。但这还算是好的。到远方去旅行的人，辗转的寻求关系，想得到介绍信，便即对于相识的人随随便便的写了一封信，交他送去，结果是收信的人说那缺少敬意，连回信也不肯给，那样就什么都没有用了。

第六八段　快心的事

快心的事是，献卯杖[11]时的祝词，神乐的舞人长，池里的荷叶遇着骤雨，御灵会里的马长，[12]祭礼里拿着旗帜的人。

第六九段　优待的事[13]

优待的事是：傀儡戏的管事人，除目[14]时候得到第一等地方的人。

第七〇段　琵琶声停

御佛名会[15]的第二天早晨，主上命令将绘有"地狱变"的屏风拿来，给中宫观看。这绘画画得十分可厌。虽然中宫说道：

"你看这个吧。"我却是答道：

"我决不想看这个。"因为嫌恶那画，便躲到中宫女官们的房子里睡了。

这时雨下得很大，主上觉得无聊，便召那殿上人到弘徽般的上房来，奏管弦的音乐作游戏。清方少纳言[16]的琵琶，很是美妙。济政的弹筝，行成吹笛，经房少将吹笙，实在很有意思的演奏了一遍，在琵琶刚才弹完的时候，大纳言[17]忽然高吟一句道：

"琵琶声停物语迟。"〔觉得很好玩，〕连隐藏了睡着的我也起来了，说道：

"慢佛法的罪虽然很是可怕，[18]但是听见了巧妙的话，也就再也忍不住了。"大家也都笑了。大纳言的声音并不怎么特别美妙，只是应了时地做得很适应罢了。

第七一段　草庵

头中将[19]听了什么人的中伤的虚言，对于我很说坏话，说道：

"为什么把那样子的人，当作普通人一般的看待的呢。"就是在殿上，也很说我的不好，我听了虽然觉得有点羞耻，但是说道：

"假如这是真的，那也没法，〔但若是谣言的话，〕将来自然就会明白的。"所以笑着不以为意。但是头中将呢，他就是走过黑门[20]的时候，听见我的声音，立即用袖子蒙了脸，一眼也不曾看，表示非常憎恶，我也是一句话都不辩解，也不看他就走了过去。

二月的下旬时候，下着大雨，正是非常寂寞的时节，遇着禁中有所避忌，大家聚在一处[21]谈话，告诉我说：

"头中将和你有了意见，到底也感觉寂寞，说要怎么样给通个信呢。"我说道：

"哪里会有这样的事呢。"第二天整天的在自己的屋子里边，到了夜间才到了宫中，中宫却已经进了寝殿去了。〔值夜班的女官们〕在隔壁的房间里把灯火移到近旁来，都聚集在一处，做那"右文接续"[22]的游戏。看见我来了，虽然都说道：

"啊呀，好高兴呀！快来这里吧。"但是〔中宫已经睡了，〕觉得很是扫兴，心想为什么进宫里来的呢，便走到火盆旁边，又在这里聚集了些人，说着闲话。这时忽然有人像煞有介事的大声说道：

"什么的某人[23]到来了。〔请通知清少纳言吧。〕"我说道：

"这可奇了。〔我刚才进来，〕在什么时候又会有事情了呢？"叫去问了来，原来到来的乃是一个主殿司的官人。[24]说道：

"不单是传言，是有话要直接说的。"于是我就走出去问，他说道：

"这是头中将给你的信。请快点给回信吧。"我心想头中将很觉得讨厌我，这是怎样的信呢，并没有非赶紧看不可的理由，便说道：

"现在你且回去吧。等会儿再给回信就是了。"我把信放在怀里，就进来了。随后仍旧同着别人说闲话，主殿司的官人立即回来了，说道：

"说是〔如果没有回信，〕便将原信退回去吧。请快点给回信吧。"这也奇了，又不是《伊势物语》，是什么假信[25]呢，打开来看时，青色的薄信纸[26]上，很漂亮的写着。内容也很是平常东西，并不怎样叫人激动，只见写着道：

"兰省花时锦帐下。"随后又道：

"下句怎样怎样呢？"那么，怎样办才好呢？假如中宫没有睡，可以请她看一下。现在，如果装出知道下句是什么的样子，用很拙的汉字写了送去，也是很难看的。一边也没有思索的工夫，只是催促着回信，没有法子便在原信的后边，用火炉里的烧了的炭，写道：

"草庵访问有谁人？"[27]就给了送信的人，此外也并没有什么回信。

这天一同的睡了，到第二天早上，我就很早回到自己的房里，听见源少将[28]的声音夸张的叫喊道：

"草庵在家么，草庵在家么？"我答道：

"哪里来的这样孤寂的人呢？你如果访问玉台[29]，

那么就答应了吧。"他〔听见回答的声音〕就说道：

"啊呀，真高兴呀。下来在女官房里了么，我还道是在上头，想要到那里去找呢。"于是他就告诉我昨夜的事情：

"昨夜头中将在宿直所里，同了平常略为懂得事情的人，六位以上的官员聚在一起，谈论人家种种的事情，从过去说到现在，末了头中将说道：

'自从和清少纳言全然绝交以后，觉得也总不能老是这样下去。或者那边屈伏了我就等着她来说话，可是一点都不在意，还是满不在乎似的，这实在是有点令人生气。所以今夜要试一试，无论是好是坏，总要决定一下，得个解决。'于是大家商量了写了一封信，〔叫人送了去，〕但是主殿司回来说：

'她现在不立刻就看，却走进去了。'乃又叫他回去，大家嘱咐他说：

'只要捉住她的袖子，不管什么，务必要讨了回信回来，假如没有的话，便把原信拿了回来！'在那么大雨中间差遣他出去，却是很快的就走回来了。说道：

'就是这个。'拿出来的就是原来的信。那么是退了回来吧，打开来看时，头中将啊的叫了一声。大家都说道：

'怪了，是怎么回事？'走近了来看这信，头中将说道：

'了不得的坏东西！[30] 所以那不是可以这样抛废掉的。' 大家看了这信，都吵闹起来：

'给接上上句[31]去吧。源少将请你接好不好？' 一直思索到夜深，终于没有弄好，随即停止了。这件事情，总非宣传世间不可。" 大家就那么决定了。就是这样的听去也觉得是可笑的夸说，末了还说道：

"你的名字，因为这个缘故，就叫作草庵了。" 说了，便急忙的走了。我说道：

"这样的很坏的名字，[32] 传到后世去，那才真是糟心呢。"

这时候修理次官则光[33]来了，说道：

"有大喜事该当道贺，以为你在官里，所以刚才是从上边出来的。" 我答说道：

"什么事呀？不曾听说京官有什么除目，那么你任了什么官[34]呢？" 则光说道：

"不是呀，这实在的大喜事乃是昨夜的事，为的想早点告诉你，老是着急，直等到天亮。比这更给我面子的事，真是再也没有了。" 把那件事情从头的讲起，同源中将说的一样。随后又说道：

"头中将说，看那回信的情形，我就可以把清少纳言这人完全忘却[35]了，所以〔第一回送信的人〕空手回来，倒是觉得很好的。〔到第二回〕拿了回信来时，心想这是怎样呢，不免有点着急，假如真是弄得不好，连这老兄的面子上也不大好吧。可是结果乃是大大的成功，大家都佩服赞叹，对我说道：

'老兄，你请听吧。'我内心觉得非常高兴，但是却说道：

'这些风雅方面的事情，我是没有什么关系的。'大家就说：

'这并不叫你批评或是鉴赏，只是要你去给宣传，说给人们去听罢了。'这是关于老兄的才能信用，〔虽似乎估计得不高，〕有点儿觉得残念，但是大家来试接上句，也说：

'这没有好的说法，或者另外做一首返歌[36] 吧。'种种商量了来看，与其说了无聊的话给人见笑反而不好，一直闹到半夜里。这岂不是对于我本身和对于你都是非常可喜的事么？比起京官除目得到什么差使，那并算不得什么事了。"我当初以为那只是头中将一个人的意思，却不知道大家商议了〔要试我〕，不免懊恨，现在听了这话，这才详细知道，觉得心里实在激动。这个兄妹的称呼，连上头都也知道，平常殿上不称则光的官衔，都叫他作"兄台"。

说着话的时候，传下话来道："赶紧上去吧。"乃是中宫见召，随即上去，也是讲的这一件事情。中宫说道：

"主上刚才来到这里，讲起这事，说殿上人都将这句子写在扇上拿走了。"这是谁呢，那么样的宣传，真觉得有点出于意外。自此以后，头中将也不再用袖子蒙着脸，把那脾气全改好了。

第七二段　二月的梅壶

第二年的二月二十五日，中宫迁职到职院去了，我没有同去，仍旧留在原来的梅壶，[37] 到了第二天，头中将有信来说道：

"我在昨天晚上，到鞍马寺来参拜，今夜预备回去，但是因为京都的'方角'不利，改道往别的地方去。从那里回来，预计不到天明便可以到家。有必须同你一谈的事情，务请等着，希望别让很久的敲你的门。"信里虽是这样的说，但是御匣殿 [38] 的方面差人来说道：

"为什么一个人留在女官房里呢，到这里来睡吧。"因此就应召到御匣殿那里去了。在那里睡得很好，及至醒了来到自己的屋里的时候，看房子的使女说道：

"昨天晚上，有人来敲门很久，好容易起来看时，客人说，你对上头去说，只说这样这样好了，但是我说道，就是这样报告了，也未必起来，因此随又睡下了。"听了也总觉得这事很是挂念，主殿司的人来了，传话道：

"这是头中将传达的话，刚才从上头退了下来，有事情要同你说呢。"我便说道：

"有些事情须得要办，就往上边的屋子里去，请在那里相见吧。"若是在下边，怕要〔不客气的〕掀开帘子进来，也是麻烦，所以在梅壶的东面将屏风打开了。说道：

"请到这里来吧。"头中将走近来，样子很是漂亮。樱的直衣很华丽的，里边的颜色光泽，说不出的好看，葡萄色的缚脚裤，织出藤花折枝的模样，疏疏朗朗的散着，下裳的红色和砧打[39]的痕迹，都明了的看得出来，下边是渐渐的白色和淡紫色的衣服，许多层重叠着。因为板缘太狭，半身坐在那里，上半身稍为靠着帘子坐着，这样子就完全像是画里画着，或者是故事里写着，那么样的漂亮。

院子里的梅花，西边是白色的，东边乃是红梅，虽然已经快要凋谢了，也还是很有意思的，加上太阳光很是明亮优闲，真是想给人看哩。若是帘子边里有年轻的女官们，头发整齐，很长的披在背后，坐在那里，那就更有可以看得的地方，也更有风情。可是现在却过了盛年，已经是古旧的人们，头发似乎不是自己的东西的缘故吧，所以处处卷缩了散乱着，而且因为还穿着灰色丧服，[40]颜色的有无也看不出，重叠着的地方[41]也没有区分，毫不见有什么好看，特别因为中宫不在场，大家也不着裳，只是上边披着一件小袿，这就把当时的情景毁坏了，实在很是可惜的事情。

头中将首先说道：

"我就将上职院里去，有什么要我传言的事情么？你什么时候上去呢？"随后说道：

"昨天晚上〔在避忌方角的人家，〕天还没有亮就出来了，因为以前那么说了，以为无论什么总会等着，在月光很是明亮的路上，从京西方面赶了来。岂知敲那女官房的门，那使女好容易才从睡梦里起来，而且回答的话又是那么拙笨。"说着笑了，又说道：

"实在是倒了楣了。为什么用那样的使女的呢？"想起来这话倒是不错的，觉得很有点对不起，也很有点好笑。过了一会儿，头中将出去了。从外边看见这情形的人，一定很感觉兴趣，以为帘子里边一定有怎么样的美人在那里吧。若是有人从里边看见我的后影的，便不会想象在帘子外面，有那样的美男子哩！

那天到了傍晚了，就上去到了职院。在中宫的面前有女官们许多聚集，在评论古代故事的巧拙，什么地方不好，种种争论，并且举出〔《宇津保物语》里的〕源凉和仲忠 [42]的事来，中宫也来评定他们的优劣。有一个女官说道：

"先来把这一点评定了吧。仲忠的幼小时候的出身卑微，中宫也正是说着呢。"我说道：

"〔源凉〕怎么及得他呢？说是弹琴，连天人都听得迷了，所以降了下来，可那是没用的人呀。源凉得着了天皇的女儿了么？"这时有偏袒仲忠的女官觉得我也是仲忠的一派，便说道：

"你们请听吧。"中宫说道：

"比这更有意思的事，是午前齐信进宫里来了，若是叫你看见了，要怎样的佩服，要不知道怎样说好了。"大家也都道：

"真是的，要比平常真要漂亮得多了。"我就说道：

"我也为了这件事想要来说的，可是为小说里的事一混，就过去了。"于是就把今天早上的事说了，人家笑说道：

"这是谁也都看见的，但是却没有人，像你那样的连衣缝针脚都看清楚了的。"又说道：

"头中将说京的西边荒凉得很呢。若是有人同去看来，那就更有意思呢。墙壁都已倒塌，长了青苔，宰相君[43]就问道：

'那里有瓦松么？'大为称赞，便吟咏着'西去都门几多地，'[44]的诗句。"大家扰嚷的都说着话，讲这故事给我听，想起来实在是很有兴趣的事。

第七三段　昆布

我有一个时候，退出宫禁，住在自己家里，那时殿上人来访问，似乎人家也有种种的风说。但是我自己觉得心里没有什么隐藏的事情，所以即使有说这种话的人，也不觉得怎么可憎。而且白天夜里，来访问的人，怎好对他们假说不在家，叫红着脸归去呢。可是此外本来素不亲近的人，来找事件来的也并不是没有。那就实在麻烦，所以这回退出之后的住处，一般都不给人家知道，只有经房和济政诸位，知道这事罢了。

有一天，左卫门府尉[45]则光来了，讲着闲话的中间，说道：

"昨天宰相中将[46]说，你妹子的住所，不会不知道的。仔细的询问，说全不知道，还是执拗的无礼追问。"这样说了，随后又道：

"把真事隐藏过了，强要争执，这实在是很难的事情。差一点就要笑了出来，可是那位左中将[47]却是坦然的，装出全不知情的模样，假如他对了我使一个眼神，那我就一定要笑起来了。为的躲避这个困难的处境，在食案上有样子并不漂亮的昆布在那里，我就拿了这东西，乱七八糟的吃，借此麻糊过去，在不上不下的时候，吃这不三不四的食物，人家看了一定要这样的想吧。可是这却弄得很好，就不说什么的过去了。若是笑了出来，这就要不行了吧。宰相中将以为我是真不知道吧，实在这是可笑的事。"我就对他说道：

"无论如何，决不可给他知道呵。"这样说了，经过了许多日子。

一天的夜里，已经夜很深了，忽然有人用力的敲门，心想这是谁呢，把离住房不远的门要敲的那么响，便差去问的时候，乃是卫门府的武士，是送信来的，原来是则光的书信。家里的人都已睡了，拿灯来看时，上面写道：

"明天是禁中读经结愿 [48] 的日子，因此宰相中将也是避忌的时候，那时要追问我，说出你妹子的住所，没有别的法子可想。实在更隐藏不下去了。还是告诉他真实的地方呢？怎么办呢，一切听从你的指示。"我也不写回信，只将一寸左右的昆布，[49] 用纸包了送给他。

随后则光来了，说道：

"那一天晚上，给中将追问了一晚上，不得已便带了他漫然的在不相干地方，去走了一通。他热心的追问，这很是难受呀。而且你又没有什么回信，只把莫名其妙的一片昆布封在里边送了来，我想是把回信拿错了的吧。"这才真是怪的拿错的东西呢！也没有把这样的东西，包来送给人的。〔这里边谜似的一种意思，〕简直的没有能够懂得。觉得很是可气恼，我也不开口，只把砚台底下的纸扯了一角，在边里写道：

"潜在水底的海女的住处，

不要说出是在哪里吧，

所以请你吃昆布[50]的呀。"

则光见我在写字，便道：

"你是在作歌呀！那么我决不看。"便用扇子将纸片扇了回来，匆匆的逃去了。

平时很是亲密的交际，互相帮助着的时候，没有什么特别的事情，到得后来有点隔阂了，则光寄信来说道：

"假如有什么不合适的事情，请你不要忘记了以前所约的，即使不算是自家人，也总还是老兄的则光，这样的看待才好。"则光平常常是这样的说：

"凡是想念我的人，不要作歌给我看才好。这样的人我都当作仇敌，交际也止此为限了，所以想要和我绝交的时候，就请那么作歌寄给我吧。"因此就作了一首歌，当作回信道：

"在妹背山[51]崩了之后，

更不见有中间流着的

吉野川的河流了。"

这寄去了之后，大概真是不看这些和歌吧，就没有回信来。其后则光叙了五位的官位，做了远江介这地方官去了，我们的关系就是那么的断绝了。

第七四段　可怜相的事

叫人看了觉得可怜相的事是，流着鼻涕，随即擤去了，那种说话的声音。[52]〔女人〕拔眉毛的那种姿态。[53]

第七五段　其中少女子

在前回去过左卫门的卫所[54]之后，我暂时退归私宅，那时得到中宫的信，说"快进宫里来吧"。在信里并且说道：

"前回你们到左卫门的卫所去的侵晨的情形，总还是时常回想起来，你怎么却这样无情义的忘却了，老在家里躲着呢？我以为你也一定觉得很有意思的呢。"就赶紧回答，表示惶恐之意，随后说道：

"我怎么会不觉得那时的有意思呢？就是中宫关心我们的事情，我想那也像是源凉[55]说的其中的少女子一般，即是对于侵晨的光景，感到兴趣吧。"不久那女官的使者走来，传述中宫的话道：

"对于仲忠非常偏袒的你，却是为什么如今说出叫他丢脸的话[56]来呢？就在今天晚上，放下一切的事情，进宫来吧，若是不然，就要加倍的恨你了。"我回答道：

"就是寻常的怨恨，已经是不得了，何况说是加倍呢，那就连性命也只得弃舍了。"这样说，我就进宫去了。

第七六段　常陆介

中宫住在中宫职院官署的时候，在西边厢房里时常有昼夜不断的读经会，[57]挂着佛像，有法师们常在那里，真是非常难得的事。读经开始刚过了两天，听见廊外有卑贱似的人说话道：

"佛前的供品有撤下来的吧？"法师就回答说：

"哪里会有，时候还早哩！"心想这是什么人在说话呢，走出去看时，原来是一个年老的尼姑，穿着一件很脏的布裤，像是竹筒似的细而短的裤脚，还有从带子底下只有五寸来长，说是衣也不像衣的同样的脏的上衣，仿佛像是猴子的模样。我问道：

"那是说的什么呀？"尼姑听了便用假嗓说话道：

"我是佛门的弟子，所以来请佛前撤下来的供品，可是法师们却吝惜了不肯给。"说话的调子很是爽朗而且文雅呢。本来这种人，要是垂头丧气的，便愈能得人的同情，可是这人却是特别爽朗呀。我便问道：

"你不吃别的东西，只是吃佛前撤下来的供品么？那是很难得的事呀。"她看见话里有点讥刺的意思，答道：

"别的东西哪里是不吃，只是因为得不到手，所以请求撤下来的供品的。"便拿些水果和扁平的糍粑装在什么像伙里给了她，大家成为很要好的人，那尼姑讲起种种的事情来。年轻的女官们也走了出来，各人询问道：

"有男人[58]么？"

"住在哪里？"她便应了各人的问，很是滑稽的，用玩笑的话来回答。有人问道：

"会唱歌么，还会舞蹈么？"话还没有说了，她就唱了起来道：

"夜里同谁睡觉呀？

同了常陆介[59]去睡呵，

睡着的肌肤很是细滑。"这后边还有许多的文句。又歌云：

"男山[60]山峰的红叶，

那是有名呀，有名呀。"一面唱着歌，把光头摇转着，那样子非常的难看，所以又是好笑又是讨厌。大家都说道：

"去吧，去吧！"这也是很好玩的事。大家又说道：

"给她点什么东西吧。"中宫得知了这事，说道：

"为什么叫她做出这样可笑的事来的呢？我是无论怎样听不下去，掩着耳朵呢。给她一件衣裳，快点叫她走吧。"因为中宫这样的说，就取了给她，说道：

"这是上头赏给你的。你的衣服脏了，去弄干净了来穿吧。"便将衣服丢给了她，她趴在地上拜了，还把衣服披在肩上，〔学贵人的模样〕那么拜舞起来，[61] 真是很可憎的，大家就都进到里边去了。

这以后就熟习了，常到这里来，在人面前来晃。她就那么样被称为"常陆介"了。但是衣服并不洗干净，还是同样的肮脏，前回给她的那件衣服也不知弄到哪里去了，大家都很是憎恶她了。

有一天右近内侍来到中宫那里，中宫对她说道：

"有这样一个人，她们弄得很熟了，常到这里来。"便叫小兵卫这女官学做那个尼姑的模样给她看，右近内侍道：

"那个我真是想看一看，请务必给我看吧。既然是大家得意的人，我也决不会来抢了去的。"说着话就笑起来了。

这之后又有一个尼姑，脚有点残疾，可是人很是上品，也照样的叫了来问她种种事情，可是那种羞怯的样子，很叫人觉得可怜，就也给了她一件衣服，拜谢的样子也很不错，末了至于喜欢得哭了。她出去的时候，那常陆介大概在路上遇着，看见她了吧。以后有很长的时期，常陆介不曾进来，也没有人想起她来了。

其二　雪山

其后是十二月十九日的光景，下了大雪，积得很厚，女官们用了什么箱子盒子的盖子，装上许多雪拿来放着。有人说道：

"一样的把雪堆起来，不如索性在院子里做一座真的雪山吧。"于是就去叫了武士们来，说道：

"这是上头吩咐下来的。"聚集了许多人，就做了起来，主殿司的人们，以及司清洁扫除的，都一起来做，堆得很高高的。中官职的员司也走来助言，叫做的特别要好，藏人所的人也来了三四个人。主殿司的人渐渐多起来，大约有二十来个了，而且把在家里休息着的武士也叫来，吩咐道：

"今天造这雪山的人们，都有赏赐，但是不参加这雪山的人一律不给赏与。"听到这个消息的人，都匆忙的跑来，住家远的便不及通知了。不久已经筑好了，乃叫中官职的官员来，取出绢两束，放在廊下，每人来取一匹，拜谢之后，便插在腰里，都退了出去。穿着长袍的官员一部分留下了，改穿了狩衣，[62] 在那里侍候。

中宫问大家道：

"你们看这雪山可以留到几时呢？"女官们有人说道：

"十天吧。"也有人说道：

"十几天吧。"当时在场的人大抵都说的是这样的日数。中宫问我道：

"你看怎么样呢？"我回答道：

"可以到正月十五吧。"看中宫的意思，似乎以为不能够到那时候。女官们也都说道：

"在年内，或者等不到三十日吧。"我自己也觉得说得太远了，未必能够到那个时候，心想要是说元旦就好了。但是不要管它，即使等不到十五，既然说出去了，也就固执的坚持下去了。

到了二十日左右，下起雨来了，雪山并不消灭，只是高度有点减低了。我暗地里说道：

"白山的观音菩萨，[63] 请你保佑，别让这消化了呀！"我这样的祷告，似乎有点儿发疯的样子了。

且说造作那雪山的那一天，式部丞忠隆 [64] 奉了天皇的使命来到了，拿出垫子坐了。讲着话的时候，说道：

"今天没有一处地方，不造雪山。清凉殿的前面院子里做了一座，还有春宫御所和弘徽殿，也都做了。京极殿也做了。"我便作了一歌道：

"此地的雪山算是新奇的，

如今处处都有，

已是陈旧[65]了。"这首歌叫在旁边的一个女官拿去给他看，忠隆连连点首称赞说道：

"与其拙劣的和一首歌，反而把原歌弄糟了，不如拿去给风流人的帘前[66]看去吧。"说罢就离座而去了。听说这人是很喜欢和歌的，〔如今不作返歌而去，〕很是奇怪。中宫听见了这件事，便说道：

"他大概是非常巧妙的作一首吧。"

三十日快到了，雪山似乎变得少为小一点的样子，可是还是很高的。在白天的时候，大家出在廊下，那常陆介走来了。女官问她道：

"为什么长久没有来了呢？"答道：

"什么呀，因为有点很不顺心的事情。"

"怎么样，那么什么事呢？"

"因为是这样想的缘故。"便拉长了声音，念出一首歌来道：

"真可羡慕呀，

脚也走不动，

那海边的蜑女，

得到许多赏赐的东西！"[67]说着，讨厌的笑了，但是谁也不看着她，她便〔讪讪的〕走向雪山上去，彷徨了一阵走了。后来叫人去告诉右近内侍，说是这么一回事。回信说道：

"为什么不叫人领了送到这边来的呢？她因为没有意思，所以爬上雪山去的吧，怪可怜的。"大家又看了笑了。可是雪山却并不觉得怎样，这一年已过去了。

元旦这天，[68] 又落了许多雪，高兴的是雪山增高了不少，但是中宫说道：

"这是不行呀，把那旧的仍然留着，新下的雪都扫去吧。"

当天晚上在上头值宿了，第二天一早回到自己的房里来，就遇见斋院[69]的侍卫长的武士，穿着浓绿色的狩衣，在袖子上面搁着青色纸的纸包挂在一枝松树上的信，寒颤着送了上来。问说：

"这是哪里来的呢？"答道：

"从斋院来的。"我就觉得这很是漂亮呵，接了过来，到中宫那里去。可是还是睡着，我便用棋盘垫了脚，将套房的格子独自一个人举了起来，这很是沉重，而且单是在一边着力，所以轧得吱吱的响，把中宫惊醒了。中宫问道：

"为什么这样做的呢？"我回答道：

"斋院有信来了，不能不赶紧送上来呀。"中宫说道：

"的确是来得很早呀。"说着就起来了，打开信来看时，里边乃是两个约有五寸长的卯槌，拼成一个卯杖的样子，[70] 头上裹着青纸，用山桔，日荫葛，山菅等很好看的装饰着，[71] 却是没有书简。这不会没有的吧。仔细看的时候，却见卯槌的头上包着的小纸上面，写着一首歌道：

"响彻山上的斧声，

寻访来看的时候，

乃是祝杖[72]筑地的声音呵。"

中宫给写回信的样子，也是十分用心的。平常这边给斋院写信，或是写回信，也特别好几回重复写过，看得出格外慎重的情形。对于使者的赏赐，是白色织出花纹的单衣，此外是苏枋色的，似是一件梅花罩衫[73]的模样。在下着雪的中间，使者身上披着赏赐的衣服，走了回去，是很有意义的事。但是这一回中宫的回信的内容，我不曾看见，这是很可惜的。

那雪山倒真像是北越[74]地方的山似的，并没有消化的模样，就只是变了污黑，并不怎么好看了。可是觉得已经赌赢，心里暗自祷告，怎样的可以维持下去，等到十五日，可是人们都仍旧说道：

"恐怕难以再过七天吧。"大家都想看这雪山的结果怎样，忽然初三日决定中宫要回宫禁去了。我觉得非常可惜，心里老是想那么这雪山到底怎么样就不能知道了吧；别人也说道：

"这个结果真想得知呀！"中宫也这么说。已经说中了，本来想把残雪请中宫去看，如今这计划不对了，便趁搬运器物，大家忙乱的中间，去把住在靠土墙搭着的偏厢里的管园子的人，叫到廊中来，对他说道：

"你把这雪山好好的看守着，不要叫小孩子踏坏，或是毁坏了，保守到十五日。你务必好生看守，到那时候，从上头给你很好的赏赐，我个人也有什么谢礼呢。"平常台盘所 [75] 给予下人的东西，如水果或是什么食品，去要了许多过来，给了管园子的人，他笑嘻嘻的说道：

"那是很容易的事情，我好好的看守就是了。〔就是一不留心，〕小孩子们就要爬上去。"我听了吩咐他道：

"你就阻止他们不要上去，假如不听，再告诉我就是了。"这样，中宫进宫禁去了，我一同进去，侍候到初七日，便退了出来。

在宫里的时候，也老是挂念着雪山，时常派遣宫里当差的人，清洁女 [76]，杂役女的首领等人，不断的去注意观察，把七草粥 [77] 等撤下来的供品给予那管园子的，欢喜拜受了，回来的人报告情形，大家都笑了。

退出在私宅里，一到天亮，便想到这一件大事，叫人家去看来。初十左右，使者来回报说道：

"还有雪尽够等到五天光景。"我听了很是高兴。到了十三日夜里，下起大雨来了，心里想道："因为这个雨，将要消化完了吧。"觉得很是可惜。现在只有一天两天的工夫，竟不能等待了么，夜里也睡不着觉，只是叹气，听见的人说是发疯了，都觉得好笑。天亮了人家起身出去，我也就起来，叫使女起来去看，却老是不起身，叫我很生气。末了好容易起来了，叫去看了来，回报说道：

"那里还有雪留着，像蒲团那么大呢。管园子的人好好的看守着，不叫孩子走近前去，到明天以至后天，都还可以有哩。管园子的人说，那么可以领到赏赐了。"我听了非常高兴，心想快点到了明天，赶紧作成一首歌，把雪盛在器皿里，送到中宫那里去，很是着急，又有点不及等待的样子。

第二天早上还是黑暗的时候，我就叫人拿着一个大板盒去，嘱咐他说道：

"把雪的白的地方装满了拿来，那些脏的就不要了。"去了不久，就提着拿去的板盒走回来，说道：

"那雪早就没有了！"这实在是出人意外。想做得很有意思，教人家可以传诵出去，正在苦吟的歌，因这出人意外的事，也没有作下去的价值了。我非常丧气地说道：

"这是怎么一回事呢？昨天刚说还有那么些，怎么一夜里就会都化完了。"使者说道：

"据管园子的人说，到昨天天很黑了的时候，还是有的，以为可以得到赏赐了，却是终于得不着，拍着两手着实懊恨呢。"正在唠叨说着，宫中有使者到来，传述中宫的话道：

"那么，雪到今天还有么？"这实在是觉得可恨可惜，只得说道：

"当初大家都说，未必能够到年内或是元旦吧，但是终于到了昨日的傍晚还是留着，这在我也实在觉得是了不得的事情了。若说是今天还有，那未免是过分了。我想大概是在昨天夜里，有人家憎恶，所以拿来丢掉了的吧。请你这样去对中宫说了。"我就这样的回复了使者。

到了二十日，自己进宫里去的时候，第一便把这雪山的事情在中宫面前说了。好像那个说是"都融化掉了"，提着盖子回来的和尚[78]一样，使者拿着板盒走了回来，觉得真是扫兴。本来想在器具的盖子上面，美妙的做成一座小雪山，在白纸上好好的写一首歌，送给中宫看的，这样说了，中宫很是发笑，在场的人们也都笑了。中宫说道：

"你那么一心一意想着的事情，把它弄糟了，怕不要得到天罚的吧？实在是，十四日傍晚，叫卫士们去，把它丢掉了的。你的回信里边，猜的正对，很是有意思。那个管园子的老头儿出来，合着两手很是求情，卫士说：'这是中宫的旨意，有人来查问，也不要说，若是说了，就要把你的小屋给拆了。'这样的吓了他，就在左近卫府南边的墙外边，把雪都丢到那里。卫士们说，还有很多的堆着，别说十五，就是到二十日也还可以留得，或者说不定，今年的初雪还会落添在上边呢。天皇也知道，对了殿上人说道：'少纳言真是做了人家所难以想到的打赌了。'可是你所作的歌，且说来看吧。已经这样的说明了，那么同你赢了也是一样的。那么说来看吧。"中宫这么说了，大家也都是这么说，便回答道：

"哪里还有心思作什么歌呢，听到了这样遗憾的事情。"正在那里觉得悔恨，这时天皇走来了，说道：

"向来以为你是寻常人一样，如今从这件事看来，才知道你乃是一个不平凡的人呀。"这样说了，更觉得难受，[79]几乎要哭了出来了。我说道：

"这世间的事真是懊恼极了。后来落下雪来积上了，我正觉得高兴，中宫却说不行，叫人给扫集丢掉了。"天皇也笑着说道：

"可见中宫实在是不想叫你赌赢呢。"

注　释

[1] 日本古时结婚，婚而不娶，由男子就婚女家，夜入朝出，有如赘婿，故多与丈人接触，致生不满。

[2] 镊子用银制，用备装饰而不切实用，不及铁制的坚固，善能拔毛发。

[3] 物语即故事，但在日本古典文学中，著名的物语很多，如《源氏物语》，仿佛自成一类，故今沿用其名不加改译。

[4] 古时用灰汁炼绢，煮去浆糊，再用槌击，使有光泽，即中国所谓"捣练"也。洗衣用槌击，后世尚有此风，旧诗中说"砧声"，即是此种风俗的遗留。

[5] 这里文意不很明了，所说女童不知何指，据《春曙抄》说是女官家里亲戚的儿童，到官禁中来玩，所以用屏风隐藏起来，但仍有不尽明白的地方。

[6] 祭日前三十天，派定祭使及舞人，练习歌舞，及两天前更在清凉殿的东边举行试乐。

[7] 风俗歌云："荒田里生长的富草的花呀！亲手摘了带来宫中。"所谓"富草的花"即指稻花。

[8]职院即中宫职，见卷三注[54]。中宫定子因其弟兄有罪，退居小二条官，长德三年（九九七）六月移居禁中职院，本节所记系是年七月下旬的事实的记录。

[9]近卫御门即阳明门，左卫门的卫所即指建春门的门卫所在地。

[10]《和汉朗咏集》载源英明的《夏日闲避暑》句云：“池冷水无三伏夏，松高风有一声秋。”这里表示没有听得明白，故混称什么的。

[11]正月里第一个卯日所做的杖，长五尺三寸，称为卯杖，云可辟邪，是日由诸卫府献上，例有祝词，亦称作卯槌，见卷二注[15]。

[12]六月十四日京都东山的牛头天王的御灵祭，有走马及舞乐，马长是骑在行列的马上的人，由小舍人童充任。

[13]这项题目似由笔误而来，上文说拿着旗帜的人，其中“拿着”的字脱漏，别作一行，可解为“优待”的意思，其实这两条仍是属于“快心的事”项下的。

[14]除目见卷一注[9]。这里是指地方官的任免，第一等即所谓“大国”，此外并分有上中下三等。

[15]御佛名会是在当时盛行的诸会之一，每年十二月十九日至二十一日，凡举行三天，将仁寿殿的观音迁于清凉殿，唱三世佛名，忏悔六根的罪障。图绘地狱里的情形，名为地狱变，亦称地狱变相。此段所记系正历五年（九九四）十二月的事情。

[16]清方少纳言系清方,济政系源济政,时为权中纳言,行成见卷一注[34],经房系源经房。

[17]大纳言即指中宫的兄长,见卷一注[44]。所吟的诗句系根据白居易的《琵琶行》中"琵琶声停欲语迟"而加以改造的。

[18]著者说自己不愿意看"地狱变"与佛法有关的画,而关心世俗的事情,所以应该受慢佛的罪责。

[19]头中将指藤原齐信,其时任藏人头兼近卫中将,官至二位大纳言,才学优长,与藤原行成等共称一条朝的四纳言。这一段盖追记长德元年(九九五)二月的事情。

[20]黑门在清凉殿北廊西侧,那里便称为黑门的房间。

[21]"避忌"见卷一注[50]。其时天皇如有什么避忌,侍臣们相率一同躲避,聚集殿中,停止一切政务。

[22]"右文接续"原云"扁续",乃是一种文字的游戏。利用汉字的结构,取一字右边的部分,加上种种偏旁去,如不成字的罚。又或就诗文集中取一字,把偏旁隐藏了,叫人猜测,这里所说或者是第一种。

[23]这里是使者自己报名,本来应当自说名字,现在不过从省略了。

[24]主殿司在宫禁中的都是女官,这里乃是说的司里的男性官员。

[25]《伊势物语》本是日本古典作品之一,这里借用了,利用这个

书名，谓伊势人喜作不合条理的事，故"伊势"物语者犹言"假冒"（日语"假冒"音与"伊势"相近）物语，故其中会得有假信出现。

[26] 上等信纸名为"鸟之子"，谓其色淡黄有如鸡子，细致而薄，这里仍是指淡青色的。

[27] 白居易《庐山草堂雨夜独宿寄友》诗云："兰省花时锦帐下，庐山夜雨草庵中。"意言友人们奉职尚书省，在百花竞放的时候，侍锦帐之下，一方面自己则在庐山草庵中，独听夜雨。信中引用前句，用禅宗问答的形式，问下句怎样，清少纳言却不用原语，只就"草庵"二字的意识作半首和歌相答，意云自己现在为头中将所憎恶，有谁更来访问我于草庵中呢？

[28] 源少将即源经房，时为左近卫府少将，参考卷四注[16]。

[29] 这里"玉台"盖与"草庵"相对，犹言玉楼，华贵的住所，与寒伧的草庵相反。

[30] 这是佩服极了的赞语，原文意云贼子，《春曙抄》引禅语中的"老贼"作比，说甚妥当。

[31] 清少纳言的原语系七字音两句，正是和歌的后半，上边如再续成七五七三句十七音，便是一整首和歌了。

[32] 很坏的名字即是"草庵"的别号，因其太是寒乞相，并无一毫华贵的气象。

[33] 修理职专管宫禁内一切修理营造的事，首长称大夫，次长原

称曰"亮"，义云助理。则光姓橘，原是武人，初与清少纳言结婚，因性情不合而离婚，但以后约为义兄妹，下文自称老兄即是为此。

[34] 则光泛言贺喜，这里故意的开玩笑，说近日有何叙任，不知道得了什么官职。

[35] 意思就是说看那回信如何，即可决定蔑视她，完全不算她在女官们之内。

[36] 在一首歌的后面，和作一首送去，谓之返歌。

[37] 梅壶是禁中的一处地方，犹中国的说梅花院。一说这本是"闻"字，因为写作"壶"，故与"壶"字混用，则是求之过深了。

[38] 御匣殿在贞观殿内，专司裁制御服的地方，当时在那里主其事者为中宫的妹子，官称为御匣殿别当。

[39] 衣服经过砧打，有一种特别的色泽，这就是所谓砧的痕迹。

[40] 这里所记系长德二年（九九六）二月中的事情，关白藤原道隆即是中宫的父亲，于前一年四月中去世，故与有关系的人都在服丧，用淡墨色的衣服。

[41] 因为里外几种衣服都是一样的浓灰色，所以显不出原来的层次来。

[42]《宇津保物语》二十卷，不知何人所作，大约成于公元十世纪中，尚在《源氏物语》之前。书中叙述清原俊荫遣使中国，漂至波斯，

遇天人以琴相授，归国后有一女，十五岁时遇太政大臣之子藤原兼正，生一子，后遂相失。及俊荫死，母子无所归，居北山老树洞窟中，（书名宇津保即是谓空洞，）鸟兽感其孝，悉来相助，后子长成，归其父家，名为仲忠，多才艺，尤善弹琴，后在朱雀帝的神泉苑奏技，多有神异，朱雀帝乃以帝女降嫁。源凉为嵯峨帝的皇子，亦善弹琴，弹时天人下降，帝任为侍从云。小说故事甚为幼稚，但在当时颇为人所欣赏，这一节里所叙述可以为证。

[43] 宰相君系女官之一人，见卷一注 [48]，系女官中有才学的人。

[44] 白居易《骊山高》诗有"墙有衣兮瓦有松"之句，因上文说墙有青苔，故引此句问之，下文又有"西去都门几多地"之句，所以头中将连带引用。

[45] 左卫门府的大尉系从六位的官，则光原任修理次官，今盖是升任新职。

[46] 宰相中将即上文所说的头中将，盖新任宰相，即新任太政官参议，犹中国古时的"同平章政事"，故称作宰相。

[47] 左中将即源经房，新任左近卫府中将，略称左近中将。

[48] 古时禁中于春秋二季读经，在二月八月择日招僧，转读《大般若经》，凡阅四日而毕，最后的一日称结愿日。

[49] 昆布俗称海带。这里因则光信里说，只吃昆布，将事情蒙混过去，不曾说出住址来，这里叫他也如此做，就是隐藏一种谜似的意思。

[50] 日本古语昆布曰"米"（读若眉），与"目"字同训，故"吃昆布"凡四个读音，也可以训作"眼神"，即以眼示意。

[51]"妹背"训作"男女"，或"夫妇""兄妹"。大和地方有妹山背山，隔吉野川相对而立，妹山在东，背山在西。歌言两山如是崩了，将吉野川填塞了，就不见河流，喻兄妹一旦睽隔，也就不复是旧日的关系了。

[52]"可怜相"原文云"物哀"，意义甚为广泛，系指因事物引起的感伤之意，《世说新语》记桓温看见大树时所说，"树犹如此，人何以堪"，所谓对此茫茫，百感交集是也。拭鼻涕后说话声音似带哭，故听之凄楚。

[53] 古时日本妇女面上装饰，习用中国式的眉黛，须拔去眉毛，然后另在上边涂上黛去，拔眉毛盖甚是苦痛的事。

[54] 见上文第六五段，此节系承上文而来，故疑或当相连接，今次序或有误。

[55] 源凉与仲忠为《宇津保物语》中的人物，皆善弹琴，朱雀院天皇召使演技，仲忠演时有风云雷雨之异，源凉弹琴则有天女下降，合乐而舞。源凉作歌云："晨光何熹微，观之无厌足，其中少女子，愿得少留驻。"这里取晨光看了不厌，说中宫不能忘当日之晨游，又欲留清少纳言在宫，与源凉之愿留天女相同，很巧妙地以一歌贯串两种意思在内。

[56] 上文第七二段"二月的梅壶"中，中宫与诸人讨论仲忠与源凉的人品优劣，当时著者的态度颇偏袒仲忠，这里乃举出源凉的歌来，

便是给仲忠丢了脸了。

[57]不断读经会亦称"不断经"，昼夜读经，无有间断，以僧十二人轮值，昼夜十二时中每人担任一时（两个钟头），诵读《法华经》，《最圣王经》，《大般若经》等，为期七日，或二七三七日不等。

[58]原文"男人"，系指丈夫或情人。

[59]常陆介即常陆国守的次官，唯日本古时常陆上野上总三国皆规定由亲王任为国守，不亲到任，以"介"代行职务。这里所说并不指定何人，盖原系一种俗歌，尼姑因为问她男人是谁，随口引用歌词罢了。

[60]男山在京都八幡町，这里也是一首俗谣，以男山喻男子，红叶比恋爱的女子，有名原说红叶有名，转化成为有流言讲。

[61]日本古代模仿中国礼俗，百官如从君主得到赏赐，率舞蹈拜谢，此乞食尼僧亦学为拜舞。

[62]长袍是官员的礼服，狩衣本是打猎的服装，后来作为常服了，长袍是"缝掖"，狩衣则是"缺掖"，取其动作便利。

[63]白山在加贺国内，祀十一面观音，其地因多雪有名，今因雪山关系，故联想到请求她的保佑。

[64]忠隆即源忠隆，见上文第七段。

[65]此处"陈旧"一字意取双关，因其训读为"不流"，亦可作"雪

降"解。

[66]"帘前"意谓女官们，此处指能作歌者。其实古时女官盖无不能歌者也。

[67]这首歌里亦多有双关的意思，"脚也走不动"谓多给赏赐，故拿不动，亦谓前此的尼姑足有残疾。又"蜑女"系海边女人，能泅水取鱼贝者，训作"阿麻"，亦可作"尼僧"解。歌意羡慕蜑女之多得赐物，实际乃指上文所说的有足疾的尼姑。

[68]这是说长保元年的元旦，即公元九九九年。

[69]斋院系古时日本专门奉侍神社的皇女，在贺茂神社者称斋院，在伊势神宫者则称斋宫，由未婚的皇女中选任之。当时的斋院为选子内亲王，为村上天皇的皇女，以才学著称于当时，下文说中宫写回信十分用心，即表示尊重她的学问的意思。

[70]卯槌见卷二注[15]，卯杖见卷四注[11]。

[71]山桔即中国平地木，亦称紫金牛。日荫葛，中国女萝之类。山菅即麦门冬。

[72]祝杖即卯杖的别名。歌言丁丁伐木的声音，寻访去看，原来是卯杖，所以是好音。斧之小者名为"与几"，亦训作"好"，这里便取双关的意思。

[73]原文云"梅袭"，系指一种夹衣，外白里苏枋色，或表里均苏

枋色，阴历十一月至二月间所着的女用服装。

[74]日本越前、越中、越后三地方，统称北越，有雪国之称。

[75]台盘所见卷一注［36］。

[76]直译原语"清女"，谓宫中专司清扫便所的女人。

[77]七草粥，在正月初七这天里，采集荠菜等七种草叶，煮粥设供，故名。

[78]这一句遵照旧说是："将板盒当作帽子似的走了来。"但与本文文意不相连属，今据考订，"帽子"乃是"法师"之误，译文从之。别本"都融化掉了"一句作"内容是丢掉了"（也与"投身"即跳河之意双关），和尚提了盖子回来，盖子里边藏着一件故事，但可惜那故事却是找不到了。

[79]这里即是说叫人把雪山抛弃的事，想起来更是觉得难受。

卷 五

蒲桃色的织物〔，是很漂亮的〕。凡是紫色的东西，都很漂亮，无论是花，或是丝的，或是纸的。

第七七段　漂亮的事

漂亮的事是，唐锦 [1]。佩刀 [2]。木刻的佛像的木纹。颜色很好，花房很长，开着的藤花挂在松树上头。

六位的藏人 [3] 也是很漂亮的。名家的少年公子们，没有穿惯的绫和织物的衣服，却因了职务的关系随意的穿着，那麹尘色的青色袍子，是很漂亮的。本来藏人所的小职员，或是杂役，或是平人 [4] 的子弟，在殿上人四位五位或六位以上的职官底下做事，算不得什么的，一旦任为藏人，那就叫人吃一惊的显得漂亮了。他拿了敕旨到来，又在大臣大飨的时节当作甘栗的使者，[5] 来到大臣家里，被接待宴享的情形，简直觉得是从哪里来的天人的样子。家里的女儿现在宫里当着嫔妃，或者还在家里做小姐的时候，敕使到来，那出来接受天皇的书信，以及送出垫子来的女官们，都穿着得很华丽，似乎不像接待那日常见惯的人。若是藏人兼任着卫府的尉官，那么后边的衣裾拖着，更显得神气了。这家的主人还亲手斟酒给他喝，藏人自己的心里也觉得很是得意吧。平常表示惶恐，不敢同坐一室的少年公卿，虽然样子还是谨慎，可是同朋辈一样的已经是平起平行了。还有在上头近旁服务，叫人见了羡慕。主上写信的时候，由他来磨墨，用着团扇的时候，由他来给打扇。可是在这短短的三四年任期中间，却是不修边幅，穿着也很随便，敷衍过去了，实在这藏人是做得没有意思的了。升级到五位，转到殿下去[6]的时节近来，藏人生活就要结束，本来应该觉得比生命还要可惜，如今却在奔走，请求以藏人在任的劳绩赐以官职，这实在是很惋惜的事。从前的藏人在决定升级的春天，为了下殿的事情着实悲叹，在现今这时世，却忙着奔跑谋事哩。

大学寮的博士[7]富有才学，是很漂亮的，这是无需说的了。相貌很是难看，官位也很低，可是甚为世人所尊重。走到高贵的人的前面去，询问有些事情，做学问文章的师资，这是很漂亮的事。写那些愿文[8]以及种种诗文的序，受到称赞，这也是很漂亮的。法师富有才学，说是漂亮也是无需的了。受持《法华经》的人[9]与其一个人读经，还不如在多数人中间，定时读经的时候，〔可以显出才学来，〕更是觉得很漂亮。天色暗黑了，大家都说道：

"怎样了？诵经的油火来的迟了！"便都停住了不念，却独低声继续念着〔，很是漂亮的〕。

皇后白天里的行幸的状况，还有那产室的布置。立皇后的仪式，其时狮子和高丽犬[10]大食床，都已经拿来，在帷帐前面装好，从内膳司[11]也已把灶神迁移了来，那时候还没有成为皇后，普通只是称作小姐的人，却老是没有见。此外摄政关白[12]的外出，以及他到春日神社里朝拜的情形〔，也都是很漂亮的〕。

蒲桃色的织物[13]〔，是很漂亮的〕。凡是紫色的东西，都很漂亮，无论是花，或是丝的，或是纸的。紫色的花的中间，只有杜若这种花的形状，稍为有点讨厌，可是颜色是漂亮的。六位藏人的值宿的样子也很漂亮，大概也因为是紫色[14]的缘故吧。宽阔的院子满积着雪〔，也是很漂亮的〕。

今上天皇的第一皇子，还是小儿的时候，由舅父们，[15]年轻而俊秀的公卿们抱着，使唤着殿上人，叫牵着〔玩具的〕马，在那里游玩，觉得〔很是漂亮〕，真是没有话说的了。

第七八段　优美的事

　　优美的事是，瘦长的潇洒的贵公子穿着直衣的身段。可爱的童女，特地不穿那裙子[16]，只穿了一件开缝很多的汗衫[17]，挂着香袋，带子拖得长长的，在勾栏[18]旁边，用扇子障着脸站着的样子。年轻美貌的女人，将夏天的帷帐的下端搭在帐竿上，穿着白绫单衣，外罩二蓝的薄罗衣，在那里习字。薄纸的本子，用村浓[19]染的丝线，很好看的装订了的。长出嫩芽的柳条上，缚着用青色薄纸上所写的书简。[20]在染得很好玩的长须笼[21]里，插着五叶的松树。三重的桧扇，[22]五重的就太厚重，手拿的地方有点讨厌了。做得很好的桧木分格的食盒。[23]细的白色的丝辫。也不太新，也还不太旧的桧皮屋顶，[24]很整齐的编插着菖蒲。青青的竹帘底下，露出帷帐的朽木形[25]的模样来，很是鲜明，还有那帷帐的穗子，给风吹动着，是有意思的。夏天挂着帽额[26]鲜明的帘子的外边，在勾栏的近旁，有很是可爱的猫，戴着红的项圈，挂有白的记着名字[27]的牌子，拖着索子，且走且玩耍，也是很优美的。五月节时候的菖蒲的女藏人，[28]头上戴了菖蒲的鬘，挂着和红垂纽[29]的颜色不一样，〔可是形状相像的〕领巾和裙带，将上赐的香球送给那并列着的皇子和公卿们，是很优美的。他们领受了，拿来挂在腰间，舞蹈拜谢，实在是很好看的。〔在五节〕捧熏炉的童女，还有着小忌衣[30]的贵公子们，都是颇优美的。六位藏人穿着青色袍值宿的姿态，临时祭[31]的舞人，五节〔舞女的随从〕的童女，也很优美。

第七九段　五节的舞女

中宫供献五节的舞女，[32]照例有照料舞女的该有女官十二人。本来将寝宫里的人借给别处去用，是不大很好的事，但是不晓得是怎么想的，这时候中宫派出了十位女官，另外的两个是女院和淑景舍[33]的，她们原是姊妹。辰日[34]的当夜，将印成青色模样的唐衣以及汗衫，给女官和童女穿上了，别的女官们，都不让预先知道这种布置，至于殿上人更是极秘密的了。舞女们都装束整齐了，等到晚天色暗了的时候，这才带来穿上服装。红垂纽很美丽的挂着，非常有光泽的白衣上面，印出蓝的模样的衣服，穿在织物的唐衣上边，觉得很是新奇，特别是舞女的姿态，比女官更是优美。连杂务的女官们也都〔穿着这种服装〕并排的立着，公卿和殿上人看出惊异，把她们叫作"小忌的女官们"。小忌的贵公子们站在帘外，同女官们说着话。

中宫说道："五节舞女的休息室，如今便拿开了陈设[35]，外边全看得见。很是不成样子。今天夜里，还应当是整整齐齐的才好。"这样说的，所以〔舞女和女官们〕不〔像常年那样，〕要感觉什么不便了。帷帐下边开缝的地方用了绳子结好，但从这底下露出〔女官们的〕袖口来罢了。

名字叫作小兵卫的〔一个照料的女官，〕因为红垂纽解开了，说道：

"让我把这结好了吧。"〔小忌的贵公子〕实方中将[36]便走近前来，给她结上，好像有意思似地对她说道：

"深山井里的水，

一向是冻着，[37]

如今怎么冰就化了呢？"

小兵卫还是年轻的人，而且在众人面前，大概是不好说话吧，对他并不照例做那返歌。在旁边的年纪大的人也都不管，不说什么话，中宫职的官员只是侧着耳朵听，〔有没有返歌，〕因为时间太久了觉得着急，就从旁门里走了进来，到女官的身旁问道：

"为什么〔大家不做返歌，〕这样的呆着呢？"听他低声的这样说话，〔我和小兵卫之间〕还隔着四个人，所以即使想到了很好的返歌，也不好说。况且对方是歌咏知名的人，不是一般的平凡的作品，做返歌这怎么能行呢。

但只是一味谦虚，〔虽是当然〕其实也是不对的。中宫职的官员说道：

"作歌的人这样怎么行呢？便是不很快意，忽然的就那么吟了出来了。"我听了就做了一首答歌，心想拿去给人讥弹也是有意思的事吧！

　　"薄冰刚才结着，

　　　因为日影照着的缘故，

　　　所以融化就是了。"[38]

我就叫辨内侍[39]传话过去，可是她〔为了害羞，〕说的不清楚。实方侧着耳朵问道：

"什么呀，什么呀？"因为本来有点口吃，又是有点故意装腔，想说的好些，更是不能说下去了，这样却使得〔我的拙劣的歌〕免得丢丑，觉得倒是很好的。

　　舞女送迎的时节，有些因病告假的人，中宫也命令要特别到场，所以全部到来，同外边所进的五节舞女情形不一样，排场很是盛大。中宫所出的舞女是右马头相尹[40]的女儿，染殿式部卿妃的妹子，即是第四姬君的所生，今年十二岁，很是可爱的。在最后的晚上，被许多人簇拥着，也一点都不着忙，慢慢的从仁寿殿走过，经过清凉殿前面东边的竹廊，舞女在先头，到中宫的屋子里去，这个情景也极是美妙的。

　　细长的佩剑，〔带着垂在前面的〕平带，[41]由一个俊秀的男子拿着走过，这是很优美的。紫色的纸包封好了，挂在花房很长的一枝藤花上，也是很有意思。[42]

在官禁里，到了五节的时候，不知怎的觉得与平常不同，逢见的人好像是很好看似的。主殿司的女官们，用了种种颜色的小布帛，像避忌时节似的，带在钗子上插着，看去很是新奇。在清凉殿前临时架设的板桥上边，用了村浓染色的纸绳束发，颜色很是鲜丽，这些女官们在那里出现，也是很有意思的。[43]〔临时上殿担任〕杂役的女官 [44]以及童女们，都把这五节当作很大的节日看待，这是很有道理的。山蓝〔印染的小忌衣〕和日荫蔓等，装在柳条箱 [45] 内，由一个五位的藏人 [46] 拿了走着，也是看了很有意思的。殿上人把直衣的肩几乎要脱下来的披着，将扇子或是什么做拍子，歌唱道：

　　"升了官位了，
　　使者像重重的波浪的来呀。"
这样唱着走过女官房前的时候，站在帘边观看的人，一定是要心里乱跳的吧。特别是许多的人，一齐的笑起来，那更要吃一惊了。执事的藏人 [47] 所穿的〔红的〕练绢的重袍，特别显得好看。虽然给他们铺了坐垫，但是没有工夫坐着，只看女官们的行动，种种加以褒贬，在那个时候似乎〔除了五节之外，〕别无什么事情可以说的了。

在帐台试演 [48] 的晚上，执事的藏人非常严重的命令道：

"照料舞女的女官二人，以及童女[49]之外，任何人都不能进去！"把门按住了。很讨人厌的这么的说，那时有殿上人说道：

"那么，放我一个进去吧。"答说道：

"这就有人要说闲话，怎么能行呢。"顽固的加以拒绝，但是中官方面的女官大概有二十来人，聚在一起，不管藏人怎么说，却将门打开了，径自沙沙的走进去，藏人看了茫然说道：

"呵，这真是乱七八糟的世界了！"呆站在那里。也是很有意思的事。在这后边，其余照料的女官们也都进去了。〔看了这个情形，〕藏人实在很是遗恨的。主上也出来，大概是看得很是好玩吧。

童女舞的当夜是很有趣味的。向着灯台的〔童女们的〕脸是非常的可爱而且很美的。

第八○段　无名的琵琶

有女官来说道：

"有叫作'无名'的琵琶，是主上带到中宫那边去了，有女官们随便看了，就那么弹着。"我走去看时，[50]女官们并不是弹，只是手弄着弦索玩耍罢了。女官对中宫说道：

"这琵琶的名字呀，是叫作什么的呢？"中宫答道：

"真是无聊得很，连名字也没有。"[51] 这样的回答，
也觉得是很有意思的。

淑景舍女御[52] 到中宫这里来，说着闲话的时候，淑
景舍道：

"我那里有一个很漂亮的笙，还是我的先父[53] 给我
的。"隆圆僧都[54] 便说道：

"把那个给了我吧。我那里也有很好的一张琴，请把
那个交换了吧。"但是这样说了，好像是没有听见的样子，
还是说着别的事情，僧都想得到回答，屡次的催问，可是
还没有说。到后来中宫说道：

"不？不换吧，她是这么想哩。"这也是回答的很有
意思。这笙的名字叫作"不换"，[55] 僧都并不曾知道，所
以〔不懂得回答的用意，〕心里不免有点怨望。这是以前
〔中宫〕住在中宫职院的时候[56] 的事情。在主上那里，有
着名叫"不换"的那个笙。

在主上手边的东西，无论是琴是笛，[57] 都有着奇妙
的名字。琵琶是玄上、牧马、井手、渭桥、无名等。又和
琴也有朽目、盐灶、二贯等[58] 被叫作这些名字。此外又
有水龙、小水龙、宇多法师、钉打、二叶，此外还有什么，
虽是听见了许多，可是都忘记了。"宜阳殿里的第一架上"，

这是头中将平时常说的一句口头禅。[59]

第八一段　弹琵琶

在中宫休憩处[60]的帘子前面，殿上人整天的弹琴吹笛，来作乐游戏。到走散的时候，格子窗还没有放下，灯台却已拿了出来，其时门也没有关，屋子里边就整个儿可以看见，也〔可看出中宫的姿态：〕直抱着琵琶，穿着红的上褂，说不尽的好看，里面又衬着许多件经过砧打的或是板贴的衣服。黑色很有光泽的琵琶，遮在袖子底下拿着的情形，非常美妙；又从琵琶的边里，现出雪白的前额，看得见一点儿，真是无可比方的艳美。我对坐在近旁的一个女官说道：

“〔从前人说那个〕半遮面[61]的女人，实在恐怕还没有这样的美吧？况且那人又只是平人罢了。”女官听了这话，〔因为屋里人多，〕没有走路的地方，便挤了过去，对中宫说了，中宫笑了起来，说道：

“你知道这个意思[62]么？”〔她回来告诉我这话，〕这也是很有意思的事。

第八二段　乳母大辅

中宫的乳母大辅，今日将往日向去，[63] 赐给饯别的东西，有些扇子等物，其中的一把，一面画着日色晴朗的照着，旅人所在的地方似乎是井手中将[64]的庄园模样，很是漂亮的画着。在别一面却是京城的画，雨正是落得很大，有人怅然的望着。题着一首歌道：

"向着光明的朝日，

也要时常记得吧，

在京城是有不曾晴的长雨呢！"[65] 这是中宫亲笔写的，看了不禁有点黯然了。有这样〔深情的〕主人，本来要〔舍弃了〕远行也是不可能的吧。

第八三段　懊恨的事

懊恨的事是，这边做了给人的歌，或者是人家做了歌给它送去的返歌，在写好了之后，才想到有一两个字要订正的。缝急着等用的衣服的时候，好容易缝成功了，抽出针来看时，原来线的尾巴没有打结，又或者将衣服翻转缝了，也是很懊恨的事。

这是中宫住在南院[66]时候的事情，〔父君道隆〕公住在西边的对殿[67]里，中宫也在那里，女官们都聚集在寝殿，因为没有事做，便在那里游戏，或者聚在厢廊里来。中宫说道：

"这是现在急于等用的衣服，大家都走拢来，立刻给缝好了吧。"说着便将一件平织没有花纹的绢料衣服交了下来，大家便来到寝殿南面，各人拿了衣服的半身一片，看谁缝得顶快，互相竞争，隔离得远远的缝着的样子，真像是有点发了疯了。

命妇的乳母[68]很早的就已缝好，放在那里了，但是她将半片缝好了，却并不知道翻里作外，而且止住的地方也并不打结，却慌慌张张的搁下走了。等到有人要来拼在一起，才觉得这是不对了。大家都笑着嚷道：

"这须得重新缝过。"但是命妇说道：

"这并没有缝错了，有谁来把它重缝呢？假如这是有花纹的，〔里外显然有区别，〕谁要是不看清里面，弄得缝反了的话，那当然应该重缝。但这乃是没有花纹的衣料，凭了什么分得出里外来呢？这样的东西谁来重缝。还是叫那没有缝的人来做吧。"这样说了不肯答应，可是大家都说道：

"虽是这么说，不过这件事总不是这样就成了的。"乃由源少纳言、新中纳言[69]给它重缝，〔命妇本人却是旁观着的，〕那个样子，也是很好玩的。那天的晚上，中宫要往宫里去的时候，对大家说道：

"谁是最早缝好衣服的，就算是最关怀我的这个人。"[70]

把给人家的书简，错送给不能让他看见的人那里去了，是很可懊恨的。并且不肯说"真是弄错了"，却还强词夺理的争辩，要不是顾虑别人的眼目，真想走过去，打他几下子。

种了些很有风趣的胡枝子和芦荻，[71]看着好玩的时候，带着长木箱的男子，拿了锄头什么走来，径自掘了去，实在是很懊恼的事情。有相当的男人在家，也还不至那样，〔若只是女人，〕虽是竭力制止，总说道："只要一点儿就好了。"便都拿了去，实是说不出的懊恨。在国司[72]的家里的，这些有权势人家的部下，走来傲慢的说话，就是得罪了人，对我也无可奈何，这样的神气，看了也很是懊恨的。

不能让别人看见的书信，给人从旁抢走了，到院子里立着看，实在很是懊恼。追了过去，〔反正不能走到外边，〕只是立在帘边看着，[73]觉得索兴跳了出去也罢。

为了一点无聊的事情，〔女人〕很生了气，不在一块儿睡了，把身子钻出被褥的外边，〔男人〕虽是轻轻的拉她近来，可是她却只是不理。后来男人也觉得这太是过分了，便怨恨说道：

"那么，就是这样好吧。"便将棉被盖好，径自睡了。这却是很冷的晚上，〔女人〕只是一件单的睡衣，时节更不凑巧，大抵人家都已睡了，自己独自起来，也觉得不大好，因了夜色渐深，更是懊悔，心想刚才不如索兴起来倒好了。这样想，仍是睡着，却听见里外有什么声响，有点恐慌，就悄悄的靠近男人那边，把棉被拉来盖着，这时候才知道他原是假装睡着，这是很可恨的。而且他这时还说道：

"你还是这样固执下去吧！"〔那就更加可以懊恨的了。〕

第八四段　难为情的事

难为情的事是，有客人来会晤谈着话，家里的人在里边屋里不客气的说些秘密话，也不好去制止，只是听着的这种情况〔，实在是很难为情的〕。自己所爱的男人，酒喝得很醉，将同一样的事情，翻来覆去的说着。本人在那里听着也不曾知道，却说人家的背后话，这便是没有什么关系的使用人，也总是很难为情的。在旅行的途中，或是家里什么邻近的房间里，使用人的男女在那里玩笑闹着；很讨厌的婴儿，〔母亲〕凭着自己主观觉得是怪可爱的，种种逗着玩耍，学那小孩的口气，把他所讲的话说给人家听，在有学问的人的面前没有学问的人装出知道的样子，将〔古今的〕人的名字乱说一气，并不见得做的特别好的自作的歌，说给人家听，还说有谁怎样称赞了，在旁听着也是怪难为情的。人家都起来了说着话，却是恬然的若无其事似的睡着的人。连调子都还没有调得对的琴，独自觉得满意，在精通此道的人面前弹奏着。很早以前就不到女儿那里来了[74]的女婿，在什么隆重的仪式上，和丈人见了面〔，也是不好意思的事〕。

第八五段　愕然的事

使人愕然的事是，磨着装饰用的钗子，[75]却碰着什么而折断了。牛车的颠覆〔，也使人愕然〕。以为这样的庞然大物，在路上也显得很稳重，〔却这样容易的翻了，〕简直如在梦里，只是发愣，不知道这是怎么搞的。[76]

在人家很是羞耻的什么坏事情，毫不顾虑的无论对了大人或是小孩，一直照说。等着以为一定会来的男人，过了一晚，直到黎明时分，等的有点倦了，不觉睡着，听得乌鸦就在近处，呀呀的叫，举起头来看时，已经是白昼了，〔就是自己〕也觉得是愕然的事情。

在双陆 [77] 赌赛的时候，对手〔连得同花，〕骰子筒给她占有了。这边一点也不知道，也不曾见过听过的事情，人家当面的说过来，不让这边有抗辩的余地。把什么东西倒翻了，也觉得是愕然。在赌箭 [78] 的时候，心里战战兢兢的，瞄准了很久，及至射了出去，却离得很远，不晓得到什么地方去了。

第八六段　遗憾的事

遗憾的事是：在五节和佛名会 [79] 的时候，天并不下雪，可是却整天的落着雨。节会以及其他的仪式，适值遇着宫中避忌的日子。[80] 预备好了，只等那日子到来的行事，却因了某种障害，忽然的中止了。非常相爱的女人，也不生儿子，多年相配在一起。演奏音乐，又有什么好看的事情，以为必定会来的人，叫人去请，却回答说，因为有事，所以不来了，实在很是遗憾的事。

男人以及女人，在宫廷里做事的，同了身份一样的人，往寺院参拜，或是出去游览，服装准备得好好的，〔袖口在车子上〕露出了，一切用意没有什么怪样子，叫人见了不很难看，〔心想或者会遇见〕了解这种情趣的人，不论骑马或者坐车也是好的。可是一直没有遇见，很是遗憾。因为太是无聊了，至少遇到懂得风雅的仆从，可以告诉人家也好，这种的想也正是难怪的吧。

第八七段　听子规

中宫在五月斋戒[81]的时候，住在中宫职院里，在套房前面的两间屋子里特别布置了，和平常的样子不同，也觉得有意思。

从初一日起时常下雨，总是阴沉的天气。因为无聊，我便说道：

"想去听子规的啼声去呀。"女官们听到了，便都赞成说：

"我也去，我也去。"

在贺茂神社的里边，叫作什么呀，不是织女渡河的桥，是叫有点讨厌的名字的。有人说：

"在那地方是每天有子规啼着。"也有人答道：

"那叫的是茅蜩呀。"总之就决定了到那地方去，在初五的早晨，叫职院的官员预备了车，因为是五月梅雨的时节，照例不会责难的，[82]便把车靠在台阶面前，我们四个人坐了，从北卫所出去。〔另外的女官们看了〕很是羡慕，说道：

"再添一辆车吧，让我们也一同去。"但是中宫说道：

"那可是不成。"不肯听她们的话，也就只得丢下她们去了。到得叫作马场的地方，有许多人在那里，我便问道：

"这是什么事呢？"赶车的回答道：

"是在演习竞射哩，暂时留下来观看吧。"就将车子停了，说道：

"左近的中少将都在座哩。"但是看不见这样的人。只见有些六位[83]的官在那里逗留。我们便说道：

"没有什么意思，就赶快走过去吧。"这条路上，想起贺茂神社祭时的情形，[84]觉得很是有意思。

这样走下去的路上，有明顺朝臣[85]的家在那里。说道：

"我们赶快到那里去看一看吧。"将车子拉近了，便走下去。这是仿照乡下住房造的，很是简素，有那画着马的屏障[86]，竹片编成的屏风，莎草织成的帘子，特地模仿古代的模样。房屋的构造也很简陋，并不怎么深，只是很浅近，可是别有风趣，子规一递一声的叫，的确倒有点吵闹的样子，可惜不能够让中宫听见，和那么的羡慕想来的人也听一听罢了。

主人说道：

"〔这里因为是乡下，〕只有与本地相应的东西，可以请看一下。"便拿出许多稻来，叫来些年轻的，服装相当整洁的女用人，以及近地的农家妇女，共有五六个人，打稻给我们看，又拿出从来没有看过的，辘辘辘辘回转的[87]东西来，叫两个人推转着，唱着什么歌，大家看了笑着，觉得很是新奇，把做子规的歌的事情几乎全然忘记了。

用了在中国画里所有的那样食案，[88]搬出食物来的时候，没有一个人去看一眼，那时主人说道：

"这是很简慢的，乡下的吃食。可是，到这样地方来的人，弄得不好倒还要催促主人〔，叫拿出别的乡下特产来呢〕。这样子的不吃，倒并不像是来访问乡下的人了。"这样的说笑应酬着，又说道：

"这个嫩蕨菜[89]，是我亲自摘来的呢。"我说道：

"怎么行呢，像是普通女官那样，坐在食案去进食呢？"〔主人便将食案的盘〕取了下来，说道：

"你们各位是俯伏惯了[90]的哪。"正忙着招呼，〔这时赶车的进来〕说道：

"雨快要下来了。"大家便赶紧上车，那时我说道：

"还有那子规的歌呢，须得在这里做了才好。"别的女官说道：

"那虽是不错，不过在路上做也好吧。"

〔在路上〕水晶花盛开着，大家折了许多，在车子的帘间以及旁边都插满了长的花枝，好像车顶上盖着一件水晶花的衬袍。[91] 同去的男人们也都笑着来帮忙，说道：

"这里还不够，还不够。"几乎将竹簟都穿破了，加添来插着。〔这样装饰着的车子，〕在路上遇见什么人也好，心里这么期待着，但是偶然遇着的，却只是无聊的和尚或者别无足取的平常人罢了，实在是很可惜的。

到得走近了皇宫了，我说道：

"可是事情不能这样的就完了，还须得把车子给人家一看，才回去吧。"便叫在一条殿[92]的邸宅前面把车停了，叫人传话道：

"待从在家么？我们去听子规，刚才回来了。"使者回报道：

"侍从说，现在就来，请等一等。刚才在武士卫所休憩着，赶紧在着缚脚裤呢。"但是这本来不是值得等候的事情，车便走着了，来到土御门方面，侍从这时已经装束好了，路上还扣着带子，连说：

"稍请候一候，稍请候一候！"只带了一两个卫士和杂色，什么也不穿着，[93] 追了上来。我们便催着说：

"快走吧！"车子到了土御门的时候，侍从已经喘着气赶到，先看了车子的模样，不禁大笑起来，说道：

"看这样子，不像是有头脑正常的人坐在里边。且下来再说吧。"说着笑了，同来的人也都觉得好笑。侍从又说道：

"歌怎么样了呢？请给我看吧。"我答道：

"这要在给中宫看了以后，才给你看呢。"说着的时候，雨真是下了起来了。侍从说道：

"怎么的这土御门同别的门不一样，特别没做屋顶。在像今天的日子里，实在很是讨厌了。"又说道：

"那怎么的走回去呢？来的时候，只怕赶不上，便一直跑来，也不顾旁人看着，唉唉，如今这样走回去，真扫兴得很。"我便说道：

"那么，请进去吧，到里边去。"侍从答道：

"即使如此，戴着乌帽子 [94] 怎好上里头去呢？"我说道：

"叫人去取〔装束〕来吧。"这时雨下得很大了，没有带着伞的男人们把车子一径拉进门里边来。从一条的邸宅拿了伞来，侍从便叫人给撑着伞，尽自回过头望着这边，这回却是缓缓的像是很吃力似的，拿着水晶花独自走着回去了，这样子也是很有意思的。

到得中宫那里，问起今天的情形。一面听着不能同去的女官们怨望不平的话，将藤侍从 [95] 从一条大路上走来的事情说了，大家笑着。中宫问道：

"那么歌呢，这在哪里？"将这样这样的事情说了，中宫道：

"很是可惜的事。殿上人们要问的呢，怎么可以没有很好的歌就算了？在听着子规的地方，当场即咏一首就行了，因为太看得重了，〔反而做不出来，〕便打断了当时的兴致，所以不行了。现在就做起来吧。这真是泄气的事情。"中宫这样的说实在是不错，想起来很是没兴，便与〔同去的人〕商量了怎么做，在这时候藤侍从有信来了，将刚才拿去的一枝水晶花上挂着一卷水晶花的薄纸，[96]上边写着一首歌道：

"听说你是听子规啼声去了，

〔我虽是不能同行，〕

请你把我的心带了去吧。"想必是等着返歌吧，想叫人回去取砚台来，中宫说道：

"就只用这个快写吧。"把纸放在砚台的盖里递给了我。我说道：

"请宰相君写吧。"她回答道：

"请你自己来。"正在说着，四周暗了下来，雨下了起来，雷也猛烈的响着，什么事情也不记得，只是惊慌着，把窗格子都放下来，这样忙乱着的时候，将返歌的事全然忘记掉了。雷响了很久，等到有点止住的时节，天色已经暗了。就是现在，且来写这回信吧，正要动手来做，殿上人以及公卿们都因雷鸣过来问候，便出到职院的西边应酬，把返歌的事又混过去了。其他的人以为这歌是指名送来的，由她办去好吧，所以也就不管。似乎今天是特别与做歌无缘的日子，觉得很是无聊，便笑着说道：

"以后决不再把要听子规去的话，告诉给人家了。"中宫说道：

"就是到了现在，同去听的人也没有做不出来的道理。大概是从头决定不做的吧。"似乎是很不高兴的样子，这也是很有意思的。我答说道：

"可是到了如今，兴趣已经全然没有了嘛。"中宫说道：

"兴趣没有，这件事情不能就算完了呀。"话虽如此说，可是事情就此完了。

其二　元辅的女儿

过了两天之后，大家正在讲起当日的事情，宰相君说道：

"且说〔那明顺朝臣〕所亲自摘来的嫩蕨菜，是怎么样呢？"中宫听了笑道：

"又记起来了那〔蕨菜〕的事情了。"将散落在那里的纸片上，写道：

"嫩蕨菜煞是可怀念呵。"便说道：

"且接写上句[97]吧。"这也是很有意思的事。我便写道：

"胜过寻访子规，

去听它的叫声。"中宫看了笑道：

"说得好不得意呵！〔这样的贪嘴，〕怎么在这时候还是记得子规呢？"这样的说，我虽是觉得有点害羞，可是说道：

"什么呀，这个歌的东西，我可是想一切不再做了。在什么时节，人家做歌，便叫我也做，这个样子我真觉得有点不能留在你的身边了。本来我也不是并不知道歌的字数，或是春天做出冬天的歌，秋天做出夏天的歌，或者梅花的时候做出菊花的歌来，那样的事总是不会有的了。但是生为有名的歌人[98]的子孙，总得多少要胜过别人，说这是那时节的歌，算是最好的了，因为那有名人的子孙嘛，这样子才觉得那歌是值得做的。可我却是没有一点特色，说这也是歌，只有我能做得，摆出自夸的架子，率先的做了出去，这实在是很给先人〔丢脸的，〕是很对不起的事情。"我把这事认真的说了，中宫听了笑起来：

"既然是如此，那么就随你的意吧。我以后不叫你做好了。"这样的说，我回答道：

"那我就很安心了。以后关于歌的事情，可以不再操心了。"

可是正在说着话的时候，要守庚申[99]了，内大臣[100]

很有些计画。到得夜深了，出了歌题，叫女官们做歌，都振作精神，努力苦吟，我却独立陪着中宫，说些别的与歌没有什么关系的闲话，内大臣看见了说道：

"为什么不去做歌，却和大家离开着呢？拿题目去做吧。"我就说道：

"中宫已经这样吩咐，不做歌也可以，所以不预备做了。"内大臣说道：

"这是奇怪的话。难道真有这样的话么？为什么许可她的呢？这真是没有道理。而且在平时还没有关系，今天晚上务必要做。"虽是这样催促，可是干脆不理他，这时别人的歌已经做好了，正在评定好坏的时候，中宫却写了简单的几句话，递给了我。打开来看时，只见上面写着一首歌道：

"你是元辅 [101] 的女儿，

为什么今天晚上，

在歌里掉了队的呢？"

觉得非常的有意思，不觉大声笑了起来，内大臣听了问道：

"什么事，什么事？"我作歌回答道：

"要不是说元辅的女儿，

今天晚上的歌

我是首先来做呢。"我又说道：

"若不是表示谨慎的话，那么便是千首的歌，我就会进呈的呢。"

第八八段　九品莲台之中

中宫的姊妹们，弟兄的公卿们和许多殿上人，都聚集在中宫面前的时候，我离开了他们，独自靠着厢房的柱子，和另外的女官说着话，中宫给我投下了什么东西来，我捡起来看时，只见上面写的：

"我想念你呢，还是不呢？假如我不是第一想念你，那么怎么样呢？"

这是我以前在中宫面前，说什么的时候曾经说过的话，那时我说道：

"假如不能够被人家第一个想念的话，那么那样也没有什么意思，还不如被人憎恨，可恶着的好了。落在第二第三，便是死了也不情愿。无论什么事，总是想做第一个。"大家就笑说道：

"这是〔《法华经》的〕一乘法 [102] 了。"刚才的话就是根据这个来的。把纸笔交下来，〔叫我回答，〕我便写了这样一句：

"九品莲台之中，虽下品亦足。" [103] 送了上去之后，中宫看了说道：

"很是意气消沉的样子。那是不行呀。既然说了出口，便应该坚持下去。"我说道：

"这也看〔想念我的〕是什么人而定了。"中宫道：

"那可是不好。这总要第一等人，第一个想念我才好呀。"那样的说了，真是很有意思的事。

第八九段　海月的骨

中纳言[104]到中宫那里，有扇子想要送上来，说道：

"是这隆家得了很好的扇骨。现在想贴好了扇面再送上来，用普通的纸贴了不合适，正在寻找好的纸呢。"中宫问道：

"这是怎么样的骨呢？"中纳言答道：

"是非常漂亮的东西。大家都说，这样骨子简直是没有看见过。实在是这样的东西不曾有过。"大声的说，〔很是自夸的样子，〕我就说道：

"那么，这不是扇骨，恐怕是海月的骨[105]吧？"中纳言说道：

"这个〔说的很妙，〕算是隆家的话吧。"说着笑了起来。

这样的事，原是属于不好意思的部门[106]的事情，但是人家说："不要写漏了一件事。"没有法子〔，所以写上了〕。

第九〇段　信经的故事

雨连续的下，今天也是下雨。式部丞信经[107]当作天皇的敕使，到中宫这里来了。照例送出坐垫去，可是他把坐垫比平常推得远些，然后坐了。我就说道：

"那是给谁铺的坐垫呀？"信经笑道：

"在这样下雨天里，坐了上去的时候，就沾上了足印，弄脏了不成样子。"我答说道：

"怎么说呢，那不是洗足用的[108]么？"信经说道：

"这〔说的绝妙，〕但并不是你说的妙，假如这信经不说足迹的话，你也是不能够这样的说的吧。"屡次反复的说，这是很可笑的。太有点自夸了，也是不好意思的事。

第九一段　信经的故事二[109]

〔我对信经说道：〕

"一直从前，在皇太后[110]那边，有一个名叫犬抱[111]的很有名的杂役的女官。做到美浓守故去的藤原时柄[112]那时是藏人，有一天到女官们的地方去，对她说道：

'你就是那著名的犬抱么？为什么并不显得名字那样的呢？'那时她的回答是：'那也应了时节[113]，会显得是名字那样的。'便是挑选了对方的名字〔来配合〕。她怎么能做出这样〔巧妙的〕对句呢，殿上人和公卿们都觉得是很有意思。这事至今传了下来，正是当然的事吧。"信经说道：

"那〔犬抱〕回答的话，也正是时柄教她说的。看出来的题目怎样。无论诗歌都可以做出很好的来。"我回答道：

"这的确是的。那么就出题目，请你做歌吧。"信经道：

"非常的好。一首没有意思，若是做的话，要做出许多首来。"正在说着，中宫的回信写好了，信经站起来道：

"唉唉，可怕得很，逃走了吧！"说着出去了。大家都说道：

"因为字写得很不好，汉字和假名都很拙劣，人家笑话他，所以他这样的躲避了。"这样的说，也是很好玩的事。

注 释

[1] 唐锦即中国制的绸缎，日本制的称为大和锦。

[2] "佩刀"原文作"饰太刀"，谓有装饰的刀剑，有"敕受带剑"的人于束带时用之，用紫檀沉香为鞘，上镶金银或嵌螺钿。

[3] 日本古时有藏人所，大概即是内务府的职务，有别当一人为之长，以左大臣任之，司诏敕传宣事务，头二人，一为弁官，一为近卫中将兼任，官阶四位，其他五位藏人三人，六位藏人四人，管官中一切琐碎的事，以及御膳，别有杂色小职员多人。就中六位藏人的地位最为特别，盖官位虽卑，而特许升殿，常在天皇左右，故为众所羡慕，此段所说即是此意。

[4] 此处的"平人"系指六位以下的人，与平民的意义不同。因为当时任官，大抵悉取名家子弟，无任用平民者。

[5] 大臣宴飨天皇例有赏赐，为苏（即酥酪）及甘栗，由六位之藏人为使者送去，受赐的家里当以敕使相待。为天皇送信去的自然也是敕使，所以人家更加殷勤的接待。

[6] 六位的藏人因为职务关系，虽官位很低，但得特许升殿，到了六年任期已满，按照劳绩应当升叙五位，唯因五位藏人只有三个实缺，如没有空缺好补，便只得下殿去了。五位藏人照例可以做地方

官，有人情愿外放，觉得比在天皇身边做近侍更好，这就是本节里所批评的。

[7]大学寮设有博士，此指文章博士，定员二名，官阶在从五位下，照例不能升殿，但以特殊关系，召备咨询。

[8]愿文系指举行法事时，陈述施主的心愿，或对神佛祈誓立愿的文章，古时率用汉文，由大学寮奉敕代撰。

[9]原文云"持经者"，专诵读《妙法莲华经》，昼夜六时勤行诵读，六时者早晨，日中，日没，初夜，中夜，后夜。后文说"定时读经"，盖即是指日没时。

[10]在神社门前，常有一对石刻的异兽，从古代高丽传来，一只黄色开口，称为狮子，一只白色闭口，头有一角，名为"狛犬"，意思即是高丽犬。因为它是辟邪的兽，后来也作为他用，这里即是小形的，放在帷帐两边为风镇之用。

[11]内膳司即御厨房，供有灶神，中宫亦有灶火，故从那边分设灶神。

[12]摄政是代天皇执行政务的人，八五九年清和天皇时以国威藤原良房任此职，嗣后由藤原氏世袭。关白例由摄政兼任，谓诸事皆先关白，然后奏闻，始于八八七年宇多天皇时，为后来将军专政的起源。这里原称"第一人"，谓大臣中位次最高者。春日神社在奈良地方，第三殿中祀天儿屋根命，为藤原氏的先祖，故凡摄政关白必往参拜。

[13]这是一种织物的名称，用红色的经和淡紫的纬交织而成的浅紫色的织物。

[14]六位藏人的服装是麴尘色的青袍，和紫色的缚脚裤，紫是禁色，不是寻常人所能着用，因为是近侍的关系，所以是特许的吧。

[15]即一条天皇，在位期间为九八六至一〇一一年，第一皇子为敦康亲王，乃中宫定子所生。舅父系指内大臣藤原伊周，及中纳言隆家。这一节说的很是鹘突，为三卷本所没有，或本将上文"宽阔的院子满积着雪"一句连下读，因为那一句放在上节末尾，也有点不伦不类，但现在也不加以变动了。

[16]原文云上裤，仪式时穿在大口裤外面，外白里红，童女所着例用红色。

[17]名为"汗衫"，亦写作"衵衣"，但字义转变，为当时童女的礼服了。见卷一注[29]。

[18]勾栏原取中国古义，谓栏干的末端向上弯曲，今俗作妓院之称，系后起之义。

[19]村浓系一种染法，谓用同一颜色，而深浅不一，见卷一注[13]。

[20]古代传送书简，多用此法，缚在一枝带叶的树枝上，如上文第七六段其二，斋院送来的信，也是挂在一枝松树上的。

[21]原文"须笼"，系谓一种竹笼，编好之后特地将余剩的竹保留，

有似长须，故以为名，古时用以盛馈赠之物。

[22]桧扇系古时的折扇，用桧木薄片为之，普通二十三片，以白丝线缀合，无论寒暑皆置怀中，用以代笏。三重者谓两旁扇骨用桧木三片合成，五重则有五片，故云太厚。

[23]即后世的所谓"便当箱"，此系用松桧所制，盖取其微有香气。

[24]日本古时用树皮葺屋顶，以代茅草，至今神社亦有特别保留古时制度者。

[25]此为织物模样之一，仿为朽木的形状，略作云形，织染而外亦用于印刷，为糊裱隔扇墙壁之用。

[26]帽额用于帘子，系指上部的一部布帛，此原系中国古语云。

[27]猫在当时还没有普遍饲养，成为一般的家畜，只有贵族家庭，当作爱玩的动物，可参看本书第七段"御猫"的故事。

[28]"女藏人"是低级的女官，在端午节头上插菖蒲，故称菖蒲的女藏人。

[29]红垂纽系一种装饰，两折作结，挂于小忌衣的右肩，舞人则挂在左肩。

[30]小忌衣为斋戒时所着的衣服，用白布蓝色印花，义取洁净，供奉神膳者用之。

[31]贺茂神社及石清水八幡神社于定期祭祀之外，别有临时祭，贺茂在阴历十一月下旬的酉日，石清水在阴历三月中旬的午日，有神乐舞蹈。

[32]古时日本朝廷于大尝会举行的一种女乐的仪式，于十一月中旬丑寅卯辰四日中行之，称五节之舞。五节者，出于《左传·昭公元年》："先王之乐所以节百事也，故有五节，迟速本末以相及，中声以降，五降之后，不容弹矣。"舞女五人，由公卿殿上人出三人，地方官出二人，亦有由后妃亲王献上者。此盖特例，由中宫进上，事在正历四年（九九三）的十一月。

[33]女院为古代日本皇太后的尊称，此处所说即一条天皇的母后，为中宫定子的姑母。淑景舍为大内五舍之一，植有桐树，故又称桐壶，此指居于淑景舍的女御藤原原子，为中宫定子之妹。

[34]辰日谓五节会的末一日。

[35]陈设指帷帐及帘子等。

[36]实方即藤原实方，系有名歌人，见卷二注[57]。

[37]藤原实方的这首歌见于《后拾遗和歌集》卷五杂歌之部，但据本书所记则系含有恋爱的歌。大意以井水喻小兵卫，对自己总是冷冰冰的，如今为了什么缘故，红垂纽却自解开了。原文"冰"字与"纽"字义双关。中国古时以裙带解，蟢子飞同为一种吉兆，主情人会合，故今用以调笑小兵卫。

[38]清少纳言的这首歌见于《千载和歌集》中，"薄冰刚才结着"，

双关红垂纽打着"活结";"日影照着",双关"日荫蔓",此本系植物女萝之名,唯用于装束上乃是一种带结,加在帽上,歌意并说赤纽本来打活结的,因为在整冠上的日荫蔓,故尔解散了。

[39]原文称"辨之御许",御许为御许人之略,系女官官名,略同于内侍,因御许不能适当译出,故改为内侍。

[40]藤原相尹为右马头。古时有左右马寮,即御马监,其长官称为头。染殿式部卿即为平亲王,乃村上天皇的王子。

[41]古时衣冠束带时所用的佩剑,因为不是实用的东西,所以做得很细,装在螺钿或是漆绘鞘里,本来是用带系在腰间的,结余的带头再垂下来,后作装束,另用三寸宽的丝带,挂在前面了。

[42]此系说用紫色纸所写的书简,挂在藤花上送去。这一节与上下文不相连接,只说是美妙的东西,疑是别段里脱文,误列在这里,别本亦有列为一段者。

[43]这是指主殿司的女嬬,是一种低级的女官,平常管打扫和点灯。在五节的时候,特地调来殿上,来司秉烛的事。

[44]都是临时调来服役的人,平时不能来殿上的,所以特别觉得有意思。

[45]这与后世的柳条箱颇相似,但上面系用平盖,用以安放零星物件。

[46]原意云"由一个戴冠的男子拿了",即是说升了官位的六位藏

人，今改译正面的说法。

[47] 执事的藏人系指藏人的二种职务，管理朝廷的政务仪式，以及神乐。

[48] 五节会的第一天是丑日，是为帐台试演的日子，天皇在常宁殿升御座，即是所谓帐台，观看舞女的试演。执事的藏人司门禁，在原用汉文所写的《江次第》上记载的很是详细："藏人头，行事藏人立舞殿东户下，开阖舞间，禁乱入，理发童女陪从下仕之外不可入。"下仕指宫中供杂役的女官。

[49] 五节的第三天是卯日，是为童舞的日子，天皇在清凉殿观看陪从舞女的童女歌舞。

[50] 原文此处不相连接，编订者加入此句，今从之。

[51] 琵琶的名字本是"无名"，中宫的答语双关，有诙谐的意味。

[52] 即中宫的妹子，见卷五注[33]。

[53] 即藤原道隆，前任关白，见卷一注[46]。

[54] 藤原隆圆为道隆的第四个儿子，是中宫的兄弟，早岁出家，是时任权少僧都。

[55] 此笙即名"不换"。据古记录云："不，不换，是笙名也，唐人卖之，云可给千石，答曰不，不换，遂以为名。"中宫以名字双关的意义作戏语，而僧都不懂得，所以失望。

[56]长德二年（九九六）二月二十五日至三月四日，中宫出宫，寄居于中宫职院，此段所记盖系那时候的事情。

[57]管弦乐器之总称，凡丝之属皆称为琴，凡竹之属皆称为笛。

[58]日本古器物名多不可解，今不一一考据，以免烦琐。

[59]宜阳殿为日本古时的一所宫殿，当时专门放置乐器及书籍的地方，故称赞乐器之美者云是宜阳殿里的第一架上的东西。头中将盖是藤原齐信，以藏人头兼近卫中将，见卷四注[19]。

[60]这是在弘徽殿，在清凉殿的北边。

[61]根据白居易的《琵琶行》嚅的"千呼万唤始出来，犹抱琵琶半遮面"这两句。当时汉学盛行，贵族子弟殆无不通晓，作为模拟《文选》，诗则《白氏文集》最为流行。

[62]此句意思不很明了。别本在此句的"尔"读作"别"字，解作："该离别了，你知道吗？"谓引用《琵琶行》起首处"别时茫茫江浸月"之意，指众人退出之时，但所说意仍欠圆满。

[63]大辅是乳母的称号，这里盖系随着丈夫到国司的任上去，日向在日本南部九州地方，离京很远。清少纳言怪她弃舍了深情的主人前去，尚合人情，《春曙抄》的著者则说道隆死后，嗣子伊周获罪左迁，遂弃之而去，则与事情不合。

[64]井手中将注家皆云未详，疑系当时小说中人物，非是实有。

[65]首句影射日向，末句"长雨"一字亦可训作"怅望"，歌意双关，谓你到日向去对着晴明的天气，也要记住京城正在长雨，有怅望你的人。

[66]这一节是引用了作为反缝衣服的一个实例的，据说大约是正历三年（九九二）十二月的事，其时中官在她父亲道隆的邸宅里，所谓南院即是东三条邸的寝殿。

[67]对殿即与寝殿相对，亦可译"西厢"，但是并非侧屋，原来亦是朝南的房屋，只是东西分别，和主要的寝殿相联接处有渡殿，即是厢廊。寝殿亦称主殿，乃是正屋，即主人居住之处，但与寝室有别，至对殿则是眷属所居。

[68]此殆即上一段所说的乳母，命妇为女官的一种官位。

[69]源少纳言系姓源的女官，少纳言则是其家族的人的官职，新中纳言其姓未能详。

[70]这一句话原意不很清楚，一本解作"就陪我进宫去"。别本没有这句。

[71]"胡枝子"原文云"萩"，为一种豆科植物，在日本甚见称赏，因花在秋时，故名字从草从秋，乃日本自造字，原本汉字乃系萧艾，并非一字，然胡枝子亦非确译，因此本中国产植物，不是日本所有。芦荻的花亦为日本所称赏，中国正当云"芒"，或译作"狗尾草"亦属非是，狗尾草乃是"莠"，此花因形似故名"尾花"，并不指定系是狗尾。

[72]国司系地方长官，见卷二注 [13]。

[73]普通解作抢看信的那人，立在帘边看着，但上文走到院子里，不在帘边了，故此处以属于著者为是。

[74]古时日本结婚多用入赘的形式，男人先就女家住宿，晚出早归，亦有中途不谐，停止往来者。参看卷一注 [8]。中国在唐朝似亦有此类风俗，见于唐代传奇中。

[75]古代妇女垂发时插在头上右边的钗子，多系玳瑁等所制，大概也有用玉的。《春曙抄》注引白居易乐府云"石上磨玉簪，玉簪欲成中央折"。

[76]此处诸家说不一致，今择取金子元臣的一说。

[77]双陆亦名双六，系中国古时一种游戏，流传在日本，其方法今不可考，但其中一种赌输赢的方法，似用两颗骰子装入筒内，再行倒出，看两骰同花者为胜，得再倒一次，故云骰筒为所占有。

[78]赌箭为正月十八日天皇在弓场殿，看近卫府军人试射，亦有临时举行，称殿上的赌箭，这里所谓盖系泛说，女官未必与闻其事。

[79]五节见上卷五 [32]。佛名会见卷四注 [15]。

[80]"节会"谓节日的集会，当日朝廷例有赐宴，其他的仪式或指没有宴会的别的仪式吧，如其时适值"避忌"，则天皇不临朝，自然就停止了。避忌见卷二注 [6]。

[81]古时称曰"年三",一年中有三个月例行"精进",即是正月五月九月,所云"精进"乃是佛教术语,后乃专指斋戒即禁止食肉了。据《长斋经》云:"若有善男女等,修年三之斋戒,忽脱诸难等,获殊胜福利。"又曰:"天帝以正月五月九月,巡向南列,注记众生作业。"是经中国不见通行,看上文所引,似有道教分子混入,或出自后代伪造,亦未可知。

[82]平常禁止乘车出入北卫所门,但在梅雨时节,例可通融。

[83]非谓"六位的藏人",乃指普通不能升殿的六位,都是近卫府的官员,却也是地下人,在女官们看去乃是卑微的人了。

[84]贺茂神社祭典甚盛大,女官们多往参拜。见卷二注[34]。

[85]明顺朝臣为高阶成忠的第三子,中宫定子的母舅,朝臣者古代"八色"氏族之一,第一曰真人,第二曰朝臣,至今日本正式叙官位,犹于姓氏之下加写此二字。

[86]屏障类似屏风,但不是可以折叠的,只是一两扇,底下有座,当作隔扇用的。

[87]这大概是指一种砻磨,是磨谷子用的木类所制的吧。

[88]"食案"原文曰"悬盘",系木制的盘,下面有四足的架子,可以自由装卸,这里说中国画里所有,可见中国古时也用这样的食案,有如孟光所举的那种。

[89]嫩蕨菜原称下蕨,意谓长在草丛底下的蕨叶。

[90]女官的高级者常在御前俯伏惯了，故在有高台的食案面前，反而不习惯，所以主人特地将架子撤去。

[91]礼服的袍子里面照例有衬衣，规定有种种颜色，水晶花即是其一，系表白里青的夹袍。

[92]一条殿在一条大路，为故太政大臣藤原为光的邸宅。下文侍从即藤原公信，系为光的第六子。当时任职侍从，唐名"拾遗"，谓随侍天皇左右，可拾遗补阙之职。

[93]卫士与杂役匆促跑来，连正式的下裳都没来得及穿着。

[94]乌帽子系平常时候所戴的帽，无官位的人亦得用之，若官员入朝例须衣冠束带，着乌帽子系是便服，故不相适。

[95]即藤原公信，藤侍从系宫中惯称，取姓氏的一字，附以官名，犹女官称源少纳言，新中纳言也。

[96]表白里青的薄纸，颜色正如水晶花的样子，取其与花枝相配合。

[97]做连歌的法则，将一首三十一字音的和歌，分作两半，上句是七五七共十七音，下句是七七共十四音，由二人分别做成，合为一首。这里是先做出下句，却叫人续成上句。

[98]有名的歌人系指作者的父亲，即是清原元辅（九〇八至九九〇），为《后撰和歌集》编选者五人之一，别有《清原元辅集》一卷行世。元辅的祖父名深养父，亦为著名歌人，较元辅尤有名，但下文中官的歌中只说元辅，可知这里所说殆与深养父无关。

[99] 守庚申系中国古时道家旧说，谓人身中有三尸虫，于庚申夜中乘人熟睡，升天告人大小罪过，故夜间不睡以防之。日本则谓三尸入人体中，能致人病，亦终夜不寝，可免于瘠瘵。

[100] 内大臣位在左右大臣之次，为太政官属，此处指藤原伊周，即第二〇段中的大纳言，见卷一注 [44]，为中宫之兄。

[101] 元辅见上文注 [98]。

[102]《妙法莲华经》第二十八"方便品"云："十方佛土中，唯有一乘法，无二亦无三，除佛方便说，但说无上道。"著者说但愿居第一位，不欲落于第二第三，所以说是《法华经》的一乘法。

[103]《和汉朗咏集》卷下，庆滋保胤的《极乐寺建立愿文》中有云："十方佛土之中，以西方为望，九品莲台之间，虽下品应足。"此为本文的依据，意言得中宫想念，犹如莲台往生，虽等级低也满足了。

[104] 中纳言是藤原隆家，关白道隆的儿子，中宫及伊周的兄弟。

[105] 海月即水母，是一种钟状或伞状的腔肠动物，没有骨头的。此系著称戏语，挖苦隆家说不曾有过的扇骨。

[106] 此节有点自夸，所以说是应该记入别的部门。

[107] 藤原信经在长德三年（九九七）为式部丞，原是六位的官，但因为系敕使之故，故特别升殿赐坐。

[108] 坐垫旧时称为"毡褥"，读音与"洗足"二字近似，故借为戏

语。此种诙谐语日本称为秀句，系一种文字的游戏，最难于翻译。

[109]本书分段系依北村季吟的《春曙抄》本，故此处仍而不改，别本九〇至九二段并作一段，都是讲信经的事的。《春曙抄》以为末二节乃是指时柄，显系错误，因在皇太后当时清少纳言并未入宫，前后相去盖有二十余年之多。

[110]皇太后谓村上天皇的皇后藤原安子，卒于康保元年（九六四）。

[111]"犬抱"别本训作"犬吐"，谓故意用丑恶字面，取禁厌的意思。

[112]藤原时柄于康保五年正月任美浓守，时为九六八年。

[113]"应了时节"的训读与"时柄"相同，意取双关，这是绝好的滑稽的应酬。

卷·六

苦竹被风萧萧的吹着的傍晚，
或是夜里醒过来，一切都觉得
有点哀愁的。

第九二段　信经的故事三

〔信经〕任为作物所的别当[1]的时候，把一件器物的绘图，送给所里的什么人去，上面写着汉字道：

"照样制作。"这字写的非常怪相，我看见了在旁边写道：

"照这个样子做了，那真是怪样了吧。"拿到殿上去，给殿上人看见，都大声的笑了。〔信经〕为此很生了气，还很是恨我呢。

第九三段　登华殿的团聚

在淑景舍当东宫女御[2]进到宫里的时候，所有诸事无一不是极为佳妙的。正月初十进去，以后与中宫通信频繁，但是一直还没有见过面，这是二月初十说到中宫这边来，所以房间里的装饰特别考究，女官们也都准备好了。说是在夜中过来，过了不久工夫，天色也就亮了。在登华殿的东厢两间房里，设备好了。到了次晨一早，就早把格子扇打上，在黎明时分，关白相公同了夫人 [3] 两个人，一同坐车来了。中宫的御座是设在两间房屋的南边，四尺屏风自西至东的隔开了，向北的立着，席子上面搁上垫褥，放着火盆。屏风的南面，在帐台之前，许多女官们都伺候着。

在这边伺候中宫理发的时候，中宫对我问道：

"你以前见过淑景舍么？"我回答道：

"还没有呢，在积善寺供养 [4] 那一天，只瞥见了后影。"中宫说道：

"那么，在这柱子和屏风的中间，在我的身后边看就好了。那是很美丽的一位呀。"我很是高兴，觉得更加想看一看，怎么样时间早一点才好呢。

中宫的服装是凹花绫和凸花绫的红梅衣，[5] 衬着红色的打衣 [6]，三层重叠着。中宫说道：

"本来在红梅衣底下，衬着浓红色的打衣，是很相配的。现在〔已经二月半了〕，或者红梅衣已不适宜了也不难说，但是嫩绿色的却不很喜欢，〔所以穿了红梅衣，〕不知道和红色的打衣能够配合么？"虽是这么的说，可是实在〔很是调和，〕觉得非常的漂亮。服装既然非常讲究，与美丽的姿容更互相映发，想那另外的一位必定也是这样的吧，尤其想望能够见到了。这时中官已经躲进所设的御席那里去了，我还是靠着屏风张望着，有女官们注意说道："这不好吧，回头给看见了，不得了呀。"听人家这样的说，也是很有意思的。

房间的门户都畅开着，所以看的很清楚。夫人在白的上衣底下，穿着两件红色的打衣，下裳大概是同女官一样的吧，靠近里面朝东坐着，只有衣服可以看见。淑景舍稍为靠着北边，南向坐着，衣服是穿了红梅衣，浓的淡的有好几重，上罩浓红的绫单衫，略带赤色的苏枋织物的衬袍，再加上嫩绿色的凹花绫的显得年轻的外衣，用扇子遮着脸，实在是很漂亮，非常的优雅美丽。关白公穿着淡紫色的直衣，嫩绿色织物的缚脚裤，红色的衬衫，结着直衣的纽，背靠着柱子，面向着这边坐着。看着女儿们漂亮的模样，笑嘻嘻的总是说着玩笑话。淑景舍真是像画里似的那么美丽，可是中官却更显得从容，似乎更年长一点的样子，和穿着的红色衣服映带着，觉得这样优美的人物哪里更会有呢。

早上洗脸。淑景舍的脸水是由两个童女和四个下手的女官，走过宣耀殿贞观殿[7]运来的。这边唐式破风的廊下，有女官六个等候着。因为廊下很是狭窄，只有一半的人送上去，便都自回去了。穿着樱色的汗衫，衬着嫩绿和红梅的下衣很是美丽的，汗衫的衣裙很长着拖着，交代着搬运洗脸水，真是很优美的景象。织物的唐衣的袖口有好几个从帘子底下露了出来，这是右马头相尹的女儿少将君，北野三位的女儿宰相君，[8] 坐在附近的地方。看着觉得真是很漂亮。中宫这边的脸水，有值班的采女，[9] 穿了青色末浓 [10] 的下裳，唐衣，裙带，领巾的正装，脸上雪白涂着白粉，在那里伺候着，由下手的女官传递上去，别有一种格式，令人想起唐朝的风俗，很有意思。

到了早餐的时刻了，梳发的女官到来，女藏人和配膳的女官们因为来伺候理发，把隔着的屏风撤去了，所以在偷看着的我，正如被人拿走了隐身裳 [11] 一般，还想再看，可是没有办法，只得在御帘和几帐之间，从柱子底下去张看着。可是我的衣裙和裳，悉从帘子底里露了出来，给坐在那边的关白公所发见了。关白公追问道：

"那是谁呀，那边隐约看见的？"中宫答道：

"是少纳言哪，因为好奇，所以在那里张看的吧。"关白公道：

"唉，真是惭愧得很。原来我们是旧相识嘛。她一定在想，养得好丑陋的女儿呀，这样看着的吧？"一面说着玩笑话，可是实在是很得意的。

淑景舍的一方面也吃早饭了。关白说道：

"这是很可羡慕的。诸位都在早餐了。请快点吃完了，将剩下的东西给老头儿老婆子吃了吧。"这一天尽说着玩笑话，这其间大纳言和三位中将同了松君一同到来了。[12]关白公等得来不及了的样子，赶紧抱起松君来，叫他坐在膝上，实在是非常可爱的样子。本来狭窄的廊缘，加上束带正装的几重衬袍，便散布满了。大纳言是厚重端丽，中将是豁达明敏，看去都很漂亮，关白公本来不用说了，夫人也是宿缘[13]很好的。关白公虽然叫给坐垫，[14]但是大纳言和中将都说道：

"就要到衙门里去了。"随即赶紧走去了。

过了一会儿，式部丞某作为天皇的敕使来了，在膳厅的北边房里，拿出坐垫去，叫他坐了。中宫的回信，今天很快就好，就给带了去。在敕使的坐垫还未收起的时候，周赖少将作为东宫的使者又到来了。渡殿那边的廊太狭，便在这边殿廊下设了坐垫，收了来信。关白公和夫人以及中宫，顺次都看了。关白公说道：

"快点给回信吧。"虽是这样的劝告，可是淑景舍却不肯立刻照办。关白公说道：

"这是因为我看着的缘故吧。在不看着的时候，可是就会从这边一封封的寄去的。"这样说过，淑景舍的脸有点发红，微微的笑了，这样子实在是很美丽的。夫人也催道：

"赶快回信吧。"淑景舍乃面向着里边，写了起来。夫人也走近前去，帮着书写，所以似乎更是有点害羞的样子。中宫拿出嫩绿色织物的小袿和下裳，〔作为对使者的犒劳，〕从御帘底下送出去，三位中将接去交给使者，周赖少将很为难似的肩着 [15] 去了。

松君天真烂漫的说话，没有人不觉得可爱的。关白公说道：

"把这个松君，当作中宫的儿子。拿到人面前去，也不坏吧？"的确是的，为什么中宫还没有诞生皇子呢，实在是很惦念的事情。[16]

午后未刻的时候，传呼说"铺筵道 [17] 了"，过了不多久，就听得衣裳绰练的声音，主上已经进来了。中宫也就到那边去，随即进了帐台休息，女官们都退去，陆续的到南边的房间里去了。廊下有许多殿上人聚集着。关白公召了中宫职的官员来，叫拿了些果子肴馔前来，告诉大家说道：

"让各人都醉了吧。"大家的确都醉了，同女官们互相谈话，很是愉快的样子。

将要日没的时分，主上起来了，把山井大纳言 [18] 叫了来，穿好了装束，就回去了。穿了樱的直衣和红的衬衣，夕阳映照着〔非常的漂亮〕，可是多说也是惶恐，所以不说了。山井大纳言是中宫的异母的兄长，似乎感情不很亲密，可是很是漂亮。风情优美，或者反胜过伊周大纳言之上，但是世人却尽自说些坏话，这是很觉遗憾的。主上回去，关白公，伊周大纳言，山井大纳言，三位中将，内藏头[19]都在那里恭送。

随后马典侍[20]来了，奉使传言命中宫进宫去。可是中宫说道：

"今晚可是……"显出为难的神气，[21]关白公听到了说道：

"没有这么说的，赶快的进去吧。"正在说话的时候，东宫的御使也是频繁的到来，很是忙乱。天皇那里的女官，以及东宫方面的女官，都到来了，催促说道：

"快点去吧。"中宫说道：

"那么，我们先来把那位送走了再说吧。"淑景舍却说道：

"可是，我怎么能先走呢？"中宫说道：

"还是让我们送你先走吧。"这样说话，〔互相让着，〕也是很有意思的。后来关白公[22]说道：

"那么，还是让那路远的[23]先走了好吧。"于是淑景舍先回去，关白公等人也回去了之后，中宫才进宫里去。在回去的路上，关白公的玩笑话大家听了都很好笑，在临时架设的板桥上边，有人发笑得几乎滚下来了。

第九四段　早已落了

从清凉殿上差人送来一枝梅花都已散了的树枝，说道：

"这怎么样？"我便只回答说：

"早已落了。"在黑门大间[24]的殿上人们就吟起〔纪纳言的〕那首诗[25]来，在那里聚集了很多的人。主上听见了便说道：

"与其随便的做一首歌，还不如这样回答，要好得多。这答的很好。"

第九五段　南秦雪

将近二月的晦日，[26]风刮得很厉害，空中也很暗黑，雪片微微的掉下来，我在黑门大间，有主殿司的员司走来说道：

"有点事情奉白。"我走了出去，来人道：

"是公任宰相[27]的书简。"拿出信来看时，只见纸上写着〔半首歌〕道：

"这才觉得略有

春天的意思。"

这所说的和今天的情景[28]倒恰相适合，可是上面的半首怎样加上去呢，觉得有点儿麻烦了。乃询问来人道：

"有什么人在场呢？"答说是谁是谁，都是叫人感觉羞怯的，〔有名的人物，〕怎么好在他们面前，对宰相提出平凡不过的回答呢，心里很是苦恼，想去给中宫看一看也好，可是主上过来了，正在休憩着。主殿司的员司只是催促，说道：

"快点，快点。"实在是〔既然拙劣，〕又是迟延了，没有什么可取，便随它去吧，乃写道：

"天寒下着雪，

错当作花看了。"

寒颤着写好了，交给带去，心想给看见了不知道怎样想呢，心里很是忧闷。关于批评的事想要知道，但是假如批评得不好，那么不听了也罢，正是这样的想着。左兵卫督[29]那时还是中将，他告诉我道："俊贤宰相[30]他们大家评定，说还是给她奏请，升作内侍[31]吧。"

第九六段　前途辽远的事

前途辽远的事是，千日精进[32]起头的第一天。半臂[33]的带子捻起头的时候。到奥州去旅行的人，刚走到

逢坂关 [34] 的时节。生下来的孩子，长成为大人的期间，《大般若经》[35] 独自读起头来。十二年间到〔比睿〕山里去静修的人，刚登山的时候。

第九七段　方弘的故事

〔藏人〕方弘 [36] 真是很招人发笑的人。他的父母听见了〔方弘被讥笑的〕事情，不知道是什么感觉呢。跟着他奔走的人们中间，也很有像样的人，大家便叫来问道：

"为什么给这样的人服役的呢？觉得怎么样呀？"都这样的笑了。

但是因为出自善于〔织染〕诸事的家庭，所以凡是衬衣的颜色和袍子等物，都比人家穿的要考究得多，人们 [37] 便讥笑他说道：

"这些该给别人穿才好呢！"

而且方弘的说话有些也是很怪的。有一回叫人回家去取值宿用的卧具，说道：

"叫两个家人去吧。"家人说道：

"一个人去取了来吧。"方弘道：

"你这人好怪，一个人怎么能够拿两个人的东西呢？一升瓶里装得下两升么？"没有人知道他说的是什么意思，听见的人却都笑了。

别处来了差遣的人，说道：

"快点给回信吧。"方弘便说道：

"真是讨厌的人，像是灶里炒着豆子[38]似的。这殿上的墨笔，又是给谁偷去隐藏了？若是酒饭，那么会有人要，给偷了去！"这样说了，人们又都发笑。

〔东三条〕女院[39]生病的时候，方弘当作主上的御使去问病回来，人家问他道：

"女院那边的殿上人，有些什么人呀？"方弘回答说有谁和谁，举出四五个人来，人家又问道：

"此外还有呢？"方弘回答道：

"此外就是那些已经退出去的人了。"这人家听了又笑，但是〔这从惯于说那种怪话的方弘方面来说，〕或者笑他的人倒是有点奇怪吧。

有一天等着没有人的时候，走到我这里来，说道：

"请教你哪，有点事情想说，可这是人家所说的话[40]哪。"我问道：

"这是什么事呢？"便挪到几帐的边里上来。方弘说道：

"人家都是说，什么'将全身依靠了你'，我却说成'将五体[41]都依靠了'。"说着又是笑了。

在发表除目[42]的第二夜，殿中去加添油火的时候，正站在灯台底下铺着的垫子的上面，因为是新的油单[43]，所以袜子[44]的底给粘住了。〔方弘却并不觉得，〕到得走回来的时候，灯台突然颠倒了。袜子还和垫子粘着，拉扯着走，所以一路都震动了。

藏人头未曾入座，殿上的食案便没有一个人去尽先就座的。[45]方弘却在案上去拿了一盘豆子，在小障子[46]的后边偷偷的吃着，〔殿上人们〕去把障子拉开，使得方弘显露出来，大家都发笑了。

第九八段　关[47]

关是逢坂关。须磨关。铃鹿关。岫田关。白河关。衣关。〔各关名字都很有意思。〕直度关的名称，与忌惮关[48]正相反，觉得要好得多。横走关。清见关。见目关。无益关，怎么说是"无益"，所以转念了，这理由很想能够知道哩。或者因此就叫作勿来关[49]的么？假如那逢坂的相逢，也以为无益而转念，那才真是寂寞的事哪。又足柄关〔，也有意思〕。

第九九段　森 [50]

森是大荒木之森，忍之森。思儿之森。木枯之森。信太之森。生田之森。空木之森。菊多之森 [51]。岩濑之森。立闻之森。常磐之森。黑付之森。[52] 神南备之森。转寝之森。浮田之森。植月 [53] 之森，石田之森。神馆之森 [54] 这名字听了觉得奇怪，原不能说是什么树林，只有一棵树，为什么这样叫的呢？又恋之森。木幡之森〔，也是很有意思的〕。

第一〇〇段　淀川的渡头

四月的末尾到大和的长谷寺去参拜，[55] 要经过淀川的渡头，把牛车扛在船上渡了过去，看见菖蒲和菰草的叶子短短的露出在水面，叫人去取了来看时，原来却是很长的。载着菰草的船往来走着，觉得是很有意思。〔神乐歌里的〕在《高濑的淀川》[56] 一首歌，想来是咏这菰草的。五月初三归来的时节，雨下的很大，说是割菖蒲了，戴着很小的笠子，小腿的裤脚露得很高的许多男子和少年，正与屏风 [57] 上的绘画很是相像。

第一〇一段　温泉

温泉是七久里[58]的温泉，有马的温泉。玉造的温泉。

第一〇二段　听去与平日不同的东西

听去与平时不同的东西是，正月元旦[59]的牛车的声音，以及鸟声[60]。黎明的咳嗽声，又早上乐器的声音，那更不必说了。

第一〇三段　画起来看去较差的东西

画起来看去较差的东西是，瞿麦[61]。樱花。棣棠花。小说里说是很美的男子或女人的容貌。

第一〇四段　画起来看去更好的东西

画起来看去更好的东西是，松树。秋天的原野。山村。山路。鹤。鹿。冬天很是寒冷，夏天世上少有的热的状况。[62]

第一○五段　觉得可怜的

觉得可怜的是，孝行的儿子。鹿的叫声。身份很好的男子又是年轻的，修行。精进，朝拜御岳[63]。和家里的人别居了，每朝修行礼赞，也很是觉得可怜的。平常恩爱的妻子醒过来时，听他〔念诵的声音〕那时的感觉，是可以体谅的。而且在去朝拜的期间，安否如何，表示着谨慎，若是平安的回来那才是最好了。只着乌帽子[64]或者少为有点〔伤损〕，略为难看点罢了。本来就是身份很好的人，也总是穿得很简陋的前去，这是一般的常识，但是右卫门佐宣孝[65]却说道：

"〔穿得很简陋，〕这是很无聊的事。穿了好的衣服去朝拜，有什么不行呢。未必是御岳传谕，说务必穿了粗恶的衣服来吧。"在三月末日，他自己穿着非常浓的紫色的缚脚裤，白的袄子，棣棠花色的很是耀眼的衣服，他的儿子隆光那时做着主殿助[66]，所以青的袄子，红色的衣服，蓝色印花，模样复杂的长裤，一同前去参拜。那些朝山回来的人，以及正要前去的人，看见这新奇古怪的现象，以为在这条山路上，没有见过这样的人物，都觉得大吃一惊。但是在四月下旬平安的回了来，以后到了六月十几这天，筑前守死去了，宣孝补了他的缺，大家才觉得他的说话并没有什么错。这虽然并不是什么可怜的事，因为讲到御岳的事，所以顺便说及罢了。

在九月晦日，十月朔日左右，听着若有若无的蟋蟀的叫声。[67] 母鸡抱卵伏着的样子。在深秋的庭院里，长得很短的茅草，上头带着些露珠，像珠子似的发着光。苦竹被风萧萧的吹着的傍晚，或是夜里醒过来，一切都觉得有点哀愁的。相思的年轻男女，有人从中妨碍他们，使得他们不能如意。山村里的下雪。男人或是女人都很俊美，却穿着黑色的〔丧〕服。[68] 每月的二十六七日[69]的夜里，谈天到了天亮；起来看时，只见若有若无的渺茫的残月，在山边很近的望见，实在是令人觉得悲哀的。秋天的原野。已经年老的僧人们在修行。荒废的人家庭院里，爬满了拉拉藤[70]，很高的生着蒿艾，月光普遍的照着。又风并不很大的吹着。[71]

第一〇六段　正月里的宿庙

正月里去宿庙[72]的时节，天气非常寒冷，老像要下雪，结冰的样子，那就很是有意思。若是看去像要下雨的天气，那很不行了。

到初濑什么地方[73]去宿庙，等着给收拾房间，将车子拉了靠近栈桥[74]停着，看见有只系着衣带[75]的年轻法师们，穿了高履[76]，毫不小心的在这桥上升降着，嘴里念着一节没有一定的经文，或是拉长了调子，唱着《俱舍》的偈颂，[77]这也与场所相适合，很有意思。若是我自己走上去，便觉得非常危险，要靠着边走，手扶着栏杆才行，他们却当作板铺的平地似的走着，也是有意思的事。

法师走来说道：

"房间已经预备好了，请过去吧。"把室内便鞋拿了来，叫我们下去。来参拜的人里边，有人把衣裾塞得高高的，[78]也有穿着下裳和唐衣，[79]特别装饰了来的。都是穿着深履或者半靴，[80]在廊下摄足拖了脚步走着，觉得和在宫里一样，也是很有意思的。在内外都许可出入的少年男子，以及家里的人，跟着走来，随时指点着说：

"这里有点儿洼下。那儿是高一点。"不知道是什么人，一直在靠近〔贵人〕走着，或是追过先头去，〔家人们〕便制住他说：

"且慢慢的，这是〔贵〕人在那里，不要胡乱的走在里边。"有人或者听了少为退后一点，或者也不理会，径自走着，只顾自己早点到佛的面前去。走到房间里去的时候，这要走过许多人并排坐着的地方，实在很是讨厌，可是经过佛龛[81]的前面，张望见的情形却很是尊贵难得，发起信心，心想为什么好几个月不早点来参拜的呢。

佛前点着的灯，并不是寺里的长明灯，乃是另外有人奉献佛前的，明晃晃的点着显有点可怕，佛像[82]本身辉煌的照耀着，很是可尊。法师们手里都捧着愿文[83]，交代的升上了高座，宣读那誓愿的声音，使得全堂都为震动，这是谁的愿文也不能够分别出来，只听得法师们尽力提高嗓子的声音，清楚的说道：

"谨以供养千灯之特志，为谁某[84]祈求冥福。"自己整理了挂带[85]，正在礼拜，〔执事的法师〕说道：

"我在这里。〔这个你请用吧。〕"便折了一枝蜜香[86]送过去，很是稀有可贵，也是很有意思的。

从结界方面有法师走近前来，说道：

"你的愿文已经〔对佛前〕好好的说了。现在寺里宿几天呢？"又告诉道：

"这样这样的人正在宿庙哩。"去了之后，随即拿了火盆和水果等来，又将冰桶里装了洗脸水，和没有把手的木盆，都借给了我。又复说道：

"同来的人，请到那边的房里去休息吧。"法师大声的吩咐了，同来的人便交替着到那边去了。听着诵经时候打着的钟声，心想这是为了自己的缘故，觉得这很可感谢。在间壁的房间里住着一个男人，人品也很上等，很是沉静的在礼拜着。看他的举止大抵是很有思想的人，不知道为什么缘故，似乎很有心事的样子，夜里也不睡觉，只是做着功课，实在令人感动。停止礼拜的期间，就是读经也放低了声音，叫人家不会听见，这也是很难得的。心想便是高声的读经也好吧，而且〔就是哭泣〕在擤鼻涕，也并不是特别难听，只是偷偷在擤着，这是想着什么事情呢，有怎么样的心愿，心想要给他满足才好呢。

以前曾经来宿庙住过几天，昼间似乎稍为得到安闲。同来的男子们以及童女等，都到法师那边的宿舍去了，正在独自觉得无聊的时候，忽然听见在旁边有海螺[87]很响的吹了起来，不觉出了一惊。有一个男子，把漂亮的立封书简[88]叫一个用人拿着，放下了若干诵经的布施的东西。叫那堂童子[89]的呼声，在大殿内引起回响，很是热闹。钟声更是响了，心想这祈祷是从哪里来的呢，留心听着的时候，只听得说出了高贵的地方的名字来，说道：

"但愿平安生产！"加以祈祷[90]。我就也很挂念，不晓得那位生产怎么样呢，也想代为祈念似的。但是那种情形，却是在平时才是如此，若是在正月里，那时来的只是那些想升官进爵的人，扰攘着不断的前来参拜，真是连什么做功课也不能够了。

到晚才来参拜的，那大概是宿庙来的人吧。那些沙弥们把看去拿不动的高大屏风，很自在的搬动着，又将炕席咚的放下，房间就立刻成功了，再在结界的所在沙沙的挂起帘子来，觉得很是痛快的样子，做惯了的事情便很觉得容易。衣裳绰缫的有许多人从房间里下来，一个年老的女人，人品生得并不卑微，用低低的声音说道：

"那个房间不大安心。请你小心火吧。"有个七八岁左右的男孩，很可爱的却又很摆架子似的，高声叫那跟着的家人，吩咐什么事情，那样子是很有意思的。还有，大约三岁的婴儿，睡迷糊了，咳嗽起来，也是很可爱的。那小儿忽然的叫起乳母的名字或是母亲来，那一家是谁呀，觉得很想知道。在这一夜里，法师们用了很大的声音，叫嚷念经，没有能够睡觉，到得后半夜，读经已经完了，在稍为有点睡着的耳朵里，听见念着寺里本尊经文[91]，声音特别很是猛烈，这虽然并不怎么稀有可贵，但是忽然觉醒，心想这是法师修行者在那里读经呢，也觉得很有感触的。

还有在夜里并不宿庙，只是〔白天在房间里，〕有身份相当的人做着功课，穿着笔挺的蓝灰色的缚脚裤，衬了许多白的内衣，带着穿的很讲究的一个男儿，看去当是他的儿子，还有书童，和许多家人，围住了在那里，也是很有意思的。〔说是房间，〕只是周围站着屏风，做个样子罢了，在里边叩头礼拜。不曾见过面，这是谁呢，心里很想知道。要是知道的人，那么他也来在这里，也是有意思的事。那些年轻的男人们，总是喜欢在〔女人的〕房间左右徘徊，对于佛爷的方面看也不看，叫出别当[92]来，很热闹的说着闲话，走了出去，但是这也似乎不是轻薄子弟的样子。

二月晦日或三月朔日，在花事[93]正盛的时节，前去宿庙，也是有意思的事情。两三个俊秀的男子，似乎是微行的模样，穿着樱花或青柳的袄子，[94]扎着的缚脚裤，看去很是漂亮。服色相称的从人们，拿着装饰得很是美丽的饭袋[95]，还有小舍人童[96]等人，在红梅和嫩绿的狩衣之外，穿着种种颜色的内衣，杂乱的印刷着花样的裤，折了花随侍着，又带了家将似的瘦长的人，打着〔寺前的〕金鼓[97]，这也是很有意思的。这里边一定有人是知道的，〔但是我也在这里，〕那边又怎么会知道呢。照这样走了过去，实在觉得不能满意。心想怎么能够把我在这里的情形，给他一看才好呢，这样的说，也是有意思的。

这样子是去宿庙，或是到平常不去的地方，只带了自己使用的那些人，便是去了也没有意思。总是要有身份相等，兴趣相同，可以共谈种种有趣的事情的人，一两个人同去才好，能够人数多自然更好了。在那使用的人中间，多少也有懂事的人，但是平常看惯了，所以不觉得什么有意思了。那男人们大约也是这样想吧，所以特地的去找寻友人，叫了同去的呢。

第一〇七段　讨厌的事

讨厌的事是，凡是去看祭礼禊祓 [98]，时常有男子，独自一个人坐在车上看着。这是什么样的人呢？即使不是高贵的身份，少年男子等也不少有想看的人吧，让他们一起坐了，岂不好呢？从车帘里映出去的影子，独自摆出威势，一心独霸着观看，真觉得这是多么心地褊窄，叫人生气呀。

到什么地方去，或是寺里去参拜那一天，遇着下雨。使用的人说：

"我们这种人，是不中意的了。某人才是现今的红人哩！"仿佛听着这样的说话。只有比别人觉得多少可憎的人，才这样那样的推测，没有根据的说些怨言，自己以为是能干。[99]

第一〇八段　看去很是穷相的事

看去很是穷相的东西是，六七月里在午未的时刻，天气正是极热的时候，很龌龊的车子，驾着不成样子的牛，摇摆的走过去。并不下雨的日子里，张盖着草席的车子，和下雨的日子却并不张盖着席子的，也正是一样。年老的乞丐，在很冷的或是很热的时节。下流妇人穿着很坏的服装，背着小孩子。乌黑的很肮脏的小的板屋，给雨打的湿透了。很落着雨的日子里，骑了小马给做前驱[100]的人，帽子也都拥塌了，袍和衬衣粘在一块儿，看去很是不舒服。但是在夏天，〔似乎很是凉快，〕倒是好的。

第一〇九段　热得很的事

热得很的事是，随身[101]长的狩衣。衲袈裟。[102]临时仪式出场的少将。[103]常肥胖的人有很多头发。琴的袋子。[104]六七月时节在做祈祷的阿阇梨[105]，在正午时候诵咒作法。又在相同时节的铜的冶工，都是热得很的事。

第一一〇段　可羞的事

可羞的事是，男人的内心。[106]很是警觉的夜祷的僧人。[107]有什么小偷，躲在隐僻的地方，谁也不知道，趁着黑暗走进人家去，想偷东西的人也会有吧。那么给小偷看见了，以为这是同志，觉得愉快，也是说不定。

夜祷的僧人实在是很不好意思的。许多年轻的女人聚集在一起，闲话人家的事，或者嬉笑，或者诽毁，或者怨恨，〔在隔壁〕却都明白的听见。这样想来，很是不好意思的。在主人旁边陪着的女人们生气似的说道：

"啊，真是讨厌，吵闹的很〔，请别说了〕！"可是也不肯听，等得讲得够了，大家毫不检点的各自睡了，这实在是可羞的。

男人〔在他心里虽然在想〕，这是讨厌的女人，不能如我的意，缺点很多，很有些不顺眼的事；但对于当面的女人却仍是骗她，叫她信赖着他，〔因此觉得自己也是被他这样的看待么，〕想起来实在是可羞的。〔普通的男人尚且如此，〕何况那些一般人认为知情知趣，性情很好的人[108]，更不会有令对方觉得冷淡的手段，去对付别人的了。他不但心里这样想着，〔还说出口来，〕将这边女人的缺点，对别的女人说了，至于对了这边女人自然也要说别的女人的话了。但是女人却不知道，他也把自己的事情告诉他人，现在只听着别人的缺点的话，反以为自己是最为男人所爱的了，这样的自负着哩。给男人这样的去想，实在是很可羞的。但是，假如决定第二次不再会见的人，那就是碰见了，就已经是没有什么感情的人了，也就没有不好意思的事情。女人有些极可怜的，绝不可随便抛弃的，可是男人们却似乎毫不关心，这是什么心思，真叫人无从索解。而且这种人关于女人的事情，特别是多有非难，很高明的说出一番道理来。尤其是和那毫无依靠的宫廷的女官们，去攀相好，到后来女人的身体不是平常的样子，[109] 则那男子却是装作不知道哩！

注　释

[1]《春曙抄》本此段亦作为时柄的事，但这与九二段显系同一人的故事，故今亦改正。作物所系专制御用器物的机关，设首长一人，称为别当，言于本官之外，别当其职，盖系兼职。

[2]长德元年（九九五）正月十九日，关白藤原道隆的二女原子入宫，为东宫居贞亲王的女御。是篇即记述当年二月间的事。居贞亲王后于1012年即位，为三条天皇。淑景舍见卷五注[33]。

[3]关白公即藤原道隆，见卷一注[46]。夫人指道隆妻高阶贵子，从三位高阶成忠的女儿，曾为女官，故又称高内侍。

[4]积善寺在京都二条北，"一切经供养"略称经供养，于正历五年（九九四）二月二十日曾举行一次，书写一切经一部，捐献于寺院，同时做盛大法会，以为纪念。当时宫廷中人，悉皆参加，中宫定子也去，故作者亦曾偕行。

[5]红梅衣见卷二注[2]。这是一种表红里紫的袷衣，材料用各种绫绢，有固纹浮纹的区别，前者今暂译为"凹花"，后者为"凸花"，皆指织物的花样而言。

[6]"打衣"系用原文，本意谓用砧打过，使衣坚挺有光泽。

[7]淑景舍与登华殿中间，隔着宣耀殿和贞观殿这两所宫殿。

[8]右马头藤原相尹见卷五注[40]。北野三位为菅原辅正，以文章博士曾任参议，故其女称宰相君，其曾祖菅原道真甚有名，举世尊崇，为文章宗主。少将君与宰相君二人，均是淑景舍的女官。

[9]采女即是宫女，采自名家子女，司天皇膳食的事，与女官有别。

[10]末浓见卷一注[13]。

[11]日本民间传说，鬼怪持有隐身蓑笠，穿着可以隐身，不为人所看见。

[12]大纳言即藤原伊周，见卷一注[44]。三位中将即藤原隆家，后为中纳言，见卷五注[104]。松君系伊周的儿子藤原道雅，仕至从三位左京大夫。

[13]意思即是说很是幸福，当世深信佛教，故说她宿世因缘甚好。

[14]原文没有主名，这里姑从通说，作为关白公说。这里说二人一同走了，但下文三位中将又复出现，似走的只是伊周一个人。

[15]上头所赐的衣物，例应披在肩上，拜谢而出，中国古称缠头，即是此意。小褂是女人所着之衣，所以周赖少将肩着回来，很有点难为情了。

[16]中宫所生第一皇子敦康亲王，见上文第七七段，当时盖尚未诞生。

[17] 筵道见卷一注[21]。

[18] 山井大纳言系藤原道赖，原是关白道隆的长子，因为与中宫等不是一母所生，所以不很亲近，住在妻家所在的山井地方，故以为名。

[19] 内藏头为藤原赖亲，道隆的第五男。

[20] 内侍司掌管官中奏传宣及诸仪式。设尚侍二人，典侍掌侍各四人，女嬬一百人。典侍为内侍司之二等官。马典侍是左马头藤原时明的女儿。

[21]《春曙抄》于此处说明道，此等推托之词，盖由于对父母的礼仪的缘故吧。

[22] 原本也没有主名，不辨为谁的说话，今依田中澄江本，作为关白的话，似尚适合。

[23] 由登华殿往淑景舍，因为要走过两个官殿，比中宫往清凉殿要远一点。

[24] 黑门在清凉殿西侧，那一间房屋称作黑门大间，见卷四注[20]。

[25] 纪长谷雄有《停杯看柳色》一诗，其诗序中有句云："大庾岭之梅早落，谁问粉妆。"殿上人即本此意提出问题，而作者也能敏捷地回答，所以不但殿上人都为折服，即天皇也极为称赏。

[26]别本与前两段相连，《春曙抄》本虽是分离，但以为是同一时间的事，别本则以为是长保元年（九九九）二月的事情。

[27]藤原公任为中古有名的歌人，精通诗歌书法并管弦的事，所作除和歌外，有《和汉朗咏集》二卷，采集中日诗文名句，供朗咏之用，流传至今。当时因任参议之职，故通称宰相。

[28]因为是二月晦日了，所以天气虽是风雪交加，却令人有春天已近的感觉。这里所依据的是白居易的一首诗，题名为《南秦雪》，见《白氏文集》卷十四中。中间有句云："往岁曾为西邑吏，惯从骆口到南秦，三时云冷多飞雪，二月山寒少有春。"公任的诗即是"二月山寒"这句的意思，作者接续上句，便是"三时云冷"，应对得恰好。

[29]左兵卫督为藤原实成，于九九八年十月任右近中将，一〇〇九年才升任左兵卫督，可见此篇记录的时间当在这年以后了。

[30]俊贤相为左大臣源高明的儿子，其时任参议之职。

[31]内侍见上文注[20]。此处系指掌侍，盖三等官。诸人赞清少纳言的才情，谓宜从女官中升任此职。

[32]千日精进谓一千间斋戒修行，精进原意一心不懈地前进，其后转为斋戒，再一转就成为菜食的意义了。

[33]半臂在日本中古时代是一种穿在外袍与衬衣中间的衣服，两袖极短，腰间系带，阔二寸五分，长丈二尺，其带不缝合，只以布缘拈捻而成，古时带子共有两条，后世不复知其如何用法，故这一则

亦不能完全了解。

[34]逢坂山在今大津市左近，去京都不远，古时曾于此设关。

[35]《大般若经》为《大般若波罗密多心经》，意云《大智度经》，唐代玄奘所译，共有六百卷，一人读经故须多费时日。

[36]源方弘见卷三注[64]。方弘以文章生补六位藏人，第四七段中曾记他的疏忽的事，这里更总记他可笑的言行。

[37]有两种不同的解说，一说是家里的人，一说是殿上人们，似以后说为长。

[38]炒豆爆裂作响，喻言吵闹忙乱。

[39]女院见卷五注[33]，东三条院为一条天皇的生母，故遣使问病。

[40]这里系郑重其词，谓系人家所说来表明并非自己所造作，但与下文所记的事，亦不尽符合。

[41]上下二语本是同意，但据说当时或以"五体"一语近于卑俗（其实这本于佛经，也是够古雅的），故为可笑，但此节意义终未能了解。

[42]除目见卷一注[9]。举行日期共凡三日，方弘系藏人，故加添油火为其职司之一。

[43]油单即灯台底下铺着的垫子，因为系单层油布所制，故名油单。

[44]日本古时男子去履升殿，但着袜子。礼服用锦，朝服则用绫绢麻等，白色，足趾不分歧，与今制不同。

[45]殿上会食，例须藏人头就座，然后诸人入座。

[46]小障子在清凉殿，系隔开洗脸间及早餐间的一座屏障，表面画着猫，里面画着丛竹麻雀。

[47]关设置于道路要隘处，用以检查行旅，后世多废置，至江户时代仅存铃鹿、勿来等关十一处。

[48]直度关在河内大和边界，忌惮关则在陆前，这两个关只因名字特别，所以对举起来，加以评论，谓直度关所，无所忌惮，觉得更有意思。

[49]这也是从关名上发议论，无益关盖是勿来关的别名，在今福岛县。

[50]这里所谓森者，实在只是树林，树木茂盛的地方，与森林有别。

[51]勿来关古来成为菊多关，这或者是在关的左近的一个树林。

[52]许多地方皆不可考，有些连文字也难确定，今只就字音假定之。

[53]"植月"意云植稻之月，即阴历四月，但依别本亦或当作"上木之森"。

[54]神馆之森在今京都市御荫山，但尚有别说未能确定。至何以云

只有一棵树，则意思未能明了，岂因神所凭依的神木照例只是一本的缘故么？

[55] 长谷寺在奈良市初濑町，有十一面观音甚著名，当时从京都去参拜者，例须在寺停止数日，故四月末前去，至五月三日始得回来。

[56] 高濑川在今大阪北河内郡，凡河川停滞不流者称曰淀。

[57] 屏风上画各地景物，或十二个月民间风俗，上面题着诗歌，当时甚见流行。

[58] 七久里亦写作"七栗"。

[59] 原文云"元三"，谓元旦乃是年之元，月之元，又是日之元，所以名为"元三"。

[60] 这里所谓鸟声，乃是指鸡声。因为古人说鸟实在是家禽。

[61] 瞿麦即石竹，亦名洛阳花。

[62] 冬冷夏热，画上不易表现出现，这两句所以成为问题，别本将"冬天"以下另作一段，但文意也未完了，或疑下有脱逸。《春曙抄》则以上半属于绘画，"冬天"以下属于文章，谓更能形容得好，引用韩愈的诗"肌肤生鳞甲，衣被如刀镰，气鼻莫嗅，血冻指不粘"，及梁元帝诗"季夏烦暑，流金铄石"为例。

[63] 御岳见卷一注[17]。即金峰山，称为金之御岳，为大和吉野山之主峰，上记"金刚藏王权现"，日本古时主张神佛合一，于是

有"权现"之说，谓某神即是某佛的权时出现，金刚藏王过去为释迦，现在为观音，将来为弥勒，乃用旧时说法应用于佛法。信奉金刚藏王，即是归依弥勒，祈求将来的福利。

[64] 乌帽子见卷五注 [94]。此言旅行日久，故衣帽不免有损。

[65] 藤原宣孝初任右卫门佐，即右卫门府的次官，九九一年补筑前守，至九九九年殁。宣孝妻即紫式部，为有名小说家，著有《源氏物语》五十四帖。

[66] 主殿助为主殿寮的次官，也是藏人，所以穿青色袄子，即是所谓麴尘色。

[67] 这一句盖运用《诗经·豳风》里的"十月蟋蟀入我床下"的典故。

[68] 日本古代黑色是丧服，这里似乎不是普通的服丧，田中澄江补加说明，谓是丧偶，或有道理。

[69] 提出二十六七，盖表明所见系是下弦的残月。

[70] 原文作"葎"，字书云，蔓草，似葛有刺。《本草》云："葎草茎有细刺，善勒人肤，故名勒草，讹为葎草"，今俗名拉拉藤，即是此意，又名为猪殃殃，猪不能吃。

[71] 末句独立似不成意义，《春曙抄》据别本谓或应连上文读，即说在上边那院子里，月光照着，并有不很大的风吹着，这种情景也很引起一种哀愁。

[72]古时日本对于神佛有所祈愿，辄往寺庙里住宿几天，斋戒祈祷，或求梦兆，或祈福利，与僧人"坐关"不同。

[73]大和初濑町有长谷寺，供养十一面观音像，甚为朝野所信奉。此篇记宿庙的情形，乃是一般的事，不过举初濑为例，不全是记载事实。

[74]栈桥系指以杂木材为楼梯，可以上下，但甚粗糙。

[75]只系衣带即谓不着法衣，只穿普通僧服，上系带子而已。

[76]高屐即高齿木屐，齿长二三寸，以别种木材嵌入，一般于下雨时着用，法师们则通常常之。

[77]《俱舍论》为《阿毗达磨俱舍论》之略称，凡三十卷，世亲菩萨造，唐玄奘译，论偈相杂，全书共有偈六百首，或别出为一卷，称《俱舍颂》。"偈"亦译"伽陀"，系一种韵文，故通作"颂"。

[78]或解作"衣服反穿"，但似不甚适合，或只是衣裾褰得很高，故好像表里颠倒。

[79]下裳和唐衣，是中古日本妇女的正式礼服，与上句正相反对。

[80]这两种皆中古日本的履物。深履以皮革作下部，上部则以蔷薇锦为之，上加细革带，金属作扣。半靴则深梁而浅口，用桐木雕成，上涂黑漆，至今神社的社官服正装时尚用此靴，走起来拖着脚步，如穿着拖鞋似的。

[81]原文作"犬防"，系指佛龛所在与以外地界的区别，用格子分开，亦称"结界"，盖此为圣凡之界。古时亦用于外边，防止犬类之闯入，故有此名。

[82]佛像即指十一面观音，为古高丽佛师制品，现属日本国宝。

[83]愿文系依据佛的本誓，因而立愿的文章，当时多用汉文所写。

[84]这里举出愿主亲族的名字，故始能听得清楚，知是自己的愿文了。

[85]挂带原是指下裳附属的一种绣带，着唐衣时所用。由后边从肩头挂至胸前打结，其后简化为一条红绢，带在领上，妇女至寺院礼拜时多用之。

[86]蜜香为一种常绿植物，日本用以供佛，写作木旁密字。别本上文"我在这里"一句，解作"香在这里"，下面补充的一句也就可以省却了。

[87]寺中每日于正午吹海螺，用以报告时刻。

[88]立封见卷二注[8]。这里的盖也是施主的愿文，说明祈祷读经的目的。

[89]法会的时候拿花篮的童子，这里乃是指司堂中杂役的人，并不一定是少年。

[90]"祈祷"原作"教化"，盖为人有疾患，率由鬼物作祟，法师

加以教谕，令其退散。

[91]本尊谓寺中供奉的主佛，此处指观音，所诵为《观音经》，即《妙法莲华经》中第二十五品之"普门品"。

[92]寺院的首长称曰别当，但此处只是指担任堂中杂务的法师。

[93]普通所谓"花"，就是樱花，看花也就只是看樱花。

[94]樱花直衣系表白里赤，青柳则表白里青。袄子制作与袍相同，唯两腋开缝，两袖则系束着。

[95]"饭袋"原文云"饵袋"，本系装鹰的食饵的口供后用以称贮藏食物点心的器具。

[96]小舍人童即小舍人，见卷二注[45]。

[97]金鼓系佛教法器之名，《最胜经》云："妙童菩萨于梦中见大金鼓。"日本用黄铜制成，下端开口，倒悬檐间，下垂布索如绊，俗称鳄口。参拜者至神前，出赛钱投柜中，执绊扣金鼓三数下，再始礼拜祷祝。

[98]禊祓系中国唐朝以前的风俗，于一定期日，在水边举行一种仪式，用以祓除不祥，最有名的例便是兰亭的修禊。日本也仿行这种风俗，仍称为禊。

[99]《春曙抄》有此段，与别本同，但他注明此系衍文，谓有一节

与廿六段中文章相同，其他也是可憎的事，故可从略。但其实不尽相同，今故仍之。

[100]贵人出行，有人骑马引导，俗称顶马。别本在此处断句，下文作"冬天这样还好，夏天则袍和衬衣便粘在一块儿了"。

[101]随身见卷二注[44]。随身长即卫兵长，所着狩衣系□布所制。

[102]佛法裟裟称坏色衣，系收集世人所弃的杂色布片，补缀而成，及后衍成红白相间的水田衣，去旧制已远了。

[103]旧时朝廷有仪式，临时设座，近卫少将出场警卫，此殆指五月里的最胜讲和七月里的相扑节，在天气特别热的时候。

[104]古代管弦乐器皆用袋子装盛，多以锦绣金襴等厚织物作袋。

[105]"阿阇梨"系梵语音译，汉语则云"轨范师"，是密宗的解行殊胜的法师的称号。修祈祷加持之法，在本尊前结坛，口诵真言，手结印契，心观佛菩萨之本相，用以降魔获福。日本从中国输入佛教，以真言宗为最有势力，即所谓密宗，及后亲鸾建立真宗，日莲建立法华宗，情形才大有改变。

[106]这里只是一个题目，后面第三节才仔细加以解说。一本作"好色男子的内心"。

[107]在宫廷及贵家，常招僧人终夜祈祷保佑，此处所说情形，似不是生病。

[108]别本解作"女人"，意谓女人如此，男人自更注意，决不用这种方法对付，使她感觉冷淡了。

[109]意思是说怀孕。

卷七

篱笆上边挂着的蜘蛛网，破了只剩下一部分，处处丝都断了，经了雨好像是白的珠子串在线上一样，非常的有趣。

第一一一段 不像样的事

不像样的事是，在潮退后沙滩上搁着的大船。头发很短的人，拿开了假发，梳着头发的时候。大树被风所吹倒了，根向着上面，倒卧着的样子；相扑[1]的人摔跤输了，退下去的后影。没有什么了不得的人，在斥责他的家人。老人〔连乌帽子也不戴，〕把发髻露了出来[2]。女人为了无聊的嫉妒事件，将自己躲了起来，以为丈夫必当着忙寻找了，谁知却并不怎样，反而坦然处之，叫人生气，在女人方面可是不能长久在外边，便只好自己回来了。学演狮子舞[3]的人，舞得高兴了随意乱跳的那脚步声。[4]

第一一二段　祈祷修法

祈祷修法是，诵读佛眼真言，[5]很是优美，也很可尊贵。

第一一三段　不凑巧的事

不凑巧的事是，人家叫着别人的时节，以为是叫着自己，便露出脸去，尤其是在要给什么东西的时候；无事中讲人家的闲话，说些什么坏话来，小孩子听着，对了本人说了出来。听别人说，"那真是可怜的事"，说着哭了起来，听了也实在觉得是可怜，但不凑巧眼泪不能够忽然出来，是很难为情的事。虽是做出要哭的脸，或装出异样的嘴脸出来，可是没有用。有时候听到很好的事情，又会胡乱的流出眼泪来〔，这也是很难为情的〕。

主上到石清水八幡神社[6]去参拜了回来的时候，走过女院[7]的府邸的前面，停住了御辇，致问候之意，以那么高贵的身份，竭尽敬意，真是世间无比的盛事，不禁流下眼泪来，使得脸上的粉妆都给洗掉了，这是多么难看的事呵！

当时的敕使是齐信宰相中将，[8]到女院的邸第面前去，看了觉得很有意思。只跟着四个非常盛装的随身，以及瘦长的装束华丽的副马[9]，在扫除清洁的很开阔的二条大路上，驱马疾驰，〔到了邸第〕稍为远隔的地方，降下马来，在旁边的帘前伺候。请女院的别当[10]将自己带来的口信，给传达上去。随后得到了回信之后，宰相中将又走马回来，在御辇旁边覆奏了，这时样子的漂亮，是说也是多余的了。至于主上在走过邸第的时候，女院看着那时的心里如何感想，我只是推测来想着，也高兴得似乎要跳起来了。在这样的时节，我总是暂时要感动得落泪，给人家笑话。就是身份平常的人，有好的儿子也是好事，〔何况女院有儿子做着天子，自然更是满意了，〕这样推测了想，觉得是很惶恐的。

第一一四段　黑门的前面

关白公说是要从黑门[11]出来回去了，女官们都到廊下侍候，排得满满的，关白公分开众人出来，说道：

"列位美人们，看这老人是多么的傻，一定在见笑吧？"在门口的女官们，都用了各样美丽的袖口，卷起御帘来，〔外边〕权大纳言[12]拿着鞋给穿上了，权大纳言威仪堂堂，很是美丽，下裾很长，[13]觉得地方都狭窄了。有大纳言这样的人，给拿鞋子，这真是了不得的事情。山井大纳言以下，他的弟兄们，还有其他的人们，像什么黑的东西散布着样子，[14] 从藤壶 [15] 的墙边起，直到登华殿的前面，一直并排跪坐 [16] 着，关白公的细长的非常优雅的身材，捏着佩刀，伫立在那里。中宫大夫 [17] 刚站在清凉殿的前面，心想他未必会跪坐吧，可是关白公刚才走了几步，大夫也忽然跪下了。这件事是了不得的，可见关白公前世有怎么样的善业了。

〔女官的〕中纳言君说今天是斋戒日，[18] 特别表示精进，女官们说道：

"将这念珠，暂且借给我吧！你这样的修行，将来〔同关白公的那样子，〕转生得到很好的身份吧。"都聚集拢来，说着笑了，可是〔关白公的事情〕实在是不可及的。中宫听到了这事，便微笑说道："〔修行了〕成佛，比这个还要好吧！"这样的说，实在是很了不起的。我将大夫对于关白公跪坐的事情，说了好几遍，中宫说道："这是你所赏识的人 [19] 嘛！"随即笑了。可是这后来的情形，如果中宫能够见到，[20] 便会觉得我的感想是很有道理的吧。

第一一五段　雨后的秋色

九月里的时节，下了一夜的雨，到早上停止了，朝阳很明亮的照着，庭前种着的菊花上的露水，将要滚下来似的全都湿透了，这觉得是很有意思的。疏篱和编出花样的篱笆上边挂着的蜘蛛网，破了只剩下一部分，处处丝都断了，经了雨好像是白的珠子串在线上一样，非常的有趣。稍为太阳上来一点的时候，胡枝子本来压得似乎很重的，现在露水落下去了，树枝一动，并没有人手去触动它，却往上边跳了上去。这在我说来实在很是好玩，但在别人看来，或者是一点都没有意思也正难说，这样的替人家设想，也是好玩的事情。

第一一六段　没有耳朵草

正月初七日要用的嫩菜，[21] 人家在初六这一天里拿了来，正在扰攘的看着的时候，有儿童拿来了什么并没有看见过的一种草来。我便问他道：

"这叫作什么呢？"小孩却一时答不出来，我又催问道：

"是什么呀？"他们互相观望了一会儿，有一个人回答道：

"这叫作没有耳朵草。"[22] 我说道：

"这正是难怪，所以是装不听见的样子的了。"便笑了起来，这时又有〔别的小孩〕拿了很可爱的菊花的嫩芽[23]来，我就做了一首歌道：

"掐了来也是没有耳朵的草，

所以只是不听见，

但在多数中间也有菊花[24]混着哩。"

想这样的对他们说，〔但因为是小孩子的缘故，〕说了不见得会懂罢了。

第一一七段　定考

二月里在太政官[25]的官厅内，有什么定考[26]举行，那是怎么样的呀？又有释奠[27]那是什么呢？大抵是挂起孔子等人的像来的事吧。有一种叫作什么聪明[28]的，把古怪的东西，盛在土器[29]里，献上到主人和中宫那里。

第一一八段　饼餤一包

"这是从头弁[30]的那里来的。"主殿司的官员把什么像是一卷画的东西，用白色的纸包了，加上一枝满开着的梅花，给送来了。我想这是什么画吧，赶紧去接了进了，打开来看，乃是叫作饼餤[31]的东西，两个并排的包着。

外边附着一个立封 [32]，用呈文的样式写着道：

　　"进上饼餤一包，

　　依例进上如件。

　　少纳言殿 [33]。"

后书月日，署名"任那成行" [34]。后边又写着道：

　　"这个〔送饼餤的〕小使本来想自己亲来的，只因白天相貌丑陋，[35] 所以不曾来。"写的非常有意思。拿到中官的面前给她看了，中官说道：

　　"写的很是漂亮。这很有意思。"说了一番称赞的话，随即把那书简收起来了。

　　我独自说道：

　　"回信不知道怎样写才好呢。还有送这饼餤来的使人，不知道打发些什么？有谁知道这些事情呢？"中官听见了说道：

　　"有惟仲 [36] 说着话哩。叫来试问他看。"我走到外边，叫卫士去说道：

　　"请左大弁有话说。"惟仲听了，整肃了威仪出来了。我说道：

　　"这不是公务，单只是我的私事罢了。假如像你这样的弁官或是少纳言 [37] 等官那里，有人送来饼餤这样的东西，对于这送来的下仆，不知道有什么规定的办法么？"惟仲回答道：

　　"没有什么规定，只是收下来，吃了罢了。可是，到底为什么要问这样的事呢？难道因为是太政官厅的官人的缘故，所以得到了么？"我说道：

"不是这么说。"随后在鲜红的薄纸上面，写给回信道：

"自己不曾送来的下仆，实在是很冷淡的人。"添上一枝很漂亮的红梅，送给了头弁，头弁却即到来了，说道：

"那下仆亲来伺候了。"我走了出去，头弁说道：

"我以为在这时候，一定是那样的做一首歌送来了的，却不料这样漂亮的说了。女人略为有点自负的人，动不动就摆出歌人的架子来〔像你似的〕不是这样的人，觉得容易交际得多。对于我这种〔凡俗的〕人，做起歌来，却反是无风流了。"

〔后来头弁和〕则光成安 [38] 说及，〔这回连清少纳言也不作歌了，觉得很是愉快的〕笑了。又有一回在关白公和许多人的前面，讲到这事情，关白公说道：

"实在她说得很好。"有人传给我听了。〔但是记在这里，〕乃是很难看的自吹自赞了。

第一一九段　衣服的名称

"这是为什么呢，新任的六位〔藏人〕的笏，要用中宫职院的东南角土墙的板做的呢？ [39] 就是西边东边的，不也是可以做么？再者五位藏人的也可以做吧。”有一个女官这样的说起头来，另外一个人说道：

“这样不合理的事情，还多着哩。即如衣服乱七八糟的给起名字，很是古里古怪的。在衣服里边，如那‘细长’[40]，那是可以这样说的。但什么叫作‘汗衫’呢，这说是‘长后衣’[41]不就成了么？”

“正如男孩儿所穿的那样，〔是该叫长后衣的。〕还有这是为什么呢，那叫‘唐衣’的，正是该叫作‘短衣’呢。”[42]

“可是，那是因为唐土的人所穿的缘故吧？”

“上衣，上裤，这是应该这样叫的。‘下袭’也是对的。还有‘大口裤’，实在是裤脚口比起身长来还要阔大〔，所以也是对的〕。”

“裤的名称实在不合道理。那缚脚裤[43]，这是怎么说的呢？其实这该叫作‘足衣’，或者叫作‘足袋’就好了。”大家说出种种的事来，非常的吵闹。我就说道：

“呀，好吵闹呀！现在别再说了，大家且睡觉吧！”这时夜祷的僧人[44]回答说：

“那是不大好吧！整天夜里更说下去好了。”用了充满憎恶的口气，高声的说，这使我觉得很滑稽，同时也大吃一惊。

第一二〇段　月与秋期

故关白公的忌日，每逢月之初十日，[45] 都〔在邸第里〕做诵经献佛的供养，九月初十日〔中宫〕特为在职院里给举行了。公卿们和殿上人许多人，都到了场。清范[46]这时当了讲师，所说的法很是悲感动人，特别是平常还未深知人世的悲哀的年轻的人们，也都落了眼泪。

供养完了以后，大家都喝着酒，吟起诗来的时候，头中将齐信高吟道：

"月与秋期而身何去？"[47] 觉得这朗诵得很是漂亮。怎么想起这样〔适合时宜的〕句来的呢。我便从人丛里挤到中宫那里去，中宫也就出来了，说道：

"真很漂亮，这简直好像特地为今天所作的诗文呢。"我说道：

"我也特地为说这件事情，所以来的，法会也只看了一半，就走了来了。总之这无论怎么说的，是了不起的。"这么说了，中宫就说道：

"这是〔因为和你要好的齐信的事，〕所以更觉得是如此的吧。"

其二　头中将齐信 [48]

〔头中将齐信〕在特别叫我出去的时候，或者是在平常遇见的时候，总是那么的说道：

"你为什么不肯认真当作亲人那样的交际着呢？可是我知道你，并没有把我认为讨厌的人的，却是这样的相处，很是有点奇怪的。有这些年要好的往来，可是那么的疏远的走开，简直是不成话了。假如有朝一日，我不再在殿上早晚办事了，那么还有什么可以作为纪念呢？"我回答道：

"那是很不错的。〔要特别有交情的话，〕也并不是什么难的事情。但是到了那时候，我便不能再称赞你了，那是很可惜的。以前在中宫的面前，这是我的职务，聚集大家，称赞你的种种事情，〔若是特别有了关系之后，〕怎么还能行呢？请你想想好了。那就于心有愧，觉得难以称赞出来了。"头中将听了笑道：

"怎么，特别要好了，比别人看来要更多可以赞美的事情，这样的人正多着哩。"我就回答道：

"要是不觉得这样是不好，那么就特别要好也可以吧，不过不论男人或是女人，特别要好了，就一心偏爱，有人说点坏话，便要生起气来，这觉得很不愉快的事情。"头中将道：

"那可是不大可靠的人呀。"[49]这样的说，也是很有意思的事。

第一二一段　假的鸡叫

头弁〔行成〕到中宫职院里来，说着话的时候，夜已经很深了。头弁说道：

"明天是主上避忌 [50] 的日子，我也要到宫中来值宿，到了丑时，便有点不合适了。"这样说了，就进宫去了。

第二天早晨，用了藏人所使用的粗纸 [51] 重叠着，写道：

"后朝之别 [52] 实在多有遗憾。本想彻夜讲过去的闲话，直到天明，乃为鸡声所催〔，匆匆的回去〕。"实在写得非常潇洒，且与事实相反的〔当作恋人关系〕，缕缕的写着，实在很是漂亮。我于是给写回信道：

"离开天明还是很远的时候，却为鸡声所催，那是孟尝君 [53] 的鸡声吧？"信去了之后，随即送来回信道：

"孟尝君的鸡是〔半夜里叫了，〕使函谷关开了门，好容易那三千的客 [54] 才算得脱，书里虽如此说，但是在我的这回，乃只是〔和你相会的〕逢坂关 [55] 罢了。"我便又写道：

"在深夜里，假的鸡叫

虽然骗得守关的人，

可是逢坂关却是不能通融啊！

这里是有着很用心的守关人在哩。"又随即送来回信，

〔乃是一首返歌：〕

　　"逢板是人人可过的关，

　　鸡虽然不叫，

　　便会开着等人过去的。"

　　最初的信，给隆圆僧都[56]叩头礼拜的要了去了，后来的信乃是被中宫〔拿了去的〕。

　　后来头弁对我说道：

　　"那逢坂山的作歌比赛是我输了，返歌也作不出来，实在是不成样子。"说着笑了，他又说道：

　　"你的那书简？殿上人都看见了。"我就说道：

　　"你真是想念着我，从这件事上面可以知道了。因有看见有好的事情，如不去向人家宣传，便没有什么意思的。可是〔我正是相反，〕因为写的很是难看，[57]我把你的书简总是藏了起来，决不给人家去看。彼此关切的程度，比较起来正是相同哩。"他说道：

　　"这样懂得道理的说话真是〔只有你来得，〕与平常的人不是一样。普通的女人便要说，怎么前后也不顾虑的，做出坏事情来，就要怨恨了。"说了大笑了。我说道：

　　"岂敢岂敢，我还要着实道谢才是哩。"头弁说道：

　　"把我的书简隐藏起来，这在我也是很高兴的事。要不然，这是多么难堪的事情呀。以后还要拜托照顾才好。"

　　这之后，经房少将[58]对我说道：

"头弁非常的在称赞你，可曾知道么？有一天写信来，将过去的事情告诉了我了。自己所想念的人被人家称赞，知道了也真是很高兴的。"这样认真的说是很有意思的。我便说道：

"这里高兴的事有了两件，头弁称赞着我，你又把我算作想念的人之内了。"经房说道：

"这〔本来是以前如此的，〕你却以为是新鲜事情，现在才有的，所以觉得喜欢么。"

第一二二段　此君

五月时节，月亮也没有，很暗黑的一天晚上，听得许多人的声音说道：

"女官们在那里么？"中宫听见说道：

"你们出去看。这和平常样子不一样，是谁在那里这样说？"我就出去问道：

"这是谁呀？那么大声的嚷嚷的？"这样说的时候，那边也不出声，只把帘子揭了起来，沙沙的送进一件东西来，乃是一枝淡竹。我不禁说道：

"呀，原来是此君[59]嘛！"外边的人听了，便道：

"走吧，这须得到殿上给报告去。"原来中将和新中

将 [60] 还有六位藏人在那里，现在都走回去了。头弁一个人独自留了下来，说道：

"好奇怪呀，那些退走的人们。本来是折了一枝清凉殿前面的淡竹，作为歌题预备作歌，后来说不如前去中宫职院，叫女官们来一同作时，岂不更好，所以来了。但是一听见你说出了那竹的别名，便都逃去了，这也是很好玩的事。可是这是谁的指教，你却能说出一般人所不能知道的事情来的呢？"我说道：

"我也并不知道这乃是竹的别名——这样说了怕不要人家觉得讨厌的么？"弁答道：

"真是的，怕大家未必知道吧。"[61]

这时大家说些别的正经事情，正在这个时候，听见〔刚才来的这些殿上人们〕又都来了，朗咏着"栽称此君"的诗句，[62] 头井对他们说道：

"你们把殿上商量好的计划没有做到，为什么走回去了？实在是很奇怪的。"殿上人们回答道：

"对于那样名言，还有什么回答可说呢？〔说出拙劣的话来，〕不如不说好多了。如今殿上也议论着，很是热闹哩，主上也听到了，觉得很有意思。"这回连头弁也同他们一起，反复的朗吟那一句诗，很是高兴，女官们都出来看。于是大家在那里说着闲话，及至回去的时候，也同样的高吟着，直到他们进入左卫门卫所的时节，声音还是听得见。

第二天一早，一个叫作少纳言命妇[63]的女官，拿了天皇的书简来的时候，把这件事对中宫说了，那时我正退出在私室里，却特地叫了去问道：

"有这样的事么？"我回答道：

"我不知道。是什么也没有留心，说的一句话，却是行成朝臣给斡旋了〔，成了佳话罢了〕。"中宫笑着说道：

"便是斡旋〔成了佳话，原来也不是全无影踪的吧。〕"

中宫听说殿上人们在称赞〔自己官里的女官们，〕不问是谁，是都喜欢，也很替被称赞的人高兴，这真是很了不得的事情。

第一二三段　藤三位

圆融院[64]殁后一周年，所有的人都脱去丧服，大家感慨甚深，上自朝廷下至故院的旧人，都想起前代〔僧正遍昭〕所说的"人皆穿上了花的衣裳"的事来。[65]在下雨很大的一天里，有一个穿得像蓑衣虫[66]一样的小孩子，拿了一根很大的白色的树枝，[67]附着一个立封，走到藤三位[68]的女官房来，说道：

“送上这个来了。”〔传达的女官说道：〕

“从什么地方来的呢？今天明天是避忌的日子，连格子都还没有上呢。”说着便从关闭着的格子的上边接收了信件，将情形去对上边说了。〔藤三位说道：〕

“因为是避忌的日子，不能够拆看。”便将树枝连信插在柱子上面，到第二天早晨先洗了手，说道：“且拿那读经的卷数 [69] 来看吧。”叫人拿了来，俯伏礼拜了打开来看时，乃是胡桃色的色纸很是厚实的，心里觉得奇怪，逐渐展开来看，似乎是老和尚的很拙笨的笔迹，写着一首歌道：

“姑将这椎染的衣袖

作为纪念，但是在故都里

树木却都已换了叶子。”[70]

这真是出于意外的挖苦话。是谁所干的事呢？仁和寺的僧正 [71] 所干的吧，但是那僧正也未必会说这种话，那么是谁呢？藤大纳言 [72] 是故院的别当，那么是他所做的事也未可知。心里想早点把这件事去告诉主上和中宫知道，很是着急，但是遇着避忌的日子，须得要十分慎重才好，所以那一天就忍耐过去了，到第二天早晨，藤大纳言那里写了一封回信，差人送去，即刻就有对方的回信送了来了。

于是拿了那歌与那封回信，赶快来到中宫面前，藤三位说道：

"有这么样的一回事。"其时适值主上也在那里，便把那件事说了，中宫做出似乎什么也不知道的样子，只说道：

"这不像是藤大纳言的笔迹，大概是什么法师吧。"藤三位道：

"那么这是谁干的事呢？好多事的公卿们以及僧官，有些谁呢？是那个吧，还是这个？"正在猜疑，想要知道〔作歌的人〕，主上这时说道：

"这里有一张的笔迹，倒很有些相像哩。"说着微笑，从旁边书橱里取出一张纸来。藤三位说道：

"啊呀，这真是气人的事！现在请你说出真话来吧。呀，连头都痛起来了。总之是要请你把一切都说了。"只是责备怨恨，大家看了都笑。这时主上才慢慢开口道：

"那个办差去的鬼小孩[73]，本来是御膳房的女官的使用人，给小兵卫[74]弄熟了，所以叫她送去的吧。"这样的说，中宫听得笑了起来。〔藤三位将中宫〕摇晃着说道：

"为什么这样的骗我的呢？可是当时真是洗净了手，俯伏礼拜的〔来拆看的〕呢。"又是笑，又是上当了似乎遗憾，却很是得意，很有爱娇，觉得很有意思。

清凉殿的御膳房听见了这事情，也大笑了一场。藤三位退出到女官房以后，把那个女童找了来，叫收信的女官去验看，回来说道：

"正是那个孩子。"追问她道：

"那是谁的信，是谁交给你的呢？"却是一声都不响，逃了去了。藤大纳言以后听了这一件事情，也着实觉得好笑。

第一二四段　感觉无聊的事

感觉无聊的事是，在外边遇着避忌[75]的日子。〔掷不出合适的点儿〕，棋子不能前进的双六[76]。除目[77]的时候，得不到官的人家，尤其是雨接连的下着，更是无聊了。

第一二五段　消遣无聊的事

消遣无聊的事是，故事。围棋。双六。三四岁的小孩儿，很可爱的说什么话的样子。又很小的婴儿要学讲话，或是嘻笑了。水果〔，这也是可以消遣无聊的东西〕。男人的好开玩笑，善于说话的人，走来谈天，这时便是避忌的时候，也就请他进来。

第一二六段 无可取的事

无可取的事是，相貌既然丑陋，而且心思也是很坏的人。浆洗衣服的米糊给水弄湿了。这是说了很坏的事情了，[78] 心想这是谁也觉得是可憎的，可是现在也没有法子中止了。又门前燎火 [79] 的火筷子，〔烧短了没有别的用处，〕但是〔这样不吉犯忌的事，〕为什么写它的呢。这种事情不是世间所没有的事情，乃是世人谁也知道的吧。实在并没有特地写了下来，给人去看的价值；但是我这笔记原来不是预备给人家去看的，所以不管是什么古怪的事情，讨厌的事情，只就想到的写下来，便这样的写了。

第一二七段 神乐的歌舞

也无论怎么说，没有事情能及得临时祭礼 [80] 的在御前的仪式，那样的漂亮的了。试乐 [81] 的时候，也实在很有意思。

春天的天气很是安闲晴朗的，在清凉殿的前院里，扫部寮 [82] 的员司铺上了席子，祭礼的敕使向北站着，舞人们都向着主上〔坐了下来〕。我这样说，但是这里或者有点记错的地方，也说不定。

藏人所的人们搬运了装着食器的方盘来，放在坐下的那些人面前，陪从的乐人在这一日里也得出入于主上的前边。[83]公卿和殿上人们交互的举杯，末后是用了螺杯[84]，喝了酒便散了。随后是所谓"鸟食"[85]，平常这由男人去做，还是不大雅观，何况女人也出到御前来取呢？谁也没有想到，会有人在里边，忽然从"烧火处"[86]走出人来，喧扰着想要多取，反而掉下了，正在为难的时候，倒不如轻身的去拿了些来的人，更是胜利了。把"烧火处"当作巧妙的堆房，拿了些东西收在里边，这事很是好玩的。扫部寮的人来将席子收起来之后，主殿寮的员司就各人手里拿着一把扫帚，来把殿前的砂子扫平。

在承香殿前边，〔陪从的乐人〕吹起笛子，打着拍子，奏起乐来的时候，心想舞人要快点出来才好呢，这样等待着，就听见唱起《有度浜》[87]的歌词，从吴竹台[88]的篱边走了出来，等到弹奏和琴，这种愉快的事情简直不知道如何说是好哩。第一回的舞人，非常整齐的整叠着袖口，两个人走出来，向西立着。舞人渐次出台来，踏步的声音与拍板相合着，一面整理着半臂的带子，或理那冠[89]和衣袍的盘领，唱着《元益的小松》[90]舞了起来的姿态，无一不是很漂亮的。叫作"大轮"的那一种舞，我觉得便是看一天也不会看厌。但是到了快要舞了的时候，很觉可惜，不过想起后边还有，不免仍有希望。后来和琴抬了进去，这回却是突然的，从吴竹台后边，舞人出现了，脱了右肩将袖子垂下的样子，那种优美真是说不尽的。练绢衬袍的下裾翻乱交错，舞人们交互的换位置，这种情形要用言语来表达，实在只显得拙劣罢了。

这回大概因为是觉得此后更是没有了的缘故吧，所以特别感觉舞完了的可惜。公卿们都接连的退了出去，很是觉得冷静，很是遗憾，但在贺茂临时祭礼的时候，还有一番还宫的神乐，[91]心里还可以得到安慰。〔那时节〕在庭燎的烟细细的上升的地方，神乐的笛很好玩的颤抖着，又很细的吹着，歌声却是很感动人的，实在很是愉快，〔夜气〕又是冷冰冰的，连我的打衣[92]都冰冷了，拿着扇子的手也冷了，却一直并没有觉得。乐人长叫那才人[93]，那人赶快前来，乐人长的那种愉快情形，实在是很有意思的。

在我还住在家里的时节，[94]只看见舞人们走过去，觉得不满足，有时候便到神社里去看。在那里大树底下停住了车子，松枝火把的烟披靡着，在燎火的光里，舞人们的半臂的带子和衣裳的色泽，也比白天更是更好看得多。踏响了社前桥板，合着歌声，那么舞蹈的样子，很是好玩，而且与水的流着的声音，还有笛子的声音，真是叫神明听了也很觉得高兴吧。从前有个名叫少将[95]的人，每年当着舞人，觉得这是很好的事，及至死了之后，他的灵魂听说至今还留在上神社的桥下，我听了这话心里觉得有点发毛，心想对于什么事情都不要过分的执着，但是对于〔这神乐的歌舞的〕漂亮的事情总是不能忘记的。

"八幡临时祭礼的结末，真是无聊得很。为什么〔不像贺茂祭一样〕回到宫中再舞一番的呢？那么样岂不是很有意思么。舞人们得了赏赐，便从后边退出去了，实在觉得是可惜。"女官有人这样的说，叫天皇听到了便说道：

"那么等明天回来，再叫来舞吧。"女官们说道：

"这是真的么？那么，这是多么的好呀！"都很是高兴，去向中宫请求道：

"请你〔也帮说一句〕，叫再舞一回吧。"聚集了拢来，很是喧闹，因为这回临时祭还要回宫歌舞，所以非常的高兴。舞人们也以为未必会有这样的事，〔差使已经完了，〕正在放宽了心的时候，忽然又听说召至御前，他们的心情正是像突然的冲撞着什么东西似的骚动起来，似乎发了疯的样子，还有退下在自己的房间里的那些女官们，急急忙忙的进宫去的情形〔，真是说也说不尽〕。贵人们的从者和殿上人都看着，也全不管，有的还把下裳罩在头上，就那么上来了，大家看了发笑，也正是当然的了。

第一二八段　牡丹一丛

　　故关白公逝世以后，世间多有事故，骚扰不安，中宫也不再进宫，住在叫作小二条的邸第里，[96] 我也总觉得没有意思，回家里住了很长久。可是很惦念中宫的事情，觉得不能够老是这样住下去。

　　有一天左中将来了，[97] 谈起〔中宫的〕事情来说道：

　　"今天我到中宫那里去，看到那边的情形，很叫人感叹。女官们的服装，无论是下裳或是唐衣，都与季节相应，并不显出失意的形迹，觉得很是优雅。从帘子边里张望进去，大约有八九个人在那儿，黄朽叶[98] 的唐衣呀，淡紫色的下裳呀，还有紫苑和胡枝子色[99] 的衣服，很好看的排列着。院子里的草长得很高，我便说道：

　　'这是怎么的，草长的那么茂盛。给割除了岂不好呢？'听得有人回答[100] 道：

　　'这是特地留着，叫它宿露水给你看的。'这回答的像是宰相君[101] 的声音。这实在是觉得很有意思的。女官们说：

　　'少纳言住在家里，实在是件遗憾的事。中宫现在住在这样的地方，就是自己有怎样大的事情，也应当来伺候的，中宫恐怕也是这样想的吧，可是不相干〔，连来也不来〕。'大家都说着这样的话，大概是叫我来转说给你听的意思吧。你何不进去看看呢？那里的情形真是很可感叹哪。露台前面所种的一丛牡丹，有点儿中国风趣，很有意思的。"我说道：

"不，〔我不进去，〕是因为有人恨我的缘故，我也正恨着她们呢。"左中将笑说道：

"还是请大度包容了吧。"

实在是中宫对我并没有什么怀疑，乃是在旁边的女官们在说我的话，道：

"左大臣[102]那边的人，乃是和她相熟识的。"这样的互相私语，聚在一起谈天的时候，我从自己的房间上来，便立即停止了，我完全成了一个被排斥的人了。我因为不服这样的待遇，也就生了气，所以对我中宫"进宫来吧"的每次的命令，都是延搁着。日子过得很久了，中宫旁边借这机会，说我是左大臣方面的人，这样的谣言便流传起来了。

其二 棣棠花瓣

好久没有得到中宫的消息，过了月余，这是向来所没有的，怕中宫是不是也在怀疑我呢，心中正在不安的时候，宫里的侍女长却拿着一封信来了。说道：

"这是中宫的信，由左京君[103]经手，秘密的交下来的。"到了我这里来，这是那么秘密似的，这是什么事呀。但是可见这并不是人家的代笔，心里觉得发慌，打开来看的时候，只见纸上什么字也没有写，但有棣棠花的花瓣，只是一片包在里边。在纸上写道：

"不言说，但相思。"[104] 我看了觉得非常〔可以感谢〕，这些日子里因为得不到消息的苦闷也消除了，十分高兴，首先出来的是感激的眼泪，不觉流了下来。待女长注视着我，说道：

"大家都在那里说，中宫是多么想念着你，遇见什么机会都会想起你来呢。又说这样长期的请假家居，谁都觉得奇怪，你为什么不进宫去的呢？"又说道：

"我还要到这近地，去一下子呢。"说着便辞去了。我以后便准备写回信送去，可是把那歌的上半忘记了。我说：

"这真是奇怪。说起古歌来，有谁不知道这一首歌的呢？自己也正是知道着，却是说不出来，这是什么理由呢。"有一个小童女在前面，她听见我说，便说道：

"那是说'地下的逝水'[105] 呀。"这是怎么会忘记的，却由这样的小孩子来指教我，觉得这是很好玩的事情。

将回信送去之后，过了几天，便进宫去了。不晓得〔中宫〕怎样的想法，比平常觉得担心，便一半躲在几帐的后边。中宫看了笑说道：

"那是现今新来的人么！"又对我说道：

"那首歌虽是本来不喜欢，但是在那个时候，却觉得那样的说，觉得恰好能够表达意思出来。我如不看到你，真是一刻工夫都不能够得到安静的。"这样的说，没有什么和以前不同的样子。

其三　天上张弓

我把那童女教了我歌的上句的那事报告了，中官听了大为发笑，说道：

"可不是么？平常太是熟习了，不加注意的古歌，那样的事是往往会有的。"随后更说道：

"从前有人们正在猜谜[106]游戏的时候，有一个很是懂事，对于这些事情甚是巧妙的人出来说道：

'让我在左边[107]这组里出一个题目，就请这么办吧。'虽是这样的说，但是大家都不愿意干出拙笨的事来，都很是努力，高兴的一同做成问题。从中选定的时候，同组的人问他道：

'请你把题目告诉我们，怎么样呢？'那人却是说道：

'只顾将这件事交给我好了。我既然这么说了，决不会做出十分拙笨的事来的。'大家也就算了。但是到了日期已近，同组的人说道：

'还是请你把题目说了吧，怕得有很可笑的事情会得发生。'那人答道：

'那么我就不知道。既然那样说，就不要信托我好了。'有点发脾气了，大家觉得不能放心〔，也只得算了〕。到了那一天，左右分组，男女也分了座，都坐了下来，有些殿上人和有身份的人们也都在场，左组第一人非常用意周到的准备着，像是很有自信的样子，要说出什么话来，无论在左组或是右组的都紧张的等待着，说：'什么呢，什么呢？'[108]心里都很着急。那人说出话来道：

'天上张弓。'[109]对方的人觉得〔这题目意外的容易所以〕非常有意思。这边的人却茫然的很是扫兴，而且有点悔恨，仿佛觉得他是与敌方通谋，故意使得这边输了的样子。正在这样想的时候，敌方的一个人感觉这件事太是滑稽了，便发笑说道：

'呀！这简直不明白呀！'把嘴歪斜了，正说着玩笑的时候，左边这人便说道：

'插下筹码[110]呀，插下筹码！'把得胜的筹码插上了。右组的人抗议道：

'岂有此理的事。这有谁不知道呢？决不能让插上的。'那人答道：

'说是不知道嘛，为什么还不是输了呢？'以后一一提出问题来，都被这人口头答复，终于得了胜。就是平常人所共知的事情，假如记不起来，那么说不知道也是对的吧。但是右组的人〔对于说那玩笑话的〕后来很是怨恨，说道：

'〔那样明白的事情〕为什么说是不知道的呢？'终于使他谢罪才了事哩。"

中宫讲了这个故事，在旁的人都笑着说道：

"右组的人是这样想吧，一定是觉得很遗憾的。但就是左组的人，当初听见的那时节，也可以想见是多么的生气吧。"

这"天上张弓"的故事，并不是像我那样完全忘记了，乃是因为人家都知道的事，因而疏忽了，所以失败了的。[111]

第一二九段　儿童上树

正月初十日，天空非常阴暗，云彩也看去很厚，但是到底是春天了，日光很鲜明的照着，在民家的后面一片荒废的园地上，土地也不曾正式耕作过的地方，很茂盛的长着一棵桃树，从树桩里发出好些嫩枝，一面看去是青色，别方面看去却更浓些，似乎是苏枋色的。在这株树上，有一个细瘦的少年，穿着的狩衣有地方给钉子挂破了，可是头发却是很整齐的，爬在上面。又有穿红梅的夹衣，将白色狩衣撩了起来，登着半靴的一个男孩，站在树底下，请求着说道：

"给我砍下一枝好的树枝来吧。"此外还有些头发梳得很是可爱的童女，穿了破绽了的汗衫，裤也是很有皱纹，可是颜色很是鲜艳，一起有三四个人，都说道：

"给砍些枝子下来，好做卯槌[112]去用的，主人也要用哩。"等树枝砍了下来，便跑去拾起来分了，又说道：

"再多给我一点吧。"这个情景非常的可爱。

这时有一个穿着乌黑的脏的裤子的仆人走了来，也要那树枝，树上的孩子却说道：

"你且等一等。"那仆人走到树底下，抱住树摇了起来，上边的小孩发了慌，便同猴儿似的抱紧了树，这也是很好玩的。在梅子熟了的时节，也常有这样的事情。

第一三〇段　打双六与下棋

俊秀的男子终日的打双六[113]，还觉得不满意的样子，把矮的灯台点得很亮的，对手的人一心祈念骰子掷出好的点数来，不肯很快的装到筒里去，[114]这边的人却把筒子立在棋盘上边，等着自己的轮番到来。狩衣的领子拂在脸上，用一只手按着，又将疲软的乌帽子向上摇摆着，说道：

"你无论怎么的咒那骰子，我决不会得掷坏的。"等待不及似地看着盘子，很是得意的样子。

尊贵身份的人下着棋，直衣的衣纽都解散了，似乎随便的穿着的一种神气，把棋子拾起来，又放了下去。地位较低的对手，却是起居都很谨慎的，离开棋盘稍远的地方坐着，呵着腰，用别一只手把袖子拉住了，下着棋子。这是很有意思的事。

第一三一段　可怕的东西

可怕的东西是，皂斗的壳。火烧场。鸡头米[115]。菱角。头发很多的男人，洗了头在晾干着的时候。毛栗壳。

第一三二段　清洁的东西

清洁的东西是，土器。[116] 新的金属碗。做席子用的蒲草。[117] 将水盛在器具里的透影。新的细柜[118]。

第一三三段　肮脏的东西

肮脏的东西是，老鼠的窠。早上起了来，很晚了老不洗手的人。白色的痰。吸着鼻涕走路的幼儿。盛油的瓶。小麻雀儿。大热天长久不曾洗澡的人。衣服的旧敝的都是不洁，但是淡黄色的衣类，更显得是肮脏。

注　释

[1] 相扑即角力，现今尚有。古时禁中七月里有相扑节，召集力士摔跤，天皇亲临观览。

[2] 古时男子梳髻，上加网巾，日本称乌帽子，如脱顶露发，则为失仪不敬。

[3] 古舞乐中有狛犬舞，自高丽传入，狛犬意云高丽犬，即指狮子，见卷五注[10]。

[4] 一本解作"随意乱跳而下边却是人足，所以是不像样"。

[5] "佛眼"为"一切佛眼大金刚吉祥一切佛母尊"的略称，"真言"者真实说，即陀罗尼，亦即咒语。佛眼尊在曼陀罗图的中央，为一切诸佛菩萨所回绕，具足诸佛菩萨的功德，故亦称佛母尊。《瑜祇经》里说："时金刚萨埵对一切如来前，忽然现作一切佛母身，住大白莲，身作白月晖，两目微笑，二手住脐，如入奢摩他，从一切支分，出生十恒河沙俱佛，一一佛皆作敬礼。"

[6] 此节记长德元年（九九五）十月二十一日一条天皇往石清水八幡神社参拜，至次日还宫，路过女院问候的事，虽是别一件事，但作为听到好事而落泪的实例，所以列在这一段里，似乎也是可以的。

[7]女院为一条天皇的生母。见卷五注[33]。

[8]齐信即上文头中将，见卷四注[19]，在长德二年任参议，故此处称为宰相，其称中将者因其兼近卫中将。

[9]副马系指于行幸或与祭时，随从公卿们骑马的从者。

[10]此为女院执事的首长，总管一切事务的人。

[11]黑门见卷四注[20]。

[12]权大纳言见卷一注[44]。其时伊周为权大纳言，大纳言旧制凡四人，一条天皇时定为正员二人，权官二人。

[13]古时衣裾甚长，与官位上下有短，凡纳言长八尺，大臣一丈，关白则一丈二尺。

[14]当时四位以上的袍皆用黑色，用五倍子粉加铁汁所染，故看去如此。

[15]藤壶即飞香舍，在清凉殿的西北，盖因院子里有藤花，故名。

[16]古时在贵人前面，须蹲踞伏地，以示尊敬，称为"下座"，今译"跪坐"，只是习惯的席地而坐，等于中国的跪，与此稍有不同。

[17]中宫大夫指藤原道长，为关白道隆的兄弟，中宫大夫为中宫职院的首长。长德元年（九九五）道隆死后，弟道兼为关白，伊周不得志而怨望，次年道兼亦卒，道长乃罗织伊周隆家，流放于外，至

次年遭赦，道长遂为关白，历三朝二十余年，权势盛绝一时。

[18]中纳言君系右兵卫督藤原忠君的女儿。斋戒日为"六斋日"之一。每月里有六天，恶鬼得势，伺人间隙，故宜斋戒谨慎，这里盖指祈祷默念。

[19]中官说著者赏识道长，但原意谓道隆威势之盛，就是像道长的人也为之屈。

[20]就原文结构上说，是中官不及见道长盛时，故为事后追溯之词，但中官定子的去世在长保二年（一〇〇〇）之末，已在道长为关白五年之后，而且道长的女儿彰子入官，也已将一年了。

[21]原文写作"若菜"，见卷一注[2]。

[22]即是中国的卷耳，今称苍耳子。其叶初生形似鼠耳，故日本名为耳菜，后沿变为耳菜草，遂作为没有耳朵的草的解释了。

[23]据《春曙抄》解说，初春也会有菊花的嫩芽。

[24]"菊"字原来没有训读，只有汉字的音读曰kiku，与日本语"闻"双关，故此处谓没有耳朵草虽不听见，但别有能听闻者在这中间。摘草亦读作"掐"，通于掐人皮肤，此歌稍涉游戏，有情歌的意味。

[25]太政官是日本中古时代的行政中枢，犹如后来的内阁。

[26]旧例二月十一日，于太政官厅列见六位以下官员，即验看人才，至八月十一日选择艺能行迹恪勤可取者，给予升进，名为"定考"。

本系前后相连的事，本文所说定考在二月里，乃是列见之误。

[27]中国旧例，于春秋二季，上丁祭祀孔子，称为"释奠"，日本即袭用此名。在大学寮中悬挂孔子并十哲的影像，上卿辨官少纳言等均来礼拜，次日散胙，自宫廷开始。藏人持胙前进，别一藏人问道："这是什么呀？"答道："此乃大学寮昨日释奠的胙也！"字句拉得很长，高举着进入帘内云。

[28]释奠的胙称曰"聪明"。据《江次第》卷五注云："聪明者胙也，饼白黑，梁饭，栗黄，乾枣也。"饼即中国的糍粑，梁饭盖是高粱米饭，本文说"古怪的东西"，盖即指此。

[29]土器即无花纹不加釉的陶器，日本多用于神事，取其质朴近古。

[30]头弁见卷一注[34]。即藤原行成，为书法名手，后世称"世尊寺样"。

[31]饼饊系唐朝点心名，《和名类聚抄》十六云："裹饼，中纳煮合鹅鸭等子并杂菜而方截。"盖似今之馅儿饼。《杜阳杂编》中有"上赐酒一百斛，饼饊三十骆驼"之语。

[32]立封见卷二注[8]。这里立封内容，便如下文，所谓呈文式样，即当时公式，盖也是仿唐朝程式。

[33]原意云邸第，后来用在人名官名底下，表示敬意，通用于公私上下。少纳言本系女官通称，这里却似乎尊通官名，有点游戏的意味。

[34]此系头弁的假作的姓名，"成行"即是"行成"二字的颠倒。

[35]日本传说，一言主神居大和的葛城山，称葛城神，古时役小角行者有法术，在葛城山修道，命一言主神在两山之间，修造石桥。此神因容貌丑恶，不敢白昼出来，乃只于夜间施工，桥终不成。役小角为七世纪时人，修真言宗"修验道"，有许多神异的故事流传下来。

[36]平惟仲为上文大进生昌的兄长，当时任左大弁，后升任中纳言。

[37]著者虽说是私事，但这里措词系问男子的任为弁官或少纳言的，收到饼餤应该如何打发。后来回答里也便看出这个破绽来，所以反问你是否因为是太政官厅的官人才得到这种赠物。

[38]则光即桔则光，平素厌恶和歌的人，见卷四注[33]。成安是谁未能知道，大抵也是厌恶和歌，与则光差不多的吧。

[39]日本古时官吏皆用笏，大抵用象牙做的牙笏，官位低的则用木笏。大概当时有取中宫职院土墙的板做笏的故事，但限于东南角，又特别是新任的六位藏人，其意不甚可解。

[40]"细长"为妇人所穿的衣服之称，男女童亦有着者，因其形细长，故名。

[41]"汗衫"的名字不妥，一名"尻长"即"长后衣"，因后面很长，却是名实相符。

[42]此数节原本与上文相连，只作一人所说，别本作为几个人所说，似较为适当，今从之。

[43]"缚脚裤"原本作"指贯"，所以似乎难懂，其实乃是"指贯之裤"

的省略，指贯通于刺缝，谓裤脚折缝夹层，中通细带，可以系缚，如世俗所云灯笼裤的样子。

[44]这里未必系是实事，有夜祷的僧人真是听了那么的说，大约也只是承上文一一〇段里所说，故假设为几个人的说话，作成一篇故事罢了。

[45]这是关白道隆故后的事，道隆没于长德元年（九九五）四月十日，以后凡遇十日例为忌日，这是中国的旧法。中国最古的算法是以日子的干支，凡六十日遇见一次，其次是讲日子的数目，最后是以每年同月日为忌日，则只一年一回了。

[46]清范为法相宗僧人，善于说法，凡上文三三段"小白河的八讲"中。

[47]《本朝文粹》卷十四有菅原文时的《为右大臣谦德公报恩愿文》，其中有云："金谷醉花之地，花每春芳而主不归；南楼玩月之人，月与秋期而身何去。"今引用以纪念故关白，且适值季秋，故尤为合适。此句亦见于《和汉朗咏集》卷下，盖在当时为脍炙人口的名文。

[48]这是承上节称赞头中将的事引申而来，所以作为本段的另一节。

[49]听见人家说自己的爱人坏话而生气，本是人情，但著者说不愉快，故头中将说她不大可靠，也即看出她并无愿结密切关系的意思。

[50]避忌，见卷二注[6]。

[51]原文作"纸屋纸",系出在京都北方的纸屋川地方所造,多系再造纸,故纸色淡黑,称薄墨纸,故时写诏敕多用之。

[52]"后朝"本来系指男女相会,第二天早晨的离别,见卷二注[67]。人这里本是寻常的交际,却故意当作情书去写。

[53]尝君即田文,是齐国的公族,为秦所囚,逃脱至函谷关,夜半关门未开,有客能假作鸡叫,守关人误认为天明,遂启关,孟尝君乃得逃出。详见《史记》列传中。

[54]孟尝君虽有食客三千人,但未必全数跟着,所以考订家有人说本文有误,不过《史记》原文也有漏洞,便是说从行的人中间,适有"鸡鸣"存在,可见他也实在是有客从行,但没有三千人罢了。

[55]逢坂关系关所之一,见上文九八段。这里但取地名的字义,与男女相会有关。

[56]隆圆僧都为中宫的兄弟,出家为僧,见卷五注[54]。

[57]这里所说的全都是反话,行成本是有名的书法家,反说是因为写得难看,所以替他隐藏了起来,即反面说自己的拙劣的笔迹,给殿上人去看,便是十分不应该,值得怨恨了。但事实却正好相反,如上文所说,行成的那两封信,都已分给了隆圆僧都和中宫。

[58]经房少将为西宫左大臣源高明的第四子,其时任左近卫府少将。

[59]此系王子猷的典故,据《晋书·王徽之传》云:"尝寄居空室中,

便令种竹，或问其故，徽之但啸咏指竹曰，何可一日无此君邪。"

[60]新中将系指源赖定，中将不知为何人。

[61]著者伪作不知"此君"的典故，行成亦敷衍作答，都不是真实的意思。

[62]菅原笃茂作赋得《修竹冬青》诗，序文有云："晋骑兵参军王子猷，载称此君；唐太子宾客白乐天，爱为吾友。"见《本朝文粹》卷十一，此二句亦见《和汉朗咏集》卷下。

[63]少纳言命妇系天皇左近的女官，不知为何人。

[64]圆融院即是圆融上皇，为一条天皇的父亲，殁于正历二年（九九一）二月十二日，此为一年以后的事。当时所谓谅暗之丧，盖是一年除服。

[65]僧正遍昭为九世纪日本有名歌人，于八五一年仁明天皇殁后一周年的时候，作歌以寄感慨云："人皆穿上了花衣裳，苔衣的双袖啊，为甚还是没有干。"

[66]雨天穿着蓑衣，故有此戏称。见上文四一段，及卷三注[36]。

[67]原文没有说出是什么树，田中澄江解作"白橿"，是从"白"色着眼，《春曙抄》谓疑是椎树的叶的白色，看下文歌词的意思，似很有几分可靠。

[68]藤三位系藤原繁子，为右大臣藤原师辅的第四个女儿，是一条

天皇的乳母。

[69]"卷数"系指所诵经卷的数目,寺院法师受人委托诵经,按时辄将卷数报告愿主本人,当时藤三位相信这乃是法师的来信,故而误会,其礼拜展视亦是为此。

[70]这一首歌大意与上边遍昭的歌差不多,古时丧服乃用椎树叶所染,树木换了叶子与花的衣裳意思相同。

[71]仁和寺住持为宽朝僧正,姓源氏,本为醍醐天皇的皇子敦实亲王的第三子。

[72]藤大纳言系藤原朝光,时为圆融院的别当。

[73]"鬼小孩"犹言"鬼之子",系世俗称蓑衣虫的名称,见卷三注[37]。

[74]小兵卫系女官的名字,见上文七六段。

[75]避忌见卷一注[50]。

[76]双六本系中国古时游戏的一种,传至日本,今均已失传,但知用骰子掷出点数,推退棋子罢了。

[77]除目见卷一注[9]。

[78]从此句起,至"本来是世人谁都知道的吧",原文简略,文义难明,诸家解说不一,今但从普通的说法译出。

[79]文作"门燎",是指送葬时门前所设的火堆，普通火筷多用竹制，用后弃火堆中一同烧却。本文中虽有补充说明，但只是臆测，与古时习俗有抵触之处。

[80]临时祭分作两种，其一为贺茂神社的，在阴历十一月下旬的酉日，其二为石清水的八幡神社的，在阴历三月中旬的午日。至期天皇御清凉殿，行禊祓礼，院子里敕使以下自舞人陪从皆赐宴，观览歌舞，及仪式毕，乃整列到神社里去。

[81]试乐见卷四注[6]。

[82]扫部寮专司宫中铺设器具，以及洒扫各种杂事。

[83]陪从系指地下的乐人，即是不能升殿的陪从舞人的人，其时因为赐宴，所以特许入内。

[84]"螺杯"原文云"屋久贝"系用屋久岛所出的青螺，琢为酒杯。壳大而厚，外面青色，有黑色斑点。

[85]"鸟食"系宴会后将余剩肴馔，弃置院内，任下人拾取，本意是用以饲鸟。

[86]"烧火处"为卫士燃火守夜的地方，遇有夜间仪式，亦于其处设置炬火，用作照明。

[87]《有度浜》为《东游》骏河舞歌词的一篇。有度浜在骏河地方，相传有天人下降其地，将歌舞传授给人。《东游》为乐曲的名称，意云东国的歌舞，本系民间乐曲，后经公家采用，专用于神社祭祀。

[88] 清凉殿庭的东北隅，靠近承香殿的地方，种有淡竹一丛，称为吴竹台，吴竹意云中国的竹，从吴地来故名。

[89] 冠为礼冠，是衣冠束带时所用，以木作帽胎，上糊黑色的罗或纱，后部突起称为巾子，中容受头髻，冠后有垂带曰缨。

[90] 这也是骏河舞歌词的一篇。

[91] 贺茂神社的临时祭礼，还宫时还有歌舞，八幡神社的则没有。

[92] 妇人所着上衣，红绫所做，用砧槌打令有光泽，故名。

[93] 才人为神乐唱歌手的名称。原本作"才男"。

[94] 一本解作"从宫里退出在家的时候"，今从《春曙抄》本作为未出仕为女官时解说，似较近情理。

[95] 此少将姓名未详，疑有脱文，别本则作"头中将"，亦不知是谁。一说是藤原实方，见卷二注[57]，但也未必是，因为这里所说似是过去的事，说的不会是近时的人物。

[96] 关白道隆于长德元年（九九五）四月初十日去世，道长继任为右大臣，次年正月道隆子伊周及其弟隆家坐不敬罪，流放外地，中宫亦于三月初四日出宫，迁居伊周的二条邸第，及六月初八日二条邸失火，遂移居于旧母家，即所谓小二条宫。

[97] 其时左中将有二人，即藤原齐信及藤原正光，这里不知道说的是谁。别本作右中将，据说即是源经房。据说长德二年（九九六）

七月十一日，天皇因二条邸失火，遣使慰问，并赠中宫用度什品，经房当作御使，其时或当归途，并顺道往访著者的吧。

[98]衬袍的颜色，表里皆用枯叶似的黄色，参看卷一注[12]青朽叶。

[99]紫苑色衬袍，表为淡紫色，里色嫩绿。胡枝子衬袍，表为苏枋色，里面青色。

[100]别本谓答语当有所本，似系根据《白氏文集》卷九中《秋题牡丹丛》一诗而来。原诗云："晚丛白露夕，衰叶凉风朝。红艳久已歇，碧芳今亦销。幽人相对坐，心事共萧条。"此诗的意境，仿佛与当时小二条宫的生活相像，经房未了说到一丛牡丹，也是理解这诗的意味，所以才说的吧。

[101]宰相君为女官名，为左卫门藤原重辅的女儿，见卷一注[48]。

[102]即藤原道长，初为右大臣，第二年进为左大臣。

[103]左京君是中宫身边的一个女官，其姓名不详。但与第一四九段的左京，也别无关系。

[104]这是古歌里的一句。棣棠花色黄，有如栀子，栀子日本名意云"无口"，谓果实成熟亦不裂开，与"哑吧"字同音，这里用棣棠花片双关不说话，与歌语对应。

[105]这是见于《古今六帖》的一首古歌，全首歌词云："心是地下逝水在翻滚了，不言语，但相思，还胜似语话。"

[106] 日本中古时代流行一种文字游戏，如猜谜便是其一。这与古代的隐语相似，有如汉朝的"黄绢幼妇"可以作为一例。后世的灯谜则更是纤巧细致，这是中国所特有的了。

[107] 猜谜分为左右组，这里是出题目给人去猜的一组，但是叙述不详细，似所出之有一题，即此决定胜负，未免太是简单了。

[108] "什么呢？"日本语云"奈所"，也即用为谜语的训读。

[109] "天上张弓"一语，就字义上一见可知，即系指上下弦的月亮，日本语亦称"弓张月"，与中国称上弦下弦同一用意。

[110] 凡赌箭、赛马、角力，赌胜负的事，有筹码记双方输赢之数，插在架上。

[111] 原文此处甚简略，不能如文直译，今从世间通行的解释，疏解其大意如此。

[112] 卯槌于正月上旬卯日，取桃枝所做，用以辟邪。见卷二注[15]。

[113] 双六见卷七注[76]。

[114] 简指掷骰子时所用的竹筒，将骰子纳入筒中，再摇出来，看点数为进退。

[115] 日本名为"水欶冬"，结实即芡实，因形似故又名鸡头。

[116] 土器见卷七注[29]。祭祀所用，皆只取用一次，第二次即不

复用，故至为清洁。

[117] 实际上日本所用的席子乃是用蔺草即是灯心草所织的，此所谓蒲草是茭白一类的东西。

[118] 细柜谓细长的小形的唐柜，木箱而有脚六只，分列四旁，本系模仿中国所制，故称唐柜，但在中国本地已经不见了。

卷八

从远地方得到所爱的人的书简，但是用饭米粒糊的很结实，一时拆不开封，实在是等得着急。

第一三四段　没有品格的东西

没有品格的东西是，〔新任的〕式部丞的手板。[1]毛发很粗的黑头发。布屏风的新做的，若是旧了变黑的，那还不成什么问题，看不出怎么下品，倒是新做的屏风，上边开着许多的樱花，涂上些胡粉和朱砂，画着彩色的绘画的，〔显得没有品格。〕拉门和橱子等，[2]凡是乡下制作的，都是下品的。席子做的车子的外罩。[3]检非违使的裤子。[4]伊豫[5]帘子的纹路很粗的。人家的儿子中间，小和尚的特别肥胖的。[6]道地的出云席子[7]所做的坐席。

第一三五段　着急的事

着急的事是，看人赛马。搓那扎头发的纸绳。[8]遇见父母觉得不适，与平常样子不一样的时候，尤其是世间有什么时病流行的时节，更是忧虑，不能想别的事情。又有，还不能讲话的幼儿，连奶也不喝，只是啼哭不已，乳母给抱了也不肯停止，还是哭了很长的时候。

自己所常去的地方，[9]遇见听不清是谁的声音在说话，觉得〔忐忑不安〕那是当然的。另外的人〔不知本人在那里，〕在说她的坏话，尤其是忐忑不安的。平常很是讨厌的人适值来了，也是叫人不安的事。

从昨夜起往来的男人，第二天后朝[10]的消息来得太迟了。这就是在别人听了，也要觉得忐忑不安的。自己相思的男子的书简，〔使女〕收到了直送到面前来，也令人忐忑不安。

第一三六段　可爱的东西

可爱的东西是，画在甜瓜上的幼儿的脸。[11]小雀儿听人家啾啾的学老鼠叫，[12]便一跳一跳的走来。又〔在脚上〕系上了一根丝绦，老雀儿拿了虫什么来，给它放在嘴里，很是可爱的。

两岁左右的幼儿急忙的爬了来，路上有极小的尘埃，给他很明敏的发见了，用了很好玩的小指头撮起来，给大人们来看，实在是很可爱的。留着沙弥发的幼儿，头发披到眼睛上边来了也并不拂开，只是微微的侧着头去看东西，也是很可爱的。交叉系着的裳带的小孩的上半身，白色而且美丽，看了也觉得可爱。又个子很小的殿上童[13]，装束好了在那里行走，也是可爱的。可爱的幼儿暂时抱来玩着，却驯熟了，随即抱着却睡去了，这也是很可爱的。

雏祭[14]的各样器具。从池里拿起极小的荷叶来看，又葵叶之极小者，也很可爱。无论什么，凡是细小的都可爱。

肥壮的两岁左右的小孩，色白而且美丽，穿着二蓝的罗衣，衣服很长，用背带束着，爬着出来，实在是很可爱的。八九岁以至十岁的男孩，用了幼稚的声音念着书，很是可爱。

小鸡脚很高的，白色样子很是滑稽，仿佛穿着很短的衣服的样子，咻咻的很是喧扰的叫着，跟在人家的后面，或是同着母亲走路，看了都很可爱。小鸭儿[15]，舍利瓶[16]，石竹花。

第一三七段　在人面前愈加得意的事

在人面前愈加得意的事是，本来别无什么可取的小孩，为父母所宠爱的。咳嗽，特别是在尊贵的客人面前想要说话的时候，却首先出来，这实在是很奇怪的。

在近处住着的人，有四五岁的孩子，正是十分淘气，好把东西乱拿出来打破了，平日常被制止，不能自由动手，及至同了母亲到来，便自得，有平素想要看的东西，就说道：

"阿母，把那个给我看吧。"拉着母亲乱摇。但是大人们正说着话，一时不及理他，他便自己去搜寻，拉了出来看，真是很讨厌了。母亲对这件事也只简单的说道：

"这可不行呵！"也不去拿来隐藏过了，单只是笑着说道：

"这样的事是不行的呀。别把它弄坏了。"这时候连那母亲也觉得是很讨厌的。可是我这边〔作为主人〕，也不好随便的说话，只能看着，也实在很是心里着急的。

第一三八段　名字可怕的东西

名字可怕的东西是，青渊[17]。山谷的洞穴。鳍板[18]。黑铁。土块。雷，不单是名字，实在也是很可怕的。暴风。不祥云[19]。矛星[20]。狼。牛。蟛蜞[21]。牢狱。笼长[22]。锚[23]，这也不但是名字，见了也可怕。藁荐[24]。强盗，这又是一切都很可怕的。骤雨。蛇莓。生灵 [25]。鬼薜。鬼蕨。[26] 荆棘。枳壳。炙炭 [27]。牡丹 [28]。牛头鬼 [29]。

第一三九段　见了没有什么特别，写出字来觉得有点夸大的东西

见了没有什么特别，写出字来 [30] 觉得有点夸大的东西是，覆盆子。鸭阳草。鸡头。胡桃。文章博士 [31]。皇后宫权大夫 [32]。杨梅 [33]。虎杖 [34]，那更写作老虎的杖，但是看它的神气，似乎是没有杖也行了吧。

第一四〇段　觉得烦杂 [35] 的事

觉得烦杂的事是，刺绣的里面。猫耳朵里边。小老鼠毛还没有生的，有许多匹从窠里滚了出来。还没有装上里子的皮衣服的缝合的地方。并不特别清洁的地方，并且又是很黑暗。[36]

并不怎么富裕 [37] 的女人，照顾着许多的小孩。并不很深的相爱的女人，身体不很好，很长久的生着病，恐怕在男子的心里，也是觉得很烦杂的吧。

第一四一段　无聊的东西特别得意的时节

无聊的东西特别得意的时节是，正月里的萝卜。[38]行幸时节的姬太夫。[39]六月十二月的晦日拿竹竿量身长的女藏人。[40]〔春秋两〕季的读经的威仪师，[41]穿着红色的袈裟，朗读写着僧众的名字的例文，很是漂亮的。在读经和佛名会上，专管装饰事务的藏人所员司。春日祭的舍人们。[42]大飨时节的行列。[43]正月〔献给天皇的屠苏酒的〕尝药的童女。[44]献卯杖的法师。[45]五节试乐的时节，〔给舞姬〕理发的女人。[46]在节会御膳时伺候着的采女[47]。大飨日的〔太政官的〕史生[48]。七月相扑的力士。[49]雨天的市女笠[50]。渡船的把舵的人。

第一四二段　很是辛苦的事

很是辛苦的事是，有夜啼的习惯的幼儿的乳母。有着两个要好的女人，那边这边的被双方所怨恨所妒忌的男子。担任着降伏那特别顽强的妖怪的修验者，[51]假如祈祷早点有效验，那便好了，可是不能如此，心想不要丢脸见笑，还是勉强祈祷着，这实是很辛苦的。非常多疑的男人，和真心相爱的女人〔，也是极为辛苦的〕。在摄政关白的邸第里很有势力的人，也是不得安闲的，但是〔因为是在得意的地位，〕那也罢了。还有那心神不定老是焦急着的人。

第一四三段　羡慕的事

羡慕的事是，学习读经什么，总是呐呐的，容易忘记，老是在同一的地方反复的念，看法师们〔念得很好〕那算是当然的，无论男的女的，都是很流利的念下去，心想，什么时候也能够像他们呢。身体觉得不很舒服，生病睡着的时候，听见人家很偷快的且说且笑，毫无忧虑的行走着，实在觉得很可羡慕。

想到稻荷神社[52]去参拜，刚走到中社近旁，感觉非常的难受，还是忍耐着走上去，比我后来的人们却都越过了，向前走去，看了真是羡慕。二月初午[53]那一天，虽是早晨赶早前去，但是来到山坡的半腰，却已是巳刻[54]了。天气又渐渐的热起来，更是烦恼了，想在世上尽有不吃这样的苦的人，我为什么到这里来参拜的呢，几乎落下眼泪来了。正在休息着时，看见有三十几岁的女人，并未穿着外出的壶装束[55]，只略将衣裙折了起来，说道：

"我今天要朝拜七遍哩。现在已经走了三遍，再走四遍是什么也没有问题的。到了未时，大约可以下山了。"
同路上遇见的人说着话，走了下去了，看了着实可以羡慕，
在平常别的地方虽然不会得留意，但在这时候很觉得自己
也像她这样才好了。

有很好的孩子，无论这是男孩，还是女孩，或是小法
师，都是很可羡慕的。头发很长很美，而且总是整齐的垂
着的漂亮的人。身份很是高贵，被家人们所尊敬着的人，
这是深可羡慕的。字写得好，歌也作得好，遇有什么事情
常被首先推荐出去的人。在贵人前面，女官们有许多伺候
着，要给高贵的地方奉命代笔写信的时候，本来谁也不会
像鸟的足迹[56]似的写不成字，却是特别去把那在私室的
人叫了上来，发下爱用的砚台，叫写回信，这是可羡慕的。
本来这些照例的信件，只要是女官的有资格的，即使文字
近于恶札，也就可以通用过去了，但是现在却不是这种信
札，乃是由于公卿们的介绍，或是说想进宫伺候，自己写
信来说的大家的闺秀，要给她回信，所以特别注意，从纸
笔文句方面都十分斟酌，为此女官们聚会了，便半分开玩
笑似的，说些嫉妒的话。

学习琴和笛子，当初还未熟习的时候，总是这样的
想，觉得到什么时节才能够像那〔教习的〕人呢。〔可以
羡慕的〕还有主人的和皇太子的乳母；主上附属的女官，
在中宫这边可以自由出入的人；建立三昧堂[57]，无论早

晚可以躲在里边祈祷着的人。在打双六的时候，掷出很好的色目。真是叫弃舍了世间的高僧。[58]

第一四四段　想早点知道的事

想早点知道的事是，卷染，村浓，以及绞染[59]这些所染的东西〔，都想早点看见〕。人家生了孩子的时候，是男孩呢，还是女孩，也想早点得知。这在贵人是不必说了，就是无聊的人和微贱的身份的人，也是想要知道。除目的第二天早晨，即使是预知相识的人必然在内，也想得知这个消息；相爱的人寄来的书简。〔自然想早点看到。〕

第一四五段　等得着急的事

等得着急的事是，将急用的衣服送到人家去做，等着的时候。观看祭礼什么赶快出去，坐着等候行列现在就来吧，辛苦的望着远方的这种心情。要将生产孩子的人，过了预定的日子，却还没有生产的样子。从远地方得到所爱的人的书简，但是用饭米粒糊的很结实，一时拆不开封，实在是等得着急。

观看祭礼什么赶快出去，说这正是行列到来的时刻了，警卫的官员的白棒[60]已经可以望见，车子靠近看台却还要些时间，这时真是着急，心想走过去也罢。

不愿意他知道〔自己在这里的〕人来了的时候，教在旁边的人过去打招呼，〔这结果也是等着叫人着急。〕

一天天的等着，终于生下来了的幼儿，〔好容易〕五十日和百日的祝贺日期来到了，但将来长成实在等着很是辽远的。缝着急用的衣服，在暗黑的地方穿针〔，很是着急〕。但是这如是自己在做，倒也罢了，若是自己按住缝过的地方，叫别人给穿针，那人大约也因为急忙的缘故吧，不能够就穿过，我说：

“呀，就是不穿也罢。”可是那人似乎是非穿不可的神气，还是不肯走开，〔那不单是着急，〕还几乎有点觉得讨厌了。

不问是什么时候，自己刚有点急事想要外出，遇见同伴说要先出去一趟，说道：

“立刻车子就回来。”便坐了去了。在等着车子的时候，实在是很着急。看了大路上来的车子，心里这就是了，刚高兴着，却走到别的方面去了，很是懊丧。况且假如这是要去看祭礼，等着的时候听见人家说道：

“祭礼大概是已经完毕了吧。”尤其觉得扫兴不堪了。

生产孩子的人，胞胎老是不下来〔，这是很着急的事〕。去看什么热闹，或到寺里去参拜，约好一同去的人，将车子去接，可是停了等着，那人老不上车来，空自等得着急，真想丢下径自去了。

急忙的用炙炭生起火来，很费些时间〔，也很着急。〕[61]和人家的歌，本来应当快点才对，可是老做不好，实在着急。在相思的人们，似乎不必这样的急，这在有些时候，也有自然不得不急的。况且在男女之间，就是平常的交际，〔和歌什么〕也是以急速为贵，如是迟了的时候说不定会生出莫名其妙的误会来的。觉得有点不舒服，恐怕〔是不是有鬼怪作祟，〕这样想着[62]等待天亮，是非常觉得焦急的。又等待着齿墨[63]的干燥，也是着急的事。

第一四六段　朝所

在故关白公[64]服丧的期间，遇见六月晦日大祓[65]的行事，中宫也应当从宫里出去参加，但是在职院里因为方向不利，[66]所以移住到太政官厅的朝所[67]里去。那一天的夜里很热，而且非常的暗黑，什么地方都不清楚，只觉得很是狭窄，局促不安的过了一夜。

第二天早晨看时，那里的房屋非常的平坦低矮，顶用瓦铺，有点中国风，看去很是异样。同普通的房屋一样，没有格子，只是四面挂着帘子，倒反觉得新奇，很有意思。女官们走下院子里去游玩。庭前种着花草，有萱花什么的，在篱笆里开着许多。非常热闹的开着花，在这样威严的官署里倒正是相配的花木。刻漏司[68]就在近地的旁边，报时的钟声也同平时听见的似乎不是一样，年轻的女官们起了好奇心，有二十几个人跑到那边去，走到高楼上面，从这里望过去。淡墨的下裳，唐衣和同一颜色的单衣衬衫，还有红色的裤，这些人立在上头，纵然不能说是天人，看去似乎是从天空飞舞下来的。同是一样年轻的，可是地位较高的人们，不好一起的上去，只是很羡慕的仰望着，觉得这是很有意思的。到了日暮，天色暗下来了，年长的人也混在年轻的中间，都走到官厅里来，[69]吵闹着开着玩笑，有人就说闲话道：

"这不应该这样的胡闹的。公卿们所坐的倚子[70]，妇女们都上去了，又政务官[71]所用的床子[72]也都倒过来，被弄坏了。"有人看不下去，[73]虽然这样的说，可是女官们都不听。

朝所的房屋非常古旧，大约是因为瓦房的关系吧，天气的炎热为向来所未有，夜里出到帘子外边来睡觉，因为是旧房子，所以一天里边蜈蚣什么老是掉下来，胡蜂的窠有很大的，有许多胡蜂聚集着，实在是很可怕的。

殿上人每天来上班，[74]看见大家夜里并不睡觉，尽自谈天，有人高吟道：

"岂料太政官的旧地，

至今竟成为

夜会之场[75] 了呵！"真也是很好玩的事情。

虽然已经是秋天了，但是吹过来的风却一点儿都不凉快，这大概是因为地点的关系吧。可是虫声却也听得见了。到了初八日[76] 中宫将要还宫了，今夜就在这里举行七夕祭[77]，觉得星星比平常更近的能够看见，这或者是因为地方狭窄的缘故吧。

第一四七段　人间四月

宰相中将齐信和宣方中将[78] 一同的进宫里来，女官们走出去正在谈话的时候，我突然的说道：

"今天是吟什么诗呢？"齐信略为的思索了一下，就毫不停滞的回答道：

"应当吟人间四月[79] 的诗吧。"这回答的实在是很有意思。〔故关白公的逝世，〕已是过去的事，却还记得着说起来，这是谁也觉得是很可佩服的。特别是女官们，事情不会得这样的健忘，但若是在男子方面就不如此，自己所吟咏的诗歌并不完全记得，〔宰相中将却能够记忆关白公的忌月，〕实在是很有意思的了。帘内的女官们，以及外边的〔宣方中将，〕都不明白所说的为何事，这并不没有道理的。

第一四八段　露应别泪

这个三月晦日 [80] 在后殿的第一个门口，有殿上人多数站着，退了出去之后，只剩下头中将，源中将 [81] 和一个六位藏人留着，谈着种种闲话，诵读着经文，吟咏着诗歌。这时候有人说道：

"天快要亮了，回去吧。"那时头中将忽然吟起诗来道：

"露应别泪珠空落。" [82] 源中将也一起合唱着，非常的觉得好玩，其时我说道：

"好性急的七夕呀。" [83] 头中将听了非常觉得扫兴，说道：

"我只因了早朝别离而联想到，所以随口吟诵〔这不合时令的诗〕，怪不好意思的。本来在这里近处，太是没有考虑的吟这样的诗，说不定弄得出丑的。"这样说着，天色既已大亮了，头中将说道：

"就是葛城的神，[84] 既然是这样天亮，也已没有什么办法了。"说着便踏着朝露，匆促归去了。我心里想等到七夕的时节到来，再把这事情提出来说，可是不久就转任了宰相，〔不再任藏人头了，〕到七夕那天未必见得到了。写封书简，托主殿司的员司转过去吧，正是这样的想着，很凑巧在初七那天宰相中将却进来了。很觉得高兴，把三月三十日夜里的事情对他说了。生怕一时想不起来，突然的提起来，觉得有点奇怪，要侧着头寻思吧。可是头中将似乎是等着人家去问他的样子，毫不停滞的回答了那一件，实在是很有意思的事。在这几个月的期间，我一直等着在什么时候问他，这我自己也觉得有点好事，但是头中将却又什么会得这样预备好了，即时答应的吧。当时一起在场觉得遗憾的源中将，却是想不起来，经头中将说明道：

"那一天早上所吟的诗，给人家批评了的一件事，你已经忘记了么？"源中将笑说：

"原来如此。"那是很不成的。[85]

男女间的交际谈话，常用围棋的用语亲密的交谈，如说什么"让他下一着子了"，或是什么"填空眼啦"，又或者说"不让他下一着子"，都是别人听了不懂得的，只有头中将互相了解。且正说着的时候，源中将便缠着询问道：

"这是什么事，是什么事呀？"我不肯教他，于是就去问那边道：

"无论怎么样，总请说明了吧。"怨望的追问，那边因为是要好的朋友，所以给他说明了。因为我和宰相中将亲密的谈话，便说道：

"这已是总结算[86]的时期了。"表示他也是知道了那种隐语，想早点教我了解，便特地叫我叫道：

"有棋盘么？我也想要下棋哩，怎么样？你肯让我一着么？我的棋也同头中将差不多，请你不要有差别才好哩。"我答道：

"假如是那样，那岂不是变成没有了谱[87]了么？"后来我把这话告诉了头中将，他很喜欢的说道：

"你这说得好，我很是高兴。"对于过去的事情不曾忘记的人，觉得是很有意思的。

其二　未至三十期

头中将刚任为宰相的时候，我在主上面前曾经说道：

"那个人吟诗吟的很漂亮，如'萧会稽之过古庙'那篇诗，[88]此后还有谁能够吟得那样的好的呢？可惜得很，不如暂时不要叫他去做宰相，却仍旧在殿上伺候好吧。"这样说了，主上听了大笑，说道：

"你既然这么说了，那么就不让他当宰相也罢。"这也是很有意思的。

可是终于当了宰相了，实在是觉得有点寂寞。但是源中将自信不很有功夫，摆着架子走路，我提起宰相中将的事情来，说道：

"朗诵'未至三十期'的诗，[89] 完全和别人的不同，那才真是巧妙极了。"源中将道：

"我为什么不及他呢？一定比他吟得更好哩！"便吟了起来，我说道：

"那倒也并不怎么坏。"源中将道：

"这是扫兴的事。要怎么样才能够像他那样的吟诗呢？"我说道：

"说到'三十期'那地方，有一种非常的魔力呢。"源中将听了很是懊恨，却笑着走去了。

等宰相中将在近卫府办理着公务的时候，源中将走去找他，对他说道：

"〔少纳言是〕这样这样的说，还请你把那个地方教给我吧。"〔宰相中将〕笑着教给他了。这件事我一点都不知道，后来有谁来到女官房外，和〔宰相中将〕相似的调子吟起诗来，我觉得奇怪，问道：

"那是谁呀？"源中将笑着答道：

"很了不起的新闻告诉给你听吧。实在是这样这样，趁宰相在官厅办事的时候，向他请教过了，所以似乎有些相像了吧。你问是谁，便似乎有点高兴的口声那么的问了。"觉得特地去学会了那个调子，很是有意思，以后每听到这吟诗声，我便走出去找他谈天，他说道：

"这个全是托宰相中将的福。我对那方向礼拜才是呢。"有时候在女官房里，〔源中将来了，〕叫人传话说道：

"到上头去了。"但是一听见吟诗的声音，便只好实说道：

"实在是在这里。"后来在中宫面前说明这种情形，中宫也笑了。

有一天是宫中适值避忌的日子，源中将差了右近将曹叫作光什么[90]的当使者，送了一封在折纸上写好的书简进来，看时只见写道：

"本来想进去，因今日是避忌的日子，〔所以不成了〕。但'未至三十期'，怎么样呢？"我写回信道：

"你的这个期怕已经过了吧。现在是去朱买臣教训他妻子的年龄，大概是不远了。"源中将又很是悔恨，并且对主上也诉说了。主上到中宫那里，说道：

"〔少纳言〕怎么会得知道这种故事的呢？宣方说，朱买臣的确到了四十九[91]岁的时候，教训妻子那么说的，又说，给那么说了，着实扫兴的。"主上说着笑了。〔这种琐屑的事情，也去告诉上边，〕这样看来源中将也着实是有点儿古怪的人物哩。

第一四九段　左京的事

　　弘徽殿的女御是闲院左大将 [92] 的女儿，在她的左右有一个名叫"偃息" [93] 的女人的女儿，在做着女官，名字是左京，和源中将很是要好，女官们正在笑着谈论着的时候，中宫那时正住在职院，源中将进见时说道：

　　"我本来想时时来值宿，女官们没有给予相当的设备，所以进来伺候的事也就疏忽过去了。若是有了值宿的地方，那么也就可以着着实实的办事了。"别人都说道：

　　"那当然是的。"我也说道：

　　"真是的，人也是偃息的地方 [94] 才好呢。那样的地方，可以常常的去走动〔，现在这里是没有地方可以偃息呵〕！"源中将却觉得这话里有因，便愤然的说道：

　　"我以后将一切都不说了！我以前以为你是我这边的人，所以信赖着你，却不道你把人家说过的谣言，还拿起来说。"很认真的生了气。我便说道：

　　"这也奇了。我有什么话说错了呢？我所说的更没有得罪的地方。"我推着旁边的女官说，她也说道：

　　"如果真是什么也没有的事，那又何必这样的生气呢？那么这岂不是到底有的么！"说着便哈哈的笑了。源中将道：

　　"你这话怕也是她主使的吧。"好像似乎是实在很生气的样子。我说道：

"全然没有说这样的话。就是人家平常说你的闲话，我听着还是不很高兴呢。"这样说了，便到了里边去了。但是到了日后，源中将还是怨我，说道：

"这是故意的把叫人出丑的事情，弄到我身上来的。"又说：

"那个谣言，本来是不知道哪个人造出来，叫殿上人去笑话的。"我听了便说道：

"那么，这就不能单是怨恨我一个人的了。这真是可怪了。"但是以后，与左京的关系也就断绝了，那事情也便完了。

第一五〇段　想见当时很好而现今
成为无用的东西

想见当时很好而现今成为无用的东西是，云间锦做边缘的席子，[95] 边已破了露出筋节来了的。中国画的屏风，表面已破损了。有藤萝挂着的松树，已经枯了。蓝印花的下裳，蓝色已经褪了。[96] 画家[97] 的眼睛，不大能够看见了。几帐[98] 的布古旧了的。帘子没有了帽额[99] 的。七尺长的假发变成黄赤色了。蒲桃染的织物现出灰色来了。[100]
好色的人但是老衰了。风致很好的人家里，树木被烧焦了
的。池子还是原来那样，却是满生着浮萍水草。

第一五一段　不大可靠的事

不大可靠的事是，厌旧喜新，容易忘记别人[101]的人。
时常夜间不来的[102]女婿。六位的〔藏人〕已经头白。[103]
善于说谎的人，装出帮助别人的样子，把大事情承受了下
来。第一回就得胜了的双六。[104]六十，七十以至八十岁的
老人觉得不舒服，经过了好几日。顺风张着帆的船。经是
不断经。[105]

第一五二段　近而远的东西

近而远的东西是，中宫近处[106]的祭礼。没有感情的
兄弟和亲族的关系。鞍马山[107]的叫作九十九折的山路。
十二月晦日与正月元旦之间的距离。[108]

第一五三段　远而近的东西

远而近的东西是，极乐净土。[109] 船的航程。[110] 男女之间。

第一五四段　井

井是掘兼之井。[111] 走井 [112] 在逢坂山，也是很有意思。山井，但是为什么缘故呢，却被引用了来比浅的恩情 [113] 的呢？飞鸟井，被称赞为井水阴凉，[114] 也是很有意思的。玉井，樱井，少将井，后町井，[115] 千贯井〔，这些井见于古歌和故事，觉得很有意思〕。

第一五五段　国司

国司是，纪伊守，和泉守。[116]

第一五六段　权守

暂任的权守[117]是，下野，甲斐，越后，筑后，阿波。

第一五七段　大夫

大夫[118]是，式部大夫，左卫门大夫，〔太政官的〕史的大夫。

六位的藏人希望〔叙爵的事〕，是没有什么好处的。[119]升到了五位，〔可是退下了殿，〕叫作什么大夫或是权守，[120]这样的人住在狭小的板屋里，新编栓木片的篱笆，把牛车拉进车房里去，在院子前面满种了花木，系着一头牛，给它草吃，〔似乎很是得意的样子，〕这是很可憎的。院子收拾得很干净，用紫色皮条挂着伊豫地方的帘子，立着布的障子很漂亮的住着，到了夜里便吩咐说："门要用心关好。"像煞有介事的说，这样的人看去是没有什么前程的，很是可鄙。

父母的住房，或是岳父母的住房，那是不必说了，又或是叔伯兄弟等现在不住的家，又或没有人住的地方，这也是自然可以利用。其平常有很要好的国司，因为上任去了，房子空了下来，不然是妃嫔以及皇女的子姓，多有空屋给人住着，暂且住着，等到得着相当的官职，那时候去找好的住房，这样的做倒是很好的。

第一五八段　女人独居的地方

女人独居的地方须是很荒废的，就是泥墙什么也并不完全，有池的什么地方都生长着水草，院子里即使没有很茂的生着蓬蒿，在处处砂石之间露出青草来，一切都是萧寂的，这很有风趣。若是自以为了不起的加以修理，门户很严谨的关闭着，特别显得很可注意，那就觉得很有点讨厌了。

第一五九段　夜间来客

在宫中做事的女人的家里，也以父母双全的为最好。〔回到家里来的时节，〕来访问的人出入频繁，听见种种的人马的声音，很是吵闹，也并没有什么妨碍。但是，〔若是没有了父母的人，〕男人有时秘密的来访，或是公然的到来，说道：

“因为不知道在家里，〔所以没有来问候。〕”或者说道：

“什么时候，再进里边去呢？”这样的来打招呼。假如这是相爱的人，怎么会得付之不理呢，便开了大门让进去了。〔那时家主的心里便这么的想，〕真好讨厌，吵闹得很，而且不谨慎，况且直到夜里，这种神气非常的可憎的。对了看门的人便问道：

“大门关好了么？”看门的回答道：

“因为还有客人在内呢。”可是心里也着实厌烦〔，希望他早点走哩〕。家主便道：

“客人走了，赶紧关上大门！近来小偷实在多得很呢！”这样讽刺的说话，非常的不愉快，就是旁边听到的人也是如此〔，何况本人呢〕。

但是同了客人来的人，看着家里的人这样着急，老是惦念这客人走了没有，不断的来窥探，却觉得这样子很是可笑。还有人学了家里的人说话的，这如果给他们知道了，恐怕更要加倍的说些废话吧。其实就不是那么的现在脸上来说闲话，其实要不是对于女人相爱很深的人，像这样地方谁也不来的了。但是〔虽是听了这种闲话，〕却很是老实的人，便说道：

“已经夜深了，门〔敞开着，〕也是不谨慎的。”随即回去的人也是有的。还有特别情深的，虽然女人劝说道：

"好回去了。"几次的催走，却还是坐着到天亮，看门的在门内屡次巡阅，看看天色将要亮了，觉得这是向来少有的事，说道：

"好重要的大门，今天却是出奇的敞开了一宵。"故意叫人听得见的这样说，在天亮的时候才不高兴的把门关上了。这是很可憎的。其实就是父母在堂，有时候也会有这样的事情。可是假如不是亲生的父母，〔那么男人来访，〕便要考虑父母的意见，有点拘束了。在弟兄的家里的时候，如果感情不很融洽，也是同样的。

不管它夜间或是天亮，[121] 门禁也并不是那么森严，时常有什么王公或是殿上人到来访问，格子窗很高的举起，冬天夜里彻夜不睡，这样送人出去，是很有风趣的事。这时候如适值有上弦的月亮，那就觉得更有意思了。〔男人〕吹着笛子什么走了出去，自己也不赶紧睡觉，〔同女官们〕一同谈说客人的闲话，讲着或是听着歌的事情，随后就睡着了，这是很有意思的。

第一六○段　雪夜

雪也并不是积得很高，只是薄薄的积着，那时节真是最有意思。又或者是雪下了很大，积得很深的傍晚，在廊下近边，同了两三个意气相投的人，围绕着火盆说话。其时天已暗了，室内却也不点灯，只靠了外面的雪光，〔隔着帘子〕照见全是雪白的，用火筷画着灰消遣，互相讲说那些可感动的和有风趣的事情，觉得是很有意思。这样过了黄昏的时节，听见有履声走近前来，心想这是谁呢，向外看时，原来乃是往往在这样的时候，出于不意的前来访问的人。说道：

"今天的雪你看怎么样，〔心想来问讯一声，〕却为不关紧要的事情缠住了，在那地方耽搁了这一天。"这正如〔前人所说的〕"今天来访的人"[122]的那个样子了。他从昼间所有的事情讲起头，说到种种的事，有说有笑的，虽是将坐垫送了出去，可是〔客人坐在廊下，〕将一只脚垂着，末了到了听见钟声响了，室内的〔女主人〕和外边的〔男客〕，还是觉得说话没有讲完。在破晓前薄暗的时候，〔客人〕这才预备归去，那时微吟道：

"雪满何山。"[123]这是非常有趣的事情。

只有女人，不能够那样的整夜的坐谈到天明，〔这样的有男人参加，〕便同平常的时候不同，很有兴趣的过这风流的一夜，大家聚会了都是这样的说。

第一六一段　兵卫藏人

在村上天皇的时代，[124] 有一天雪下得很大，堆积得很高，天皇叫把雪盛在银盘里，上边插了一枝梅花，，好月亮非常明亮，便将这赐给名叫兵卫藏人[125] 的女官，说道：

"拿这去作和歌吧。看你怎么的说。"兵卫就回答道：

"雪月花时。"[126] 据说这很受得了称赞。天皇说道：

"在这时节作什么歌，是很平凡的。能够适应时宜，说出很好的文句来，是很困难的事。"

又有一回，天皇由兵卫藏人陪从着，在殿上没有人的时候，独自站立着，看见火炉里冒起烟来，天皇说道：

"那是什么烟呀？你且去看了来。"兵卫去看了之后，回来说道：

"海面上摇着槽的是什么？

出来看的时候，

乃是渔夫钓鱼归来了。"[127]

这样的回答，很是有意思。原来是有只蛤蟆跳进火里，所以烧焦了。

第一六二段　御形宣旨

称作御形宣旨[128]的女官，做了一个五寸高的殿上童[129]的布偶，头发结作总角，穿着很漂亮的衣服，写上了名字献给中宫，名曰友明王，中宫非常的喜爱。

注 释

[1]《春曙抄》本作"式部丞的叙爵",谓式部丞本是正六位的官,叙爵应进为五位,但仍是"地下",未能升殿,所以品位卑下,其说虽亦可通,然究嫌勉强。别本"爵"字作"笏",义似稍长,今故从之。

[2]别本解作"有拉门的橱子",谓系厨房等处所用,与贵家内室的橱子不同。

[3]用席子作外罩,系下雨时的设备。

[4]检非违使为古时司法机关,司追捕罪人的事,看督长着红狩衣,白布衣裤,执白棒,其服装盖不很漂亮。

[5]伊豫今属爱媛县地方。

[6]一本只作"和尚的肥胖的",没有别的话,似更为得要领。

[7]出云今属岛根县,本文特别声言"道地的",盖别有其他地方所仿做的,或较为好看,若真是出云的席子,或质地虽坚固,而其制作更是粗糙吧。

[8]系发髻用的细绳,最初系用绢或麻所作,后来改用纸撚,虽甚

是坚固，而看去则似脆弱易断，故看着很是担心。

[9]别本作"不常去的地方"，义似较长，因情形不熟悉，所以觉到不安。

[10]后朝见卷二注[67]。

[11]姬瓜系一种香瓜，俗名金鹅蛋。日本旧有姬瓜雏祭，于旧历八月朔日，取瓜如梨大者，敷粉涂朱，画耳目如人面，以绢纸作衣服，为雏人形，设赤饭白酒供养。这里盖是此瓜所画人面。

[12]世俗呼鸡作啾啾声，如老鼠叫。

[13]旧例凡关白摄政家的子弟，在冠礼以前，即在殿上行走，称为殿上童。

[14]日本古时仿中国禊祓的习惯，于三月三日举行一种仪式，用纸作为人形，祭毕弃于水浜，名为"形代"，即云替身。及后制作益精，不忍即弃，遂为雏人形的起源，每年取出陈列，并制作诸日用器具，多极精巧，此俗流传至今，称为女儿节云。

[15]诸本多训作"鸭卵"，但鸭蛋并不比鸡蛋更为可爱，今从《春曙抄》作小鸭解。

[16]舍利瓶乃佛教火葬后纳骨的器具，并不常见，且纵使瓶上有些华饰，也总不会使人觉得可爱。《春曙抄》本注云："或是玻璃壶吧，舍波二音相通。"田中澄江本于此句底下，亦取北村季吟说入附注中。

[17]青渊即水色青黑的深渊。

[18]此谓木板矮墙，本作“端板”，借写为“鳍板”，因鳍乃是鱼的“划水”，故看去觉得字面很是古怪了。

[19]不祥云谓云的形色怪异，如有此种云出现，主有不祥的事。

[20]即破军星，为北斗第七星，因其形似剑矛，阴阳家谓其所指方向不利。或谓此即后世的彗星。

[21]海产螃蟹的一种，亦称拥剑，其壳横长，两端有尖。

[22]原文如此，大概是牢狱的长官吧。

[23]“锚”字日本语音亦通作“怒”，故字面也觉得有点可怕。

[24]藁荐系以稻草编织而成的席子，一本作两句分读为“绳束”与“草席”。

[25]日本俗信，生人的魂灵亦能为厉，如有什么怨恨，能够离开本人去作祟，使得对方生病，而本人却并未知觉有何异状。

[26]凡动植物名字上面，加添一个鬼字，表示其形状特别怪异，伟大或粗恶。鬼藓为薯蓣科的一种植物，块根可食，因多须故称为“野老”。鬼蕨为薇蕨的一种，生深山中，中国名为狗脊。

[27]原文“煎炭”，谓用火烤炙的炭，使不含湿气，易于引火，但第一四五段又说煎炭不易着火，或者是说别一种炭。

[28]牡丹的名字为什么可怕，意思未能明白。

[29]原文为"牛鬼"，指地狱的鬼卒，牛头而人身，中国习称为"牛头马面"者是也。

[30]名字"写出字来"，是指汉字。古代日本称日本字母为"假名"，汉字则为"真名"。

[31]大学寮的属官，定员二名，官位与从五位下相当。

[32]凡中官职，大膳职等的长官，称为大夫，权者暂任的意思，系用中国古语。世俗有"权妻"一语，系言外宅，今尚通行。

[33]中国南方的果物，据《开宝本草》云：其树若荔枝树，而叶细阴青，其形似水杨子，而生青熟红，肉在核上，无皮壳。日本训读作"山桃"，往往与"山樱桃"相淆混，实乃非是。

[34]虎杖生山中，茎围三四寸，高至五六尺，中空有节如竹，可为杖，赤色斑驳有纹如虎，故以为名云。

[35]"烦杂"的意思很多，如觉得不整洁，感到烦乱或是忧郁，都可以包括在内。

[36]一本作"暗黑的便所"。

[37]诸本作"并不怎么美"，与本文似没有什么关系，田中澄江本解作生活不怎么富裕，似较为有意义，今从之。

[38]正月元三有固齿的仪式,见卷一注[1],所用食物有饼,桔子及萝卜。萝卜本系极平常的蔬菜,在这时候始郑重用于仪式。

[39]天皇行幸,仪仗中有姬太夫,系用内侍司的所属的一名女官,乘马前行。

[40]六月十二月照例举行大祓,女藏人以青竹量天皇的身长,给神官依其长短作为形代,以行禊祓。

[41]春秋二季于宫中读经,于二月八月举行,届时请僧百人于南殿读《大般若经》,复于其中取二十人,于清凉殿读《仁王经》,由威仪师引入。威仪师司整饬仪容,指导进退作法,特别赐着红色袈裟。

[42]春日祭每年二月十一月上旬申日举行,由近卫府中少将充奉币使,近卫舍人随行,舍人由官家子弟选拔充任,司护卫宫禁之职,左右近卫府各有三百人。

[43]大飨有两种,一为中宫及东宫的大飨,二为大臣的大飨。此处意义不明,或谓系指大臣的大飨,盖任命大臣之时例有大飨,宴太政官属,其时劝学院的学生亦得参列,所谓行列或即此事。

[44]元旦饮屠苏酒,是从中国传去的旧习惯。据《荆楚岁时记》说:"正月饮酒先小者,以小者得岁,先酒贺之,老者失岁,故后与酒。"日本进献屠苏,亦先令女童喝饮,盖旧俗遗留,且也有尝药的意思存在,故此种童女称作药子。

[45]卯杖见卷四注[11],法师盖指真言及天台宗的僧侣,进呈卯杖者。

[46]五节的舞女见第七九段。

[47]采女见卷六注[9]。

[48]史生系太政官厅的书记，遇太政官飨宴的时候，亦得参加。

[49]每年七月召集各地的力士，于禁中开相扑会。

[50]一种顶甚高耸，妇女所戴的笠，因为系出市的女人所用，故称"市女笠"，但贵家妇女于徒步行走时亦有戴者。

[51]修验道见卷一注[16]。古时相信人有疾病多系鬼怪为祟，祈祷驱遣，医疗尚在其次。

[52]稻荷神社在山城深草村，有上中下三社，本为农神，因为狐狸为神之使者，后世乃传讹谓即是狐神。

[53]二月上旬的午日，称为初午，为稻荷神社的祭日。

[54]巳刻即现时的午前的十时左右，下午未时即午后二时顷。

[55]壶装束见卷二注[50]。

[56]"鸟的足迹"喻写字难看，有如鸟的足迹似的。

[57]法华三昧堂的略称，"三昧"亦译为"三摩地"，意云"定"，据《大智度论》云："善心一处住不动，是名三昧。"

[58]《春曙抄》云："此云真是，极有意思。"盖谓真能断绝世间一

切执着欲望，意在讥刺一般的伪高僧。

[59]卷染及村浓都是一种染色的方法，见卷一注[13]。绞染系以细绳种种结缚，染成花纹，亦称缬缬。

[60]检非违使的员司任警卫者，例持白棒，见卷八注[4]。

[61]炙炭见卷八注[27]。唯注言炭经烤炙，使易于引火，与此处相反，或者这里应补充一句，说是炭湿，如田中澄江本，意才明了。

[62]略有不适，本无恐惧不安的必要，古时相信人有疾病，多由鬼怪作祟，故此处特加添补充说明一句。

[63]齿墨系古来日本妇女用以涂齿的染料，乃用废铁浸酒或醋中而成，直至明治维新时犹存此俗。

[64]关白道隆于长德元年（九九五）四月十日逝世，这是那一年里的事情。《服忌令》云，父母服一年，假五十日。

[65]大祓于每年六月十二月举行，本为例行故事，如有丧事则更应禳除，故中宫特别从宫里出去参加。

[66]古时很重阴阳家言，往往有因避忌改道的事，见卷二注[6]。

[67]朝所在太政官厅内，系参议以上的官员会餐的地方，亦写作"朝食所"，也用以执行政务，凡南北广十一丈，东西十六丈，故本文云狭窄。

[68]刻漏司在朝所的后面，属于阴阳寮，有刻漏博士一人，又有守

辰丁，每时以钟鼓报时刻。

[69]别本作"到左卫门的卫所"，据《春曙抄》本，又作"到右近的卫所"，但看下文的话显系指女官们在朝所里的事情，故这里似以金子元臣的改订本为长。

[70]"倚子"今写作"椅子"，状如板榻，而左右有栏，后边并有高耸的靠背，仿佛如今制椅子而坐处更是深广。

[71]政务官系指太政官的低级员司，即判官及书记等。

[72]"床子"如今的凳子，但更为长大，即是板榻，大概如倚子，而左右及后方三面均无倚靠。

[73]此当是女官们中更为老成的人，或解作官厅值宿的员司，似非是。

[74]《春曙抄》本解释为至中宫处值宿，说或近是，因为如只白天上班，便不会知道大家彻夜谈天的情形。

[75]此歌不知其出典，原文亦有不明之处，诸说纷纭莫衷一是，今据别本解释，姑取其较为普通的一说。

[76]据此则中宫于六月二十九日迁居太政官厅，七月八日还宫，此篇当系其时所记。

[77]七夕乞巧系从中国传去的风俗，在日本流传至今，是夕在庭前焚香设供，题诗歌于短册，悬挂竹枝上边，为年中五节日之一，即人日（正月初七日），上巳（三月三日），端午，七夕，以及重阳。

[78]齐信即上文"头中将",见卷四注[19]宣方为左大臣源重信的儿子,仕至从四位右中将。

[79]《白氏文集》十六,咏《大林寺桃花》云:"人间四月芳菲尽,山寺桃花始盛开。长恨春归无觅处,不知转入此中来。"此盖是三月三十日的事情,四月又是关白公逝世的忌月,故所吟与时节很是切合。

[80]这也是三月三十日的事情,盖是长德元年(九九五)的事,是时关白尚在,至四月初十日才去世,故与上段不相连属。

[81]头中将即藤原齐信,至长德二年始改任参议,文中前半称"头中将",后称"宰相中将",即是这个缘故。源中将即源宣方,见卷八注[78]。

[82]菅原道真在《菅家文章》卷五有《七月七日代牛女惜晓更》诗云:"年不再秋夜五更,料知灵配晓来晴。露应别泪珠空落,云是残妆髻未成。"后二句亦见《和汉朗咏集》卷上。

[83]因为三月三十日,而引用七夕的诗,所以开玩笑说是性急。

[84]葛城神的故典见卷七注[35]。葛城神因为容貌丑陋,不肯在白昼出现做工,这里头中将也因天明即将退散,戏以葛城神比喻用作自嘲。

[85]此句意义不甚明了,殆以源中将忘记了当日的情事,与宰相中将相比,故显得不行。《春曙抄》本无此句。

[86]围棋完了的时候总结胜负，已无彼此的界限，喻交际亲密。

[87]意言如随便让人下一着棋子，便违反棋谱的规定，比喻人不能轻易亲密的交际，便是轻浮无有操守。

[88]《本朝文粹》卷十，大江朝纲的《交友序》中有云："萧会稽之过古庙，托缔累代之交，张仆射之重新才，推为忘年之友。"此二句亦见《和汉朗咏集》卷下。萧会稽系指梁萧允，巡郡至吴，见季札古庙，因祭祀之，与古人结交云。

[89]《本朝文粹》卷二，源英明有《见二毛》诗云："颜回周贤者，未至三十期，潘岳晋名士，早著秋兴词，彼皆少于我，可喜始见迟。"英明因三十五岁的时候始见白发，故以为迟于前代二贤，喜而作此诗。

[90]注家皆云未详，近来岩野氏提出意见，以为当系指纪光方。将曹为近卫府的下属，由舍人升转，职司文书。

[91]《前汉书·朱买臣传》云："买臣妻求去，买臣笑曰，我年五十当富贵，今已四十余矣，汝苦日久，待我富贵报汝功。"本文云"四十九岁"疑有误，当作"四十余"。

[92]弘徽殿女御藤原义子是闲院左大将公季的女儿，为一条天皇的嫔妃。此一条亦是讲源中将的事，别本列为与上篇同一段里的其三。

[93]原语为"宇知不志"，义云偃卧，系古时人名，关于此人母女的事均无可考。

[94]这里故意用"偃息"一字，利用双关的语意，讽刺源中将和左京的情事。

[95]云间锦是一种织物，白地，用种种颜色的线织出花纹，作为席子的边缘，唯宫中及神社始得使用。

[96]蓝色印花，旧时使用鸭跖草（亦名淡竹叶）的花，故日久色褪。

[97]"绘师"因音近或读作"卫士"，但因文义上讲不通，故从"画家"之说。

[98]几帐即帷障之有木架者，见卷一注[27]。

[99]帽额见卷五注[26]。

[100]蒲桃染系一种染色之名，即淡紫色，染时须加灰，后来紫色渐褪，灰的颜色乃出现，故如此说。

[101]这里说"别人"，或说应解作"女人"，一本便将这一句与下文的"女婿"连结起来，但是意思稍嫌重复，故今不取其说。

[102]古时结婚多由男子就女家住宿，亦有中途厌弃者，就此作罢，见卷四注[1]。

[103]六位藏人见卷一注[33]，参看下文第一五七段所说叙爵后情形，盖虽是升进一位，而离去内廷职务，转为外任，在著者看去，其情况殊不佳，若已是年老，便觉得前途更不甚可靠。

[104]第一回赢了虽是好事，但此后胜负则不可知。

[105]"不断经"见卷四注[57]，唯放在此处殊不可解，《春曙抄》本解说谓日子太久，故难期持久精进。别本另列为一段，解为一切经中唯不断读经最为可贵，唯下文第一七二段是说"经"的，与这犯重复了。

[106]祭礼虽在近地，但因职务羁身，不能去看，故近而实远。古注以"官"训为"官祠"，谓祭礼虽在官祠举行，而神明的形象究不可得见，说似太迂远。

[107]鞍马山在日本京都近旁，祀毗沙门天，九十九折亦写作九折，极言曲折之多，其地今称"七曲坂"，山路多弯曲，看来似乎很近，走去却是很远。

[108]十二月晦日与元旦虽然只差一日，但过此便是隔一年，故似近而实远。

[109]据《阿弥陀经》说："从是西方，过十亿佛土，有世界名曰极乐。"又云若念阿弥陀佛，于弹指顷，即可到达。

[110]古时交通，以舟行为最速，《春曙抄》谓若二三百里的行程，风水顺利，则一日夜可达。

[111]掘兼井在武藏国入间郡掘兼村，故有此名，但从字面上说，"掘兼"可以有"不好掘"的意义，所以觉得名字有意思的吧。

[112]走井是指井水迸流出来的井，只因地方是逢坂山，觉得奔走

与相逢，文字的巧合罢了。

[113] 山井也是普通名词，因为是山上，井水多是浅的。
《万叶集》卷十二里采女的歌云：
"连浅香山的影子
也照得见的山井的浅的恩情，
不是我所想要的。"

[114]《催马乐》歌有一首云：
"飞鸟井是可以住宿，
那里树荫也好，
井水也阴凉，马草也好。"

[115] 后町是后宫所在的地方，井在于常宁殿与承香殿之间。

[116] 国司是地方长官，是太守的地位，惟日本的所谓"国"的区域不大，只有一两县的地方。纪伊即今之和歌山，和泉属于大阪府，并无特别好处，只因与京都相近，所以被当作美缺罢了。但别本在纪伊之上尚有伊豫守，和泉之下有大和守，大和即今奈良地方，也去京都不远，伊豫则属爱媛县，已在近畿之外了。

[117] 凡六位的官员，叙爵为五位的时候，没有适当的位置，率先遥授为权守，便是暂任的国司，只是名义上的官职，并不到任。列举五国的权守，理由不详，为什么特别的好，大约也是根据一时的主观吧。

[118] 大夫是五位官员的通称。式部是古时的礼部，式部大丞进级五位，则称大夫。左右卫门府的大尉，进级时亦称左右卫门大夫。

太政官左右大史本系正六位上，进一级则为史大夫。

[119]别本说六位藏人另为一节，与上文不相连接。

[120]六位藏人司官中奔走之役，职位甚卑，但因例得升殿，故颇为名贵。及升进五位，反当下殿，但因此得称大夫，且得权守的地位，故亦有颇为得意者，为著者所看不起，常加以批评。

[121]上边是说女官在家里接待来客的事，这里所说的是在官中的情形。

[122]此歌见于《拾遗和歌集》中，为平兼盛所作，歌云：
"山村里积着雪，
路也没有，今天来访的人
煞是风流呵。"
平兼盛是十世纪中间的歌人，生存于村上天皇时代。

[123]《和汉朗咏集》卷上引用谢观《白赋》，系四六文两句云："晓入梁王之苑，雪满群山，夜登庾公之楼，月明千里。"这里故意暧昧其词，吟为"雪满何山"。谢观盖唐朝人，其生平行事不可考，惟《朗咏集》中存其断句数联，而且都摘自所著《白赋》《清赋》及《晓赋》，并无其他诗句。

[124]村上天皇乃是日本第六十二代天皇，当时的一条天皇则是第六十六代了。村上在位期间为九四六至九六七年。

[125]兵卫藏人是一个女官的名称，兵卫是她家属的官名，引申作为她的名字，藏人则是职务，因为她是一个女藏人，其实在姓名和

事迹均未详。

[126]《白氏文集》二十五《寄殷协律》诗云："琴诗酒友皆抛我，雪月花时最忆君。"此句亦见《和汉朗咏集》卷下。这里引用，因雪上插梅花，配有明月，故为恰好，且下云"最忆君"，亦可借指君上，对答甚为得体。

[127]此首本是藤原辅相所作，见于家集《藤六集》中，本意具如原文所说。但兵卫藏人引用却别有双关的意义，"海面上"与"炭火"，"摇着橹"与"烧焦"，"归来"与"蛤蟆"，均是同义语，亦见用心的巧妙。

[128]御形宣旨是一个女官的名称，属于斋院的。日本中古时代，在贺茂神社设有斋院一人，司祭祀的事务，例以未婚的皇女充任，其在伊势神宫者则称斋宫。"御形"谓神现形，后即谓贺茂神社的祭祀，"宣旨"者传达任命斋院的敕旨之意。

[129]殿上童见卷八注[13]。

卷九

在月光很亮的晚上，渡过河去，牛行走着，每一举步，像水晶敲碎了似的，水飞散开去，实在是很有意思的事情。

第一六三段　中宫

　　我初次[1]到中宫那里供职的时候，害羞的事不知有多少，有时候眼泪也几乎落下来了。每夜出来侍候，在中宫旁边的三尺高的几帐后面伏着，中宫拿出什么画来看，也觉得害羞，不大伸得出手去。中宫解说道：

　　"这是什么，那个又是什么。"高盏上点着的灯火，照得非常明亮，连头发也一根根的比白天要看得清楚。虽然很是觉得怕羞，只得忍耐着观看。天气因为很冷，〔中宫从袖口底下〕伸出的手微微的动着，看上去是非常艳丽的红梅色，显得无限的漂亮，在没有看见过〔宫中生活的〕乡下佬的看法，会觉得这样的人在世间哪里会有呢。出惊的注视着。到得天快亮了，心里着急，想早点退下到女官房去。中宫便说道：

"葛城之神[2]再停一会儿，也不妨事吧？"便开玩笑说〔心想这样丑陋的面貌，不给从正面看也罢〕，便叫从侧面来看，老是俯伏着，格子也不打开，女官[3]来说道：

"请把这格子打开了吧。"另外的女官听了，便要来打开，中宫却说道："且慢"女官笑着，退回去了。中宫问的种种的事情，又说些别的话，过了不少时间，便说道：

"想早点退下去吧。那么，就快点退下吧。"又说道：

"到晚上也早点来呀。"就从中宫面前，膝行退出，回到女官房里，打开格子一看，是一片下雪的景象，很有意思。

中宫〔时常叫人来〕说道：

"今天就在白天来供职也行吧。因为雪天阴暗，并不是那么的[4]显露呀。"女官房的主任也说：

"你为什么老是躲在房里的呢？你那么容易的被许可到中宫面前供职，这就是特别是看得你中意了。违背了人家的好意，这是讨人厌的事呀。"竭力的催促，我也自己没有主意了，随即进去，实在很是苦恼。看见烧火处[5]的屋上积满了雪，很是新奇有意思。

在中宫的御前，照例生着很旺的炉火，但是在那边却没有什么人。中宫向着一个沉香木制的梨子地[6]漆绘的火盆靠着。高级的女官侍候在旁边，供奉种种的事务。在隔座的一间房里，围着长的火炉，满满的坐着女官们，都披着唐衣垂至肩头，非常熟习的安坐在那里，看着也着实羡慕。她们接收信件，或立或坐，起居动作一点都没有拘束，说着闲话，或者笑着。我想要到什么时候，才可以那样的和她们一同交际的呢，这样想着心里就有点发怯。靠近里边，有三四个人，聚在一起看什么绘画。

过了一会儿，听见有前驱的声音很响的到来，女官们便说道：

"关白公进宫来了。"就把散乱在那里的东西收拾起来，我也退到后边，可是想要知道外面的情形，便从几帐的开着的缝里张望着。

这时是大纳言[7]进来了。紫色的直衣和缚脚裤，与白雪的颜色相映，很是好看。大纳言坐在柱子旁边，说道：

"昨天今天虽是避忌，关在家里，但是因为雪下的很大，有点不放心〔，所以来了〕。"中宫回答道：

"路也没有，[8]却怎么来的？"大纳言笑着说道：

"煞是风流呵，或者是这样想吧。"

这两位的说话的样子，真是再漂亮也没有了。小说里信口称赞主人公的姿态，用在这里却是一点都不错的。

中宫穿着白衣衬衣，外边两件红色的唐绫，此外又穿白的唐绫〔的打衣〕。面上披下了头发，如在画里才有这样漂亮的样子，在现世却还没有见过，〔如今现在眼前，〕真好像是做梦一般。大纳言和女官们谈话，有时说些玩笑，女官们毫不示弱，一一回答，若是说了些假话，便或者反对或者辩解，看得也是眼花，有时倒是看着的我要难为情，觉得脸红了。

大纳言随后吃了些水果什么，对于中宫也进上了。

大纳言似乎在问别人道：

"那在几帐的后边是谁呀？"女官答说这是什么什么的人，[9] 于是站了起来，我以为是向别处去呢，哪知走近我的身旁，坐下说起话来。他说在我没有进宫供职来以前，就听说过我的事情。又说道：

"那么进宫供职的话，这是真的了。"当初隔着几帐看着，还是觉得害羞，如今当面相对，更不知如何是好，简直是像在做梦。平常拜观行幸的时候，对于这边的车子眼光如果射了过来，便放下车帘，生怕透出影子去，还用扇子遮住了脸。〔现在这样相近的见面，〕自己也觉得是大胆，心想为什么进宫来供职的呢。流着许多汗，也不知道回答些什么话。

平时所依恃着遮脸的扇子 [10]，也被拿走了，这时候觉得盖在额上的头发 [11] 该是多么难看，这都是羞耻的意思表现在外边的吧。大纳言要是早点走了才好哩。但是他却拿着扇子玩耍，并且说道：

"这扇子的画是谁所画的？"并不立刻站起来，我只好把袖子捂着脸俯伏着，唐衣上都惹上白粉，想必脸上也斑驳了吧。

长久这样的坐着，中宫想必料到我要怨恨她不知道体恤的吧，便叫大纳言道：

"来看这个吧，这是谁所画的呢？"这样的说，我听了很是高兴，但是大纳言道：

"拿到这边来看吧。"中宫说道：

"还是到这里来。"大纳言道：

"人家抓住了我，站不起来呢。"说着玩笑话姿容俊秀，举止潇洒，身份年龄自己都不能比，实在觉得惭愧。中宫拿出一本什么人所写的草书假名[12]的册子来阅看，大纳言道：

"是谁的笔迹呢？给她看一看吧。这个人是知道现世有名的人的笔迹的。"说出莫名其妙的话来，无非想叫我回答什么罢了。

有这一位在这里已经够叫人害羞的了，不料又听见有前驱的声音，一个同样的穿着直衣的人进宫来了，这一位[13]更是热闹，满口玩笑的话，女官们都喜笑赞美他。我也听着说，什么人有那样的事情，什么人有这样的事情，听讲殿上人的什么事，当初总以这些人乃是神仙化身，或是天人从空中降下来的，及到供职日久，逐渐习惯了，也就并不觉得怎样。以前我〔所羡慕着的〕女官们，在从家里出来供职的时候，大约也是这样害羞的吧。我这样的渐渐看着过去，也就习惯了，觉得自然了。

其二　喷嚏

中宫同我说着话，忽然的问道：

"你想念我么？"我正回答说：

"为什么不想念呢。"这时突然的从御膳房方面有谁高声打了一个喷嚏，[14] 中宫就说道：

"呀，真是扫兴。你是说的假话吧？好罢，好罢！"说着，走进里边去了。

怎么会得是假话呢？这还不是平常一般的想念，只是那打喷嚏的鼻子说了假话罢了。到底这是谁呢，做出这样讨人嫌的事来的？本来是最不讨人喜欢的事情，就是我自己想要打嚏的时候，也总是逼住了不叫打出来，况且在这要紧的时节。想起来真是可恨，但我那时还是新进去的人，也不好怎么辩解，到得天亮退下到女官房里，就看见有女官拿了一封在浅绿色的薄纸上写着的信来，打开看时只见写道：

"怎么能够知道不是假话呢，

因为空中没有

纠察的神明。[15]

歌这样说，这是中宫的意思。"〔看来是中宫叫女官代写的，〕我看了这信，虽是感激，但又觉得遗憾，心里很乱，总觉得昨夜打嚏的人太可恨，想去寻找了出来。

"想念的心薄了，被说也难怪，

为了喷嚏[16]却受了牵累，

深觉得不幸。

请把这个意思给我申明了吧。似乎是为式神[17]所凭了，非常的惶恐。"写这信以后，时常想起这真是讨厌，怎么会得那么凑巧，打起喷嚏来的呢，实在是很可叹的。

第一六四段　得意的事

得意的事是：正月初一的早晨，第一个打喷嚏的人。[18]竞争着去当藏人很多的时候，能够把自己的爱子去得到缺的人。在除目的这一年上，得到本年得缺的第一等国的人，相知的人向他道贺道：

"恭喜你得到好缺了。"回答说道：

"哪里有什么好处，也只是流落到外面[19]去罢了。"这样的说，其实是着实的得意。

又有，〔一个闺女〕由许多人来求亲，挑选结果被看中做女婿的人，一定也有舍我其谁的感想吧。降伏了顽强的妖怪的修验者。[20]赌猜押韵，[21]早被猜中的人。比射

小弓 [22]，无论怎样对方咳嗽，或是吵闹着希望分他的心，却是忍耐着，弦声很响的，居然一发中的，这也是得意的一副脸色吧。下棋的时候，贪心的人对于自己的棋子有许多会得被吃，全不理会，却去管别处的事情，这方面虽然本来并无胜算，但因另外的地方也并没有活眼，却吃来了许多棋子，这不是很高兴的事么？很自夸的嬉笑，比寻常的得胜自然要更是得意了。

经过了许多年月，这才补到了国司的人，其高兴的情形，实在是可想而知的。剩下来的几个家人，一向是很无礼的侮弄着主人，虽然很是生气，但是没有法子只有忍耐着，这回却看见平常以为是身份比我要高的人对自己也表示惶恐，一一仰承意见，前来谄媚，顿时觉得自己和以前不是同一个人了。家里使用女官们，从前不曾见过的阔气的家具和衣服，也不知从哪里都涌出来了。又做过国司的人，升进到了近卫中将，比那些贵公子们因了门阀关系升进的，觉得更是得意，似乎更有价值。官位这个东西，实在是极有意思的。同样的一个人，在他被称为大夫或是侍从 [23] 的时候，是很被看轻的，一旦升进为中纳言、大纳言或是大臣，便很莫名其妙的觉得高贵了。身份相当的人做了国守，也是如此。历任了各地方的国司之后，到了太宰府 [24] 的大式或是四位，就是公卿们也得表示敬意了。

至于女人的地位，那就要差得多了。在宫里是天皇的乳母、典侍和三位等，[25] 也是颇受尊重的，但是年纪已经老了，也没有什么的好处。而且这样的人，又并不很多。倒还不如国司的夫人，一同上任到外地去，普通的女人要算这是最幸福的了。门第平常的人家，以女儿嫁给公卿为妻，公卿的女儿做天皇的后妃，实是极好的事情。但是也还不如男人，单靠着自己，能够立身发迹，挺着胸膛，觉得自在。法师们被称作什么供奉，傲然的走着，这有什么了不得呢？能够很漂亮的念经，风采也很潇洒，多半是被女人们所看轻，所以〔发愤用功〕变得有名了。因此成为僧正或是僧都，一般人当作佛爷出现，表示惶恐尊敬，那真是无可比喻的阔气的事。

第一六五段　风

风是暴风雨。落叶风[26]。三月时候的傍晚，缓缓的吹来的带着雨气的风，是很有情趣的。八九月里夹着雨吹来的风，也是很有趣。雨脚横扫着，沙沙的风吹来的时候，一夏天盖着的棉被里，还穿了生绢的单衣躺着，是很有意思的。本来单只是这生绢，也是太热，心想抛了去才好，却不料在什么时候，这样的凉快了，想着也有意思。刚才黎明，把格子侧窗打开了，就有强风一阵吹了进来，脸上显得凉飕飕的，这是很有趣的事。从九月末到十月初，天空很是阴沉，风猛烈的吹着，黄色的树叶飘飘的散落下来，非常有意思。樱树的叶和椋树的叶，也容易散落。十月时节，在树木很多的家庭里，实在是很有风趣的。[27]

第一六六段　风暴的翌晨

风暴吹过的第二日，是觉得很有兴趣的事情。屏障篱笆都东倒西歪了，那些地方的花木真是可怜的样子。大的树木倒了好几株，树枝都吹断了，固然是可惜；但是它们歪七竖八的爬在胡枝子女郎花的上边，实在是特别觉得遗憾。格子的每一格里，都很丁宁的吹进树叶子去，似乎不是那粗暴的风所做的事情。

穿着非常浓红，表面的颜色稍为褪色了的，以及朽叶色的织物和薄绸的小褂的女人，样子很是美丽，昨夜因为风声睡不着，所以早上起得迟了。起来对镜，从上房里蹩了出来，头发为风所吹，吹得多少鼓了起来，散落在肩头的光景，实在是很漂亮的。在她很有兴趣的看着的时候，有一个少女，大约有十七八岁吧，虽然生得不很小样，可是也不见得特别像大人，披着生绢的单衣，浅蓝色也褪了，似乎被雨湿了的样子，衬着淡红色的寝衣，头发像是芦苇的尾花，剪齐的一端等身的长，比衣裙略为短一点，只有裤子却是鲜明的，从旁边可以看得见。她看着女童和年轻的女人们，把吹折了的花木从根本去收拾起来，倒了的扶直了，好像很是羡慕[28]的，推量着怎么办，在帘子旁边立着看，这样后姿也是很有意思的。

第一六七段　叫人向往的事

叫人向往[29]的事是，隔着格子听见，这不像是使女的声音，是女主人低声的说话，回答的是很年轻的人的声音，随后是衣裳綷縩声，是人到来了的样子，这是吃饭的时候了吧。就听见筷子和菜匙混杂作响，提壶[30]的梁倒下的声音也听见了。

捶打得很有光泽的衣服上面，头发并不散乱的，整齐的分列着〔，这景象是值得怀念的〕。很漂亮的上房里，也不点着灯火，在长火炉里生着许多炭火的光里，照见几帐的丝纽的光泽很是美丽，还有卷上帽额的帘钩，也特别有光，鲜明的可以看见。收拾得很好的火盆，灰都弄得很平整，里面的火光照见火盆上也看得见，很是有意思。而且火筷子特别的显著，看去歪斜的放着，是有趣的事。

夜已经很深了，大家都已睡了之后，听见屋外有殿上人说着什么话，里边是收拾棋子，放进盒子里的声音，屡次的听到，这实在是很令人怀念的事。廊下点着灯火，〔似乎有人在那里，也很叫人注意。〕隔着格子什么听着，有男人进到里边来了，夜里忽然醒来，说着什么话听不明白，只听得男子隐忍的发笑，这是什么事呢，觉得是很有意思的。

第一六八段　岛

岛是，浮岛。十八岛。游岛。水岛。松浦岛。篱岛。丰浦岛。多度岛。[31]

第一六九段　滨

滨是，外之浜。吹上之浜。长浜。打出之浜。诸寄之浜。千里之浜，想来当是很宽阔的地方吧。

第一七〇段　浦

浦是，生之浦。盐灶之浦。志贺之浦。名高之浦。须磨[32]之浦。和歌之浦。

第一七一段　寺

寺是，壶坂寺。笠置寺。法轮寺。高野是弘法大师所住的地方，所以觉得有意思。石山寺。粉河寺。志贺寺。[33]

第一七二段　经

经是，《法华经》的可贵，那无须多说的了。《千手经》。《普贤十愿经》。《随求经》。《尊胜陀罗尼》。《阿弥陀大咒》。《千手陀罗尼》，这些都是可贵的。[34]

第一七三段　文

文是，《文集》。《文选》。文章博士所作的申文。[35]

第一七四段　佛

佛是，如意轮观音因为愍念众生的缘故，右手托腮想着的样子，真是世间无比的可以尊敬爱慕。千手观音，所有的六观音〔，都是可尊〕。[36] 不动尊。药师佛。释迦如来。弥勒佛。普贤菩萨。地藏菩萨。[37] 文殊菩萨。

第一七五段　小说

小说是，《住吉》《空穗物语》之类；[38] 此外是《移殿》《待月女》《交野少将》《梅壶少将》《人目》《让国》《埋木》《劝进道心》《松枝》。《狛野物语》里的人，遮了一把蝙蝠扇径自出去了的事情，是很有意思的。[39]

第一七六段　野

野是，嵯峨野，那更不用说了。[40] 又印南野。交野。狛野。[41] 粟津野。飞火野。湿地野。早计野，[42] 不晓得为什么起这种名字的呢？安倍野。宫城野。春日野。紫野。

第一七七段　陀罗尼

陀罗尼是,〔宜于〕黎明。

第一七八段　读经

读经[43]是,〔宜于〕傍晚。

第一七九段　奏乐

奏乐是在夜里,人的颜面看不见的时节。

第一八〇段　游戏

游戏是,虽然样子不大好看,蹴鞠[44]是很好玩的。小弓。掩韵。[45]围棋。

第一八一段　舞

舞是，骏河舞。"求子"。[46] 太平乐样子虽是不好看，[47] 可是很有意思。带了腰刀什么，有点讨厌，但是也非常的有意思，而且听说在中国，原来是和敌人一起对舞的。

鸟舞[48]，〔也是很有意思的。〕拔头[49]，披散了头发，鼓着眼睛的神气虽是有点可怕，可是〔不但舞态很好，〕就是音乐也是有意思的。落蹲[50] 是两个人屈膝而舞。狛桙[51]〔，也是有意思的〕。

第一八二段　弹的乐器

弹的乐器是，琵琶。筝[52]。

第一八三段　曲调

曲调是，风香调。黄钟调。苏合香的急。[53] 春莺睆的曲调。想夫怜。[54]

第一八四段　吹的乐器

吹的乐器是，横笛很有意思。远远的听着，听他渐渐的近来，很是有趣。但由近处走远了，听着很是幽微，也极是有意思的事。在车子上边，徒步走着，或是马上，其他一切状况之下，或是收在怀中，无论怎样都看不见。这样好玩的乐器，是再也没有了。特别是所吹奏的，是自己所知道的一种调子，那时更是觉得佳妙。在黎明的时候，〔男子所〕忘记的留在枕头边的笛子，忽而看见了，也是很有意思的。等他后来差人来取，包了给他，简直是同普通的一封信[55]一个样子。

笙在月亮很明亮的晚上，在车上什么地方听见吹着，是很有意思的事情。但是个子很是庞大，似乎是不便携带。吹的时候又是怎么样脸相〔，似乎不大好看〕。其实这在横笛也是一样，也有它的吹法的吧。[56]

筚篥实在很是吵聒，用秋虫来做比喻，可以说是像络纬[57]吧，有点讨厌，不想在近处听它。况且更是吹的很拙，那尤其很叫人听了生气。但是在贺茂临时祭的日子里，乐人们还未齐集御前，只在什么后台里吹奏着横笛，听着很是漂亮，心想：“啊呀，这真是有趣。”那时节筚篥从中间合奏起来，渐渐的提长了调子，这时候只觉得是非常的漂亮，就是平常头发怎样整齐的人，也会觉得毛发都要耸立起来 [58] 的吧。还有徐徐合奏着琴与笛子，从御前的院子走出去的那时，实〔在说不尽的〕有意思。

第一八五段　可看的东西

可看的东西是，贺茂的临时祭。[59] 行幸。祭后归还的行列。〔关白的〕贺茂参拜。[60]

其二　贺茂的临时祭

贺茂的临时祭那天，天色阴沉，很有点冷，雪片略见飘下，落在舞人和陪从的插头 [61] 的绢花和蓝色印花 [62] 的袍子上面，说不出的觉得有意思。〔舞人〕佩刀的鞘很明显的可以看见，半臂的带子 [63] 垂了下来，仿佛磨过似的都有光辉，在白地蓝的裤子中间，打衣的衣裙笔挺，望过去像是冰一样的有光泽，实在都很漂亮。

本来也希望这个行列能够更多一点也好，但是祭礼的使者未必是什么了不得的人。若是什么国司的类，那尤其不值得看，觉得讨厌了，可是那插头的藤花，把侧面遮住了，也不是没有一种风趣，在走过去的时候自然引人注目。

那些陪从的身份稍为低下的人，在柳色下袭[64]和插头的棣棠花之下，虽似有点不相称，很响的用扇打着拍子，高唱着"贺茂社的木棉手襁"的歌词，[65]也是很有意思的事。

其三 行幸

说到行幸，哪里还有〔更是盛大的事，〕可以和它相比呢？看见主上坐在御舆的那副神情，就是朝夕在御前供职的人，也觉得似乎忘记了一切，只是非常威严庄重，还有那些平常不大看得起的〔身份很低的〕官员和〔骑马先驱的〕姬太夫[66]，倒也似乎另眼相看，特别可以珍重了。执着御舆〔四角〕的纤的大舍人次官，[67]以及警卫的近卫府的中将少将，也是很漂亮的。

其四 祭后归还的行列

祭后归还的行列[68]是非常有意思的。在前一天，万事都是整然，一条大路上扫的很是干净，日光很热的晒进车里来，很有点儿眩目，用桧扇遮着脸，屡次挪动座位，长久的等待着，很难看的流着汗，到了今天早上出去，在云林院知足院[69]的前面停着的车子上，挂着的葵枝[70]也已显很枯萎了。太阳虽然已经出来，天空却还是阴沉。平常总是等着，夜里也不睡觉，想听它叫一声的子规，却似乎有许多在那里的样子，很响亮的叫着，煞是很漂亮，这中间还夹杂着莺的老声，[71] 在学着它叫，虽然有点觉得可僧，但也是很有意思的。

心想行列什么时候来呢，这样的等候着，从上贺茂神社，有穿着红衣的人们 [72] 走了过来。问他们道：

"怎么样，归还的准备完成了么？"回答道：

"还不知道是什么时候哩！"说着，便拿了御舆和腰舆 [73] 过去了。想〔那斋院〕就乘坐这个的了，觉得很可尊贵，但是为什么在身边使用这些卑微的人们呢，又很是惶恐的事了。

虽是人们说是还时间遥远，但是归还的行列却是不久就来了。行列中从桧扇 [74] 起首，随后是青朽叶色 [75] 的服装，看去似有意思，加之藏人所的杂色穿着青色的袍和白的下袭，随便的披着，觉得似乎像是水晶花开着的篱笆，或者子规鸟就会躲在这树荫里的吧。

昨日〔出来游览的时节，〕在一辆车子上坐着许多人，穿着二蓝的直衣，或者是狩衣，[76] 乱七八糟的，打开了帘子，不疯不癫闹着的贵公子们，今天却因为作为斋院宴飨的陪客，[77] 俨然正式的装束，车子上一个人端然的坐着，后边又陪乘着殿上童 [78]，这样子也是很有意思。

行列过去了之后，不晓得大家为什么这样着忙的呢。

都各自争先恐后的，急忙想要前去，简直是近于可怕的危险。自己伸出扇去，〔对了赶车的人〕说道：

"不要这样着急，慢慢的走好了。"也并不肯听，没有办法，在稍为广阔的地方，硬叫停住了等着，赶车的很是焦急，心里一定觉得主人很是可恨吧。但是这样的看许多车子很有威势的跑过去，实在是很有趣的事情。适当的让别的车子都过去了，前面的路有点像山村了，甚有风趣，什么水晶花篱笆上，枝干茂生，看去很是荒野，伸长到路上的树枝也很不少，花还没有十分开齐，有许多是蓓蕾，便叫折了些来，插在车子的各个地方，昨日所插的枫枝[79] 已经枯萎了，觉得很是遗憾，似乎这个更是有意思。远远看去仿佛是走不过去[80] 的道路，及至渐渐走近了，却也并不这样，这是很好玩的。男人的车子也不知道主人是谁，跟在后面来了，这似乎与平常普通的有点不同，[81] 觉得有意思，到了分路的地方，朗诵着"在峰头分别"[82] 的歌词，也是很有意思的事情。

第一八六段　五月的山村

五月时节，在山村里走路，是非常有意思的。洼地里的水只见得是青青的一片，表面上似乎没有什么，光是长着青草，可是车子如笔直的走过去，进到里边，却见底下是无可比喻的清澈的水，虽然是并不深，赶车的男子走在里边，飞沫四溅，实在很是有趣。路旁两侧编成活篱笆的树枝，都挂到车上面，有时还伸进车里边来，急忙的把它抓住，想拗折一枝下来，却被滑出去了，车子空自走过，觉得很是懊恨。有蒿艾给车子所压了，随着车轮的回转，闻到一股香气，这也是很有意思的。

第一八七段　晚凉

　　天气非常的热，正是乘晚凉的时候，四周的事物已经不大看得清楚，看见有男车带着前驱走过，〔很有风趣〕是不用多说的了。就是普通的〔殿上〕人，车子后的车帘卷上了，两个人或是独自坐着，跑了过来，似乎很是凉爽的样子。特别是〔对面走过来的车里，〕弹着琵琶，吹着笛子，径自过去了，仿佛有点儿惋惜，但是莫名其妙的在这一忽儿，闻着不曾嗅到过的牛的鞦带 [83] 的皮革的气息，觉得很有兴趣，似乎这是颇奇怪的事。在很暗黑的、月亮全然没有的晚上，前面走着的〔男车〕所点着的火把的烟气，飘浮到车子里边来，也是有意思的。

第一八八段　菖蒲的香气

端午节的菖蒲，过了秋冬还是存在，都变得很是枯槁而且白色了，甚是难看，便去拿了起来，〔预备扔掉，〕那时节的香气却还是剩余着，觉得很有意思的。

第一八九段　余香

衣服上熏得很好的香，经过了昨日、前日和今日好些时候，有些淡薄了几乎忘记。〔夜里〕将这件衣服盖上，觉得在那里边还有熏过的余香，比现今熏的还要漂亮。

第一九〇段　月夜渡河

在月光很亮的晚上，渡过河去，牛行走着，每一举步，像水晶敲碎了似的，水飞散开去，实在是很有意思的事情。

第一九一段　大得好的东西

大得好的东西是，法师。水果。家。饭袋^[84]。砚箱^[85]里的墨。男人的眼睛，太细小了便像是女人的，但是，大得像是汤碗^[86]相似，也是可怕的。火盆。酸浆^[87]。松树。棣棠花的花瓣。马同牛，也是好的个儿大。

第一九二段　短得好的东西

短得好的东西是，赶忙缝纫时的针线。灯台〔，也是矮的明亮〕。身份低下的女人的头发，这是整齐而且短的好。人家的闺女的讲话。

第一九三段　人家里相宜的东西

人家里相宜的东西是，厨房。从人的休憩所。扫帚的新的。食案。女僮。使女。屏障。三尺的几帐。装饰很好的饭袋^[88]。雨伞^[89]。粉板^[90]。橱柜。提壶。酒注子。中型食桌。^[91]坐墩^[92]。曲廊。地火炉。画着花的火盆。

第一九四段　各样的使者

在出外的路上，看见有漂亮的男子，拿着折叠得很细的立封 [93]，急忙的行走，这是往哪里去的呢，不禁想问一声。又有很整齐的童女，穿的汗衫并不很新，但是穿惯了有点柔软了，履子却是色泽很好，履齿上沾着许多泥，拿着白纸包着的东西，或是盒子盖上装着几册的书本，向那里走去，我真想叫了来，问她一番呢。在她从门前走过的时节，想要叫她进来，可是不客气的走去了，也不答应，那使用的主人〔毫不知情趣，〕也就可想而知了。

第一九五段　拜观行幸

拜观行幸，极是漂亮的事，但是公卿们和贵公子，〔却是徒步，〕没有车子供奉，略为觉得有点寂寞。

第一九六段　观览的车子

比什么事情最叫人觉得讨厌的，是坐着寒蠢的车子，装饰也很是简陋，却出来观览的人了。假如去听讲经，那倒是很好，因为本是希望罪障消灭的嘛。但是即使如此，太是这样，也总是难看的吧。这种人，其实是贺茂祭什么的，便是不看也罢了。车上也没有帘帷[94]，只用白布单挂着。在祭礼的当日，这才准备了车子和车帷，以为是这样差不多过得去了，但是出来看到更好的车子，便会相形见绌，觉得为什么坐着这种寒蠢相的车子出来的吧。

在街路上往来的贵公子的车，分开了人丛，走近自己的车边停住了，这时直觉得心里震动。想在好的地方停车，从人们也是催促，早上很早就出来了，等待得很长久，车子里却很宽敞，有时坐下，有时站起来，很是闷热，正在等得不耐烦，这时候有作为斋院的陪客的殿上人，和藏人所的员司，弁官，少纳言等人，坐在七八辆车子，陆续的从斋院那边过来了，那末这是时候到来了，心里觉得紧张，很是高兴。

殿上人差人过来，〔对了看台的主人〕来打招呼，这时给前驱的诸人请吃水饭[95]，把马都牵到看台下边来，有些名家子弟〔做那前驱的人〕，〔看台的〕杂色就下来，替他拿住辔头什么，这是很有意思的。但是对于那些不够身份的人，却就置之不理，实在觉得有点过意不去。

斋院的御舆走过来了，所有车子的车帘都全部放了下来，〔表示惶恐之意，〕等到过去之后，再急忙的卷上，这样子也是很好玩的。

到自己的车子前面，想要停住的车，用力去制止它，但是车夫说道：

"为什么在这里不能停的呢？"很是强辩，觉得对于从人不好再说，便只得去告诉主人，这也是有意思的事。已经没有停车的余地了，但是阔人家的车子以及副车[96]，都还陆续到来，看它停在什么地方呢，只见前驱的人们都纷然下马来，把在那里停着的车子，全都拉开了，留出地位来，让副车也给歇着，实在是很大的威势。那些被驱逐的无聊的车子，只好再把牛驾上，摇摆着往有空当的地方去，这模样实在是够寒蠢的。有些华美的车子，却不至于这样无理的被逐。有的也还整齐，却很有土气，不断的把下人叫到车边来，拿出乳儿来叫抱着〔，那些也是很难看〕。

第一九七段　湿衣

〔有女官〕传说这话出去道：

"有个不应当的人，清早从后殿里，[97]叫人打着雨伞出去斗了。"仔细的一打听，这事情乃是关系着我的。其实那人虽是地下人[98]，也并不怎么寒蠢，而且也并没有为人家所非难的事情，觉得这是好奇怪的事。正在这样想着，中宫差人送信来了，并且说道：

"赶快要回信。"心想这是什么事呢，打开看时，信上画着一把大伞，不见有人，但是画着撑伞的手，底下题句道：

"三笠山的山边，

天色微明的时节。"[99]中宫对于什么琐屑的事情都极为敏感，很可佩服。觉得有些无聊可厌的事，都不愿意让她知道，现在又有这样的谣言出现，很是遗憾。可是看见那信也觉得有趣，就拿了一张纸，画出正落着大雨，在底下写道：

"并不是下雨，

却给浮名落在身上了。[100]

这样的情形，那么正是所谓湿衣[101]了吧。"这样的启奏上去，后来中宫说给右近内侍等人听，并且笑了。

第一九八段　青麦条

住在三条宫中的时候，[102]到了五月节，〔从六卫府〕送到葛蒲的车子，[103]〔缝殿寮〕进呈香球。年轻的女官们和御匣殿[104]都做了香球，给公主和皇子[105]挂上了。有很是好看的香球从别的地方也献了上来，我却只把人家送了来的叫作青麦条[106]的东西，用青色的薄纸，铺在很好看的砚箱盖[107]上，盛了进上去，说道：

"这是隔着马栅[108]的东西。"中宫便从那薄纸撕下一角来，写一首和歌作答道：

"人家都忙着，

说花呀蝶呀的时节，[109]

只有你是我知心的人。"

这是十分的可以纪念的。

第一九九段　背箭筒的佐官

十月过了初十的一个月色很是明亮的晚上，大家说在那里走走看吧，有十五六个女官，都穿着浓紫的衣服在上边，把头发藏在衣内，[110]只有中纳言君[111]穿着红色的笔挺的衣服，披散的头发移在颈子的前面。大家都说道：

"这真是很可惜。"又说道：

"倒是很像呢，是背箭筒的佐官[112]哩！"年轻的人给她起了这样一个别号。大家在她背后，立着说笑，她本人还不知道。

第二〇〇段　善能辨别声音的人

　　成信中将[113]善能辨别人的声音。同在一处的人，如不是平常听惯了，谁也不能分别出这是谁来。特别是在男人，对于人的面貌和声音，是不容易看得清楚或听得清楚的。中将却连非常微细的说话，都能够分别得很清楚〔，实在是很可惊异的〕。

第二〇一段　耳朵顶灵的人

　　像大藏卿[114]那样耳朵灵的人，是再也没有了。真是连蚊子的睫毛落下地，也可以听得出来吧。[115]我住中宫职官署的西厢[116]的时候，同关白家的新中将[117]说着话，其时有在旁边的一个女官说道：

　　"请你把那中将的扇子的画的事情，说给我听吧。"她用很低的声音说，我回答她道：

　　"现在那位就要走了，等那时候〔告诉你吧〕。"幽幽的在她耳边说了，她还没有听见，只是说道：

　　"什么，什么？"侧着耳朵问。大藏卿远远的却听到了，拍手说道：

　　"真可恨呢。既然那么说，我今天就不走了。"这是怎么听见的呢，想起来真是吃惊。

第二○二段　笔砚

　　砚台很脏的，弄得满是尘土，墨只是偏着一头磨，笔头蓬松的套在笔帽里，这样的情形真是觉得讨厌。所有的应用器具都是如此。但在女人，这是镜和砚台上面，最显得出主人的性格来。在砚箱的盖口边沿上积着尘土，却丢着不加打扫，这种事情很是难看，在男子尤其如此。总要书桌收拾得很是干净，如不是几层的，也总是两重的砚箱，样子很是相调和的，漆画的花样并不很大，却是很有趣的，笔和墨也安放得很好，叫人家看了佩服，这才很有意思。说是反正都是一样的，便把缺了一块的砚台，装在黑漆的盖都裂开了的砚箱里，砚上只有磨过墨的地方才有点黑，此外砚瓦 [118] 的瓦纹里都积着灰尘，在这一世里也扫除不清， [119]——在这样的砚台上，水尽淌着，青瓷水滴的乌龟 [120] 的嘴也缺了，只看见颈子里一个窟窿，也不怕人家觉得难看，坦然的径自拿到别人面前去，这样的人也是有的。

　　拉过人家的砚台来，想要随便写字，或是写信的时候，人家就说道：

"请你别用那笔吧。"这样的给人说了的时候，实在觉得无聊吧。就此放下，似乎不大好意思，若是还要使用，那更是有点可憎了。对方的人是这样的感觉，这边也是知道，所以有人来用笔的时候，便什么也不说的看着。可是不大能写字的人，却是老想写什么似的，所以把自己好容易才用熟了的笔，弄得不成样子，湿淋淋的饱含了墨，用了假名在细柜[121]的盖上，乱写什么"此中藏何物"[122]，写完了把笔横七竖八的乱抛，笔头浸在墨池倒了，真是可气的事情。虽是如此，却不能说出来。又在〔写字的〕人前面坐着，人家说道：

"呀，好黑暗，请你靠里边一点。"这也是很无聊的。在写字的时候前去窥探，给人家发见了，说些闲话，〔也是很无聊的。〕但是这在相爱的人，却是也无妨。

第二○三段　书信

这虽然不是特别值得说的事，但是书信实在是很可感谢的。遥远的住在外地的人，很是挂念，不知道现在是什么情形，偶然得到那人的来信，便觉得有如现今见了面的样子，非常的觉得高兴。又把自己所想的事情，写了寄去，就是还未到着了那地方，可是仿佛自己已经满足了。若是没有书信的话，那就会多么忧郁，心里没有痛快的时候呵。在种种思虑之后，把这些写了送给那人，这至少对那人的挂念总已经消除了，况且若是更能见到回信，那简直同延长了寿命一样了。这话实在是有道理的。

注　释

[1]这一段系追叙初次进宫的情形，这一年经各人考订，定为正历四年（九九三），其时中宫年十七岁，清少纳言则十年以长，计时有二十七八岁了。

[2]葛城之神见卷七注[35]。民间传说，葛城神即一言主神，容貌极丑，奉役小角之命，架一石桥，葛城神以貌丑故，白昼不敢出现，唯在夜间做工，故桥卒不成。

[3]此乃主殿司的低级女官，专司洒扫清洁之役的。

[4]意言雪天阴暗，并不显露貌丑，故令白天出来供职，意含调谑。

[5]见卷七注[86]。

[6]梨子地是一种漆法，先以金银粉散布，用生漆加雌黄漆成，隐隐有斑点，略似梨子，故以为名。

[7]大纳言即藤原伊周，为中宫的长兄，关白道隆的儿子。见卷一注[44]。

[8]此处问答系利用平兼盛的歌，如"路也没有"及"煞是风流呵"，都是歌中的文句。见卷八注[122]。

[9] 意思是说"清原元辅的女儿，清少纳言"的便是。

[10] 此系指桧扇，以木片联缀而成，上有画图，见卷二注[14]。

[11] 古代日本妇女留一种额发，即将额上头发剪短垂下，为的不使人看见面貌，如后世刘海发而更长。

[12] 日本古时称汉字为"真名"即是真字，日本偏旁字母则名"假名"，此云"草书假名"，即是平假名所写。

[13] 所说当是伊周的兄弟隆家。

[14] 古时以嚏为不吉，《诗经·邶风·终风》篇云："愿言则嚏。"郑氏笺云："今俗人嚏云，人道我，此古之遗语也。"中宫以别人打嚏，故戏言清少纳言在说假话，但亦多少似有认真的意思，观返歌可见。

[15] 贺茂神社近地有树林名"纠之森"，故贺茂明神亦名为"纠察的神明"。歌言如没有检察真伪善恶之神，又怎么能知道你不是说的假话呢？

[16] 歌中用"鼻"（波那）代表喷嚏，又双关"花"字，以花的浓淡表示想念的深浅。

[17] "式神"亦写作"职神"，是术士所使役的一种鬼神，应了人的咒诅而作祟。作者很怨恨那打嚏的人，自己受她的连累，有如被人家所咒诅。

[18]据《春曙抄》云："世俗以元日打嚏，说是长命之相。"《袖中抄》引《四分律》云："时事尊嚏，诸比丘咒愿言长寿。今案，今俗正月元旦若早旦嚏，即称曰：'千秋万岁，急急如律令'，即缘是也。"遇见打嚏即咒愿，虽平日亦是如此，唯如在元旦，则因有世尊前例，更是吉祥之兆。

[19]藏人官职卑微，但因供职宫廷，不求外放，唯外官的实利甚厚，故口头虽说，出外等于流落异地，实际却是得意。

[20]修验者见卷一注[16]。与这相反的，参看第一四二段"很是辛苦的事"。

[21]古时有所谓"掩韵"之戏，取汉诗中句子，掩藏其叶韵的一字，令人猜测，以得早猜中者为胜。

[22]小弓乃大弓的对称，不是正式的武器，只用于游戏，定制二尺八寸，步垛距离以四丈五尺为准。

[23]大夫见卷八注[118]。大夫为五位官员的通称，其名门子弟叙爵五位，尚未得有官职的时候，亦称大夫。侍从定员八人，官位是从五位下，职司拾遗补阙，亦是闲散官员。

[24]太宰府设在筑紫，管辖西海道九国及二岛，即今九州地方，系一种特别行政区域，司防御及外交等事，责任甚重。大式为太宰府次官，首长曰帅，例由亲王任之。次曰权帅，如权帅有缺，则由大式总摄其事，其位置重要远在诸国司之上。

[25]内侍司为后宫十二司之一，首长尚侍二人，其下设典侍四人，

掌侍六人为内侍司之三等官。三位者指官位等级，一条天皇乳母为藤三位，见卷七注 [68]。

[26] 秋末冬初的西北寒风，通称为落叶风，原本作"木枯"，言木叶悉为之枯落。

[27] 意言在此时节，如树木很多，则红叶亦多，足供观赏。

[28] 据《春曙抄》本解说，此处言羡慕者，看童女们整理花木，甚有兴趣，故亦欲参加去做，所说似亦近理。

[29] 原语是说"令人神往"，今写作"向往"，也仍是近于文言，但一时找不到适当的俗语。

[30] 提壶是贮酒类的器物，古代大抵用木桶，上有提梁，及后乃改用金属制造。

[31] 岛名不一一考证，因为别无故实，亦多有不可考者，以后地名均从此例。

[32] 原文云"古里须磨"，意云不知惩戒，取其语意双关，即作为须磨之浦的名称。

[33] 壶坂寺在奈良，供奉千手观音。笠置寺在京都，供奉弥勒菩萨。法轮寺在京都，供奉虚空藏菩萨。高野山金刚峰寺，在和歌山县，弘法大师留学中国回去，在此建立密宗佛教。石山寺在近江，供奉如意轮观音。粉河寺在纪伊，供奉千手观音。志贺寺在近江，原名崇福寺，供奉观音，今此寺已不存。

[34]《妙法莲华经》八卷二十八品，鸠摩罗什译。《千手千眼观世音菩萨广大圆满无碍大悲心陀罗尼经》一卷，伽梵达摩译。《普贤十愿》即《华严经》的"普贤行愿品"，计一卷，不空三藏译。《佛说随求》即《时得大自在陀罗神咒经》一卷，宝思惟译。《佛顶尊胜陀罗尼经》一卷，佛陀波利译。《阿弥陀大咒》即《阿弥陀如来根本陀罗尼》，亦称《甘露陀罗尼》。《千手陀罗尼》为千手观音的真言，亦称《大悲咒》。凡陀罗尼系是咒语，照梵文原语译音，不用汉文译意。

[35]"文"乃是指汉文所写的诗文，并不包括其本国的作品。《文集》即是《白氏文集》之略称，共七十卷，中国《白氏长庆集》，则有七十一卷。《文选》为梁昭明太子萧统所编的诗文总集，三十卷。申文见卷一注[10]。当时诸官职如有缺出，候补者具文申请，率请博士代笔，其文体例多仿唐时体制为之，小野篁等所作申文，至今尚多传流于世。别本在"《文选》"的后边，"博士的申文"的前面，还有下列几项："《新赋》。《史记·五帝本纪》。愿文。表。"

[36]如意轮观音凡有六臂，右边一手支颐，表示悯念有情，第二手持如意宝珠，第三手持念珠，左边一手按光明山，第二手持莲花，第三手转轮，能破天道三障，即第六观音。六观音救济众生，能破六道诸障，即千手观音，圣观音，马头观音，十一面观音，准胝观音，如意轮观音。

[37]不动尊为五大明王之一，乃大日如来的化身，现忿怒相，降伏一切恶魔，亦称不动明王，乃是佛教密宗里的佛像。药师佛即药师琉璃光如来，地藏菩萨在释迦灭度之后，弥勒出现以前，在无佛的世界里，分身六道，专司救渡众生，故甚为日本人民之所信仰亲近。

[38]《住吉物语》今已不传,现今传存者系后世所作,大要是说中纳言兼左卫门督的女儿为继母所苦,寄居于住吉地方的尼庵,及后为关白的公子所见,复享荣华,终以继母的阴谋归于不幸。《空穗物语》二十卷,今尚存,亦称《宇津保物语》,宇津保译云空洞,盖主人公仲忠幼时随母住树洞中,故以为名。其后叙述仲忠与源凉,比赛弹琴,能致神异,各致富贵,见卷四注[55]以下。

[39]自《移殿》以下诸物语,今悉不传,其本事不能知悉了,但《狛野》里的主人翁有障着纸扇出去一节,由此可以知道。蝙蝠扇系一种简单纸扇,扇骨总共六根,只单面贴纸,见卷二注[36]。

[40]嵯峨野就在京都,其地便于野游,如观赏胡枝子或听虫声,最所熟知,所以更不用说。

[41]交野亦称片野,在大阪府。狛野则在京都,或即狛山的山脚。上文的小说,即以此二处为名。

[42]"湿地"及"旱计"原文皆不写汉字,今亦不详其地,译文只能就音义相同的字中择取其一,未能决定。

[43]读经是说依照"声明"的学说,用了一种节调,高声朗诵佛经,中国旧日称作"梵呗",就是指这种读法。

[44]蹴鞠系古代中国的一种踢球,因为是用脚踢,所以说样子不好看。

[45]小弓及掩韵,均见卷九注[21]及[22]。

[46]骏河舞是"东游"之一种，乃采取东国的风俗歌词入舞乐者。"求子"亦其一种，其名字或谓系"少女子"的转讹，或谓有人遗弃其子，及后更寻求，故有此名。

[47]太平乐系模拟战斗情形，故着盔甲带刀箭，横矛持剑而舞，亦称武将破阵乐。但这又一名"项庄鸿门曲"，谓汉高祖鸿门宴时的故事，项庄拟刺高祖，项伯则保护着他，故本文如此说，但此项传说实无所依据，唯可知在著者当时已有此说而已。

[48]鸟舞即迦陵频舞，迦陵频伽译言妙音鸟，系印度传来的舞乐。舞人四名，着天冠狩衣，两手持铜钹，按节拍而舞。

[49]拔头系林邑舞乐，林邑即今安南，舞者着鬼面，披青丝为乱发，故说可怕。

[50]"落蹲"即纳苏利，舞者二人，弯腰屈膝，状甚滑稽，若一人独舞则称落蹲，此处盖指纳苏利的对舞，原是从高丽传来的舞乐。

[51]狛桙亦名持桙舞，亦高丽舞乐，舞者四人，持竿作桙，为划船之状。"桙"通作"矛"字读，（虽然中国训杆，）"狛"字训作"古末"，为高丽的古称，所以这可解作高丽矛舞，但其所谓矛者乃是长一丈二尺的使船用的家伙。

[52]筝，《和名类聚抄》云："筝形似瑟而短，有十三弦。"

[53]苏合香系印度传来的乐曲，凡一切的乐都分三段，初曰序，中曰急，终曰破，此指苏合香的中段曲调。

[54]“想夫怜”亦作“相府莲”，据兼好法师的《徒然草》所说，应以后者为正。《徒然草》第二一四云：“想夫怜的乐曲并不是女人恋慕男人的意思，本来乃是相府莲，因字音相同而转变之故。晋王俭为大臣，于家中种莲甚为喜爱，因作是曲。”唯《太平广记》二四二引《国史补》云：“唐司空于頔以乐曲有想夫怜之名，嫌其不雅，将欲改之。客有笑曰，南朝相府曾有瑞莲，改歌为相府莲。自是后人语误不及改。”那么这改名还是后起的事了。

[55]古时书简都折叠作长条，所以形状相似。此处“普通的一封信”，或又解作“立封”，见卷二注[8]。

[56]脸相的难看与否，也看它的吹法如何，意思是说吹笛的有时也很难看。

[57]“络纬”原语云“蟋虫”，谓其鸣声有似马的振动的辔头的声音，所以很是吵聒的，中国说是络纬，还是对它有好意的。

[58]即是毛发耸然，极言声音感人，沁人肌骨的意思。

[59]此项次序系参照别本改正，原本临时祭在最后，与下文所记不合。

[60]贺茂祭的前一日，关白先至神社参拜，乘车率诸公卿，拜于社前，演东游骏河舞诸乐曲。

[61]祭礼的使者，与舞人陪从一行人，均有插头的花，系用绢的造花，插在冠的上面，使者用藤花，舞人及陪从则用樱花及棣棠的花。下文说插头的藤花遮盖半面，盖是指国司之当使者的。

[62] 蓝色印花，舞人系是桐竹，陪从则是棕榈。

[63] 半臂见卷六注 [33]。打衣见卷六注 [6]，砧打衣物，使生光泽，文中以冰相拟，衣系红色，极言其色泽惊人。

[64] 柳色下袭，系表白里青。

[65] "木棉手襁"乃古代语，木棉即今棉花。但古时系指楮树的纤维，作为绳索，用于神事。《日本书纪》记第十九代天皇允恭天皇时事，于四年（四一五）九月在神前举行探汤，云"诸人各着木棉手襁而赴釜探汤"。"木棉手襁"即用楮绳，交加胸前，络两袖俾便于做事，如为神设供时常用之。原本的歌见于《古今和歌集》卷十一，乃系恋爱的歌，其词曰："武勇的贺茂社的木棉手襁，我是没有一天里，不把你带在身上呵。"但在同书卷二十，有藤原敏行所作的，题作《冬天贺茂祭之歌》，其词曰："武勇的贺茂社的松树啊，千年万年经过了，颜色也不会变。"后来稍为改变，作为东游中"求子"的曲词。这里大约是"贺茂社的松树"的误记。

[66] 见卷八注 [39]。

[67] 中务省设有大舍人寮，宿直禁中，供奉杂役。御舆四角有纤，由次官及近卫中少将执持而行。

[68] 贺茂祭系贺茂神社的祭礼，以是日凡侍奉的人们及衣冠车辆，悉以葵叶为饰，故亦称葵祭。于四月中第二个酉日举行，次日有归还的仪式。贺茂祭例以皇女一人为斋主，称为"斋院"，即斋院归还其所居紫野的名称，沿途观者甚多。

[69]云林院知足院在京都船冈的南边，前面一带为观览者聚集的地方。

[70]"葵"是冬葵之类的总称，此乃系别种，名为二叶葵，实乃细辛之属，取二枝交叉作饰，号曰葵鬘。

[71]"莺的老声"言莺啼已过时，声音苍老了，见卷三注[28]。

[72]穿褪红色的布的狩衣的是服役的人夫，此处指舆夫的人。

[73]御舆即肩舆，轿杠搁在抬的人夫肩上，腰舆则杠上系绳，抬时比肩舆要稍低了些。凡远路用肩舆，路程近则用腰舆，故往往两者并用。

[74]女车揭了帘子，女官们用桧扇遮面，"扇"字《春曙抄》本作"葵"，乃解作头上所饰的葵叶了。

[75]青朽叶系一种织物的颜色，表面经青纬黄，色如青色的朽叶，里面则用青色，见卷一注[12]。

[76]直衣见卷一注[11]。狩衣本系狩猎时衣服，阙掖窄袖，六位以上的常服。

[77]贺茂祭归还之后，斋院在紫野宴飨主客，以殿上人作陪。

[78]殿上童见卷八注[13]。

[79]贺茂祭时用为装饰的植物有两种，普通说是葵与桂，葵实是细

辛，桂则是枫树，但此种枫叶乃是圆形的，与普通五岐的会变成红叶的不同。

[80]《春曙抄》本等解作车马辐辏，疑若不能通行，近人则作远望山路解，似更合理，今从之。

[81]亦可解为与平常时候不同，但文中意思则谓与女车跟了来，其情景便不一样。

[82]《古今和歌集》卷十二有壬生忠岑的一首短歌，本是言情的，其词曰："风吹白云，在峰头分别了，是绝无情分的你的心么？"这里便是节取了中间这一句。

[83]"鞦"亦作"緧"，牛马尾后的系带，以皮革为之。《考工记》云："必緧其牛后。"日本古时皆以牛驾车，见卷二注[9]。

[84]"饭袋"原称"饵袋"，是给鹰装食物的袋子，转为盛饭食和点心的器具。

[85]砚箱即中国所谓"文房四宝"，系用木盒上加漆绘，其中有砚及笔墨，亦有瓷铜所制的水滴。

[86]"汤碗"原称"金碗"，系指金属所制，盛汤水用者，普通说眼睛如金碗，即言其大而有光。

[87]酸浆又名姑娘菜，又名灯笼儿，结子红色，味酸，故名。小儿除去其中细子，以空壳纳口中，嘘气出入，咬压有声以为嬉戏。日本儿女甚喜玩弄，似十世纪时已有此俗。

[88] 饭袋见卷九注[84]。

[89] 中国古时称无柄曰笠，有柄曰簦，即是雨伞。日本统名为笠，但因为从中国传来，故特称之为"唐笠"。

[90] 原名"书板"，以白板涂漆，备随时记账之用，中国民间称为水板。

[91] 日本有食案，供一个人的使用，此则系更大者，长四尺者为中型。

[92] 坐墩系蒲团之属，或以帛类制成，故可称作锦墩。

[93] 立封，见卷二注[8]。

[94] "帘帷"原文"云下帘"，系车帘下的帷帐，故竹帘称为上帘，多以白的生绢为之。

[95] 水饭谓以水泡饭，先用米煮成饭，再晒干，称为干饭，为干粮之一种，吃的时候只用水泡便好了。

[96] 副车系随从的车子，亦或称后车。

[97] 后殿指宫中女官宿处。"不应当的"谓没有身份，不得住宿的人。

[98] 地下人，见卷一注[22]。

[99]《拾遗和歌集》卷十八有一首歌道：

"真是奇怪的，

我是着了湿衣了，

〔我的雨具〕是给三笠山的人

借了去了。"中宫的题句盖取材于此，隐喻那两天早晨的话乃是谣言，著者也就了解此意，敏捷的做了回答。或谓三笠山系近卫府将官的隐语，故上文住宿的人或是近卫少将吧，虽略近穿凿，也颇有意思。

[100]歌意说"落在我的身上的，乃是谣言，而不是雨"。原文"落"字双关谣言的流传，"浮名"原文只是"名"字。

[101]湿衣穿在身上，甚是难过，系是指冤罪。

[102]中宫因了兄弟的事情，很是失意，于长保元年（九九九）八月由宫中移居大进平生昌的三条邸宅，暂时作为中宫的行宫，这里所记即是次年五月间的事情，中宫也就于这年的年底谢世了，年仅二十四。

[103]端午节宫中到处须插菖蒲，故需用极多，须整车的送进去。

[104]御匣殿系关白的四女，为中宫的妹子，中宫殁后，由她代为敦康亲王的养母。

[105]公主指中宫的女儿修子内亲王，皇子则指敦康亲王。

[106]原意云青钱串，系取初熟麦粒，炒熟去皮磨粉，搓作细条，作为点心之一种。中国亦有之，但不知其名，唯《燕京岁时记》中

有云："四月麦初熟时，将面炒熟，合糖拌而食之，谓之炒凉面。"

[107]古时砚箱的盖多极精致，率用漆绘，多用以盛果肴，后世有拼盘食物，遂相沿称为砚盖云。

[108]《和歌古今六帖》有一首和歌，是这句话的根据，其词云："隔着马栅吃麦的小马，很不容易够得着，我也是这样的爱慕着啊。"这里著者表明自己思慕中官的感情，决不致受外界的障碍而有变化。是时中官虽已晋升为皇后，但关白道长的女儿彰子于二月间进为中官，扶植她的势力，其后曾招著者前去供职，辞谢不去，可见这里所说的话是确实的了。

[109]"花呀蝶呀"，言别人都送华丽的东西，只有你却赠这样质朴之物，深知我的心情，"花呀蝶呀"又隐喻人的奔向荣华，趋炎附势。

[110]头发藏在衣内，不散披在后边，见卷三注[60]。

[111]中纳言君系一女官的名称，见卷七注[18]。

[112]原文云"靭负之佐"，系指靭负司的次官，"靭负"意云背箭筒的，即是门卫府的官员，平常着浅绯色衣，这里盖因为红衣所以联想到的吧。

[113]成信中将即源成信，时为权中将，见上文第一〇段。

[114]大藏卿为大藏省即财政部的长官，其时为藤原正光，系前关白兼通的儿子。

[115]蚊子的睫毛落地也能听见，盖系当时俗语，形容耳聪，出典当在中国。《春曙抄》本谓《列子》有"焦螟群飞，集于蚊睫"之句，谓蚊睫盖本此，或有此可能，因为平常不会想到蚊子的眼睫毛去。

[116]此系指长德四年（九九八）三月间事，见上文第四六段。

[117]关白家的新中将即前一段的成信中将，因其为左大臣道长的养子。新任近卫中将，故如是称呼。

[118]这里是指瓦砚，是砚中的劣品。

[119]极言灰尘之多，一时扫除不尽，在《春曙抄》曾指出措词颇为滑稽。

[120]水滴亦称水注，古时文房具的一种，以瓷为种种物形，中蓄清水，这里所说乃是青瓷的小龟，从其嘴出水。

[121]细柜，见卷七注[118]。

[122]原本此句系用假名（即用汉字偏旁所成的日本字母）所写，当作"古波毛乃也阿利"，今译其意义如此。

卷 十

并不怎么熟习的人说出一句古歌或者故事，〔当时不好问，〕后来由别人问明白了，觉得很是高兴。随后在什么书本里面看到了，这是很愉快的，心想原来是出在这里么，更觉得当初说这话的人很有意思了。

第二〇四段　驿

驿是，梨原驿。日暮驿。望月驿。野口驿。山驿，关于这驿曾经听说有过悲哀的事情，近时又有悲哀的事，[1]前后联想起来，实在深受感动的。

第二〇五段　冈

冈是，船冈。片冈。鞆冈是小竹所生[2]的山冈，所以很有意思。会谈冈。人见冈。

第二〇六段　社

　　社是，布留社。[3] 生田社。龙田社。花渊社。美久利社。杉树之社，〔如古歌所说，〕就以这为目标[4] 吧。万事如愿明神是很可尊信的，但是如果"单是听着人家的祈愿"，〔那么也会有〕叹息的日子的吧，[5] 给人这样的说，想来是很有意思的。蚁通明神[6]，纪贯之的马生了病，说是犯了神怒的关系，贯之作歌奉献，于是就平复了，[7] 实在是有意思的。

其二　蚁通明神缘起

　　这蚁通的名字是怎么样起来的呢？也不知道这是不是真的事情，总之据说，在古时候，有一位皇帝，他只爱重那年轻的人们，把四十岁以上的人要全给杀了，所以都逃到外地远国去了，在都城里完全没有这样的老人了。其时有一个近卫中将，是当代顶有势力的人，思想也特别的贤明，他有着七十岁左右的双亲，老人们说：

　　"既然四十岁都有禁，何况〔将近七十岁的人，〕实在更是可怕了。"正在那里恐慌惊扰。但是中将是非常孝顺的人，他想道：

　　决不能让两亲住在远处，一天非见一回面不可。便偷偷的在每夜里将家里的土掘起来，在土窟中造一间房子，把他们藏在里边，每天去看望一次。对于朝廷和世间，只说是失踪了。其实是何必如此呢，老在家里住着的老人们，只装作不知道就是了。[8] 这真变成十分讨厌的世间了。老人原来不晓得是不是公卿。但是有着这中将的儿子，〔可见并不是平常的人，〕非常贤明，什么事情都知道。那个中将虽是年轻，却也很有才能，学问很深，皇帝也以他为当时第一有用的人。

当时唐土的皇帝常想设计骗这皇帝，袭取此国，来试验智慧，或设问答比赛。这一次，将一根木头，削的精光，大约二尺长，送了过去，说道：

"这木头哪一头是它的根，哪一头是树梢呢？"没有法子能够知道，皇帝十分忧虑，中将觉得他可怜，便到父亲那里，告诉他有这样这样的事，他父亲说道：

"这很不难，站在水流很快的河边，把木头横着投到水里去，回过来向着上游，流了下去的那一头是末梢。这样写了送去好了。"这样的教了，中将随即进宫，算作自己的意思，说道：

"我们且试了来看。"便率引了众人走到河边，将木头投入，将在前边的一头加上记号〔算它是梢〕，真是这样的。

这回又将两条二尺长的同样的蛇送了来，说道：

"这蛇哪个是雄的，哪个是雌的呢？"这件事又是谁也都不知道。于是那中将照例的往问他的父亲，说道：

"把两条蛇并排的放着，用一根细嫩的树枝接近尾部去，其摆动着尾巴的便是雌的。"赶紧来到宫里，这样的做了，果然一匹不动，一匹摆动着尾巴，又做上了记号送去了。

这以后过了很久，送来了一颗珠子，这颗珠子很小，其中有孔，凡有七曲，左右开口。说道：

"把这个穿上绳子。在我们国家，是谁都会做的。"这无论怎么工巧的人，也都没有办法了。上自许多公卿们，下至世间的一切人，都说："不知道。"于是中将又去〔找他的父亲，〕说这样这样的一件事情，回答道：

"找两个大的蚂蚁来，在腰间系上了细丝，后边再接上较粗的线索，〔放进孔里去，〕在那边孔的出口涂上一点蜜试试看吧。"这样的说了，中将照样对皇帝讲了，将蚂蚁放了进去，蚂蚁闻见蜜的香气，当真的从那出口走出来了。于是把那用线穿了的珠子送到唐土去。以后才说道：

"日本也还是有贤人在。"后来就不再拿这种难题来了。[9]

皇帝对于这个中将以为大有功于国家的人，说道：

"将给予什么恩赏，授与什么官位呢？"中将回答道：

"决不敢望更赐官职，只是有年老的父母失踪了，希望准予寻求回来，住在京城里面。"皇帝闻奏说道：

"这实在是极为容易的事。"准许了中将的请求，万民的父母听见了这事，都十分的欢喜。据说皇帝后来重用中将，直至位为大臣。因为这个缘故，人们才把中将作为蚁通明神的吧。这位明神对于往神社的人一夜里示梦道：

"钻过了七曲的珠子，

所以有蚁通的名称的，

于今恐已没有人知道了吧。"据人家传说，是这样的说的。

第二〇七段　落下的东西

落下的东西是，雪。雪珠。雨夹雪[10]虽然稍为有点可憎，但在纯白的雪里边，夹杂在内那也是很有意思的。雪积在桧皮屋顶[11]上，最为漂亮，在稍为融化的时节，又落下好些来，刚落在瓦楞里，使得黑白相间，很是好玩。秋季的阵雨[12]和雨夹雪，是落在板屋上[13]为佳。霜也是板屋，或者在院子里。

第二〇八段　日

日是，夕阳。当太阳已经落在山后的时候，太阳光还是余留着，明亮的能看见，有淡黄色的云弥漫着，很是有趣。

第二〇九段　月

月是，蛾眉月。在东山的边里，很细的出来，是很有趣的。

第二一〇段　星

星是，昴星[14]。牵牛星。明星[15]。长庚星。奔星[16]，要是没有那条尾巴，那就更有意思了。

第二一一段　云

云是，白的，紫的，黑色的云，都是很好玩的。风吹的时节的雨云，〔也是很有意思的。〕天开始明亮时候，渐渐的变白了，甚是有趣。"早上是种种的颜色"，诗文中 [17] 曾这样的说。月亮很是明亮，上面盖着很薄的云，这是很有情趣的事。

第二一二段　吵闹的东西

吵闹的东西是，爆的炭火。板屋上面乌鸦争吃斋饭。[18] 每月十八日观音的缘日，[19] 到清水去宿庙的时候。到傍晚了，灯火也还没有点的时候，从外边到来了许多的人，而且这些都是从远地或是乡下来的，家里的主人这才回来，这实在是够忙乱的。近处说是火发了，却是得免于被烧〔，这情形也是很乱的了〕。观览终了，车子回来很是杂沓。

第二一三段　潦草的东西

潦草的东西是，低级女官的梳上头发 [20] 的那姿态。中国画风的革带的里面。[21] 高僧的起居动作。[22]

第二一四段　说话粗鲁的事

说话粗鲁的事是，巫祝的读祭文。[23] 摇船的人夫。雷鸣守护阵的近卫舍人。[24] 相扑的力士。

第二一五段　小聪明的事

小聪明的事是，现在的三岁小孩，〔这是够讨厌的。〕[25] 叫来求子，或是被除的巫女们，请求了各种材料，做出祈祷用的东西，看她把许多纸叠作一起，却用一把钝刀去切，这在平常恐怕连一张纸都切不开的，如今用于敬神的事情上，〔所以什么都可以切似的，〕将自己的嘴都歪着，那么用力的切下去，做成了切口很多的币束 [26] 垂了下来，再把竹切成夹的东西，似乎十分虔诚的准备好了，随后将这币束摇摆着，举行祈祷的动作，〔很是像煞有介事的样子，〕很是卖弄聪明。并且说道：

"什么王公，什么大人的公子，生怎么样的重病，给他医好吧，仿佛像把毛病揸去了似的，得到许多的赏赐。当初叫过〔有名的什么什么人去治〕，可是没有效验。自此以后，就老是叫我去了。很是蒙他们的照顾呢。"这样的说，也很是可笑的。

下流社会家里的主妇,〔也多是有小聪明的。〕而且多配有愚钝的丈夫。〔但是这样女人,〕如果有聪明的丈夫,也还是想要去指挥他的吧。

第二一六段　公卿

公卿中〔理想的官位〕是,春宫大夫。[27]左右〔近卫〕大将。权大纳言。权中纳言。宰相中将。三位中将。春宫权大夫。侍从宰相。[28]

第二一七段　贵公子

贵公子中〔理想的官位〕是,头弁[29]。权中将。四位少将。藏人弁[30]。藏人少纳言。春宫亮[31]。藏人兵卫佐。[32]

第二一八段　法师

法师中〔理想的地位〕是,律师。内供奉。[33]

第二一九段　女人

女人〔理想的职务〕是，典侍。内侍。[34]

第二二〇段　宫中供职的地方

宫中供职的地方是，禁中[35]。皇后的宫中。皇后所生的皇女，就是所谓一品宫[36]的近旁。斋院那里，虽是罪障深重，[37]却也是很好的，况且现在〔这位大斋院〕更是非常殊胜的。[38]皇太子的生母的妃嫔[39]那里〔，也是理想的地方〕。

第二二一段　转世生下来的人

转世生下来的人，大约是这种情形吧。只是普通女官供着职的人，忽而当上了〔皇太子的〕乳母，就是一例。也不穿唐衣，也并不用裳，只穿着白衣[40]陪了皇子睡觉，帐台的里边是自己的住所，〔旧时同僚的〕女官叫来任凭差遣，叫往自己住的女官房去干什么事情，或是收发信件，那种样子，简直是说不尽的阔气。

藏人所的杂色，[41]后来升为藏人，也是很阔气的。去年十一月贺茂神社临时祭的时候，还扛抬过和琴，[42]现在看来觉得不像是同一个人了。同了贵公子们在一起走路，简直叫人想不起他是哪里的人了。其他〔不是从杂色〕任为藏人的人，虽然是同一样的，但是实在没有这样的可惊异了。

第二二二段　下雪天的年轻人

雪积着很高，现在还下着的时候，五位或是四位的，容貌端整很是年轻的人，衣袍的颜色很鲜丽的，上边还留着束带的痕迹，只是宿直装束，[43]将衣裙拉起，露出紫色的缚脚裤，与雪色相映，更显得颜色的浓厚，衬衫是红的，要不然便是绚烂的棣棠色[44]的，从底下显露出来。〔这样的服装，〕撑了伞走着，这时风还是很大的吹着，将雪从侧面吹来，稍为屈着身子向前走着，穿着的深靴或是半靴[45]的边上，都沾了雪白的雪，这种情景真是很有情趣的。

第二二三段　后殿的前面

后殿[46]的拉门很早就打开了，有殿上人从御浴室的长廊下走了下来，穿皱了的直衣和缚脚裤，都有些绽裂，种种的衬衫从那里露出来，一面将这些东西塞到里边去，向朔平门方面走去。走到〔女官房的〕开着的拉门前面，将缨[47]从后边移了过来，遮着脸走过去了，这也是很好玩的事情。

第二二四段　一直过去的东西

一直过去的东西是，使帆的船。一个人的年岁。春，夏，秋，冬。[48]

第二二五段　大家不大注意的事

大家不大注意的事是，人家的母亲的年老。[49]〔一个月里的〕凶会日。[50]

第二二六段　五六月的傍晚

五六月的傍晚，青草很细致似的，整齐的被割去了，有穿了红衣[51]的男孩，戴着小小的笠帽，在左右两胁挟了许多的草走去，说不出的觉得很有意思。

第二二七段　插秧

在去参拜贺茂神社的路上，看见有许多女人顶着新的食盘[52]似的东西，当作笠子戴，一起站在田里，立起身子来，又弯了下去，不知道在干什么事，只见她们都倒退着走，[53]这到底是做什么呢？看着觉得有意思，忽然听见唱起歌来，却是痛骂那子规的，就觉得很是扫兴了。唱歌说道：

"子规呵，

你呀，那坏东西呀，

只因你叫了，

我们才下田里呀！"[54]

她们这样的唱，但是这又是怎样的人呢，她会得做这样的歌说：

"请你不要随便的叫吧。"[55]〔这实在很懂事的人。〕

那些毁谤仲忠[56]出身卑微的人，和说什么"子规的啼声比黄莺不如"的人，实在都是薄情，很是可憎的。

第二二八段　夜啼的东西

〔那说子规的啼声比黄莺不如的人，实在是薄情，很是可憎的。〕[57]莺不在夜里啼，很是不行。凡物夜啼，都绝佳妙，唯独小儿夜啼，却是不佳。[58]

第二二九段　割稻

在八月的下旬，去参拜太秦地方的广隆寺，看见那里在稻穗纷披的田里，许多人在忙乱着，这是在割稻。古歌里说，"才插了秧，不知什么时候……，"[59]的确是这样的。是以前不久的时候，到贺茂神社参拜，那时看见的〔插秧的〕光景，深深的有所感触。但是在这里却没有妇女夹杂着，全是男人，将全是变成赤色的稻子，在稍为绿色的根株上捏住了，用了刀子什么的，[60]在根株边割下，很是轻快似的，觉得自己也想去割了来看。这是为什么这样办的呢，把稻穗向着上前，〔男人们〕都相并的立着，这是很有意思的。又在田间的小屋子[61]，样子很是特别。

第二三〇段　很脏的东西

很脏的东西是，蛞蝓。扫地板用的扫帚。殿上的漆盒。[62]

第二三一段　非常可怕的东西

非常可怕的东西是，夜里响的雷公。在近邻有盗贼进来了，若是走到自己家里，〔反而吓昏了，〕全不知道什么事情，所以并不觉得了。

第二三二段　可靠的事

可靠的事是，有点不舒服的时候，许多的法师在给做祈祷。所爱的人生了病的时节，真是觉得可以倚靠的人，来加劝慰，把精神振作起来。遇到什么可怕的事情，在两亲的旁边。

第二三三段　男人的无情

经过盛大的准备，接来了女婿，[63] 过了不久的时候，便不来了，后来在什么重要的地方，[64] 与丈人相遇，应当有点难为情吧。

有一个男子，做了其时很有权势的人的女婿，可是只有一个月的工夫，就不再来了，周围的人就都非常吵闹议论，〔女人的〕乳母什么人对女婿很加以咒骂，但是到了第二年的正月，这个男子却任为藏人了。大家都说道：

"真是怪事！在这样翁婿的关系之下，为什么却能升进的呢？"外边这样的风闻，恐怕他也是听见的吧。

在六月里，有人家举行法华八讲[65]，大家都聚集了来听讲，那个做藏人的女婿穿着绫的表裤，苏枋的外袭，黑半臂[66]，穿的很是漂亮，在被遗弃的女人的车子的鸱尾[67] 上边，几乎把半臂的带子都搭上了，那〔车子里的女人〕看了怎样感想呢？跟车子的人们知道这情形的，无不觉得难为情，就是旁观的人也都说：

"真亏他那么无情的！"后来也都还说着他的事。

似乎男人是不很懂得什么难为情，也全不管女人是怎么感想的。

第二三四段　爱憎

世间最不愉快的事情，总要算为人家所憎的了。无论怎样古怪的人，也不会愿意自己被憎恶的吧。但是自然的结果，无论在官中供职的地方，或是在亲兄弟中间，也有被人爱的或是不被人爱的，实在这是遗憾的事情。

在身份高贵的人们不必说了，就是在卑贱的人里边，有特别为父母所钟爱的儿子，人家也加以另眼相看，郑重待遇。其特别有看重的价值的，那么钟爱也不是没有道理，这样的小孩有谁觉得不爱的呢？若是别无什么可取的，正因其是这样所以特别怜爱，这也因为是父母所以是如此，也是深可感动的。

无论是父母，或是主君，以及其他，只是偶然交往的人，总之一切的人都有好意，我想这是最好的事了。

第二三五段　论男人

男人这东西，想起来实在是世上少有的，有难以了解的心情的东西。弃舍了很是整齐的女人，却娶了丑女做妻子，这是不可了解的事情。在宫廷里出入的人，以及这样名家的子弟，本来可以在多数〔漂亮的女人〕中间选择所爱的人；就是身份高贵，看来自己所绝难仰攀的人，只要以为是好的，也不妨拼出性命去恋慕的。不然是普通人家的闺女，便是还不曾见过世面的，只听说是很殊胜，也总想得了来〔做自己的妻子。〕但是偏有爱那样的，便是在女人眼里也是不好的人，这样的男子正不知是什么心情呢。

容貌很整齐，性质也很柔顺的女人，字写得很好，歌也做得很有风趣的，寄信给他去，单只是回信回得很漂亮，可是并不理睬她，让她尽自悲泣着，舍弃了她却走向别的女人，这种男子实在是很奇怪的。虽然是别人的事情，可是女人也感到公愤，觉得这种举动很是遗憾。但在男子自己却毫不觉得〔责任，〕没有对不起的心情的。

第二三六段　同情

比一切事情更好的，是有同情的事，这在男人不必说了，便是在女人，也是极好的事情。假使极无关系的话，这如用了讨厌的口气说了，〔就是旁边听着的人，〕也要觉得遗憾。即使不是从心底里说出来，遇见人家有为难的事，说道："这太为难了。"听见什么可怜的事，说道："这真是，不知道那人怎么的心情呢！"本人从别人传闻听到这话，要比直接听见尤为高兴。平常总想怎样想个法子，使得那个人知道，我是十分了解他的好意的。那些平素关切，或必然要来访问的人，其同情乃是当然的事情，便没有特别觉得怎样。倒是平常不想到会这样关怀的人，这样亲切的招呼，更是高兴。事情虽然极是容易，却是实际难以办到。本来气质温和，而且很有才智的人，一般看过去似乎是很少的。但是，这样的人〔在世间或者〕很多，也正是说不定吧。

第二三七段　说闲话

听见人家说闲话，觉得生气，这实在是没有道理的事。有谁能够什么都不说呢？本来把自己的事情完全搁起，只顾非难别人，也是本不愿意〔，然而有时候也不能不说〕。总之说别人家的事不是好事情，又被本人听见了，又要怨恨也未可知。所以说人闲话不是怎么好事。还有平常觉得关心的人，说了对他不起，所以也就谅解了忍着不说，假如不然的话，那便大家说笑算了。

第二三八段　人的容貌

　　人的容貌中间，有特别觉得美观的部分，每次看见，都觉得这是很美，甚是难得。图画什么看见过几次，就不很引人注目了。身边立着的屏风上的绘画什么，即使非常漂亮，也并不想再看。但是人的容貌，却是很有意思的事。便是不大精巧的家具中间，也总会一点是值得注目的地方。难看的容貌也正是同样的道理，但是因此觉得〔聊以自慰的人，〕那就很是可怜的吧。

第二三九段　高兴的事

　　高兴的事是，自己所没有看到的小说还有许多，又看了第一卷，非常想继续着看，现在见到了第二卷，〔这是很高兴的事。〕但是〔这很拙劣，〕看了很是扫兴的事也是有的。

　　拾得人家撕碎抛弃了的书信来读，看见上面有连续的好些文句。做了一个梦，不知道是什么事情，正是害怕，心里惊跳着的时候，据占梦的判断为没有什么关系，这实在很是高兴。

　　在高贵的人[68]的面前，许多女官都待候着，正在讲以前有过的事，或是现今听说世间种种的事情，说着话的时候眼睛却看着我这边，这是很高兴的事。

在远隔的地方那是不必说了，就是同在京都里面，自己所顶为看重的人听说是有病，怎么样了，怎么样了呢，老是惦念着的时候，得到来信说是痊愈了，很是高兴。自己所爱的人给人家所称赞，又为高贵的人所赏识，说不是寻常的人〔，也是高兴的事〕。

在什么时节〔所做的和歌，〕或是与人家应酬的歌，在世间流传为人家所称赞，或者写入笔记什么里去。这虽然不是自己所经验的事，但是也想象得到是很高兴的。

并不怎么熟习的人说出一句古歌或者故事，〔当时不好问，〕后来由别人问明白了，觉得很是高兴。随后在什么书本里面看到了，这是很偷快的，心想原来是出在这里么，更觉得当初说这话的人很有意思了。

陆奥地方的檀皮纸，白色的纸，或者只是普通的雪白的纸，得到手里，很是高兴。在才情学问都很高而自己看了很惭愧的人面前，问到和歌的上下句，[69] 忽然的想了起来，就是自己的事也很是高兴。即使是平常记得的事，到得人家问到的时候，偏是完全忘了，这样的时候居多。急忙的寻找什么时，忽而见到，也是可喜的。现在就要看的书，怎么也找不着，把种种的东西都翻遍了，好容易才算找到，这实在是高兴的事。

在百物比赛[70]，及其他赌输赢的事情上面，得了胜利，这怎能不高兴呢？还有暗算那很是自负，得意扬扬的人〔，也是高兴的事〕。赢了女人们那不算什么，要使男子〔上当〕那更有意思。这事情那对手必定要还报的，时常要警戒着，这种心情也很愉快，那边的人又或是装得很是坦然，似乎没有想着什么，叫这边不防备，那也是很好玩的。

平常觉得可憎的人，遇着了不幸的事，虽然这样想是罪过，[71]但是觉得很可喜的。

新做木梳[72]，很精致的做好了，也觉得是高兴。〔无论什么，〕凡是关于所爱的人，比自己的事，[73]更是高兴。

在〔中宫的〕御前，女官们侍候着，房间里没有空地，我那时刚才进去供职，[74]在稍为离得远的柱子边坐着，中宫却看见了，说道：

"到这边来吧。"女官们让出路来给我，将我召到御旁去了，这件事想起来也是很高兴的。

第二四〇段　纸张与坐席

在中宫面前，许多女官们侍候着，谈着闲天的时候，[75]我曾说道：

"世间的事尽是叫人生气，老是忧郁着，觉得没有生活下去的意思，心想不如索性隐到哪里去倒好。那时如能有普通的纸，极其白净的，好的笔，白的色纸，[76] 或是陆奥的檀纸得到手，就觉得在这样的世间也还可以住得下去。又有那高丽缘 [77] 的坐席，草席青青的，缘边的花纹白地黑文，鲜明的显现，摊开来看时，不知怎么的，总觉得这个世间也还不是就放弃得，便不免连性命也有点爱情了。"这样说了，中宫就笑着说道：

"这真是，因了很无聊的事，就可以得到慰藉的了。那么弃老山的月亮，[78] 究竟是怎样的人看的呢？"伺候的女官们也都说道：

"这倒是很简易的长生的方法呀。"

以后过了好些日子，因为有点事情感到烦恼，[79] 退出在自己的家里的时候，中宫赐给我很好的纸二十帖，并且传话道：

"早点进宫来吧。"又说道：

"这纸是因为想起从前曾经说过的话，所以给你的，因为不是很好的纸，或者不能书写《寿命经》[80]，也说不定。"这样的说，实在很是有意思。连我自己也几乎完全忘记了的事，中宫却还是记忆着，这就是在普通的人。能够这样，也是怪有意思的，何况这是出于中宫，自然更是感谢不尽了。因为喜欢，心也乱了，觉得不晓得怎么样说的好，只写了一首和歌道：

　　"提起来也是惶恐的

　　神明[81]的灵验，

　　我就将成为鹤龄了吧。

　　那么，这未免活的太久了吧，请把这话代为启上。"
这样写了送了上去。这是台盘所的女官送信来的，把一件
青的单衣给她作为赠物，打发她去了之后，就将那纸订成
册子，非常觉得高兴，把这几时的烦闷的心情也消遣开了，
心里也很是愉快。

　　经过了两天之后，有个穿红衣[82]的男人，拿了坐
席[83]进来了，说道：

　　"把这个进上吧。"使女出去问道：

　　"你是谁呀？好不客气。"粗率的说，那男子放下了
就走了。我问道：

　　"从哪里来的呢？"回答道：

　　"已经回去了。"拿了进来看时，乃是特别的人使用
的所谓"御座"做成的坐席，用高丽缘沿边，很是漂亮。
心想这是从中宫来的吧，可是因为不能确定，叫人去找寻
送来的那男子，却已经走掉了。大家觉得奇怪，互相谈论
着，只是使者已经不在，那也没有办法。假如地方送错了
的话，那自然会得再来的。想去试问中宫近旁的人来着，
但是此外还有谁是这样好事的人呢，一定出于她的指示，

这是很好玩的事。

过了两天没有什么消息，但是事情却是更没有疑问了。我对女官左京君[84]说道：

"有这么的一回事，请你看一下有这样子形迹么？希望你秘密的告诉我。如果没有这样的事，就请把我说的这番话，也不要泄漏出去吧。"回答说道：

"这实在是中宫极秘密的教做的事。千万不要说是我所说的，日后也请保守着秘密。"固然不出所料，想起来很是有意思，写了一封信，偷偷的叫人去放在宫里的栏杆上边，可是因为送信的人有点慌张，从栏杆上拂落，掉落在台阶底下了。

第二四一段　二条宫

二月十日，关白公在法兴院的积善寺的大殿里，[85]举行一切经供养。[86]女院和中宫都要前去，所以在二月初一左右，〔中宫〕先搬到二院宫里去。那时已是夜深了，很是渴睡了，什么也没有看清。到了次日早晨，太阳很明亮的照着，这才起来看时，宫殿新建，布置得很有意思，连御帘也好像是昨日新挂似的。房内一切装饰，狮子狛犬[87]等东西也不知什么时候摆好的，看了很觉得有兴趣。

有一棵一丈多高的樱花，花开得很茂盛，在台阶的左近，心想这花开的很早呀，现在还正是梅花的时节呢。再一看时，乃知道实在是像生花。一切的花的颜色光泽，全然和真的一样，真不知道是怎样费事的做成的呵。可是一下了雨，就怕要褪色凋谢了，想起来可惜得很。这里原是有许多小房子，拆去了，新建的，所以到现在没有什么可以观赏的树木。可是构造都是宫殿的样式，觉得很是亲近，而且很是优雅。

关白公就过来了。着了蓝灰色的平织的缚脚裤，樱花的直衣，底下衬着红色下衣三重，外面就穿着直衣。中宫以及女官们都穿着红梅的浓色或是淡色的织物，平织和花绫的种种的服装，真是应有尽有，光辉灿烂的，唐衣是嫩绿的，柳色[88]或是红梅。关白公坐下在中宫的前面，说些闲话，中宫的回答非常的漂亮，我在旁看着，真想怎么使得平常的人窥见一点儿这才好呢。关白公看着女官们说道：

“中宫不知道是怎么的想呢。在这里这样排列着许多的美人，那么的看着，真是可羡慕得很哪。一个都没有稍差的，而且又都是名门的闺女，真是了不得的事，要好好待遇她们才对呢。可是大家是不是了解这中宫的性情，所以来到这里的么？她是多么吝啬的一位中宫，我自从她诞生以后，一直很用心的伏侍她，但是把旧衣服赏我一件的事情，一回都不曾有过。这听去好像是说背后的坏话哩。"这样的说玩笑的话，在那里的女官们都笑了。

"这是真话。当我作傻子看，这样的笑了，实在是差得很。"说着话的时候，有使者从宫里来了，这是式部丞某人[89]奉命而来。大纳言接了书简上来，交给关白公，解了下来[90]说道：

"信里的话倒很想看一看呢。假如得到许可，真想打开来看哩。"虽是这样说，又说道：

"似乎不合适，而且也惶恐得很。"便拿来送给中宫了。中宫接到了，可是并没有立即开封的样子，这种从容应付的态度，实在是很难得的。一个女官从御帘里将坐垫给御使送了出来，还有三四个女官并坐在几帐旁边。关白公说道：

"且到那边去，给御使准备出礼物[91]来吧。"说完站起身来，中宫才打开书简来看。回信是用了同御衣一样颜色的红梅的纸所写，那两种颜色互相映发是怎样的艳丽，不曾在旁看着的人，是万想象不来的，想起来实是遗憾。今天说是特别的，从关白公方面给御使发给赠品。这是女人的服装，外添一件红梅的细长[92]。准备好了杯盏，原想请御使喝醉了去，但是那使者对大纳言说道：

"今天是有很重要的职务来的，所以请特别免赐了吧。"这样的说，就退去了。

关白公的女公子们都很漂亮的妆饰着，红梅的衣服互相竞赛，各不相下，其中第三人是御匣殿[93]，看去身材要比那第二女公子为高大，似乎说像是夫人更为适当了。关白夫人也来了。旁边放着几帐，不和新来的女官们见面，觉得很有点无聊。

女官们聚集拢来，商议在供养的当日穿什么衣服，拿什么扇子的事。其中也有似乎赌气的说道：

"像我这样算得什么，反正只穿现成的就是了。"人家便批评她说道：

"这照例说那老话的人。"便都有点讨厌她。到了夜间，有许多人退回自己的家里去，但是这是因为准备服装的事，也不好挽留得她们。

关白夫人每天都来，夜间也住在那里。女公子们也都来了，所以中宫的身边十分的热闹。天皇的御使也每日到来。

其二　偷花的贼

那殿前的樱花，〔因为本来是造花的缘故，〕所以颜色不但没有变得更好，日光晒着更显得凋萎的样子，看了很是扫兴，若是遇见落过雨的早晨，尤其不成样子了。我很早的起来，〔想起前人的歌词，〕说道：

"这比起哭了离别的脸[94]来，很有逊色呀。"中宫听见了说道：

"那么说，昨天夜里似乎听见下雨了，樱花不晓得怎么样了呢？"出惊的询问。

从关白公那边来了许多从者和家人，走到花的底下，就把树拉倒了，说道：

"上头吩咐，偷偷的前去，要在还黑暗的时候收拾了。现在天已经大亮。这真是糟了。快点吧，快点吧。"忙着拔树，看了也觉得很有意思，要是懂得风流的人，很想问他一声，可不是想起做那"要说便说吧"的歌的兼澄[95]来了么，但是我不曾这样问，只是说道：

"那偷花的人是谁呀？那是很不行的哪！"笑了起来，那些人拉了樱花的树，径自逃去了。到底关白公是了解风流的人，如随它下去，那么造花被雨所湿了，缠在枝间，那是多么难看的事呀，我这样想就走进屋里来了。

扫部司的女官来了，打开了格子，由主殿司的女官清扫完了之后，中宫这才起来，一看花没有了，便问道：

"啊，怪事，那花到哪里去了呢？"又说道：

"早上，听见有人说偷花的人，以为是稍为折几枝去罢了。这是谁干的事呢？有人看见了么？"我回答道：

"看是没有看见。因为天色还是黑暗，不很看得清楚，只看见仿佛有穿白色衣服的人，猜想是来拗花的，所以问了一声。"中宫说道：

"便是来偷花，也不会这样全部拿走的。这大概是父亲给隐藏了吧。"说着笑了。我说道：

"不见得是这样吧。恐怕是春风[96]的缘故，也说不定。"中宫说道：

"这是你想这样说，所以把真情隐瞒过了。这并不是谁偷去的，乃是雨下了又下，花也都坏了吧。"〔这样敏捷的机智，〕虽然不是珍奇的事，可是也是很漂亮的。

关白公到来了，觉得早上睡起的脸，不是时候的给他看见了不大好，就躲进里边去了。关白公来了就说道：

"那花说是不见了。怎么会得这样的被人偷去了的呢？女官们真是睡的好香哪，说是不曾知道呀。"似乎是很出惊的样子。我就轻轻的说道：

"那么，也是比我们更早的知道[97]这件事的了。"却是很敏捷的就被听到了，说道：

"我想大抵是这样的吧。别的人是不会觉到的，除非是宰相君[98]或是你，才能晓得。"说着大笑了。中宫也说道：

"但是那件事，少纳言却推给春风去了。"说着微微的笑，这样子十分的漂亮。〔以后对着父亲说道：〕

"这是给春风说的谎话，现今是山田都要插秧的时节了。"引用古歌来说话，实在是非常优雅有趣。关白公说道：

"总之，很是遗憾，被人家当场发见了，虽然我当初是怎么的告诫他们的，我们家里有那么样的笨人嘛。"又说道：

"漫然的说出春风，那也真是说得好呀。"便又吟诵那首歌。中宫说道：

"就是只当作平常的说话，也是巧妙得很。但是今天早上那情形，那一定是很有意思的吧。"说着笑了。小若君[99]说道：

"那么这是她，早已看见了，说被雨淋湿了，'这是花的丢脸的事'。"自己很懊悔没有能够看见，这也是很有意思的。

其三　花心开未

经过了八九日光景，我将要退还私第，中宫便说道：

"且等日子近一点再走吧。"可是我仍是回来了。后来比平常更是晴朗的中午，中宫寄给信来道：

"花心开未，如何？"我回答道：

"秋天虽然未到，现在却想一夜九回的进去呢。"[100]

其四　乘车的纷扰

在当初中宫出发〔往二条宫〕去的那天晚上，[101] 车子很是杂乱，大家都争先的乘车，非常嘈杂，觉得讨厌，便同三个 [102] 要好的友人说道：

"这样吵闹的乘车，好像贺茂祭回来时候那样子，仿佛拥挤得要跌倒了似的，真是难看得很。就这样任凭它去好吧，如果没有车坐，不能进去，中宫知道了，自然会得拨给别的车子的。"大家说笑着，站在那里观看，女官们都挤作一块，慌忙地乘车完了的时候，中宫职的官员在旁边说道：

"就是这些了么？"我们答应道：

"这里还有人呢。"官员走近了来问道：

"那都是谁呀？"又道：

"真正是怪事。以为都已经上了车了，怎么还有这些人没有坐呢。这回本来是预备给御膳房的采女们 [103] 坐的。实在是出于意外的事。"似乎是很出惊，使将车子驶近前来。我说道：

"那么，请先给那预定的人们坐了吧。我们便是在下一次的也罢。"中宫职的官员听到了，便说道：

"哪里话，请不要再别扭了吧。"这样说了，我们也就坐上了车。这的确是预备给膳房的人乘用的车子，火把也很是黑暗，觉得很阴郁的，这样的到了二条宫。

中宫的御舆却早已到着，房屋的设备也已齐备，中宫就坐在里边，说道：

"叫〔少纳言〕到这里来。"于是右京和小左近[104]两个年轻的女官，向到来的人们查看，可是没有。女官们下车，〔一车〕四个人都一块儿到中宫面前伺候，〔不见有我们到来，〕中宫说道：

"真奇怪了。没有么，那么为什么不见的呢？"我却全然不知道，直到全部下车之后，才给右京她们所发见了，说道：

"中宫那么盼切的询问，为什么这样迟来的呢？"说着连忙带往御前去，一看那里的情形，仿佛是长年住惯了的模样，觉得很有意思。中宫说道：

"为什么无论怎么寻找，都没有找到的呢？"我不知道怎么说好，同车来的人答道：

"这是没有法子。我们坐了最后的车子，怎么能早到来呢？而且这也是坐不上车，是御膳房的人看得有点对不起，特为让给我们坐的。天色也暗了，真是心里发慌得很。"笑着这样的说。中宫说道：

"这是办事的人员做得不对。你们又为什么不说的呢？情形不熟悉的人，表示谨慎这也罢了，右卫门[105]她们说一声，岂不好呢。"右卫门答道：

"虽是如此说，可是我们怎么能够抢先的走呢？"这么说了，在旁边的女官们一定听了会得怨恨的吧。中宫说道：

"乱七八糟的，这样的上车，真是不成样子。这要有秩序先后，才是对呀。"中宫的样子似乎很是不高兴。我便说道：

"这大概是因为我在私室的期间太久了，大家有点急不及待，所以争先上去的吧。"把这场面弥缝过去了。

注　释

[1] 各处地方有同名的驿站，或写作“野摩”，或写作“夜麻”，但所说悲哀的事情，则无可考。

[2] 鞆乃是射箭的时候，戴在左肘上，防止箭翎擦伤的皮套。小竹所生的出典是在《神乐》的歌里说：
“这个小竹是哪里的小竹呀？
舍人们腰间所插的鞆冈的小竹。”

[3] 据传说，昔有女子在河中洗布，从上流有剑流下，万物遇之皆破，遂止于此布的上面，因建神社名曰布留。

[4] 这是指在大和的三轮神社，奉祀大物主神。传说云昔有女子名生玉依姬，遇一伟丈夫，每夜就之，不详所自来，其家人因令女以麻线刺其衣裾，翌晨寻其踪迹，入于三诸山的神社，线余留不尽者凡三圈，因名其地曰三轮山，其人盖是大物主神。《古今和歌集》卷十八有歌曰：
“我的庐舍在三轮山麓，
如恋慕我可以来访，
有杉树立着的门便是。”这里所说以杉树为目标，即指此。

[5]《古今和歌集》卷十九《俳谐歌》中，有一首云：
“单是听着人家的祈愿，

那么神社自身也会有
叹息的日子吧。"末一句原作"变作悲叹的树林吧"。

[6]蚁通神社在今大阪府泉南郡。

[7]纪贯之是九世纪时日本有名歌人，集中曾说在暗夜因为乘马走
过蚁通神社，遂触神怒，马忽生病，作歌陈谢，始愈云。日本古时
相信歌有神力，能通天地，动鬼神，常用代祈祷，作歌乞雨。

[8]这几句话疑是故事中所原有，故殊似累坠，不甚简洁。

[9]此种故事，殆属东洋所共有，中国有《绎史》引《冲波传》云：
孔子被围于陈，令穿九曲珠，子贡问于采桑娘，教以蜜涂丝以系蚁，
烟熏之，蚁乃过。印度在《杂宝藏经》卷一有《弃老国缘》一篇，
与老人的智慧相结合，与此尤相类。有仙人化身，提出种种难题，
共有九个，其中间蛇的雌雄和檀木本末，与这里完全一致，此外有
问象的重量一节，则与中国的传说是一样的。

[10]原文用汉字作"霙"，《玉篇》云："雨雪杂下。"

[11]日本古代建筑以桧木葺屋顶，见卷五注[24]。但下文说瓦楞，
又是瓦顶了。

[12]原文称"时雨"，意云过路雨，与"阵雨"的意义正相近似。

[13]雪珠落在板屋上，琅琅有声，甚是好听，这是从听觉上着想，
但下文说霜也宜板屋，则又是说好看了，乃是从视觉上立说的。

[14]昴星即七曜星，中国俗名七簇星。

[15]明星即金星，亦名太白星，朝见称启明，夕见则称长庚，这里所说即是启明星。

[16]奔星乃是流星的别名，因流星奔向一处，有如人投其所欢，故名。流星行速，远望如有尾然。

[17]所云出典未详，宋玉《高唐赋》中有云："朝为行云，暮为行雨。"或为此句所本，但原本并未说云的颜色。

[18]僧家过午不食，午前吃饭曰斋。食时先取饭食少许，以供鬼神，施饿鬼，曰众生饭，略称"生饭"，投于屋上，供鸦雀之食。

[19]"缘日"意谓"有缘之日"，即诸佛菩萨成道或示现的日子，与众生有缘，群往参拜，遂作为"庙会"之称。十八日系观音成道之日，清水寺在京都，供奉十一面观音。

[20]女官照例是披着头发，今将头发梳上了，所以显得是潦草了。

[21]革带里面的中国画，其情形未详，大概这是一种漆画，却是较为简略的吧。

[22]《春曙抄》云，遁世的高僧对世评无所关心，故举动多是随意的。

[23]巫祝为神之所凭依，故诵读祭文时，语言多傲慢无礼。

[24]故事凡雷鸣三遍，自近卫大将以下，均带弓箭侍候御前，其将

监及舍人则均着蓑笠，在南殿守护，称为“雷鸣之阵”云。

[25] 有小聪明而喜卖弄，往往令人厌恶，小孩有过于伶俐者，大抵少年老成，未必著者当时的幼儿真是胜过昔时也。

[26] 上古祈祷被除，均以麻缕木棉为币献于神，后改用绢或布帛，或以白纸为之，切块挟竹木上，称曰币束。故俗语谓迷信家为“背币束的人”。

[27] 春宫大夫是东宫职的长官，官位是从四位，所谓公卿是指大臣以外的三位以上的官吏，但宰相即参议是四位，与这春宫大夫乃是例外，也算在内。

[28] 即是参议兼任侍从的人，侍从原本是从五位，但以职务关系，算作殿上人。

[29] 头弁乃是藏人头兼任太政官的弁官，弁亦作辨，太政官有左右弁局，大弁系从四位上。头中将即藏人将兼近卫中将。

[30] 藏人弁即是藏人兼弁官，弁有中弁少弁，这里或者指中等弁官。

[31] 春宫亮即东宫职的次官，曰亮曰介曰佐，以汉字为区别，意思皆云佐助，为次长的名称。

[32] 藏人兵卫佐即是藏人兼兵卫府的次官，兵卫府与近卫府等同为六卫府之一，司侍卫之职，长官称曰督，次官则云佐。

[33] 律师乃法师善解戒律者之称，为僧纲之一，官位准五位。内供

奉凡十人，供奉宫内祈祷读经的职务。

[34]典侍是内侍司的二等官，官位与从四位相当。内侍是三等官，相当于从五位，通称为掌侍。

[35]禁中即指在天皇近旁。

[36]皇女叙爵，自一品至四品，不以官位计。

[37]意言斋院是奉事神道的职务，平常的人进去从事，未免亵渎神明，以佛教用语来说故云罪深。

[38]斋院是奉事贺茂神社的皇女之称，定例每一朝一人，唯当时的斋院系村上天皇的皇女选子内亲王，已经选四朝，甚有才学，所以更为殊胜。

[39]天皇妃嫔众多，往往皇太子非是皇后所生，皇后之次有中宫，其次为众女御，今译作"妃嫔"。

[40]"白衣"亦作"帛衣"，便是平常的服装，不是什么礼服，佛教徒称俗人亦为白衣。

[41]藏人所杂色乃司杂役的人，因为没有官位定式的袍色，只着杂色故以为名，定员八人，但定例必升为藏人。

[42]临时祭时藏人杂色扛抬和琴，见上文第一二七段。

[43]殿上人宿直时服装，不着礼服，只是着用衣袍，及缚脚裤，比

衣冠束带，要简略得多了。

[44] 棣棠色即黄色，表面为淡的朽叶色，即带有赤色的茶色。

[45] "深履"及"牛靴"见卷六注 [80]。

[46] 所指当时弘徽殿或是登华殿的侧殿，为女官们的居所。

[47] 缨本来是指冠缨，但这里却是帽后边的飘带，古时有两条，后来只有一条了。以缨覆面，系表示谨慎，不敢窥伺。

[48] 一直过去，言其中间毫无停留，一年四季相继过去，亦令人有此感觉。

[49] 为什么这里限定于母亲的年老，或者注解谓人的父亲或有官职，或因事务多有外出的机会，故易为人所知，古时妇女绝少有人看见，及年老更甚，此盖根据当时社会情形如此，亦可备参考。

[50] "凶会日"古历书所有的凶日，据云是日"百事最凶"，唯每月必有三数日，因其常见，故人反不注意避忌，不及别的凶日，如血忌日及天火地火的重要了。

[51] 红衣系指褪红色，即是淡红，当时一切仆役人大均着这一种颜色的布制狩衣，见卷九注 [72]。

[52] 食盘见卷一注 [30]，此言如食盘倒置，指田间所用的编笠，俗名"一文字笠"，谓其顶平如"一"字，至今插秧的妇女犹戴之。

[53] 这里形容插秧的情形甚为滑稽,活写出不知稼穑艰难的人来。

[54] 此系插秧歌之一,歌者不说农作之苦,却归咎于鸟啼催耕,盖子规鸣时正当插秧,中国有鸟名为"割麦插禾",用作农候,或亦是子规的一类。

[55]《万叶集》卷八收有此歌,称藤原夫人所作,其词曰:
"请你不要随便的叫吧!
我是想将你的声音,
混在珠子里穿作五月的香球哩。"意思说叫子规等到五月再叫,不要早时乱叫,使得声音粗糙了。这是赞美子规的歌,与民歌的意思正是相反。

[56] 仲忠为《宇津保物语》中的人物,关于他生身卑微的评论,见上文第七二段,及卷四注 [42]。

[57]《春曙抄》本上段中"仲忠"读作"中高",望文生义的加以解说,今诸本悉已订正,《春曙抄》又将下句割裂,列入次段,故今以方括弧加上,表示删削,唯以与下文似不无关系,仍保留其原文如上。

[58] 此段各本均无有,今译本系以《春曙抄》本为依据,故仍其旧。

[59]《古今和歌集》卷四有古歌云:
"昨天才插了秧,
不知什么时候稻叶飘飘的
秋风吹起来了。"意思说插秧不久,却已是秋风起来,稻子成熟了。

[60]意思是说割稻用的镰刀。

[61]小屋子即指农夫在田间看守稻谷的小舍。

[62]原文云"合子",谓系殿上人所用的朱漆的有盖的碗,因为年久用的人又多,故致漆皮剥落,或边沿有缺,甚为难看。

[63]古时结婚,多由男子就女家寄宿,晚出早归,亦有不和谐者,便不复往来,即告断绝。上文第八四段说"难为情的事",末句即说此事,这里更加细叙,对于男子的无情义,加以谴责。

[64]"什么重要的地方",一本解作"禁中"。

[65]法华八讲,见卷二注[49]。

[66]半臂,见卷六注[33]。

[67]牛车后面两根突出的辕木,名为鸱尾。

[68]这里"高贵的人",非是泛指,乃是说中宫,但是这里没有说出具体的事实罢了。

[69]原本云"歌的本末",即是将三十一字音的一首歌,分作上下两节,五七五凡三句为本,七七凡二句为末。

[70]比赛时分为两组,各组拿出一个同类的东西,比赛高下,以定胜负,称为"物合",有"绘合""贝合""扇合"各种,中国古时的"斗草",也是这类游戏之一。

[71] 幸灾乐祸，在佛法是罪过。

[72] 原文云“刺栉”，狩谷望之《笺注倭名类聚抄》卷六云：按刺栉常插头发为饰者，非疏发去垢之用，西土（谓中国）有瑇瑁梳旃檀梳，则是刺栉之类。

[73] 此一节文意不明，释者谓其上有脱文。

[74] 说初进宫时的情形，参看上文第一六三段“中宫”。

[75] 据编者考证，这是根据长德二年（九九六）六月下旬的事实，日后加以回忆。其时著者被人说成是左大臣道长的党羽，因此觉得很烦恼，退回里居，这里所说的话乃是当时的感想。

[76] 色纸乃是说种种染色的纸，故有白色的一种。

[77] 高丽缘系指坐席的边缘，用白绫地黑花纹，织出云形及菊花等花样。

[78]《古今和歌集》卷十七，有无名氏的歌云：

“我的心难以安慰啊，
望着那更科的
照在弃老山上的月亮。”

据传说云，在信浓更科地方有“姥舍山”（译言抛弃老姥的山），老母年迈，率弃于山中。有男子弃其母于山上，适见明月，遂悔悟，复召之回家，因作此歌云。

[79] 参看上文第一二八段。

[80]《寿命经》即《寿命陀罗尼经》之略，凡一卷，唐不空三藏译，受持此经以祈长寿。

[81]"神明"读作"加美"，与"纸"字同音，这里利用双关的字音，说因为"纸"的力量将延长寿命，如鹤的寿长千年。

[82]"红衣"系仆役，见卷九注[72]。

[83]坐席通称云"叠"，聚草稿为褥，上蒙草席，以布帛作缘，长三尺，阔六尺，厚约一寸。

[84]左京君为中宫的一个女官。

[85]这是正历五年（九九四）二月十日的事。积善寺为法兴院之大殿，在二条之北，见卷六注[4]。

[86]书写一切经典，捐赠于寺院，届时举行法会，称为"一切经供养"。

[87]狮子狛犬为镇压帘帷的东西，意取辟邪，见卷五注[10]。

[88]柳色系指夹衣，表白里青，见卷九注[64]。

[89]式部丞某人下文又有式部丞则理，则是同一个人，姓源氏，其时为六位藏人。

[90]古时日本书简多缚着花枝上，故关白公接了来信，从枝上把书简解下。

[91]原文称曰"禄",或训作"被物",多系衣服之类,受者拜谢,披于头上而出,或说此是中国昔称"缠头"的遗意。

[92]"细长"乃是衣服名,见卷七注[40]。

[93]御匣殿见卷四注[38]。

[94]《拾遗和歌集》卷六中有一首无名氏的和歌云:
　　"看那樱花湿露的容貌,
　　想起哭了离别的人来,
　　觉得很可恋慕呵。"
这里反用歌的意思,谓泪湿的脸甚有情趣,樱花比起来有逊色了。

[95]《后撰和歌集》卷二中有一首和歌,题素性法师作,其词云:
　　"看山的人,
　　要说便说吧,
　　我想把高砂尾上的樱花,
　　折来插在头上。"
素性为僧正遍昭未出家时的儿子,同为有名的歌人。本文说是兼澄作,兼澄为源信明的儿子,所作具见各歌集,但上述的歌却查不到。

[96]《纪贯之集》卷二有一首歌云:
　　"山田都是插秧的时节了,
　　别将花落的缘故,
　　推给春风吧。"

[97]《新拾遗和歌集》卷十八有壬生忠见的一首和歌,其词云:
　　"听见莺的啼声,

觉得山路深深，

比我先知道春光了。"

这里便取此意，说关白公预先知道偷取樱花的事。

[98] 宰相君见卷四注 [43]。

[99] 小若君即大纳言的儿子松君，见上文第九三段，本名藤原道雅，当时年十二岁。

[100]《白氏文集》中有一首《长相思》，其词云："九月西风兴，月冷霜华凝。思君秋夜长，一夜魂九升。二月东风来，草坼花心开。思君春日迟，一日肠九回。"书简文中引用"草坼花心开"之句，意思是询问"思君"之情如何，"君"盖中宫自指。答语即取"思君秋夜长"之句，言现今虽非秋天，却将一夜九回的随侍君侧。

[101] 这一节所记的事，系追述往事，在第一节之前，由宫中出发到二条宫的事情。

[102] 大抵一车是四个人，如下面本文中所说。

[103] 原文云"得选"，御膳房的宫女，系由采女中选用，故以为名。

[104] 右京与小左近，均系中宫那里的女官，姓名等未详。

[105] 右卫门，与作者同车的一个女官，是要好的友人之一，但是姓名未详。

卷 十一

近山的晚钟的声音，
每一击是记着相思之情，
这你是知道的吧。
可是，你这是多么长久的逗留呵！

第二四二段　积善寺 [1]

　　明日在积善寺供养一切经，我在前夜便进宫去了。到了南院的北厢，向里边一张看，见有高灯台上点着灯，两个三个或是四个亲近的同僚，用了屏风隔开，或用几帐间隔着，正在谈话。又或不是谈天，也多数聚集拢来，钉缀衣裳，或缝腰带，又装饰容貌，那更不必说了；也有整理头发的，好像今天最要紧，后来就不管怎么都没有什么关系了。

　　"听说明晨寅时，中宫就要出发了。怎么还能不来呢？还有人来打听，说把扇子送给你哩。"有人这样的告诉我，我心里想道：

　　"当真的么？在寅时就走么？"这样想着一面准备装束，过了一会天就亮了，太阳也就升上来了。

在西边的对殿的廊下乘车出发，所以大家都聚拢到渡殿[2]那边来，有些才进宫来的女官们，都表示着谨慎。关白公便住在西边的对殿里，中宫也在那里，说要看着女官们乘车出发的样子，所以在御帘内有中宫，和她的妹子淑景舍，第三第四的女公子，[3]关白夫人和她的妹子，一总共是六位，并排的站着。车子的左右是大纳言和三位中将[4]这两位，揭开车子的帘子，放下车帷，来帮助女官们乘车。要是大家一起聚集了上车，那么也可以隐藏的地方，现在乃是四个人一车，按照名单，一一点名上车，走上去时实在觉得为难，似乎一切都显现在人的眼前，很是难为情。在御帘内的各位，特别是中宫，看见自己这样难看的样子，更是难受，觉得遍身流出汗来，整理得很好的头发，似乎也都直竖了起来。[5]好容易在那里走过了，这回是在车子旁边，看见〔大纳言和三位中将两位〕叫人很难为情的。非常俊秀的姿容，微笑的看着，觉得害羞，将要昏过去的样子。可是并没有晕倒，终于走到车子那里，虽然觉得是没有一个人不是变了脸色的，但是全部总算都上了车，把车子拉出到二条的大路上，将车辕都搁在"榻"上面，[6]像是观览车那么排列停着，实在是很有意思的。心想别人看见，也一定觉得漂亮吧，想着不禁心里兴奋起来。四位五位六位的人很多进进出出的，有的来回到车子旁边，装模作样的来说话。

最先是迎接女院[7]的行幸，关白公以下，凡殿上人和地下人[8]都到来了。女院过去之后，随后中宫出发，大家都等待得很焦急，太阳已经升上来了，中宫这才通过。女院的行列总共有车十五辆，其中有四辆是尼僧的车。第一辆是〔女院御用的〕唐车[9]，随即接着尼姑的车子，车后边露出水晶的数珠，淡墨色的袈裟和法服，很是漂亮，车帘也不卷起，车帷是淡紫色的，下底稍为浓一点。其次是普通女官的车十辆，樱花的唐衣，淡紫色的下裳，打衣全是红色的，和生绢的外衣，也很显得艳丽。太阳明朗的照着，天空中横亘着浅绿的彩霞，与女官们的服装相映发，觉得漂亮的锦绮[10]要比种种颜色的唐衣更是鲜艳，无可比喻。

关白公和他的几位兄弟，全都到了，过来招呼着，真是非常的漂亮，大家看这情形，很是赞叹。中宫这边的车子共有二十辆，也是这样排列着，由别的方面[11]看来，想必也是很有意思的吧。

这回不知道中宫是什么时候出发，大家等得很久，又不晓得为什么这样的迟呢，心里着急，好容易看见有采女八个人骑了马，牵着出来了。青色末浓[12]的下裳，裙带和领巾，在风中飘着，看着很有意思。名叫丰前的采女乃是医师重雅[13]的妻子，她穿着蒲桃染的锦绮的缚脚裤，〔有点特别的样子，〕山井大纳言[14]笑着说道：

"重雅是许可使用禁色^[15]的哪。"

大家都乘了车，排作一列，这时候中宫的御舆乃出发了。看了〔女院的行列〕觉得很漂亮。可是同这又不能相比。朝阳明朗的照着，舆上的葱花^[16]宝珠显得非常辉煌，车帷的色泽也更是鲜艳。御舆四角的纤^[17]拉着，车帷微微的动摇，看着这情形真是非常兴奋，连头发都直竖起来，觉得并不是什么假话，以后头发稀薄的人，或者要以此为口实吧。〔说自从头发直竖之后这就不行了。〕看了出惊，还是说不尽，简直可以说是庄严了，想到自己怎么会在这样的人旁边供职，也就觉得是了不起了。御舆过去之后，卸下来放在架子上的车子，再驾好了牛，跟着御舆前进，这时候心里的愉快真是难以言语形容的。

其二　瞻仰法会

到了积善寺，在大门的地方奏起高丽和唐土的音乐，还有狮子狛犬的舞，^[18]笙的音与大鼓的声，听得出了神，觉得这是到什么佛国来了，听着音乐仿佛是升到天空上去的样子了。走进门内，有种种颜色织锦的帐幕，帘子青青的挂着，四面围着帷幕，觉得这简直不像平常人世了。车子拉近中宫的看台^[19]的时候，这里也是刚才的那两位站着，说道：

"请早点下来吧。"在乘车的时候，还是那么害羞，现在更是明亮，在大庭广众之中，〔自然更是迟疑了。〕大纳言是堂堂端整而且非常潇洒的姿态，将下袭的衣裙拖得很长，显得地方都狭窄了，揭起车帘来说道：

"请快点下来。"添了假发，整理好好的头发，在唐衣里边鼓得高高的，却已恐怕弄得不成样子，而且连毛发的黑黄颜色也都看得清楚，真很是讨厌，不能立即下来。〔大纳言〕又说道：

"请先从后边坐着的人下来吧。"那人也是同样的意思吧，便说道：

"请你站开一点儿。这样惶恐得很哪。"大纳言笑着说道：

"又是害羞了。"便走到原来的地方去了。好容易我们都下了车，又来到近旁，说道：

"中宫说，瞒过了致孝[20]他们，叫他们下车来吧。所以我是这么的〔在车边等候，〕真是不会体谅人的意思。"便帮助我们下了车，带到中宫的面前来了。中宫那样的说，她的意思实在是很可感谢的。

到了御前，有先下车的女官在观览方便的地方，八个人在一块儿。中宫是在大约一尺多，二尺高的板廊上面。大纳言说道：

"不叫人家看见，将〔少纳言〕她们带到这里来了。"

中宫问道：

"在哪里呢？"说着到几帐的这边来了。还是穿着普通的唐衣，已经是非常的漂亮，再加上红色的打衣，尤其是美丽。里边是唐缕的柳色御袿，蒲桃染的五重衣服，赤色的唐衣，白地印花的唐土的罗纱，和印有金银泥的细画的下裳，重叠的穿着，其色泽的艳丽，简直无可比喻。中宫问道：

"你们看我的样子怎么样呢？"我回答道：

"非常的好。"要用言语来形容，其实也只是极平常的话罢了。中宫又说道：

"等待得很久吧。那是因为中宫大夫[21]，在那陪伴着女院时所穿的衬衣，给人家看见过，现在再穿同样的衣服，觉得不大好，所以叫缝置别一套衬衣，因此迟了。那才真是爱漂亮呢。"说着笑了。

这时天气晴朗，更显得姿容的漂亮异于平时，头发在额上卷起，插着钗子的地方，显明的看得出分界，略为偏一点儿，这姿容的美丽真是说不尽的。

三尺的几帐一双，交错的安放着，作为与女官们的间隔，在这后边横放着一张坐席，铺在板廊上面，有关白公的叔父兵卫督忠君的女儿中纳言君和富小路右大臣[22]的孙女宰相君两个人，〔在中宫旁边〕坐着观看。

中宫四边看了一下，说道：

"宰相你到那边，大家所在的地方去 [23] 看去吧。"宰相君了解中宫的意思，便说道：

"这里也很可以容得三个人看吧。"中宫说道：

"那么好吧。"就把我叫了上去。其他在下边的女官们笑说道：

"这好像许可升殿的小舍人 [24] 的那样子哩。"别的人又说道：

"那是为的叫人发笑，所以这样做的吧？"又一个人说道：

"那有如跟马的小使 [25] 吧！"人家这样的说冷话，便因为我到上边去看法事，是很有面子的事呵。我自己讲这话，有点近于自己吹嘘，又使得上头的人给人看轻，把我无样无聊的人那么看得起，让世间去讲闲话，很对不起上边，实在很是惶恐。但是这乃是事实，所以也是没有法子。总之，这在自己实是过分的事情了。

女院的看台和别的各人的看台，四面看来都是很好的眺望。关白公首先到了女院的看台那里去，随后再到这边来。同来的有大纳言等两位，[26] 还有三位中将在近卫的卫所，背着弓箭武器，样子非常相配。此外殿上人，四位五位的官员，有许多人陪伴着。

关白公走进来的时候，女官们全部直至御匣殿，都穿着唐衣和下裳，关白夫人在裳的上边，独穿着小袿。关白公看了说道：

"这简直同绘画里的模样一般哪。自此以后，不要说今日顶好了[27]也罢。三四君[28]两位，来给中宫脱去那御裳吧。因为这里的主君，乃是中宫嘛。在看台的前面，设了近卫的阵，这决不是寻常的事情呀。"说着高兴得流下泪来。看着的人也都像是要落下泪来的样子，这也是难怪的。关白公看见我穿的樱花五重唐衣，说道：

"法衣刚才缺少一领，急忙中很是着急，拿这借用了岂不是好。但是这或者倒是用法衣裁成的，那也说不定吧。"这样的说，这回使得大家都笑了。大纳言坐在稍为远一点的地方，但是听到了这话，说道：

"那或是借的清僧都[29]的衣服吧？"这一句话，也是很有意思的。

所说的僧都[30]穿着赤色的罗的衣服，外加紫色的袈裟，极淡的紫色的衬衣和缚脚裤，头剃光得青青的，像是地藏菩萨的样子，混杂在女官们中间走着，煞是好玩的事。大家笑着说道：

"僧都在僧纲[31]中威仪具足，但是在女官队里，很不雅观呀。"

有人从父亲大纳言那里，带了松君[32]来了。穿了蒲桃染织物的直衣，深色的绫的打过的内衣，和红梅的织物等，照例有四位五位的许多人陪侍着。有女官来抱到看台里去了，随后不晓得有什么不如意的事，便大声哭叫起来，这也使得更加添了一番热闹。

法事开始了，把一切经装入红的莲花里，一朵花里一卷经，由僧俗，公卿，殿上人，地下的六位，其他无论何人，都捧着走过去，实在非常尊严。随后是大行道[33]，导师走来，举行回向[34]，稍为等待舞乐就开始了。整天的观看着，眼睛也疲劳了，很觉得苦。天皇的御使五位藏人到来了。在看台前边架起胡床来，坐着的样子，的确显得很是像样的。

其三　盛会之后

到了夜里，式部丞则理[35]到来了，传谕道：

"天皇的旨意，叫中宫今晚就进宫去，并令则理陪去。"因此他自己也便不回去了。中宫说道：

"可是也得先回二条宫去。"虽是这样说，又有藏人弁[36]来到，对于关白公也有书信劝驾。中宫乃说道：

"那么就遵谕办理吧。"便进宫去了。

从女院的看台方面，也有信来，引用古歌《千贺的盐灶》[37]的话，〔对于不能会面的事，表示遗憾，〕还送来很好的水果等物，这边也有回赠的东西，这实在是很漂亮的。

法会完了，女院回去了，女院供职的人和一半的公卿都奉陪了同去。女官们的从者也不知道中宫已经进宫去了，还以为是回二条宫里，便都往那边去，无论哪样等候，仍不见主人们的到来，夜已经很深了。进宫去了的女官们心想从者会得拿直宿用衣类来的吧，可是等着也并不见到来。穿着新的衣裳，身上也不服帖，天气又寒冷，喃喃的生着气，可是没有什么用处。第二天早上，从者们来了，对他们说道：

"为什么这样的不留心的呢？"说的辩解的话也是很有道理的。

法会的第二天，下起雨来了，关白公说道：

"这样就很可以证明我前世的善根了。你以为是怎么样呢？"这样的对中宫说，可见他是怎么的安心满意了。

第二四三段　可尊重的东西

可尊重的东西是，《九条锡杖经》[38]。念佛的回向文。[39]

第二四四段　歌谣

歌谣是，杉树立着的门。[40]神乐歌[41]也很有意思的。今样[42]节奏很长而有曲折的。又风俗歌唱得很好的〔，也有意思〕。

第二四五段　缚脚裤

缚脚裤是，浓紫色的。嫩绿色的。夏天是二蓝[43]的。天气顶热的时候，蝉翼色[44]的也是很凉爽的。

第二四六段　狩衣

狩衣是，淡的香染[45]的。白色的。帛纱[46]的赤色的。松叶色[47]的。青叶色[48]的。樱色，柳色，又青的，和藤花色[49]的。男人穿的，无论哪一样颜色都好。

第二四七段　单衣

单衣是，白色的。正式服装的时候，还是穿红色的一重的衵衣 [50] 为佳，〔虽说是白色的好，〕可是穿了颜色发黄 [51] 了的单衣，也实在不成样子。也很有穿练色 [52] 的衣服的人，但单衣总是白色的，无论男女穿了都觉得像样。

第二四八段　关于言语

把一句文字里的发音，读得错误，这是很不好的。只凭着一个字的发音，能使得这句话变成很是高雅的，或是很下流的，这是什么道理呢？在我这样想的人，可是自己本身，特别说话来得高雅，也未必然。这是凭了什么来判断，哪个是好，哪个是不好呢？但是这在别人这也罢了。不过我自己总是这么的想。〔例如〕说什么话，说"我要做什么事"，或者"要说什么"，往往将动词的那个指定助词 [53] 略去，那就是不行的。若是写成文章，那是不行更不必说了。若是小说里用了这样不行的写法，作品本身就成为问题，连作者这人也要受到轻蔑了。〔假如在抄写的时候，〕旁边要注着"订正"，或者"原本如此" [54] 等文句，这是觉得很可惜的。有人把"一辆车子"说成"一个车子"的。至于将"求"字读若"认"[55]字的，更是常见了。有些男子，〔将这些怪话〕故意的不加订正，说着好玩的，那并没有什么不好。独有当作平常言语，自己使用着的那些人，感觉着不满罢了。

第二四九段　下袭

下袭[56]是，冬天蹀躞，[57]练绢袭，苏枋袭。夏天二蓝，白袭。[58]

第二五〇段　扇骨

扇骨是，青色〔的扇面〕用红的，紫色〔的扇面〕则用绿的。[59]

第二五一段　桧扇

桧扇[60]是，没有什么花样的，或是中国画。[61]

第二五二段　神道

　　神道是，松之尾神社[62]。八幡[63]，此神是这国里的皇帝，所以极是伟大的。主上行幸的时候，乘坐了葱花辇[64]前出，实在是壮观。大原野[65]，贺茂神社，那更不必说了。稻荷[66]，春日明神，也都觉得很可尊崇。佐保殿，就这名称也感觉得很有意思。在平野地方，有一座空屋在那里，问这是什么用的呢？答说，这是寄放神舆的所在，这也觉得很可尊敬。墙垣上爬着许多藤萝，红叶各种颜色的都有，想起纪贯之的"不能与秋天违抗"的歌来，[67]深深有所感觉，好久的站在那里。分水的神[68]也是很有意思的。

第二五三段　崎

　　崎[69]是，唐崎。伊加崎。三保崎。〔都是有意思的。〕

第二五四段　屋

　　屋是，圆屋[70]。四阿屋[71]。

第二五五段　奏报时刻

〔在宫禁中，近卫的官员〕奏报时刻，是很有意思的事。天气很冷的时节，在夜半的时候，只听得吃哒吃哒的响，是拖走着鞋子[72]的声音，随后是鸣弦[73]，用了高雅的语音说道："什么家的某人。[74]时刻是丑时三刻。"或者是"子时四刻"。[75]就听见挂上时刻的牌子，这是很有意思的。乡下的人们常说是"子时九刻"，或者"丑时八刻"，[76]其实是一切的时刻，都只有，那时才把牌子挂上的。

第二五六段　宫中的夜半

太阳明亮的照着的正午时节，或是夜已很深了，将要到子时的光景，推想主上已经睡觉了的时候吧。这时听见主上叫道：

"人来呀。"[77]这是很有意思的。又在半夜里，听见有笛声吹着，也很是漂亮的事。

第二五七段　雨夜的来访者

成信中将 [78] 乃是入道兵部卿官的儿子，风采非常闲雅，性情也很优良。伊豫守源兼资的女儿 [79] 与他要好，后来被遗弃了，就跟了父母到伊豫去，那是多么可怜的事情呀。明天早上就要出发了，中将在那天晚上前去访问，残月的光中照着他归去时的直衣的姿态〔，那女人看着是怎样的心情呵〕！

以前中将常来谈话，人家的事有不对的，便直说不对〔，现在却说抛弃了那女子，也是意外的事〕。

有特别讲究什么"避忌"的人，[80] 官中平常总是叫人家的姓作为称呼，她虽是已给人做了养女，改姓"平"氏了，但年轻的女官们总还称她的旧姓，当作话题。姿容也没有什么特殊的地方，名称叫作什么兵部，[81] 虽是缺少优雅风流，却喜在众人前厮混，中宫也说是"难看"，但是人都怀着别扭的心，没有一个人去通知她的。

在一条院 [82] 造起来的时候有一间屋子，决不让讨厌的人近前的。是正对着的东御门，很有趣的一间小厢房，我同了式部君 [83] 无论昼夜都在那里，就是中宫有时也到这里来看什么的。有一天，我说道：

"今天晚上，就在这里睡吧。"就在南边的厢房里边，两个人都睡了。过了一会儿，有人敲门敲得很响的。我们说道：

"真很吵闹。"便装作睡着了的样子，可是还是呼叫不息。中宫说道：

"叫她们起来吧。怕假装睡着哩。"那个叫作兵部的女官走来想叫醒我们，却只是装作熟睡着的样子。兵部说道：

"却总是不起来。"说着去了，到了门口，就那么坐下和〔来访的男子〕谈起来了。当初以为只是暂时，原来夜已经很深了。这谈话的人乃是权中将，[84] 我们议论说道：

"这和兵部有什么话说呢？"说着咭咭的笑了，但他们怎么会得知道呢？说话到了天将破晓，中将这才回去了。

"那个人真好讨厌哪。这回再来，决不同他说话了。有什么事情，那么要整夜的讲话的呢？"我们笑着说话，打开了拉门，兵部就进来了。

第二天在照例的小厢房里，听见兵部和人家说道：

"在雨下得很大的时候，来访问的男人，实在是很怀念的。平常不很满意，似乎不很靠得住，这样的淋湿了来，一切不如意的事就都已忘记了。"她这样的说，不知道是什么意思呢。假如在昨夜里，前夜里以前一直接连着频频的来访的人，今夜下着大雨也都不怕，仍然走来，那像是一夜都不能隔开，觉得男子或者很是可怀念的。若是不然，好几天没有见面，很叫这边感觉不安心的男人，特别挑了这样时候走来，我是以为断不能算是有情义的人的。这或者也是各人的看法不同吧。有人遇着懂得事情，了解情趣的女子，和她要好了，但是此外也多有要去的地方，[85]也还有本来的家庭在那里，因此不能很频繁的来往，所以在雨下得很大的时候来访，人家听了互相传说，自己也可以得到称赞，是这样计划出来的行为吧。可是如果对于那个女人，一点儿都没有爱情，那也何必故意的造作出来，叫人去看呢？总之下雨的时候，非常阴郁，直到今朝为止的晴朗的天气再也不见，虽是住在后殿什么很好的地方，也并不觉得好了，况且住在并没有什么好的家里，心里就只希望它快点停住就是了。

其二　月夜的来访者

月明的晚上来访问的人，以后无论隔了十天，二十天，一个月，或者是一年，又或索性过了七八年之久，〔因了月光〕而想起自己来，觉得非常的有意思。因此就是在不便相见、别有理由的地方，或是在必要躲避人家的耳目的时候，也总想就是立着说几句话也好，然后叫他回去，又或者是可以留他住下的人，也就想将他留下了。

其三　月明之夜

望着明亮的月光，怀念远方的人，回想过去的事，无论是烦恼的事，高兴的事，有趣的事，都同现在的事情感觉到，这样的时候是再也没有了。《狛野物语》[86] 说不出有什么特别有意思的情节，文章也很陈旧，没有什么可看，但是里边〔写主人公〕因了月光想念前情，拿出虫蛀的蝙蝠扇，[87] 吟咏"曾经来过的马驹"[88] 的诗句站着的那场面，却是富于情趣的。

其四　再是雨夜的来访者

下雨因为觉得很是扫兴的事的关系吧，所以一遇见下起雨来，就有点讨厌。有些要紧的事情，应当很有意思的事情，或是非常尊重的事情，碰着下雨就把好事耽误了，现在弄得遍身沾濡了来访问诉苦，这有什么好玩呢？那个批评交野少将的落洼少将，[89] 倒是很有意思的。这是因为在昨夜和前夜都曾经来访，所以觉得有些情趣，但是〔途中踏了龌龊东西，〕虽然洗过了脚，[90] 可是总觉得很讨厌吧。这样〔冒着辛苦前来，假如不是以前每夜都来访的话，〕有什么足取呢？

〔比起落雨天来，〕还是在大风刮得很厉害的晚上来访的男子，更觉得诚实有意思。但是比这尤其好的，乃是下雪的日子。独自口吟着古歌"怎能忘记你呢"[91]，偷偷的前去那是不必说了，即使用不着秘密的地方，无论穿着直衣，或是狩衣和衣袍，藏人的青色的衣袍，冷冰冰的被雪所湿透了，都是很有意思的事。就是〔六位人员的〕绿衫，[92]若是给雪沾湿了，也不觉得可厌。从前的藏人，夜里到女人那里去，必定穿青色的衣服，被雨所湿了，绞干了再穿着，现在是在白天也似乎很少穿着的了。而且现今似乎只是穿绿衫的样子。兼任卫府职务[93]的人所穿的，那更是非常的有意思了。听了我这样的话，恐怕就不外出[94]的人，就会得有，也未可知吧。

在月光非常明亮的晚上，极其鲜明的红色的纸上面，只写道"并无别事"[95]，叫使者送来，放在廊下，映着月光看时，实在觉得很有趣味的。下雨的时候，哪里能有这样的事呢？

第二五八段　各种的书信

平常总是寄后朝的书信[96]的人，忽然〔生了气〕说道：

"这是什么〔孽缘〕呢？如今说也没用了。"这样在那一天就不给回信。在〔女人方面〕因为每次总是天一亮，就有书信来的，这回却不见来，觉得有点儿不满足，但是心里想道：

"这样的干脆断了，倒也痛快！"这样子一天就过去了。到了第二天，下着大雨的中午，还是没有信息，心里说道：

"那人真是对我断了想念了。"走到廊下的边沿坐着，傍晚时分，有撑着伞的少年送信来了，比平常更急速的打开封来看时，只见上面写着一句道：

"雨下水涨了。"[97]这实在要比写了好些累赘的诗歌，更有意思。

又在今早还看不出要下雪的天气，忽然变得很是阴暗了，随着下起雪来，弄得四周更是黑暗，正是沉闷的坐着，只见在雪白的堆积着，一面还在落下的当中，有一个像是随从[98]模样的细长漂亮的男子，撑着伞从侧门里[99]进来，送来一封书简，这是很有意思。〔这给同事的女官的信，〕用纯白的陆奥纸或白的色纸[100]上，封缄地方的墨色好像忽然冰冻了的样子，末笔的颜色很是淡了，[101]那人开封来看时，这信卷得极细，卷过的地方遇着封缄结束，细细的有好些凹进去的摺文，那地方的墨或浓或淡，行间也很狭窄，不论表里乱写一气，反来覆去的长久的看，这里到底写着些什么事呢，旁观者从旁看着，也是很有意思的事情。况且读着有时候更是微笑，更是想要知道这是什么事，但是远隔的坐着，只能够想象黑色的一行行的文字，那是现在读着的地方吧，这也是很好玩的事。

又如或额发留长、姿容端丽的人，在薄暗的时候，接到了来信，似乎连点灯的时间也都等不及，夹起火盆里的炭火来，很勉强的一个个字读去，也是很有意思的。

第二五九段　辉煌的东西

辉煌的东西是，近卫大将的警跸。[102]《孔雀经》[103]的读经法会。祈祷修法是五大尊。[104]藏人的式部丞在白马会的节日[105]里，在大路上游行。御斋会的时候，在右卫门府的佐官都穿着蓝印花，磨的很光泽的衣服，[106]在那里伺候。〔春秋〕二季的读经。[107]尊胜王的祈祷修法。[108]炽盛光的祈祷修法。[109]

雷公响得很厉害的时候，雷鸣警备的仪式，很是可怕。左右近卫府的大将和中少将，〔都武装了来到殿前〕格子的外面侍候着，非常的有意思。末了大将命令道：

"归班，退散。"[110]

《坤元录》[111] 的御屏风，觉得真是很有意思的名字。《汉书》[112] 的御屏风，却觉得很雄大的。再又每月风俗的御屏风，[113] 也有意思。

第二六〇段　冬天的美感

因为避忌改道[114] 的关系，住在外边什么人家，在天还没有亮的时候回了来，冷的实在没有办法，连下巴颏儿都似乎要掉下来了，好容易回到家里，把火盆拉了过来，火是大块儿的，一点都没有黑的地方，燃烧的很好，把它从细灰里掘了出来，觉得非常喜欢。

〔和友人〕说着些闲话，连火要熄灭了都不曾注意的时候，别人进来，重新加上了炭，实在是很讨厌的。可是，如把炭排列在炭火的四周，中间放上炭火，那是很好的办法。若是将炭火都拨到外边，堆起炭来，再在顶上把火搁上去，那就很是难看，没有意思了。

第二六一段　香炉峰的雪

雪在落下，积得很高，这时与平常不同，仍旧将格子放下了，火炉里生了火，女官们都说着闲话。在中宫的御前侍候着。中宫说道：

"少纳言呀，香炉峰的雪怎么样呵？"我就叫人把格子架上，〔站了起来〕将御帘高高卷起，[115]中宫看见笑了。大家都说道：

"这事谁都知道，也都记得歌里吟咏着的事，但是一时总想不起来。充当这中宫的女官，也要算你是最适宜了。"

第二六二段　阴阳家的侍童

在阴阳师[116]家里的侍童，真是很懂得事体的人。遇见什么被除祈祷，主人到了坛场，读着祝文什么东西，到场的人〔别不注意，〕只当作当然的事听着。他却往来奔走，也不等着主人命令着说：

"把清水洒在〔面上〕吧。"[117]便自会去做，懂得作法规矩，毫不要主人开口，这实在是很可羡慕的事。这样

〔机灵的〕人那里有的时候，很想得着一个来使唤用着。

第二六三段　春天的无聊

三月的时候，遇见避忌，就到一家不很相熟的人家去，院子里种种的树木，没有什么值得注意的，就是杨柳，也不见像平常的那样优美，叶子很宽阔觉得可憎。我说道：

"这似乎是别的树的样子。"答说道：

"是有这个样子的杨柳。"我看着便作成一首歌道：

"自作聪明的

杨柳展开了眉毛，[118]

使得春光失了颜色了。"

在那时候，也是因为同样的避忌的缘故，〔从宫中〕退出到那么样的一处地方去，第二天的中午时分，更觉得非常无聊，心想即刻就进宫里去，在这时候中宫有信来了，很高兴的打开来看。在浅绿色的纸上，由宰相君代笔，很有意思的写着道：

"过去的日子

是怎么过了的，

难以排遣的昨日与今日呵。"[119]

这样写了，又给我的私信里说道：

"到了今天，颇有一日千秋的意思，请你在明天的早上，快点来吧。"

单只是宰相君这样说，已经够高兴了，再加中官那旨意，尤其不好轻忽；但又不知道怎样回答才好，只得写了一首答歌道：

"春天的〔无聊赖〕，

在云上 [120] 尚且不好过，

何况我在这地方的呢。"

另外又给宰相君的私信里说道：

"在今天晚上，我就做了〔深草〕少将 [121]，也说不定吧。"写了送去，到了天明就进宫去了。中官见了说道：

"昨天的答歌里，说春日不好过，实在是很讨厌，大家都在很批评你呢。" [122] 实在是很抱歉的，或者确实可以那么的说吧。

第二六四段　山寺晚钟

在清水寺 [123] 中住宿礼拜的时节，寒蝉正在盛鸣，觉得很是有情趣，其时中官特地的叫人来，送一首歌给我，在红色的中国纸上面，用草体字 [124] 写着道：

“近山的晚钟的声音，

每一击是记着相思之情，

这你是知道的吧。

可是，你这是多么长久的逗留呵！”[125] 仓卒旅行中，忘记携带了不致失仪的用纸，所以在紫色的莲花瓣上[126]写了回信送去了。

第二六五段　月下雪景

十二月二十四日，[127] 中宫举办御佛名会，听了第一夜供奉法师诵读佛名经之后，退出宫来的人，那时候已经过了半夜[128] 了吧，或是回私宅去，或是偷偷的要去什么地方，那么这种夜间行路，往往有同乘一程的事，也是很有意思的。[129]

几日来下着的雪，今日停止了。风还是很猛的刮着，挂下了许多的冰柱，地面上处处现出黑的地方，屋顶上却是一面的雪白，就是卑贱的平民的住宅，也都表面上遮盖过去了。下弦的月光普遍的照着，非常的觉得有趣。好像是在用白银造成的屋顶上，装着水晶的瀑布似的，或长或短的特地那么挂着，真是说不出的漂亮。〔在自己的车前，〕走着一辆车子，也并不挂着车帷，车帘也很高的卷上了，月光一直照到车厢里，〔车子里的女人〕穿着淡色和红梅的，白色的衣服，重叠七八件，加上浓红的上衣，颜色极其鲜明的互映着，显得非常的好看，〔旁边的男子〕是穿着浅紫色的凹纹的缚脚裤，白色的单衫，棣棠和红色的出衣 [130] 露着，雪白的直衣连纽也解开了，从肩头脱了下来，很美丽的露出在外边。一边的缚脚裤伸在车辕的外面，路上的人遇着看见了，一定觉得很有意思吧。

因为月光很是明亮，〔女人〕有点害羞，将身子往里边靠拢，却被〔男子〕拉住了，外边全都看见，很是为难的样子，看了很有意思。〔男子〕朗咏着"凛凛冰铺" [131] 这一句诗，反复的吟诵，也是很有趣的事。很想一夜里都跟着走路，但是要去的地方已经到了，很感觉遗憾。

第二六六段　女主人

在宫里奉职的人们，退出回私宅来，聚在一处，各自讲她的主君的事，加以称赞，并传说宫禁内外的事情，互相闲话，这家里的女主人在一旁听着，实在是很有意思的事。 [132]

注 释

[1]《枕草子》通行本，第二四一及二四二段，悉归并为一段，或又分为七节，而此节则为"其五"。

[2] 大殿左右分为两殿，都是南向，名为对殿，与左右相对向者不同。渡殿亦称渡廊，乃是过廊与南北两殿相接连者。

[3] 中宫在姊妹中居长，第二为淑景舍，第三为敦道亲王妃，第四为御匣殿。

[4] 大纳言即关白的儿子伊周，三位中将即其弟隆家。

[5] 凡人遇到兴奋的事，辄觉得毛发直竖，中国只用于惊悚的时候。

[6] 车子暂时停驻，将辕下所驾的牛解放，车辕则架在"榻"上，有四足，状如板榻，亦为登车时踏脚之用。

[7] 女院即藤原诠子，一条天皇的生母，时为皇太后，称东三条院，略称女院。

[8] 四五位以上的官吏例得升殿，故称殿上人，自六位以下不得升殿者为地下人。见卷一注 [4] 及注 [22]。

[9]唐车系御用的车子，车室特别高大，顶为中国式破风，用槟榔叶所葺。

[10]原文云"织物"，乃指经纬线用各色丝线所织，与一般印染的不同，《和名类聚抄》中称作"绮"，注曰"似锦而薄者也"。后世所称织物，系称一切机织而成的布帛，与此意义各有区别。

[11]"别的方面"，即是说从女院的方面看来，一定也很有意思。

[12]末浓见卷一注[13]。

[13]医师是太医院的属官，重雅亦作重正，姓氏不详。

[14]山井大纳言为藤原道赖，乃关白公的长子，见卷六注[18]。

[15]古时某种衣服的颜色及织法，须有身份者方许着用，称为许用"禁色"，织物即锦绮系禁色之一。

[16]辇顶的金色宝珠，称为"葱花"，故辇即名葱花辇，因葱花长久不会凋谢，取其吉祥之意。

[17]御辇四角有纤，用人拉着，可以减少动摇。

[18]高丽乐为三韩的音乐的总称，当时与中国音乐为朝廷仪式所奏的乐。狮子狛犬的舞，亦为高丽乐的舞蹈。狛犬舞并见卷七注[3]。

[19]看台系指略高的座席，便于观看，此处即说明高约一二尺，上面铺有坐席，足敷数人的地方。

[20]原文但用假名云"武祢多加",《春曙抄》注云，其人未详，后人考订为"致孝"，姓藤原氏，余事未详，大约系中官职办事的人员。

[21]中官大夫即指藤原道长，为关白公的兄弟，后代之为关白。见卷七注[17]。

[22]藤原忠君是关白道隆的叔父。富小路右大臣即藤原显忠，右马头重显的父亲，故为宰相君的祖父。

[23]原文云"到殿上人所在的地方去"，但殊不合情理，各校订本多从别本订正。

[24]小舍人见卷二注[45]。小舍人身份虽低，但有时因事亦得升殿。

[25]因为宰相君为右马头的女儿，著者适在她的旁边，故戏称为跟马的小使。

[26]此处系指伊周及道赖即山井大纳言，因三位中将隆家另有说明。

[27]此句意思很是弯曲，说以后没有这样的好日子，故不要再说"今天顶好了"。别本（三卷本）读作："现在只有一个人，今天才是平常的样子。"谓关白戏指其夫人，较易明白。

[28]即上文二四二段"第三第四的女公子"。

[29]因为著者姓清原，故戏言"清僧都"，实在并无此人。

[30] 僧都隆圆见卷五注 [54]。

[31] 僧纲为僧官的职位，分僧正，僧都及律师数等。

[32] 松君为大纳言伊周的儿子，见卷十注 [99]。

[33] 在法会中，众僧诵经行列，环绕佛像左向进行，三匝七匝不等，表示敬意，称为“行道”。

[34] 法会终了，导师提唱，言以此功德转向一切人，使自他共成佛果，称为“回向”。普通的回向文句云：“愿以此功德，普及于一切，使我等众生，皆共成佛道。”

[35] 源则理，其时为六位藏人，兼式部丞。

[36] 藏人弁系藏人兼弁官者，这里所说乃是右少弁高阶信顺，即上文八七段里的明顺朝臣的兄弟，是中宫的母舅。

[37]《续后撰和歌集》卷二有歌云：“陆奥千贺地方的盐灶呀，虽然路近却是辛苦哪，会见不到那人。”盐灶系地名，暗示咸味，“咸”字又双关辛苦的意义，表示会不到情人的痛苦。《续后撰集》虽是在一二五一年才编成，但这首歌乃是古歌，在著者当时已经流传于世了。

[38]《九条锡杖经》亦称《锡杖经》，作者未详，或云不空三藏所作，文共九条，每唱一条，辄振锡杖一下，故有是名，为法会中重要行事之一。

[39]念佛之后所唱道的回向文，《观无量寿经》所载为"光明遍照，十方世界，念佛众生，摄取不舍。"回向见卷十一注[34]。

[40]这是指《古今和歌集》卷十八所记的一首歌："我的庐舍在三轮山麓，如恋慕我可以来访，有杉树立着的门便是。"本系指大物主神的故事，见卷十注[4]。

[41]祭祀神祇时所用的歌，分成本末两段，联为一曲。

[42]今样犹云现时的式样，本指俗谣，如催马乐及东游等，后亦变成歌曲。风俗歌也是这一类的东西。

[43]二蓝是蓝和红花所染的间色，有点近于淡紫，若系织物，则是经线用红色，纬线用蓝色的。

[44]"蝉翼色"原文云"夏虫的颜色"，意思即指二蓝。

[45]香染亦称丁子染，系用丁香煎汁所染，微红而带黄色，古时常用作袈裟的染料。

[46]帛纱是用绢帛复合而成，表里皆用同一材料。

[47]松叶色系表青里紫。

[48]青叶色无此名称，疑是"青朽叶"之误写，卷一注[12]。

[49]樱色系指表白，里紫或红。柳色表白里青，见卷九注[64]。藤花色系表淡紫，里白或嫩绿。

[50]相衣虽有一重的，但普通多是表里两重，故这里特别说明。

[51]这里所说，乃是因红色襯而发黄，非是由白色所转变。

[52]练色谓微黄的白色。

[53]日本语法上有一种指定助词，用于某种动词之前，这里所说乃是"止"字（to）。

[54]古时未有木版以前，书籍都是抄写流传，遇有错误的文句，加以改正，辄于旁边注明"订正"字样。其有不能决定者，则就原本抄写，加注表示疑问。

[55]"求"字训作"毛止武"，"认"字则训作"美止武"，盖由音近而讹读。

[56]下袭即是衬衣，着于半臂之内，上面长才半身，后裾特长，垂及官袍后边数尺，以裾的长短定官阶的上下。

[57]踯躅系冬春的服色，表苏枋色，里红色，打使发光。练绢袭系用红色练绢，表里俱用打光。苏枋袭表白里红，亦均用打。

[58]二蓝，此与染色不同，系指表浅蓝带赤色，里浅蓝的衬衣。白袭用绫或绢所制，用于夏季。

[59]这里是指扇面与扇骨，颜色的配合与调和。

[60]桧扇是用桧板拼成的折扇，见卷二注[14]。

[61] 原文云"唐绘"，系指中国的画，或是中国这一派的绘画。

[62] 松之尾神社在京都市松尾村，奉祀大山咋命及其子别雷神。

[63] 八幡宫在京都石清水地方，所祀神为应神天皇，乃神功皇后的儿子，相传为武功之神。

[64] 葱花辇为天皇所乘坐的御辇，见卷十一注 [16]。

[65] 大原野在京都府乙训郡，为便于藤原氏后妃就近参拜起见，将奈良的春日明神迁祀于此地。每年三月十三日在奈良举行例祭，朝廷派特使二人往祭，以藤原氏嫡子充任之。

[66] 稻荷神社在京都市伏见深草区，祭祀与农事有关的神，为春秋报赛，祈年求雨的地方，相传白狐为神之使者，后世转讹为狐神，民间益见信仰。

[67]《古今和歌集》卷五有纪贯之的一首歌，其词云："威严的神的墙垣上，爬着的藤萝也不能与秋天违抗，转变了颜色了。"

[68] 分水的神据《古事记》九所说：速秋津日子与速秋津日女二神，生有子女分任河海的事。其中有"天之分水神"与"国之分水神"，其在大和吉野山的最为著名。

[69] "崎"字中国本只训作"崎岖"讲，日本却用为"岬"字解释，且作为种种地名，今因地名关系，只能暂且沿用。

[70] 圆屋系指屋顶及墙壁用一式的材料所造成者，如芦苇或茅草

等，即中国南方所谓"草舍"者是。

[71]"四阿"，谓四面有檐，用桧皮作屋顶，状如中国的"亭"，故或者可称为"亭子间"。

[72]"鞋子"即半靴，见卷六注[80]。这乃是用桐木所制，外涂黑漆内垫布帛，比脚要大好些，走起来的时候吃哒作响，现今唯神官用此，在正式古衣冠的时候。

[73]弹弓弦作声，称曰鸣弦，谓可以辟邪，至今在日本宫禁中犹有此种仪式。

[74]自己报名，是什么家的谁某。

[75]昼夜十二时辰，每一时辰分作四刻，故"丑时三刻"即今午前三时，"子时四刻"即今午前一时半。

[76]古时禁中用漏刻计时，平时亦用击鼓，据《延喜式》云："诸时击鼓，子午各九，丑未八，寅申七，卯酉六，辰戌五，巳亥四。"民间相传如此说，与报时的制度不同。

[77]"人"系殿上人的略称，即是在殿上直宿的人们。

[78]成信中将即源成信，为村上天皇的孙子，致平亲王的儿子，致平亲王为四品兵部卿，后出家，旧例殿上人出家者称为入道。

[79]源兼资为伊豫守，其女儿初为藤原道隆的次男隆家的妾，后与成信相识，终被遗弃。

[80]此处上下文不接气，别本云，疑有缺文约一行许。

[81]兵部系是女官家属的官名，依例当称为"平兵部"，如依原姓亦应说出"某兵部"才是，但此处因为对于此人颇有微词，故为隐约其词，不明白的说穿。

[82]一条院见上文第二五段"小一条院"，记长保二年（一〇〇〇）二月二十日的事。中官于二月十二日至二十七日，又八月初八日至二十七日，住在此处，这里所记当是在这两段时日间所发生的事情。

[83]式部君为中官的女房，当是与著者要好的一个友人，其姓名不详。

[84]权中将即成信中将。

[85]这是说别的相识的女人的地方，盖当时贵族风俗如此，看唐朝诸传奇文，亦有此类情形。

[86]《狛野物语》见上文第一七五段"小说"项下，唯其书今已不存，不知内容若何，这里提出主人公怀旧的情景，上段亦曾说及。

[87]蝙蝠扇系一种粗制折扇，只单面糊扇骨上，骨只六根，中国亦有此种，唯至少似有九根扇骨，又顶平而不凹凸，故不复形似蝙蝠了。见卷二注[36]。

[88]《后撰和歌集》卷十三有无名氏作和歌一首云："暮色苍茫中旧路也看不见，只任凭了曾经来过的马驹，走了来了。"此歌亦见于《大和物语》卷上。歌系用中国"老马识途"的故典，但此歌系

是一种情歌。

[89]《落洼物语》系古时小说，今尚存，计四卷，叙继子受后母的虐待，后卒恋爱成功的事。中纳言忠赖有女，才色双绝，而为继母所恶，令居住落洼——这是一种下房，其地板稍洼下，遂称之为落洼君，茌苒将过婚期，有婢仆与以同情，为介绍右近少将藤原道赖往访，遂深相爱悦，结为夫妇。所说落洼少将即指右近少将，交野少将者小说中与右近争夺落洼君的人。

[90]“洗了脚”指小说中右近少将的事，雨夜访问落洼，途中踏了粪便，虽到后洗脚，但终觉很是扫兴。

[91]诸本引用《万叶集》及《古今和歌集》中歌句，但均疑非是，因此处系指雪夜，而这样的歌词却找不到。

[92]六位以下的人员照例穿绿衫，唯藏人着青色衣，名为鞠尘，本系御用下赐，故颇为名贵。

[93]卫府兼职谓藏人兼任近卫府，卫门府及兵卫府的“尉”者。

[94]“不外出”意言不于下雨的夜里，去访问要好的女人。

[95]《拾遗和歌集》卷十三有源信明的一首歌，题为《月明的夜致某女》。其词云：“恋慕的心情虽不是一样，今夜里的月亮，君岂不见么？”此处所用或者即是这个典故，但只引用“不是”一语，故本文中只能就文义译为“并无别事”，而隐含问询“月光如何”的意思，因为原意甚为隐晦，特加说明。

[96] 男女相会，别后的早上称曰"后朝"，原语读若"衣衣"，谓各自穿着其衣，旧例男子于别后必写回信送去，致恋慕之意，这信便称为"后朝的书信"。见卷二注 [67]。

[97] 所引据的原歌不详，或者是以《古今和歌集》卷十二的纪贯之的一首为依据吧。原歌云："有如刈取蒲草的沼泽里，雨落下来，水也增涨了的我的恋情呵。"但引用歌词，已非原本，故是否未可遽定。

[98] 即随身，见卷二注 [44]。

[99] 这是指女官退直后所住的私室，不是指在家里。

[100] 色纸系指种种颜色的纸，后世称写和歌俳句的用纸即"斗方"为色纸，与此有别。

[101] 旧时写信用横长极薄的纸，卷为细卷，于其一端或中间打一结，上加墨笔封缄，有如草书"夕"字，或云此乃"行"字的草体，至今封信时犹用之，随后将信缚树枝上，差人送了去。这一种称云"结文"，此外有"立文"，亦云"立封"，则折作狭长条，于上下两端各捻作鱼尾形，因此又名为"捻文"。

[102] 天皇出行，由近卫大将前驱警跸，样子甚是庄严，故云辉煌。

[103]《佛母大孔雀明王经》三卷，不空三藏所译，这个读经系以孔雀明王为本尊，而为祈祷的法会。

[104]"五大尊"系直言密教中所建立的五大明王，皆观忿怒之相，

名为不动，军荼利，降三世，大威德，金刚夜叉。对五尊的名义为祈祷。

[105] 藏人式部丞系式部丞之兼任藏人者，称为殿上丞。白马会见卷一注 [3]。

[106] 古时衣服与纸张欲使光泽，率以一种贝壳称为莹贝者磨擦，这里所说即是此物。御斋会在每年正月初八至十四这七日中举行，在大极殿为护持国家，开讲《最胜王经》，凡十卷三十一品，唐义净所译。法会中例有检非违使列席，而此职多由卫门府的佐官兼带，故如此说。

[107] 读经分春秋二次，在二月八月中举行，在宫中讲《大般若经》，凡阅四日。见卷八注 [41]。

[108] "尊胜王的修法"系依据《佛顶尊胜陀罗尼经》，以尊胜佛顶为本尊，祈祷息灾增益，除病减罪。见第一七二段及卷九注 [34]。

[109] "炽盛光的修法"系以金轮佛顶为本尊，祈祷平定天变和兵乱。

[110] 旧时宫中如遇雷鸣很响者三次，近卫大将及中少将均入宫警卫，见上文第二一四段及卷十注 [24]。别本以此节另作一段，题曰"雷鸣之阵"，又下一节亦别为一段，题曰"屏风"，似较为确当。唯译本因为根据《春曙抄》本，故不加以改变。

[111]《坤元录》盖是中国古代的地志，今已散佚，不能知其内容。

[112]《汉书》指班固所著的《前汉书》，盖图画其事迹于屏风上面，

全部共有八帖云。

[113]屏风上画每月的风俗行事，后世所称的"年中行事"者，即岁时节物。

[114]"避忌改道"系据阴阳家说，人当出行的时候，特别是立春前夜，要避免天一神所在的方向，须向"吉方"的别人家借住一日才好。见卷二注[6]。

[115]《白氏文集》卷十六有一首，题曰《香炉峰下新卜山居》，诗云："日高睡足犹慵起，小阁重衾不怕寒。遗爱寺钟欹枕听，香炉峰雪拨帘看。"又卷四十三有《草堂记》说明云："匡庐奇秀甲天下山，山北峰曰香炉峰，峰北寺曰遗爱寺，介峰寺间，其境胜绝，又甲庐山。"诗句又收入《和汉朗咏集》卷下，故尤脍炙人口，著者即敏捷的应用此诗句，遂成为佳话。

[116]阴阳师系旧时日本一种职官，掌卜筮及相地的事，上文第二九段译作"神官"，并见卷二注[40]。

[117]阴阳师亦司祈祷医疗，此处即指医病的时候，遇见昏聩不识人事的病人，以清水洒其面，令其清醒过来。

[118]柳叶应当很是细长，这才好看，所以比作美人的眉毛。今如很是广阔，便是杀风景了。歌中说柳眉，下面说"春光失了颜色"，取意义双关。

[119]歌意云，过去的时候不知道是怎么过的，那时你没有进宫里来，现在你只出去了一两日，却很是想念着你了。

[120]“云上”，即宫禁中生活，在凡人望去如在天上。歌意云，春日无聊，宫中也觉得难过，若是我在这寂寞的地方，更加如此了。

[121]深草少将的历史不详，似纯为小说中的人物。小野小町系古代女歌人，生于公元八二〇年顷，相传美而且才，一生不近男子，故世俗称其为石女，因此传说甚多。其最有名者即为深草少将的“百夜访问”，据云少将有情于小町，许以继续访问百夜乃得如愿，及九十九夜少将乃忽死去，谣曲中有《卒塔婆小町》，即叙此故事。

[122]中宫故意对于著者开玩笑，故假作不明歌意，谓我的想念你由于寂寞，而你则归咎你的无聊由于境地使然，太是无情了，所以大家都在非议你。

[123]清水寺在京都音羽山，所供奉的是千手千眼观世音菩萨。

[124]草体字即是草书字母，今称“平假名”者便是。

[125]寺钟击一百八下，每一击即是报告想念你的数目，这事你当知道。但是你却逗留这么久呵。意思上下连续，是当时很时髦的一种写法。

[126]法会中用散华，以紫色纸作莲花用之，今所说即指此，见卷二注[52]。这里回信当是答歌，原本应当有，今似缺佚。

[127]原文只有月日，不说是何年代，上文第七〇段说及佛名会，乃是正历五年（九九四）的事，不知这是不是同一时候的事情。关于佛名会，见卷四注[15]。

[128]佛名会凡诵经三日，第一日的诵读是至当夜子时完了，即现今午后十二时。

[129]此一节即是"或是回私宅去"以下五句，别本无有，或者径从删削，云与上下文意不相贯串，今从《春曙抄》本译出，故悉仍之。下文所记情形，即《春曙抄》所标注的"男女同车"，就是本文所指的"同乘"，可见文章原是一贯的，盖由著者想象当时情景，觉得很有情趣，因随笔叙述，本非事实，如照事理推测，则牛车前后走着，决不能看见前面的事情如是清晰的。

[130]出衣系衬在直衣底下的衣服，因其露出在直衣的裾下，故名。

[131]《和汉朗咏集》卷上，"八月十五夜"项下，有公乘亿的对句云："秦甸之一千余里，凛凛冰铺，汉家之三十六宫，澄澄粉饰。"本系咏月，今用以形容背后的雪景，也正恰好。公乘亿系唐诗人，据《全唐诗话》卷五云，咸通中以词赋著称，唯在后世不很有人知道，在日本因其收入《朗咏集》，故颇见重于世。

[132]本段与下文第二六七段，各本均合为一段，《春曙抄》本独分而为二，且列在两卷的中间，今姑仍其旧，不加以订正。

卷 十二

太阳很明朗的照着，海面非常的平静，像似摊开着画一件浅绿的砧打得很光泽的衣服，一点没有什么可怕。

第二六七段　女主人之二

　　屋宇宽畅，很是整洁，亲戚的人不必说了，只要可与谈话的，在宫中供职的人，在房子的一角落里，给她们寄住，也是很好的。在什么适当的机会，聚集在一处，说些闲话，把人家所做的歌拿来加以评论，有书信送到来的时候，便大家一起观看，或是写回信，又或者遇着有人亲切的来访问，将房屋收拾得干干净净，招待进来；倘然下雨不能回去的时节，很有意思的接待着，各自要进宫去时，便帮忙照料，像心合意的送她出门，很想这样的做。[1]

　　那些高贵的人的日常生活，是怎么样的呢，很是想知道，[2] 这岂不是莫名其妙的空想么？

第二六八段　看了便要学样的事

善于看人学样的事是，打呵欠。[3]幼儿们。有点讨厌的半通不通的人。[4]

第二六九段　不能疏忽大意的事

不能疏忽大意的事是，被说为坏人的人，但是看起来，他却比那世间说为好人的，还似乎更是没有城府[5]〔因此是不可疏忽大意〕。

第二七〇段　海路[6]

海路。太阳很明朗的照着，海面非常的平静，像似摊开着画一件浅绿的砧打得很光泽的衣服，一点没有什么可怕。〔在自己坐着的船上，〕年轻的女人穿着汗衫，和从者的少壮的人，一起的摇着橹，巧妙的唱着船歌，实在是很有意思的，很想教高贵的人们看一看也好。正在这样想着一面船在行走着，可是大风忽然的刮起来，海面也时刻增加险恶，几乎昏了过去，好容易把船摇到预定停泊的地方，那时节看波浪拍打船身的样子，真不像是从前那样平稳的海了。

细想起来，实在比那坐在船上走路的人，危险可怕的是再也没有了。在不很深的地方，坐在看去很是薄弱的船上面，想摇到〔远处〕去，那是可能的么？况且那简直不知有底，有千寻[7]左右的深浅吧，装着非常多的东西，离开水面不过一尺上下，那些用人一点都不觉害怕，在船上行走着，只要稍为乱动看样子就要沉下去，他们却是在把大的松树，有三尺长短，圆的五株六株，砰砰的扔到里边去，真是了不起的事情。

〔有身份的人〕乘坐在有篷顶的船[8]上面。走到里边去的时候，人就更觉得是安稳了。但是那站在船边劳动着的人们，就是旁边看着也觉得几乎要昏晕了。那一种叫作橹索[9]的东西，是扣住那橹什么的索子，这又是多么的细弱呵。若是这一旦断了，那就将怎么样呢？岂不是落到水里去么。可是如今连这个橹索也不曾弄得粗大一点。自己所乘坐的船造的很是整齐，挂着带有额饰的帘子，装着门窗，挂上格子，但是因为也不同别的船只那样沉重，[10]只是同住在一所小房子里一般。看那些别的船，这实在觉得担心。在远处地方的船只，差不多像是用竹叶子所做的，散布在那里，这样子非常的相似。船碇泊着，每只船都点着灯火，看了也觉得很有意思。

有一种叫作舳板的，是很小的船，人家坐着划了出去，到了明朝〔踪迹全无〕，这很有风情。古歌里说"去后的白浪"，[11]的确是什么都消灭不见了。平常有身份的人，我想还是不要坐船走路为是吧。陆路〔若是远路〕也有点可怕，但那到底是在大地的上面，所以很是安心。

其二　海女的泅水

想起海来既是那么的可怕，况且海女[12]泅水下去，尤其是辛苦的工作了。腰间系着的那根绳索，若是忽然的断了，那将怎么办呢？假如叫男子去干这事，那还有可说，如今是女子，那一定不是寻常的这种劳苦吧。男子坐在船上边，高兴的唱着船歌，将这楮绳[13]浮在海面上，划了过去。他并不觉得这是很危险的，而感觉着急么？海女想要上来的时候，便拉这绳子〔作为信号〕。男子拿了起来，慌忙的往里拉，那样着忙其实是应该的。〔女人上来〕扶着船沿，先吐一口大气，这种情形就是不相干的旁人看了，也要觉得可怜为她下泪，可是那个自己将女人放下海去，却在海上划着船周游的男人，真是叫人连看也不要看的那样的可憎了。这样危险的事情，全然不是人间所想出来，所能做的工作。

第二七一段　道命阿阇梨的歌

有一个右卫门尉[14]，因为有个不像样子的父亲，人家见了很是丢脸，自己看了也是难受，所以在从伊豫上京来的途中，把他推落到海里去了。世人听见了这事都觉得是意外，很是惊愕。到了七月十五日，这人〔为他的父亲〕忙着设盂兰盆[15]的供养。道命阿阇梨[16]知道这事，乃作歌道：

　　　"将父亲推入海里的

　　　这位施主的盆的供养，[17]

　　　看了也实在很是悲哀呀！"这是很有点可笑的事情。

第二七二段　道纲母亲的歌

又小野公[18]的母亲，实在也是〔了不得的人。〕有一天听说在普门寺的地方，曾经举行了法华八讲[19]的法会，在第二天有许多人聚会在小野的邸宅里，演奏音乐，或写作诗文，那时她作歌道：

　　　"砍柴的工作昨天既然完了，

　　　今天就在这里游乐，

　　　让斧柄都腐烂了吧。"[20]这是很漂亮的歌。这些歌话都是传闻下来的。

第二七三段　业平母亲的歌

又业平中将的母亲伊登内亲王〔寄给她儿子的〕歌里 [21] 说道：

"却更是想见你一面。"深觉得有情意，很有意思。业平打开来看的时候，心里怎么的想，大约是可以推测而知的了。

第二七四段　册子上所记的歌

觉得很有兴趣的歌，把它写在册上了放着，却被使女们拿去念诵，这简直叫人生气。而且把那歌词直读，[22] 尤其讨厌了。

第二七五段　使女所称赞的男子

有些稍有身份的人，为使女们所称赞，说道：

"真是很可怀念的人。"这样的说，就会立刻使得人对这个男子发生轻蔑的意思。其实这还不如给她们所批评，要好得多多呢。为使女们所称赞，便是女人也不很好。又被她们所称赞，说的不对，或者称赞倒要变成批评哩。

第二七六段　声惊明王之眠

大纳言[23]来到主上面前，关于学问的事有所奏上，这时候照例已是夜很深了，在御前伺候的女官们，一个二个的不见了，到屏风和几帐后边去睡觉，自己独自一人忍着渴睡侍候，听见外边说道：

"丑时四刻！"是奏报时刻[24]的样子。我独自说道：

"天快亮了。"大纳言说道：

"现在这个时候，请不必再去睡觉了吧。"仿佛觉得不睡觉是当然的样子。糟了，我为什么说那样的话的呢。如果还有别人在那里，那也还可以混得过去〔，溜进去睡了〕。主上靠着柱子，也少为睡着了的模样。〔大纳言〕说道：

"请你看这边吧。天已经亮了，却那么的安息着哩。"中宫看了也笑着说道：

"真是的。"主上似乎都不知这些，在这时候，有宫女所使用的女童〔黄昏时分〕拿了一只鸡来，说道：

"等到明天，要拿到老家里去的。"就把那鸡藏在什么地方，可是不知怎的给狗找到了，便来追赶，鸡逃到廊下，大声的叫嚷，大家都给它吵醒了。主上也惊起问道：

"是什么事呀？"大纳言这时候高吟道：

"声惊明王之眠。"[25] 这实在很是漂亮也有意思的事，连我自己渴睡的眼睛，也忽然的张大了。主上和中宫也觉得很有兴趣，说道：

"这实在是，恰好的适合时机的事。"无论怎样，这总是很漂亮的。

第二天的夜里，中宫进到寝宫里了。在半夜的时候，我出到廊下来叫用人，大纳言说道：

"退出到女官房去么？我送你去吧。"我就把唐衣和下裳挂在屏风上，退了出来，月光很是明亮，大纳言的直衣显得雪白，缚脚裤的下端很长的踏着，抓住了我的袖子，说道：

"请不要跌倒呀。"这样一同走着的中间，大纳言就吟起诗来道：

"游子犹行于残月。"[26] 这又是非常漂亮的事。大纳言笑说道：

"这样的事，也值得你那么的乱称赞么。"虽是这么说，可是实在有意思的事〔，也不能不佩服呵〕。

第二七七段　卧房的火

　　同了隆圆僧都 [27] 的乳母一起，在御匣殿 [28] 的房间的时候有一个男子来到板廊的旁边，近前说道：

　　"我遇到了十分晦气的事情。现在上来，可以对谁来诉苦呢？"说这话的时候，脸上仿佛就要哭出来的样子。我问道：

　　"这是什么事呢？"他回答道：

　　"真是刚出去了一会儿，蝘蜓的房子 [29] 就给火烧了，现在暂时在这里，像寄居蟹似的，把尾巴安插在别人的家里。[30] 从堆着御马寮 [31] 的马草的家里，发生了火灾，因为只隔着一重板壁，在卧房里睡着的妻子也差一点儿就被烧死了，什么东西都一点没有拿得出来。"御匣殿也听见了，〔觉得他的手势和口调都很可笑，〕就大笑起来。我自己写了一首歌道：

　　"烧着马草 [32] 的这一点

　　春天的火，为什么把卧房

　　烧得什么也不剩了呢？"写好了便丢给他道：

　　"把这个给了他吧。"女官们哗然笑说道：

　　"就是这一位，因为你的家被火烧了，很可怜你，所以把这个给了你的。"叫他来拿了，那人问道：

　　"这是什么票据 [33] 呢，有多少东西可以领取呀？"

女官说道：

"你先念一遍好了。"那人道：

"这怎么成呢？我是睁眼瞎[34]的呀。"女官又说道：

"那么叫人家去代看吧。刚才上头有召唤，我们就要上去了。你既然得到这样极好的东西，为什么还要发愁呢。"大家都笑着闹着，来到中宫那里。乳母说道：

"不知道他回去给谁看了没有。听到了这〔游戏的歌词〕，不晓得要怎样的生气哩。"便把这事告知中宫，中宫笑着说道：

"你们也真是，真亏做得这样疯疯癫癫的事来呢。"

第二七八段　没有母亲的男子

一个男子没有了母亲，[35]只有父亲一人，那父亲虽是很爱怜他，但是自从有了很麻烦的后母以来，不再能够〔随意的〕进到父亲的房里去了，一切服装等事，只得由乳母和先妻的使用人等加以照顾了。

在东西的对殿里，布置了客室，整理得很是像样，什么屏风和纸隔扇上的绘画也都很可观，就住在这里面。

殿上人中间的交际关系搞得很好，人家都没有什么批评。主上也很是中意，时常召唤，去做音乐或其他游戏的对手，但是他似乎总是郁郁不乐，[36] 觉得世事不如意，可是好色 [37] 之心却似乎不是寻常的样子。

一位公卿有一个妹子，一向非常的珍重，只有她对他情意缠绵，很是说得来，这是他唯一的安慰了。

第二七九段　又是定澄僧都

"定澄僧都没有袿衣，宿世君没有汗衫。"[38] 有人这么的说，这是很有意思。

第二八〇段　下野的歌

有人问我道：

"这是真的么？听说你要到下野 [39] 去呢！"〔作歌回答道：〕

"想都没有想到的事，
是谁告诉了你，去到
艾草丛生的伊吹山的乡里？"[40]

第二八一段　为弃妇作歌

有女官和一个远江 [41] 守的儿子要好，可是那男子又和在同一地方供职的女官要好了。听见了这事，女人很有怨言，那男子说道：

"我叫父亲做证人给你立誓。这实在是一种谣言。我连梦里都没有见过那女人。"女官对我说了，又说道：

"那我怎么说好呢？"〔我就代她做了这首歌去回答他：〕

"你立誓吧，凭了远江的神，

可是我难道没有看见么？

那滨名桥的一端。" [42]

第二八二段　迸流的井泉

在不很方便 [43] 的地方，与男子说话。男人随后说道：

"那时心慌得很。你为什么那么做的呢？"作歌答道：

"逢坂相会总是心慌，

遇见了迸流的井泉， [44]

会得有看见的人呵。"

第二八三段　唐衣

唐衣 [45] 是，赤衣，淡紫，嫩绿，樱花，一切淡的颜色。[46]

第二八四段　下裳

下裳是大海 [47]，褶裳 [48]。

第二八五段　汗衫

汗衫 [49] 是，春天是踯躅，樱花，夏天是青枎叶，枎叶。[50]

第二八六段　织物

织物 [51] 是，紫。白。嫩绿的地织出柏叶 [52] 的也好。
红梅 [53] 虽然是好，可是最容易看厌。

第二八七段　花纹

花纹是，葵，酢浆。[54]

第二八八段　一边袖长的衣服

夏天的纱罗衣服，[55]有人穿着一边的袖子很长的，[56]真很是讨厌。好几件套着穿，便被向着一边牵扯，很是穿不好。棉花絮的厚的衣服，胸口也容易敞开，非常的难看。这与普通的衣服也不能混杂着穿。也还是照从前的那样做了，等样的穿着为佳。那边袖子还是应当一样的长。但是，女官的衣服有时也太占地方〔，未免觉得局促吧〕。男子的如件数穿得太多，也是要一边偏重。整齐的装束的织物和罗纱等薄物，现今似乎都是一边袖子长的样子。每见时式的，又模样长得很好的人，穿着这样的衣服，觉得样子很是不雅观的。

第二八九段　弹正台

容貌风采很好的贵公子，任弹正台[57]的官，很是不像样的。[58] 即如中将殿下[59] 的例，便是很可惜的事。

第二九〇段　病

病是，心口痛[60]。邪祟[61]。脚气。只是莫名其妙的胃口不开。〔这些都是常见的病。〕

十八九岁的人，头发生得非常美丽，有等身的长，末端还是蓬蓬松松的，身体也很肥大，颜色白净，很是娇媚，显得是个美人，[62] 却是非常患着齿痛，啼哭得额发都被眼泪濡湿了，头发散乱了也并不管，只按着那红肿的面颊，那是很可同情的。[63]

在八月的时节，白色的单衣很柔软的穿着，也很像样的系着下裳，上边披着紫苑色[64] 的上衣，鲜艳夺目，〔年轻的女人〕很厉害的患着心口痛病。同僚的女官们轮流的来看望她。女官房的外面，也来了些年轻的贵公子们，都问讯道：

“真是可怜。这是平常也是这样的苦恼的么？”有的便只是照例的问候罢了。平常对于她深致想念的人，才真心的觉得可怜，感到忧愁，若是秘密的恋慕着的男人，更是回避人家的耳目，想走到病人身边去，也不敢走近，只是焦急的悲叹着，〔就是旁人看着，〕也觉得很可同情。[65]

非常美丽的长头发，束了起来，说是想呕吐，坐了起来的样子，真是可怜，叫人心痛的。

上头[66]也听见了这病状，便派遣了祈祷读经的法师，声音特别好的人到来〔给她治病〕，在病床近旁设了几帐，安置座位。并没有多大的房间里，访问的人来了许多，又有来听闻读经的〔女客〕，外边就完全看得见，法师便有时候看着女人，一面念着经，这个样子我想是要受到冥罚的吧。

第二九一段　不中意的东西

不中意的东西是，到什么地方去，或者上什么寺院去参拜的时候，遇着下雨。偶然听到使用人说："〔主人〕不爱惜我，现今这是某人，是当今最得时的人哩。"有比别人稍为讨厌的人，却尽自胡猜，没有理由的不平，独自逞着聪明〔，这也是不中意的〕。

有心地很坏的乳母所养育的小孩〔，也是不中意的〕。虽然是这样说，可不是那小孩有什么不好，只是叫这样的人养育，能够成得什么呢？所以旁人就不客气的说：[67]

"在许多小孩中间，主人不很看重这位小孩儿吧，所以也被别人所讨厌了。"

小儿方面什么也不知道，〔所以就是这样的乳母，看不见的时候，〕会哭泣寻找，这也是不中意的事情。这样的乳母，在那小孩大了之后，很是珍重，着实忙着照料，可是因而发生弊害，也是有的。

又有看了很是讨厌的人，就是很冷酷的对待她，还是缠着表示要好。若说是"有点儿不舒服"的话，就比平常更是靠近了来睡，劝吃什么东西，这边是并不算是一回事，可是那边总是纠缠不放的顺从着，加意照料〔，更是不中意的事〕。

其二　在女官房里吃食的人

到在宫中供职的女官房里来访问的男子，在那里吃什么东西，实在是很不行的。这给吃食的女人也很是不对。互相爱慕的女人说"请吃这个吧"，亲切的劝食，所以不好装出似乎很是厌憎的样子，紧闭了嘴，转过脸去，因此就吃了的吧。〔但是若是我呢，〕无论男人喝的很醉的来了，或是夜很深了，住了下来，也决不该给他一碗汤泡饭[68]吃的。假如男人心里想：这是多么不亲切呀，就不再来了，那么便随他不来好了。若是在家里的时候，厨房里做了什么拿了出来，那么这是没有法子。可是就是这样，也决不是可以感心的事情。

第二九二段　拜佛的民众

到初漱去参拜观音，[69] 在女官房里的时候，卑微的民众都乱七八糟的将后面对着人，[70] 坐满一屋的那样子，真是太没礼貌了。好容易起了殊胜的信心去参拜，经过河流的可怕的声音，[71] 困难的登上了扶梯，本想早点瞻拜佛尊的容颜的，赶紧的走进房里；可是穿着白衣的法师和那些像蓑衣虫模样 [72] 的人们，都聚集在那里，或坐或立的在礼拜着，一点都无所顾虑，真是看了生气，想一齐推倒了才好。在非常高贵的人们的房前，那里家人虽然回避，若是平常身份的人，[73] 就无法制止了。把专管参拜事务的法师叫了来，叫他传话道：

"请大家这边稍为让开一点吧。"说话的时间虽然渐时退去了，但等那法师一旦走开，却立即同先前一样了。[74]

第二九三段　不好说的事情

不好说的事情是，〔到对方去传述〕主人的口信，以及贵人的传言，说的很多，要从头至尾的〔仔细的说〕，很不容易说。〔对于这些的回信〕也是不好说的。遇着觉得惭愧 [75] 的人，送给什么物事，要给回信，〔也是很难的。〕一个已经成人的儿子，有什么意外的事情，[76] 忽然听到了，在本人面前也是不好说得的。

第二九四段　束带 [77]

束带是，四位五位的人〔宜于〕冬天，六位的人〔宜于〕夏天，宿直装束，[78] 也是如此。

第二九五段　品格

无论男女，均不可不保有他的品格。就是一家的主妇，不见得有人会来评论善否，但是懂得事理的使用人要出入遇见，便免不得有所批评了。况且〔在官中供职，〕与众人有着交际，自然更容易招人家的注意了。〔所以不应当没有品格，〕像是猫下到地上来的那样。[79]

第二九六段　木工的吃食

木工 [80] 的吃食的样子，实在是很古怪的。营造寝殿，要建筑像东边对殿一样的房子，那时有许多木工聚在那里吃食。我走出向东的房屋来看，只见首先搬来的是汤，[81]这一拿到手便立即喝了，把空碗[82]直塞出去。其次拿来的是菜，也都吃光了，看去好像是饭也不要了的样子；可是这也一忽儿都完了。有两三个人在那里，都是这个样子，可见这是木工的习惯如此吧。这是很没有意思的。

第二九七段　说闲话

或是说闲话，或是说过去的故事，有人好像很聪明似的，在中间应答，却又是自己去和别人聊天，把话头打断了，这样的人实在是很可憎恶的。

第二九八段　九秋残月

在某处地方，住着叫作什么君[83]的一位女人，九月里的一天，有一个人虽然不能算是什么名门的子弟，但是大家说是了解风情，也是很有才情的人，前来访问她。〔在黎明正要回去的时候〕，——

"下弦的月亮很美的照着，觉得很有意思，心想把这回归后的风情，让女人老是记着，所以说了些慰藉的言语，走了出去。女人以为现在已经走远了吧，出来远送着的时候，说不尽有一种优婉的滋味。既然离去以后，也走了回来，站在格子屏风开着的背后，要设法叫她知道自己还是逗留着不肯离去的样子。那时听那女子微吟道：

'九秋残月如常在。'[84] 向着外边窥探，头发的上部没有照见，只在这以下五寸的光景[85]月光照着，好像是火光一般，吃了一惊，心想莫不是天明了么，就走了回来了。"随后那人还同别人讲说过去的事。

第二九九段　借牛车

女官在进宫去或退出的时候，向人家借车的事情是常有的。有时候车主人很爽快的借给了，但是饲牛的人辱骂那牛，比平常使用的那头牛[86]更是下等，用力打它叫它快走，这是很觉得讨厌的。而且那跟车的也装出一副不高兴的样子，说道：

"要〔快点走，〕在夜不很深的时候，赶这牛回去才好。"〔这实在是很无礼的，〕而且也可以推想到主人的意思，〔实是不很愿意借给的，〕以后即使有了急用，也不想再借了。

只有业远朝臣[87]的车子，是无论夜半，或是黎明，人要借它乘坐，丝毫都没有这种不愉快的事，他是那样的教训那些用人的。路上如遇见女车，车轮陷落在道路的洼下的地方，拉不上来，饲牛的正在发怒的时候，业远朝臣便叫他自己的家人，替他拿鞭子打牛，帮助他们。因此若在平常的时候，他对于用人们，可见是训练有素的了。

第三〇〇段　好色的男子

有好色[88]而独居的男子，昨夜不知道在哪里宿了吧，清早回来，还是渴睡的样子，将砚台拉过来，用心的磨墨，并不是随便的拿起笔来乱写，却是很丁宁的写那〔后朝的信〕来，那种从容的态度是看了很有意思的。白的下袭上面，穿着棣棠色和红色的许多衣服。白色的单衣〔为朝露所湿，〕很失了糊气，[89]有点皱缩了，一面注视着，已经将信写好，也不交给在面前的待女，却特地站了起来，把一个似乎懂事的书僮，叫到身边来，在耳朵边说话，将信交付了他。书僮走去了之后，暂时沉思着，把经文里适当的章句，随处的低声吟诵着。后边听到预备漱口和吃粥的声响，来催促说"请过去吧"，他走到里边，靠着书几，又看起书来了。看到有兴趣的地方，便随时吟诵了起来，这是很有意思的事。漱过了口，只穿了直衣，便暗诵着《法华经》第六卷。[90] 这实在是很可尊重的。刚才这样想着，那送信的地方大约是很近的吧，先前差遣去的那书僮回来了，使用眼色告诉了主人知道，便立刻停止了诵读，把心转移到女人的回信上去了。心想他这样的做，不怕得罪佛法么，这也是颇有意思的。

第三〇一段　主人与从仆

潇洒的年轻的男子，穿着的直衣，袍子以及狩衣，都是很漂亮的，底下衣服也穿的很多，袖口看出是很厚的。这样的一个人，骑了马走在途中，随从着的男子，拿着一件立封 [91]，仰望着上边，〔马上的主人〕正在接那封信，这样子是很有意思的。

第三〇二段　邪祟的病人

松树长得很高，院子也是很宽阔的一所人家，东南两面的格子都打开了，所以显得很是凉爽。上房主屋里立着四尺的几帐，前面放着一个蒲团，有一个三十几岁的，不是很难看的和尚，身穿淡灰色的法衣和浅紫的袈裟，很整洁的装束着，手里捏着香染的扇子，念着《千手陀罗尼》[92]。那几帐里边的，是被那邪祟所苦恼着的病人吧。为的要找一个可以给那邪祟作"凭依"[93]的人，便去找了一个年纪稍为大一点的童女，头发生长的非常漂亮，穿了生绢的单衣，鲜红的裤子很长的穿着，膝行着来到侧向摆着的三尺几帐前坐了。法师便扭过头去，拿出一个很是细长美丽的金刚杵来，叫她拿着，发出"哦"的一声喊，便闭了眼睛，[94]又自念他的陀罗尼。这实在是觉得很可尊贵的。〔在帘子外边，〕聚集着许多女官，毫不隐蔽的看守着这景象。没有多久的时间，那童女就开始颤抖，随即不知人事了。随着法师的祈祷进行，护法神也愈是显出灵验来，这的确是可尊贵的事。童女的长兄穿着袿衣，以及别的年轻的人们，都坐在后边，用团扇给她扇着。大家都感激着神佛的威德。可是假如这童女像平常一样的清醒的话，那样她将怎样的感觉羞耻，无地可以自容吧。此刻谁也明白，她未必知道什么，但是这样的苦恼，哭泣着的模样很是可怜，所以那病人的朋友看了无不觉得怜悯，坐在几帐的近旁，给她整理弄乱了的衣裳。

这样做着的时候，病人说略微觉得好了，便叫拿药汤来给她喝，从厨房里去取来送了上去，其时年轻的女官们很是着急，一面将盛药汤[95]的碗撒下，赶紧往祈祷的地方去窥看。她 [96] 却是整齐的穿着单衣，浅色的裳也一点都不凌乱，很是整洁的。

到了申刻的时候，邪祟谢罪放走了，那作为凭依的童女也就得了放免。〔她回复了意识，说道：〕

"我道是在几帐的里边，怎么变成这个样子，却到了外边来了。还不知道做了些什么样的事哩！"觉得很是害羞，将头发摇得散乱了，遮住了面孔，偷偷的躲进几帐后边去了。

法师暂时留了下来，仍做祈祷，随后说道：

"怎么样？稍为爽快一点了么？"笑嘻嘻的说，样子很是漂亮。又说到：

"本来还该暂时留在这里，但是做功课的时刻已经到了。"便要告辞出去，家里的人留他说道：

"且请等一会儿吧。让我们送上布施的礼物。"可是非常的着急要走，这家的似乎最高的女官便膝行到了帘子的跟前，说道：

"真是多谢了，因为承蒙下降的关系，刚才的那种情形，看了也是难受的，却立即好了起来，所以郑重的给你道谢。明天如有工夫，还请过来吧。"这样的传达主人的意思。法师回答说道：

"好执拗的邪祟，所以请不要疏忽，还是小心一点好吧。现今好起来了，这是要给你道喜的。"很简单的应酬了，便走了出去，样子很是尊贵，似乎觉得好像佛尊自己的出现了。

第三〇三段　法师家的童子

端丽的男孩，头发长得很长的，还有年纪稍为大一点的孩子，虽然已经长出髭须来，头发却是意外的美丽；又或是身体顽强，但是容貌丑陋的，当作使用人有许多人，很是忙碌似的，这里那里的出入奔走〔于大家贵族〕，在社会上很有声望，这就是在法师，也是非常愿意的事吧。那时候〔法师的〕父母，推想起来，也不晓得是怎样喜欢的呢。[97]

第三〇四段　难看的事情

难看的事情是，衣服背缝歪在一边穿着的人。又把衣领退后，[98] 伸向后方的人；公卿所用的下帘 [99] 很是龌龊的旧车。平常少见的客人 [100] 的前面，带了小孩子出来。穿了裤的少年脚上蹑着木屐，这个样子现在却正在时行。壶装束 [101] 的妇人，快步的行走。法师戴了阴阳师的纸帽子，[102] 在举行被除的法事。又黑瘦而且容貌丑恶的女人装着假发〔，是很难看的〕。

满生着胡须，身体精瘦的男子，在那里白天睡觉。[103]这有什么好看的地方，所以这样睡着的呢？若是夜里，什么模样也看不见，普通一般又都是睡了，也不必因为我是丑陋，便那么起来不睡。只要早上赶紧起来，那就好了。在夏天时候，午睡了起来〔，也是难看的〕。只有非常美丽的人，那才稍为有点儿风趣，若是容貌平常的人，睡起的脸多是流着油汗，仿佛肿了的样子，而且弄得不好，似乎两颊也是歪斜了。〔午睡醒过来的人们〕互相对看着的时候，应该非常觉得扫兴，觉得没有人生的乐趣吧。

颜色暗黑的人，穿着生绢的单衣，也是很难看的。若是浆过或是砧打的衣服，[104] 那虽然一样的透亮，但是也还没有什么。〔若是生绢的话，〕那便连肚脐也可以看得见了。

第三〇五段　题跋

天色已经暗下来了，[105] 不能够再写文字，笔也写的秃了，我想勉强的把这一节写完了就罢了。这本随笔 [106]本来只是把自己眼里看到，心里想到的事情，也没有打算给什么人去看，只是在家里住着，很是无聊的时候，记录下来的，不幸的是，这里边随处有些文章，在别人看来，有点不很妥当的失言的地方，所以本来是想竭力隐藏着的，但是没有想到，却漏出到世上去了。

有一年，内大臣[107]对于中宫进献了这些册子，中宫说道：

"这些拿来做什么用呢？主上曾经说过，要抄写《史记》……"我就说道：

"〔若是给我，〕去当了枕头也罢。"[108]中宫听了便道：

"那么，你就拿了去吧。"便赏给我了。我就写了那许多废话，故事和什么，把那许多纸张几乎都将写完了，想起来这些不得要领的话也实在太多了。

本来我如果记那世间的有趣的事情，或是人家都觉得漂亮的，都选择了来记录，而且也有在歌什么里头，苦心吟咏草木虫鸟的，历举出来，那么人家看了，就会说道：

"没有如期待的那么样。根底是看得见的。"那么这样的批评，也是该受的吧。但是我这只是凭了自己的趣味，将自然想到的感兴，随意的记录下来的东西，想混在那些作品的中间，来倾听人们的评语，那似乎是不可能的吧。然而也听见有读者说道：

"这真是了不起的事。"[109]这固然是觉得是很可安心的事，可是仔细想来也不是全无道理的。世人往往憎恶他人偏说他好，称赞的反要说是不行，因此真意也就可以推想而知吧。但总之，这给人家所看见了，乃是最是遗憾的事情。

其二　又跋

这是左中将 [110] 还叫作伊势守的那时候，他到我家里来访问，[111] 想在屋角里拿坐垫给他，这本册子却在上边，便一起的拿了出去了。急忙的想要收回，〔可是已经来不及，〕就被他拿了回去，经过了好久的时期，这才回到我的手里来。自此以来，这本册子就从这里到那里的，在外边流行了。[112]

注　释

[1] 此一节本来应当与上段相连，叙说愿有余屋数间，为女官做居停主人，予以种种照料，《春曙抄》本亦说明此意，但别作一段，今仍之。

[2] 这里著者假定与禁中生活别无关系的人，空想这样的一个女主人，加以叙述，或谓当是在入宫供职以前之作，但此种假定别无依据，当不可信。

[3] 俗说呵欠易于传染，见有人打呵欠者，便会感染了也打呵欠，可见此说在十世纪时已有之。

[4] 一知半解的人看见有人比他优越，便想模仿他。

[5] 原文意云"没有里面"，大意即是心里坦白，没有城府的意思。此节本与下节合为一段，但《春曙抄》分为二段，故今仍之。

[6] 各本这两个字属于上节，即是"不能疏忽大意的东西"之一，以下才来引申，今据《春曙抄》本写在本段里。

[7] 八尺曰一寻，即一个人伸直两手一托的长短。

[8] 原本云"屋形船"，即是有篷的，但其篷系方形平顶，中国古时

称为楼船。

[9]俗名"橹绊索"，系用一根稻草绳索，上端扣着橹柄，下端扣于船边铁环上，舟子手执以摇橹，其制作有各种样子。

[10]此处或疑有缺文，或说是意谓"船造作不厚重"，故仍觉得不安，今从田中本，谓不是装货的船那样沉重，似颇简要。

[11]《拾遗和歌集》卷二十有沙弥满誓的一首歌云：
"世事可以比作什么呢，
这有如早朝划去的船，
后边的白浪。"原本系属于"哀伤"的一类，盖是佛教思想的表现。

[12]海女是指海边的女人，以泅水捕鱼贝，或采石花为事，本来是渔人的通称，近来专说女性，文字也由"海士"改写为"海女"了。据说泅水专用女人，是因为她们泅水的时间要比男子为长久的缘故。

[13]楮绳即上文所说缚在海女腰间的绳索，乃是用楮树皮的纤维所做成的，故有是名。

[14]卫门府职司看守宫城的外门，有左右二府，各设长官一人，名为督，其次为佐一人，次为大尉及少尉各二人，这里的尉乃是三等官。

[15]"盂兰盆"系梵语的音译，意云"救倒悬"，佛的弟子目连的母亲因宿业落了地狱，受着倒悬之苦，佛教目连救济的方法，设盂兰盆法会，为今世七月十五日供养之起源。日本通称七月十五日为"盆"，供养祖先，馈赠亲友，这种风俗一直流传下来。

[16]道命是右大将藤原道纲的儿子，前任关白兼家的孙子，出家后以讽诵唱道著名。"阿阇梨"汉译"轨范师"，是密宗的解行殊胜的法师的称号，见卷六注[105]。

[17]"盂兰盆"本义是"救倒悬"，这里利用这个意思，隐射推下海去时头向着下，正是倒悬，且既然谋杀了又为营求冥福，是绝矛盾可笑的事。

[18]小野公即指藤原道纲，其母即兼家的妻，为藤原伦宁的女儿，著有《蜻蛉日记》三卷，为平安朝名著之一。大约因为道纲有别邸在小野地方，所以称为小野公。

[19]"法华八讲"系讲读《妙法莲华经》，凡分八天讲毕，见卷二注[49]。

[20]"砍柴的工作"即指法华八讲。因经中《提婆品》说释迦志切求法，砍柴汲水，供奉阿私仙人，终乃取得是经，"斧柄腐烂"系用王质故事，在山中观仙人弈棋，及局罢已历若干年，斧柯都已烂掉了。这里"斧"字的读法，与"小野"读音相同，故意取双关。

[21]在原业平系平城天皇皇子阿宝亲王的第五子，曾任右卫中将，故世称"在五中将"，是平安朝的一个有名歌人，传说上说是风流才子，轶事流传甚多，有《伊势物语》二卷，凡一百二十五节，据说都是他的故事。他的母亲是桓武天皇的皇女伊登内亲王，这首寄给业平的歌见于《伊势物语》，也收到《古今和歌集》里，有小引云："业平朝臣的母亲住在长冈的时候，对母亲说是要去看她，可是终没有去，到了年终内亲王方面有急信送来，打开看时，只见有一首歌。其词云：

'人到了老去的时候，虽然总是有永别，现在却更是想见你一面呀。'业平见了这歌，只送去一首平凡的答歌道：

'但愿在这世间没有永别也罢，为了儿子活到千岁。'"

[22] 和歌本来乃是咏歌，应当有声调的高吟才好，如只照词句念去，那就失掉了歌的好处了。

[23] 大纳言指中宫的长兄藤原伊周，见卷一注 [44]。

[24] "奏报时刻" 见上文第二五五段，及卷十一注 [75]。

[25]《和汉朗咏集》卷下有都良香（八三四至八七九）的《刻漏刻》句云："鸡人晓唱，声惊明王之眠，凫钟夜鸣，响彻暗天之听。"都良香是日本九世纪初的文人，为文章博士，著有《都氏文集》，此文亦见《本朝文粹》中。

[26]《和汉朗咏集》卷下有贾岛的《晓赋》句云："佳人尽饰于晨妆，魏官钟动，游子犹行于残月，函谷鸡鸣。"贾岛的《晓赋》不可考，朗咏集收有谢观所作《晓赋》，或是同时的作品，唯谢观的生平亦不详。考订者或谓贾岛乃是贾嵩之误，贾嵩的传记亦待考。

[27] 隆圆系中宫的兄弟，出家位为僧都，见卷五注 [54]。

[28] 御匣殿系中宫的妹子，任御匣殿别当，见卷四注 [38]。

[29] "龌龊的房子" 系谦词，说自己的住房，犹中国的称 "敝舍"。

[30] 寄居蟹上半身似大虾，下半身无甲壳，觅取螺壳之空者借居，

将尾部伸入壳内，故此人借为比喻。

[31] 御马寮有左右两处，设在宫城里，唯堆置马草的地方则在城外。

[32] 这是纯粹的一首游戏歌，取双关的字句连成，所以也可以解作下列的意思：
"使新草萌长的这一点
春天的太阳，为什么把淀野
烧得什么也不剩了呢？"

[33] 原文"票据"云"短籍"，后世写作"短册"，系指长尺许，宽约二寸的厚纸，多用作题写和歌俳句，但当初只是一种纸片，官厅用作凭单，写发给米盐的数目，所以这人看见写和歌的纸，误认为可以领取物事的票据。

[34] "眍眼瞎"原文云"一边的眼睛也眍不开"，意即云文盲。

[35] 这一节或者是记述一个特定的贵公子，并非一般的空想描写，但这人是谁，当然是不能知道了。

[36] 郁郁不乐的缘故，即是因为有那后母，与家庭不合的关系。

[37] 这里用这"好色"，并不含有后世谴责的意思，只是有如中国古书里说，"如好好色"，或"则慕少艾"罢了。

[38] 定澄僧都见卷一注 [41]。定澄身体高大，已见上文第一〇段，这又是说他的事的，并且来得很是突然，别本连写在第十段的末尾，

或者本来应当是如此的。本篇的意思是说，袿衣本来很长，但定澄穿了便不见得，汗衫即袙衣，本是很短的，可是在宿世君却显得又是长了，盖说他的个子是很短的。宿世的生平不详，原文只是用假名注音，亦不知汉字为何，今姑译作"宿世"，似亦系僧侣的名字。

[39] 下野在今东京北面，当时距离京都颇远，算是偏僻的地方。

[40] 这首也是双关取意的歌，艾草是下野伊吹山的出产，作为下野的替代，本意只是说这是谁告诉你的罢了。

[41] 远江在今东京与京都之间，属于今之静冈县。

[42] "远江的神"双关"远江守"，因为"神"字训读与"守"字相同。滨名湖乃远江名所，这里"滨名桥"的"桥"字又双关"一端"，言所见不只一端，即全体都已知道了的意思。

[43] "不很方便"即是说耳目众多，不适宜于秘密会见的地方。

[44] 这首歌亦以双关取意，逢坂乃关名，意云会见，"迸流的井泉"原云"走井"，双关胸中慌张，"水"与"看见"意相近似。

[45] 唐衣系女官所着的服装，穿在礼服的上面，状如短袿，盖系仿照中国古时式样，故有是称。见上文第一一九段"衣服的名称"中，曾有说及。

[46]《春曙抄》在本段后有附注云："一本作：女人的上衣是，淡的颜色。淡紫，嫩绿，樱花，红梅，一切淡的颜色。唐衣是，红色，藤花，夏天是二蓝，秋色是枯野。"枯野者表黄里浅绿，或表黄里

淡青，像枯槁的田野。通行本或分"女人的上衣"与"唐衣"为二段，今姑从《春曙抄》本。

[47]"大海"亦称"海部"，或作"海赋"，是指织物模样，是海松，贝类，波浪及海边景色。

[48]褶裳是古代着于裳上的一种带子，亦称"平带"，当与中国古时的"绅"相似，但列在此处不甚适宜，故通行本均从删削。

[49]汗衫即衵衣，见卷一注[29]。

[50]青柝叶见卷一注[12]。"柝叶"系指表茶色，里黄。

[51]织物乃指织出花样的布帛，如绫锦之类。见卷十一注[10]。

[52]日本所谓柏，在中国实系槲树，非松柏之柏。

[53]红梅见卷二注[2]。

[54]葵见卷三注[43]。酢浆见上文第五五段"草"中，也说绫织的花样，以酢浆为最有趣味。《春曙抄》注云："一本此下尚有，霰地一项。"霰地者言黑白小方格，交互排列，如雨霰满地，中古时代此种模样甚为流行。

[55]这一句系依《春曙抄》本所加，诸通行本皆是没有。

[56]《春曙抄》注云："此节文意颇为费解。是否中古时代，家用的衣服有一边袖子特别长的事么。《论语》有云，亵裘长，短右袂。

那是皮裘，所以有一边袖长的例。"

[57]弹正台等于中国的御史台，设有首长一人，名弹正尹，大弼少
弼各一人，掌巡察内外，纠弹非违。因为系是纠察违法的职官，不
为人所喜爱，故非容姿美好的人所宜。

[58]此一段别本列在"不相配的东西"一段之后，意义似相连贯。

[59]中将殿下系指亲王的儿子任为近卫中将者之称，此处指源赖
定，本系为平亲王的儿子，正历三年（九九二）任为弹正大弼，六
年之后转近卫权中将，此节为其任中将时追记之词。

[60]原文云"胸病"，照现代的说法乃是肺病，但如下文所说情形，
似只是胃病罢了。胃病中国亦称"心口痛"，今姑译作此语。

[61]原文写作"物怪"，"物"为妖魔鬼魅的总称，能为人害者，亦
并称死灵即亡魂，以及生灵，谓生人如有怨恨，亦能作祟，而本人
并无所知。

[62]一本解作"显得是个健康人"，即言看不见有什么毛病，但看
来似以本文的说法为长，故从之。

[63]原文如直译，当云"很有风趣的"，但嫌总欠适合，故改译如此。

[64]紫苑色系指表淡紫，里青色的衣服。

[65]见卷十二注[63]。

[66]此云"上头",本系泛指,可解作"天皇那边",但这里是说女官,或者是指中宫吧。

[67]一本以此一节为乳母的说话,但看情形是作为别人所说,或比较适宜。

[68]汤泡饭系指用干饭在开水里泡了,古时用米煮饭晒干,称为"糒",作为干粮之用。

[69]初濑在奈良市初濑町,有长谷寺,奉十一面观世音,当时深为朝野所信仰。

[70]女官房在佛像的对面,民众面对观音礼拜着,所以是后面对着女官房了。

[71]"河流的声音"即指初濑川的湍声。

[72]蓑衣虫已见上文,系指穿着蓑衣的形状,但这里只是指一般民众,因衣服蓝缕,有似蓑衣虫的杂集树枝草叶,用以为衣。

[73]"平常身份的人"指一般异于贵族,有如著者的人。

[74]这一段一本连写在上段之后,亦作为"不中意的东西"的一例。

[75]意思是指身份高贵的人,如遇着他有点"自惭形秽"的。

[76]"意外的事"殆指关于恋爱事情,与当时风俗习惯不合者。

[77]这里的题目"束带"二字，系是校订者加添的，因为本段是说官员正式束带的。四位的人束带时着用黑袍，五位的着用赤袍，上加角带，与冬季相应，六位则着用绿袍，在夏天觉得凉爽。

[78]宿直装束谓不是束带的便装，只是穿着袍，下用缚脚裤，省去下袭并曳裾的烦文，比束带甚为简略。

[79]此句显得很是鹘突，校订者疑这里有文句脱落，但勉强加以解说，则或如译文的那样子。因为当时猫是稀有的物事，是一种玩弄物，平常只许在室内席上行走，见上文第七段所说的"御猫"，如放在地上，便失了它的品格了，但此说终嫌有牵强之处，只好存疑罢了。

[80]原文曰"工"，本是包括百工，但这里乃是说的木工，日本称木匠为"大工"，盖因日本屋皆木造，故以木工为工匠之长。

[81]日本食物，主要的是汤，称为"汁"，进食时首先进奉。

[82]原文作"土器"，盖指陶土所制，未加釉彩者，古时民众多用之，瓷器普及仅是近二三百年的事。

[83]这里"君"是女子的尊称，"什么君"就是说叫作什么的贵女。一本作"中之君"，便是说中间的那一位。

[84]此歌见于《拾遗和歌集》卷三，云是柿本人麻吕作，实乃已见《万叶集》卷十一，是无名氏的和歌，其词曰："君如是常来，有如九秋残月的那样，那么我的情怀也得安慰。"

[85] 这里原文稍有错乱，读法不一样，今采用田中氏解说。"九秋"
原文云"长月"，为阴历九月的别名，残月即下弦的月亮，至次日
天明犹在天际，称曰"有明"，与残月的意境似有不同。

[86] 原文如此，颇有费解处，或是指桑骂槐的意思吧。田中本解作
不像那从前熟识的饲牛的人，他乱骂那牛，似较可通。

[87] 业远朝臣姓高阶氏，为美浓及丹波的国守，为春宫亮，正四位。

[88] 好色，见第十二卷注 [37]。这里说独身的男子，家里没有正式
的妻子，但在外边认识些女人，时时外宿，当时是很普通的，并不
算是违反礼法。著者也只是描写这样的情景，并不含有谴责的意味。

[89] 古时衣服欲令有光泽，辄用砧打，或欲令坚挺，就用浆糊浆之，
至此尚用其法。衣服被露湿了，失了糊气，便皱缩了起来。

[90] 这里的"第六卷"，且补充说是《法华经》，系依照今通行诸本
所说。《法华经》凡七卷，卷六为"寿量品"。《春曙抄》本只作"六"，
解说借作"录"字，谓是"语录"。但禅宗语录是时未必流通日本，
且不能若是普及，故所说恐不足据。

[91] 立封系一种封信的样式，见卷二注 [8]。

[92]《千手陀罗尼》即《千手千眼观世音菩萨广大圆满无碍大悲心
陀罗尼经》，亦简称为《大悲咒》。经中云：
"若家中遇大恶病，百怪竞起，鬼神邪魔，耗乱其家，在千眼大悲
像前，设坛至心念观世音菩萨，诵此陀罗尼，诵满千遍，恶事悉皆
消灭。"

[93]佛法密宗举行祀祷，法师凭佛之大悲威力，使神物凭依一人，显示因果，或即是邪祟本身，以法力迫其退散。此盖是第二种，即在童女身上令邪祟附入，加以对治，故于病人本身初无妨害。

[94]《春曙抄》本解作"决眦"，云张大眼睛，通行诸本则作"闭了眼睛"，似更近情理。

[95]《春曙抄》本无"药"字，通行诸本有之，但亦解释作"煎药，或是米汤之类"。

[96]《春曙抄》说明系指病人，当是正解，一本作"她们"，乃指年轻的女官们，疑非是，此处盖说明病人衣服如常，似无所苦，若女官们的服装如何，则于此处固绝无关系也。

[97]这一节据别本系与上一段相连，因为是说法师家的事情的。

[98]原文云"退领"，谓将衣领退后，使后颈露出。日本后世因妇女梳髻，后方特别突出，为防与衣领接触，故多如是穿着，在古时盖无此习俗。

[99]下帘见卷九注[94]。

[100]《春曙抄》本解作"生病的人"，谓出去访问病人，却带了小孩同行，未免吵闹，似亦可备一说。

[101]壶装束系古时妇女外出时服装，见卷二注[50]。

[102]阴阳师举行祓除，系神道教的行事，如佛教的法师代行，则

为违法。纸冠以白纸折成三角形，着于额上，在后方系住，如中国南方服丧的人所戴的样子，阴阳师于执事时特戴此冠。《宇治拾遗物语》卷六，记有寂心上人在播磨国，道满法师着阴阳师之纸冠而行被除，问何为着纸冠，答言因被除之神嫌忌法师，故于被时暂着此也。上人取纸冠而破之曰："既为佛弟子，而奉侍被除之神，犯如来之嫌忌，当坠无间地狱，无有出时。"

[103]《春曙抄》本解作"与男子昼寝"，今从通行诸本，但亦可备一说，因为细味文中语气，也有此种意味。

[104]此种单衣因为颜色是红的，所以穿在身上，可以不十分显露出黑色的皮肤来，若是普通的生绢，便不免要露肚脐了。

[105]这一句，田中澄江译本作"已经没有多少余白了"。别本即三卷本无此一节，只从"这本随笔"起，列为第三〇二段。

[106]"随笔"原文作"草子"，即系"册子"的音变，这里说它的内容，所以改译作"随笔"了。

[107]内大臣即中宫之兄藤原伊周，以前任大纳言，至正历五年（九九四）九月改任为内大臣。

[108]此句语意暧昧不明，各家也解说不一，通说云枕即枕边，盖为身边座右常备的册子，随时记录事物的。三卷的译者池田龟鉴则谓此是著者有感于白居易的诗而说的，在《白氏文集》二十五有《秘省后厅》一诗，其诗云："槐花雨润新秋地，桐叶风翻欲夜天。尽日后厅无一事，白头老监枕书眠。"著者盖有感于日后伊周兄弟流放，中宫失意闲居小二条宫，故为此言，以老监自况，所说也颇有

意思。但伊周进册子为其任内大臣时事，尚在流放之前，清少纳言无由预知，引用香山诗意，且深得中官的嘉许也。

[109]"了不起的事"原意云"害羞"，盖称赞人家的殊胜，为自己所万不能及，故感觉惭愧，犹云相形之下，自惭形秽。

[110]左中将即源经房，见卷四注[28]。

[111]第一二八段"牡丹一丛"中，有左少将往访著者于私宅，别本三卷本谓即是经房，且考订其时为长德二年（九九六）的六月下旬，谓这里所说的即是那时候的事情。

[112]《春曙抄》本文中不见此节，但载在小注里，称一本在本段的末尾，有此一节，别本三卷本刚与上文相连，通行本又别作一段，今改定为本段的第二节云。

图书在版编目（CIP）数据

枕草子／（日）清少纳言著；周作人译 . —上海：上海三联书店，

2018.3

ISBN 978−7−5426−5970−5

I.①枕⋯　 II.①清⋯　②周⋯　 III.①散文集－日本－中世纪

IV.①I313.63

中国版本图书馆CIP数据核字(2017)第174892号

枕草子

著　　者／清少纳言

责任编辑／陈启甸　朱静蔚

特约编辑／李志卿　李书雅　朱　鑫　田　雪

装帧设计／阿　龙　苗庆东　李　颖

监　　制／姚　军

责任校对／朱　鑫

出版发行／上海三联书店

　　　　　(201199) 中国上海市闵行区都市路4855号2座10楼

邮购电话／021−22895557

印　　刷／山东临沂新华印刷物流集团

版　　次／2018年3月第1版

印　　次／2018年3月第1次印刷

开　　本／787×1092　1/32

字　　数／297 千字

彩　　插／7 幅

印　　张／17.25

书　　号／ISBN 978−7−5426−5970−5 ／ I·1252

定　　价／58.00元

敬启读者，如发现本书有印装质量问题，请与印刷厂联系0539−2925680。